D1671808

Alan Dean Foster

Die Gefährten von Dinotopia

Alan Dean Foster

DINOTOPIA

Die Gefährten von Dinotopia

Aus dem Englischen
von Florian S. Marzin

Bibliografische Information Der Deutschen Bibliothek
Die Deutsche Bibliothek verzeichnet diese Publikation in der Deutschen Nationalbibliografie; detaillierte bibliografische Daten sind im Internet über **http://dnb.ddb.de** abrufbar.

Veröffentlicht in der Egmont vgs Verlagsgesellschaft mbH, Köln 2002 mit freundlicher Genehmigung des CARLSEN Verlags GmbH, Hamburg

Originalverlag: HarperCollins Children's Book, New York 1999
Orininaltitel: The Hand of Dinotopia

Das Buch »Die Gefährten von Dinotopia« diente als Vorlage zur TV-Serie *Dinotopia*, ausgestrahlt bei RTL

Produktion: Angelika Rekowski
Umschlaggestaltung: Sens, Köln
Satz: Greiner & Reichel, Köln
Druck: Clausen & Bosse, Leck
Printed in Germany
ISBN 3-8025-2981-2

Besuchen Sie unsere Homepage
www.vgs.de

1

»Silvia wird vermisst.« Die Worte gingen Will Denison immer wieder und wieder durch den Kopf. Wie oft er auch darüber nachdachte, sie ergaben keinen Sinn, wie oft er sie auch wiederholte, er konnte sich keinen Reim darauf machen.

Die völlig überraschende und unbegreifliche Mitteilung hatte ihn schwer getroffen, zumal in letzter Zeit alles so gut gelaufen war: nicht nur zwischen ihnen beiden, sondern ganz allgemein in seinem neuen Leben. Und als ob das nicht schon genug wäre, war heute auch noch ein besonders schöner Tag.

Doch seit man ihm die kleine Schriftrolle mit der Nachricht überreicht hatte, war das Gefühl von Ruhe und Frieden, das ihn erfüllt hatte, wie weggeblasen.

Die anderen Passagiere auf der Fähre beachteten den stillen, vor sich hingrübelnden Skybax-Reiter nicht. Mitleidig bemerkten einige von ihnen seinen verstörten Gesichtsausdruck, doch niemand sprach ihn an. Es wäre unhöflich gewesen, ihn in seiner Versunkenheit zu stören. Da sie den Grund dafür nicht kannten, wäre es vermessen gewesen, Mitgefühl oder Trost anzubieten. In Dinotopia war die Privatsphäre ein heiliges Gut.

Die Fähre befand sich auf ihrer morgendlichen Fahrt von Belluna, der bedeutendsten Stadt der Großen Insel, nach Sauropolis, der Hauptstadt von Dinotopia. Die großen, quadratischen Segel der umgebauten römischen Galeere blähten sich in der beständigen Brise, die vom Polongo Fluss herunterkam und die Ruder hoben und senkten sich im gleichmäßigen Takt, der von dem jungen, energischen Parasauralophus im Laderaum vorgegeben wurde. Das vertraute, anheimelnde Dröhnen war auf Deck deutlich zu vernehmen.

Als die Fähre nahe der nördlichen Küste entlangglitt, konnte man Menschen und Dinosaurier sehen, die Seite an Seite die Schätze des großen Flusses einsammelten. Hadrosaurier, Edmontosaurier, Krittosaurier, Trachodontsaurier und andere benutzten ihre abgeflachten Schnäbel, um zusammen mit schwimmenden Menschen im Schilf des flachen Gewässers Sand und Schlick zu durchsuchen.

Entdeckten sie eine Ansammlung von Austern, Muscheln oder Krabben, dann holten die Entenschnäbel sie aus dem Wasser. Die Krustentiere, die mit den langen, flachen Schnäbeln nicht zu erreichen waren, wurden von den menschlichen Tauchern aus ihren Verstecken geholt und in Netze gesammelt. Die auf dem Rücken der Entenschnabelsaurier befestigten Leinensäcke waren prall von der reichen Ernte aus dem Fluss. Junge Männer und Frauen lösten widerspenstigere Schalentiere mit stumpfen Messern von ihren Behausungen.

Weiter im Landesinneren, wo das Ufer noch schlammiger und nur schwer begehbar war, ritten Menschen auf Camarasauriern und Apatosauriern und füllten die an deren Flanken hängenden Säcke mit handgeerntetem wilden Reis. Obwohl die großen Saurier nicht abgeneigt waren, sich das Erntegut gleich hier im Marschland zu Gemüte zu führen, zogen sie, genau wie ihre menschlichen Gefährten, das gedroschene Endprodukt doch vor.

Während die Saurier grasten, benutzten die auf Schaukeln kurz oberhalb der Wasserlinie sitzenden Männer und Frauen ihre feingliedrigen Primatenfinger, um den Reis zu pflücken. Wenn die Körbe voll waren, wurden sie auf die schwerfällig und langsam dahingleitenden Saurierrücken gezogen und der gesammelte Reis wurde in größere Säcke umgefüllt, die an kleinen Vorratshütten befestigt waren. Auf diese Art konnte ein einziger Saurier und seine menschliche Mannschaft ein Gebiet abernten, für das Dutzende Menschen, von Booten aus, einen ganzen Tag benötigt hätten.

Die Erntearbeiter zu Wasser und zu Lande blickten häufig von ihrer Arbeit auf und winkten den Passagieren vorbeifahrender Boote zu, so auch denen an Bord der Fähre. Kinder und Eltern, die an der Reling das Treiben beobachteten, winkten zurück, doch Will gesellte sich nicht zu ihnen. Ihn bedrückten alle möglichen Gedanken. Die Nachricht hatte ihn wortwörtlich wie ein Blitz aus heiterem Himmel getroffen. Nun, zumindest wie ein Blatt Papier aus heiterem Himmel, korrigierte er sich selbst. Die Fähre hatte Belluna eben verlassen, da hörte Will, der gerade die Morgensonne genoss, ein kleines Mädchen direkt vor ihm rufen: »Sieh nur, Mutter, da ist ein Skybax ohne Reiter!«

Obwohl es nicht ungewöhnlich war, große Skybaxe beim Spiel oder einfach beim Erproben ihrer mächtigen Schwingen zu sehen, war es in der nahen Umgebung von Sauropolis doch kein alltäglicher Anblick. Der Himmel über der Hauptstadt war normalerweise voller beherzter Reiter, die entweder auf dem Weg in entfernte Teile von Dinotopia waren oder von dort gerade zurückkehrten. Wills Blick war träge nach oben gewandert und er hatte zu seinem Erstaunen erkannt, dass der kreisende Quetzalcoatlus niemand anderes war als sein eigener Skybax, der edle Federwolke.

Während seines Besuches bei Freunden in Belluna hatte er Federwolke im großen Skybaxhorst in Sauropolis zurückgelassen. Was hatte seinen geflügelten Partner und Gefährten dazu veranlasst, auf eigene Faust nach seinem Reiter zu suchen?

Mit den pfeifenden Lauten, die er von seinem Skybaxfluglehrer Meister Oolu gelernt hatte, war es Will schließlich gelungen, die Aufmerksamkeit von Federwolke auf sich zu lenken. Zur Freude der Saurier- und Menschenkinder an Bord der Fähre hatte der Skybax sofort reagiert und war im Sturzflug zum Schiff herabgetaucht. Während er wie ein Stein herabfiel, faltete er seine Schwingen, um sie erst im letzten Moment wieder auszubreiten und majestätisch am Schiffsbug vorbei zu gleiten. Dies tat er aber nicht ausschließlich zur Belustigung der an Bord versammelten Kinder. Die fest verschnürte Schriftrolle, die Federwolke auf das Deck fallen ließ, wurde von einem leichtfüßigen Matrosen aufgefangen, dem sich Will schnell zugesellte. Und tatsächlich war sie für ihn bestimmt. In Erwartung irgendeiner offiziellen Mitteilung stellte er fassungslos fest, dass es sich um eine persönliche Nachricht handelte. Er las sie zweimal, um sicher zu gehen, dass er nichts falsch verstanden hatte. Jetzt stand er aufgewühlt an der Reling und beobachtete eine Gruppe von Sauriern und Menschen, die die Reichtümer des Flusses ernteten. Er sah, konnte aber nicht hören, wie die Menschen und Saurier die sich nahe des Ufers befindlichen, kleineren Fahrzeuge auf dem Fluss, wie Dhaus und Paddelboote, handhabten. Ein kleines Fischerboot näherte sich längsseits der Fähre und hübsche, zahnlose Fische wurden den bereitwilligen Käufern an Bord hinübergereicht. Will schenkte diesem lebhaften Handel nicht mehr Aufmerksamkeit als einer vorbeischwimmenden Schule von ausgelassenen Ichthyosauriern.

Silvia wird vermisst.

Dem Bericht zufolge, der schon einige Tage alt war, hatte sie Urlaub von ihrem Posten als Skybax-Reiter genommen, um irgendwelchen privaten Forschungen in der Nähe der weit entfernten Schluchtenstadt nachzugehen. Das alles wusste er schon, denn sie hatte es ihm vor seiner Abreise erzählt. Spöttisch hatte sie sich geweigert, Genaueres mitzuteilen, und versprochen, ihm nach ihrer Rückkehr alles haarklein zu berichten. Doch nach dem, was auf der Schriftrolle stand, hatte sie sich nicht rechtzeitig bei den Behörden der weit entfernten Stadt zurückgemeldet.

Jetzt war sie schon seit einer Woche überfällig und man hatte mit ersten einleitenden Nachforschungen begonnen. Die örtlichen Behörden wollten keine Panik heraufbeschwören, es gehörte lediglich zum üblichen Prozedere zu diesem Zeitpunkt die Angehörigen zu informieren. Als ihr Verlobter gehörte auch Will dazu.

Seit ihrer Ankunft in Dinotopia hatten Will und sein Vater mehr als einmal feststellen können, dass ein Ort zwar zivilisiert, aber dennoch voller Gefahren sein konnte. Von den primitiven Raubsauriern im Regental bis zu den steil aufragenden Verbotenen Bergen und den manchmal reißenden Flüssen gab es in dem wundersamen, vergessenen Land aufgeklärter Menschen und zivilisierter Dinosaurier immer noch genug Gefahren, um den Unbesonnenen in die Falle zu locken. In welche Gefahr hatte sich seine geliebte Silvia, als sie ihrem Privatvergnügen nachging, begeben? Aber eins wusste er ganz genau: Er würde sich nicht auf den langsamen Behördenapparat verlassen.

Die Fähre war auf Stabilität und Frachtkapazität angelegt, nicht auf Geschwindigkeit. Doch gerade jetzt war Geschwindigkeit der alles beherrschende Gedanke in Wills Kopf. Wenn das Schiff nicht in der Lage war, schneller zu fahren, dann musste er sich nach einem anderen Transportmittel umsehen. Glücklicherweise stand eines zur Verfügung. Die Schriftrolle fest in der Hand, verließ er die Reling und machte sich auf die Suche nach dem Kapitän der Fähre.

Er entdeckte ihn auf dem erhöhten, hinteren Deck, wo er sich freundlich mit seinem Steuermann unterhielt. Der Kapitän, eine leicht korpulente Person ceylenischer Abstammung, musterte verunsichert seinen offensichtlich erregten Passagier.

»Nun, junger Mann, was führt dich von den Freuden auf Deck in meine Gesellschaft? Ist etwas nicht in Ordnung?«

»Nein, Sir, nichts ist in Ordnung.« Als Will den besorgten Ausdruck auf dem freundlichen Gesicht des Herrn sah, beeilte er sich, die Sache zu erklären: »Ich versichere Ihnen, es hat nichts mit Ihnen oder Ihrem Schiff zu tun.«

Der Kapitän war deutlich erleichtert. »Guter Gott, es freut mich, das zu hören, wirklich! Was haben Sie denn für ein Problem?«

»Nichts, was Sie betrifft, doch ganz plötzlich habe ich es sehr eilig. Ich muss sofort nach Sauropolis!«

Der Kapitän tauschte mit seinem asiatischen Steuermann, der hilflos mit den Schultern zuckte, einen Blick aus. »Wir fahren so schnell, wie der Wind und die Strömung es zulassen. Ich kann die Schlagzahl nicht erhöhen, außer es liegt ein Notfall an Bord vor.« Er sah Will fest ins Auge.

»Es ist tatsächlich ein Notfall, doch ich verlange von Ihnen nicht, dass sie die Ruderer wegen mir antreiben. Ich brauche nur Ihre Erlaubnis, mich abholen zu lassen, von einem Skybax aufnehmen zu lassen.«

Der Kapitän legte die Stirn in Falten. »Von einem Skybax aufnehmen zu lassen?« Er deutete nach vorne. »Für die breiten Schwingen eines Skybax ist auf Deck aber nicht genug Platz.«

Wills Miene war wild entschlossen. »Ich weiß. Ich wollte es auch gar nicht von Deck aus versuchen.« Er drehte sich um und deutete nach oben, zu dem kleinen Krähennest, das sich an der Spitze des Hauptmastes befand.

Der Kapitän hatte die Bewegung verfolgt. »Bei Schiwa, ich bin kein Skybax-Reiter, doch ist das, was du vorhast, nicht ziemlich gefährlich? Wenn es daneben geht, dann ist es eine ganz schöne Strecke bis aufs Deck hinunter und die Planken sind nicht so nachgiebig wie das Wasser.«

Will blickte dem älteren Mann ruhig in die Augen. »Ich

bin derjenige, der das Risiko eingeht. Ich entbinde Sie jeder Verantwortung und aller möglichen Konsequenzen.« Er sah den Steuermann an. »Ich tue das in Gegenwart eines Zeugen.« Er begann zu bitten. »Bitte, Sir, ich muss sofort aufbrechen. Doch das ist Ihr Schiff und ich brauche Ihre Erlaubnis als Kapitän, um den Versuch zu wagen.«

»Du musst unter großem Druck stehen, um ein so gefährliches Unterfangen in Betracht zu ziehen.«

Will senkte die Augen. »Die Frau, die ich liebe, befindet sich vielleicht in Lebensgefahr.«

Der Kapitän dachte kurz nach und nickte dann. »Gut, dann versuche es. Du hast meine Erlaubnis.« Doch lass mich erst das Deck in diesem Bereich räumen.» Er atmete tief ein, wobei sich seine Brust und sein Bauch blähten. «Es würde ein schlechtes Licht auf mich werfen, wenn du auf einen meiner Passagiere fallen würdest.»

Will hielt sich kaum lang genug auf, um zu nicken und einen Dank zu murmeln, bevor er herumwirbelte und zum Mast rannte. Weit über ihm kreiste Federwolke auf seinen dreizehn Meter breiten Schwingen und seine drängenden Schreie klangen zu der langsam dahinziehenden Fähre herab.

Will verschwendete keinen Gedanken an das unnachgiebige Deck unter ihm und kletterte, so schnell er konnte, die Takelage hoch. Die Schriftrolle hatte er jetzt sicher in seiner Schultertasche verstaut. Als er sich dem leeren Krähennest näherte, frischte der Wind auf. Hier im seichten Wasser lag die Fähre wie ein Fels in der Brandung, dennoch würde die Sache eine heikle Angelegenheit werden. Der Mensch und der Pterosaurier mussten sich perfekt aufeinander abstimmen.

Als er das Krähennest erreicht hatte, hielt Will einen Moment inne, bevor er das noch verbleibende Maststück nach oben kletterte. Augenblicke später saß er unsicher schwankend auf der Mastspitze, die Füße auf zwei Holzpflöcken, die gut einen halben Meter weiter unterhalb seitlich aus dem

Mast ragten, während seine Oberschenkel das glatte Hartholz umklammerten. Die Arme zur Balance weit ausgebreitet legte er den Kopf in den Nacken und schaute nach oben, bis er den kreisenden Skybax entdeckt hatte. Dann pfiff er den Befehl, ihn aufzunehmen. Würde Federwolke, ohne dass ein ordentlicher Landeplatz in Sicht war, den Befehl seines Partners richtig verstehen? Will wusste, dass keine Möglichkeit bestand, in den Sattel selbst zu gelangen. Die Schwingen des Skybax würden mit dem Mast und der Takelage kollidieren. Er wusste, ihm blieb nur eine Möglichkeit.

Hatte Federwolke ihn gehört? Will spitzte seine Lippen und pfiff ein zweites Mal, wobei er fast die Balance verlor. Gebannt von den dramatischen Ereignissen, die sich dort oben am Mast abspielten, ging ein kollektives Aufstöhnen durch die auf dem Deck versammelten Zuschauer.

Während Will sein Bestes tat, an seinem gefährlichen Aufenthaltsort aufrecht stehen zu bleiben, sah er, wie Federwolke immer tiefere Kreise zog. Der Skybax hatte zu einem weit ausholenden Sinkflug angesetzt, der ihn über das Heck der Fähre bringen würde. Will kämpfte darum, so aufrecht wie möglich zu stehen. Er wusste, dass weder er noch der Skybax sich jetzt einen Fehler leisten konnten. Der vom Fluss her kommende Wind wirbelte um die Mastspitze und versuchte ihn von seinem unsicheren Stand zu stürzen. Unterstützt von der aufströmenden Luft bewegten sich die breiten Flughäute auf ihn zu. Näher, immer näher – bis der große Schatten fast über ihm war.

Jetzt!

Will gab jeden Versuch, die Balance zu halten auf, und warf jede Vorsicht und sich selbst über Bord. Mit beiden Händen griff er nach oben. Die linke griff ins Leere. Verzweifelt rutschten seine Finger über das Seil. Doch seine rechte Hand schloss sich sicher um den geflochtenen Strick, der unter dem knochigen Leib des Skybax hing. Der Strick war ein

Teil des Sattelgurtes, der während des Fluges immer etwas locker herabhing. Seine Finger klammerten sich fest und er spürte, wie er heftig in die Höhe gerissen wurde. Sofort griff er mit der anderen Hand zu und seine Finger schlossen sich um das jetzt straff gespannte Seil.

Unter und hinter sich hörte er zuerst das gemeinschaftliche Aufstöhnen der zuschauenden Passagiere der Fähre und dann ihren Applaus. Fünfzehn Meter über dem Wasser an dem immer höher steigenden Federwolke hängend, fand Will den Beifall doch etwas verfrüht. Er könnte sich nach oben schwingen, doch es bestand die Gefahr, dass er Federwolke damit aus der Bahn warf. Lediglich die Hände, Arme und Schultern einsetzend arbeitete er sich langsam an dem Sattelgurt nach oben, bis er um die Vorderseite des breiten Flügels herum war. Ohne Druck auf die dünne, verletzliche Flughaut auszuüben, zog er sich auf den Rücken des Quetzalcoatlus und in den leichten Sattel, der dort festgeschnallt war. Er legte sich flach in die vorgeschriebene Flughaltung, um den Luftwiderstand so weit wie möglich zu verringern, und tätschelte dem großen Pterosaurier liebevoll den Nacken.

»So kommt man voran, Federwolke! So hat es uns Oolu beigebracht!«

Der Pterosaurier verstand nur seine eigene Sprache, die aus Krächzen, Zwitschern und Kreischlauten bestand, doch er verstand deutlich den Tonfall in der Stimme seines Reiters. Der Skybax antwortete mit einer Folge von aufsteigenden Tönen und setzte seinen langsamen Aufstieg fort, während sie sich in östlicher Richtung von der Fähre, den ehrfürchtig dreinblickenden Passagieren und einem sehr erleichterten Kapitän entfernten.

Flog man mit einem Skybax, dann war die Entfernung nach Sauropolis verhältnismäßig klein und Federwolke flog relativ tief. Es gab keine Berge, die man überqueren, keine Hügel, denen man ausweichen musste. Die saftigen Wiesen und die Dörfer der Polongo-Mündung breiteten sich unter ihm aus. Sowohl die arbeitenden Menschen als auch die Saurier hielten gelegentlich inne und winkten dem vorbeifliegenden Skybax zu.

Anstatt einen anderen Skybax mit einem Reiter, hatte jemand Federwolke mit der Nachricht ausgeschickt, in der Gewissheit, dass der Flugsaurier alleine viel schneller seinen Partner ausfindig machen würde. Für diese Voraussicht war Will dankbar. Während sie sich den Außenbereichen der Hauptstadt näherten, versuchte Will die sorgenvollen Gedanken an Silvia zu unterdrücken. Dann flogen sie über den Hafen mit den mächtigen, künstlichen Wellenbrechern und den wie Finger wirkenden Landungsstegen. Dahinter erhoben sich in der aufgehenden Sonne beeindruckende Gebäude, in denen sich die Baustile der Hindus, Griechen und Araber widerspiegelten und deren Säulen und Kapitele aus fein behauenem Marmor und Granit hell glänzten. In den belebten Straßen drängten sich kleine und große Saurier. Elegante, mit bunten Bändern geschmückte Sauropoden und Ceratopsier reihten sich in einem langen Zug aneinander und die Musik der Prozession war selbst in der Höhe, in der der Skybax jetzt flog, noch zu vernehmen.

Der bunt gemischte Festzug von Dinosauriern und Menschen, so mutmaßte Will, bewegte sich auf den Paradeplatz oder vielleicht auch auf das große Amphitheater zu. Dem Anschein nach war es ein Zirkus, und Will verspürte einen Hauch von Enttäuschung, dass er ihn nicht würde besuchen können. Ein Zirkus mit seinen menschlichen Akrobaten, den geschmückten Ceratopsiern, den musizierenden Hadrosauriern und den ihre Kraft zur Schau stellenden Sauropoden war in Dinotopia immer ein besonderes Ereignis. Doch solange er wusste, dass Silvia in Schwierigkeiten, wenn nicht sogar in ernsthafter Gefahr war, konnte er nicht entspannt seinen Vergnügungen nachgehen.

Er musste Federwolke gar nicht zum Skybaxhorst lenken. Ohne auf die Führung seines Reiters angewiesen zu sein, schlug der Quetzalcoatlus automatisch diese Richtung ein und sank in dem aufkommenden Wind auf das hohe, aus Holz und Stein errichtete Gebäude zu. Dort hatten auch andere Skybax ihren Schlafplatz und gleich daneben befanden sich die Unterkünfte ihrer menschlichen Reiter. Da dies der wichtigste Hort der Hauptstadt war, war er zugleich auch der größte in ganz Dinotopia und bot Raum für viele Skybax. Federwolke hatte keine Schwierigkeiten, eine freie Plattform zum Landen zu finden.

Sobald Federwolke mit seinen Füßen die Plattform berührte, sprang Will ab. Von seiner menschlichen Last befreit, faltete Federwolke seine breiten Schwingen zusammen und saß dann nicht nur auf seinen Füßen, sondern stützte sich mit den hohlknochigen Fingern an seinen mit Flughäuten versehenen Armen ab.

»Tut mir Leid, mein Freund, doch ich darf keine Zeit verlieren. Die Pfleger werden sich um dich kümmern.« Will schloss seinen hastigen Abschied mit einem freundschaftlichen Klaps ab und machte sich auf den Weg. Er verzichtete auf den von einem Sauropoden betriebenen Lift und hastete die nächstgelegene Wendeltreppe die zehn Stockwerke bis zum Boden hinunter. Hinter ihm warf Federwolke dem verschwindenden Rücken seines Reiters einen verdrossenen Blick zu und fragte sich, welcher Notfall in seinem sonst so ruhigen, menschlichen Gefährten eine solche Hast auslösen konnte.

Es muss die Nachricht gewesen sein, die ich überbracht habe, dachte der Skybax. Was es auch war, es sollte nicht eine solche überstürzte Eile auslösen. Schon seit dem schwierigen Aufstieg auf der Fähre hatte er die Unruhe in seinem Reiter gespürt. Dieses ganze Hoppla-Hopp und dann er hatte sich noch nicht einmal die Zeit genommen, ihn nach der Landung trockenzureiben. Na ja, krächzte der Skybax vor sich hin. Ich weiß aus meiner Erfahrung mit Menschen, dass, obwohl es nett ist, sie um sich zu haben und mit ihnen zu arbeiten, sie doch oftmals zu impulsiv sind. Federwolke drehte sich vorsichtig auf seinen Füßen und den Fingerknöcheln um und begann ein Gespräch mit seinen Gefährten von der fliegenden Zunft. Wie üblich waren die Reiter und ihre oft unverständlichen, menschlichen Angelegenheiten schnell vergessen und die Unterhaltung kam ganz von selbst auf das Wetter und die Flugbedingungen in dieser Woche.

Will stolperte schwer atmend aus dem Erdgeschoss des Horstturmes und rannte fast in einen mühsam dahintrottenden Ankylosaurier, der mit Produkten einer Molkerei in der Vorstadt beladen war. Flaschen mit Dickmilch schwankten und klapperten in den seitlichen Tragegestellen, und wenn die Ladung an ihrem Bestimmungsort ankäme, dann würde die Milch schon fast Butter sein.

Der Ankylosaurier drehte seinen bewehrten Kopf in Wills Richtung und bellte ihn an, doch Will hatte keine Zeit, auf die durchaus angebrachten Vorwürfe zu antworten. Er drängte sich an dem Tier vorbei und lief dann den Pterosaurierweg in Richtung der Centrosaurierallee entlang.

Nicht zum ersten Mal musste er feststellen, dass Straßen, die für den Schritt von titanenhaften Sauriern wie dem Brachiosaurier ausgelegt sind, Menschen in ihrer Fortbewegung behinderten. Das war keine Lösung, stellte er fest, als er stehenblieb und sich vorbeugte, um Atem zu schöpfen. Die meisten staatlichen Ämter, einschließlich der Kommunikationseinrichtungen, befanden sich in dem großen Verwaltungskomplex am nordwestlichen Rand der Hauptstadt. Der Skybaxhort lag auf einem Hügel weit im Osten. Er musste nahezu noch die gesamte Stadt durchqueren.

Während er noch keuchte, sah er genau das, was er jetzt brauchte – eine Raptoren-Rikscha. Die beiden Velociraptoren unterhielten sich leise, während sie auf einen Fahrgast warteten. Will sprang in den Sitz und bellte, so gut er es in der rauen Sprache der Raptoren konnte, sein Fahrtziel. Er beherrschte die Sprache nur ungenügend, doch die wichtigsten Straßen und Gebäude in Sauropolis trugen Namen, die sowohl Menschen als auch Saurier erkannten.

Während sie ihm den Fahrpreis nannten, legten sie ihr Geschirr um und es ging los. Ihre kraftvollen Hinterläufe und beweglichen Körper befähigten sie, sich mit hoher Geschwindigkeit in dem dichten Verkehr zu bewegen. Als Will sie drängte, noch schneller zu machen, nahmen sie es als Herausforderung und eilten mit einer solchen Geschwindigkeit und Eleganz durch die überfüllten Straßen, dass er nichts anderes mehr tun konnte, als sich an der Rikscha festzuklammern, um nicht herauszufallen. Einmal musste er sogar in Deckung gehen, als die Raptoren sich nicht um eine Umleitung kümmerten, sondern direkt unter dem die Straße versperrenden Fleischberg eines schwerfälligen Tenontosauriers hindurchrannten. Will spürte, wie sein Haar an dem schlaff herabhängenden Bauch des großen Pflanzenfressers entlangstrich, doch es passierte nicht mehr, als dass der Saurier und der menschliche Fahrgast ein paar erstaunte Blicke, gefolgt von Erklärungen, austauschten.

Die Raptoren, die beständig aufeinander einredeten, hatten sich ganz ihrer Aufgabe hingegeben. Die meisten ihrer sonstigen Passagiere zogen eine gemütliche Fahrt vor. Dieser besorgte Mensch aber hatte ihnen die Erlaubnis erteilt loszurennen! Und sie rannten. Die Räder der Rikscha sprangen über das Pflaster. Mehr als einmal hob es Will tatsächlich in die Luft und das ohne Hilfe seines Skybax.

Schwer atmend und tief Luft holend, ihre kleinen, aber kraftvollen Saurierherzen pochten heftig, erreichten die Raptoren schließlich das angegebene Büro und wären mit der Rikscha fast noch ins Gebäude gerollt. Will musste sich weit auf der linken Seite hinauslehnen, um das leichte Gefährt am Umkippen zu hindern. Für diese wilde Fahrt konnte er niemanden außer sich selbst verantwortlich machen. Er hätte wissen müssen, dass man zwei Raptoren nicht auffordert, so schnell wie möglich zu laufen.

Nachdem er zitternd aus dem geflochtenen Sitzgestell geklettert und auch selbst wieder zu Atem gekommen war, dankte er den beiden inständig. Dann ging er die breite Steintreppe in die riesige Säulenhalle hinein.

Drinnen liefen über die Mosaikfußböden aus poliertem Marmor und Granit Menschen und Dinosaurier, mit Verwaltungsaufgaben beschäftigt, hin und her. So unkompliziert es in Dinotopia auch zuging, gab es dennoch eine Menge Verwaltungsarbeit. Es kostete ihn einige Zeit und viele Fragen, bevor man ihm den Weg zu einem Büro in den Tiefen des Amtes für Kommunikation zeigte, wo er hoffte, an der richtigen Stelle zu sein.

Trotz der Größe des Gebäudes war das Büro selbst hell und luftig, ein kleiner Erfolg der Architektur von Dinotopia. Von der Rückseite blickte man auf einen kleinen Garten, während sich an den Seitenwänden die Schriftrollen doppelmannshoch stapelten. Ein großes Portal nahe des Gartens führte in weitere Räume.

Der schlanke, ältere Mann, der sich hinter einem mit Schriftrollen beladenen Schreibtisch erhob, erweckte den Eindruck, stark beschäftigt zu sein. Zog man seine Positon in Betracht, dann war das durchaus verständlich, doch im Moment hatte Will nicht sehr viel Geduld. Er zog die Schriftrolle aus seiner Schultertasche, warf sie auf den hölzernen Tresen und meinte kurz angebunden zu dem Angestellten: »Ist das die neueste Information? Ich muss es wissen!«

»Wissen? Mein Gott.« Während der Angestellte die Schriftrolle aufnahm und sie vorsichtig vor sich ausbreitete, richtete er seine rechteckige Lesebrille. »Alle wollen immer nur etwas wissen, junger Mann. Deshalb kommen sie ins Amt für Kommunikation. Unsere Aufgabe ist es, Leuten zu helfen, die etwas wissen wollen.« Er schob die Schriftrolle auf dem Tresen in die richtige Position und las sie sorgfältig durch.

Als er damit fertig war, ließ er die Schriftrolle sich wieder aufrollen und musterte über die Brille hinweg seinen gereizten Besucher. »Sie sollten lernen, sich zu beruhigen, junger Mann oder Sie werden niemals das Ihnen bestimmte Alter erreichen.«

Will deutete auf die Schriftrolle: »Sie haben das gelesen? Dann wissen Sie, warum ich mich nicht beruhigen kann. Gibt es neuere Informationen in dieser Angelegenheit?«

»Einen Moment, einen Moment, bitte.« Durch Wills Beharrlichkeit offensichtlich etwas verwirrt, drehte sich der Angestellte um und stieß einen Laut aus, der zwischen einem Grunzen und einem tiefen, musikalischen Pfeifen lag.

Von hinter dem Portal erklang eine tiefere, volltönende Antwort. Einen Augenblick später betrat eine mächtige Gestalt auf allen vieren den Raum. Der weibliche Iguanodon trug eine Quaste, die sie als die Vorgesetzte auswies. Auf ihrer Schnauze befand sich eine große Brille, ähnlich jener, die ihr menschlicher Kollege trug. Will bemerkte, wie er sie anstarrte. Es war ungewöhnlich, doch nicht absolut neu, dass ein Dinosaurier eine Sehhilfe trug. Das bedienstete Saurierweibchen, das den größten Teil des Raumes einnahm, blickte dem alten Mann über die Schulter und studierte die Schriftrolle, die dieser vor ihr ausgebreitet hatte. Die etwas unpassende Brille verstärkte noch ihre natürliche Ähnlichkeit mit einem riesigen, olivgrünen Basset. Sie blickte Will an und nickte.

Sie richtete sich auf den Hinterbeinen zu ihrer vollen Größe von fünf Metern auf und begann die oberen Regalbretter auf der linken Seite des Raumes zu durchsuchen, wobei sie die Daumenklaue ihres linken Vorderfußes dazu benutzte, die Schriftrollen schnell und effektiv beiseite zu räumen, als ob sie Buchseiten umblättere. Nachdem sie einige Minuten damit zugebracht hatte, zwei Stapel von zuletzt eingegangenen Meldungen zu sichten, ließ sie sich wieder auf alle viere nieder und schaute Will bedauernd an. Obwohl er und sie keine gemeinsame Sprache hatten, sagte ihr Blick alles. Um ihr Mitgefühl auszudrücken, stieß sie eine Folge von traurigen Trompetenstößen aus. Dann wandte sie sich ab und ihr zehn Meter langer Körper bewegte sich wie auf Zehenspitzen wieder auf das Portal zu, das in ihr eigenes Büro führte.

Ihr menschlicher Mitarbeiter blickte Will sorgenvoll an. »Das war's. Sie haben gehört, was Erewet gesagt hat. Es tut mir Leid, dass es keine neuen Nachrichten gibt. Wenn nach diesem hier«, er tippte auf die Schriftrolle, die halb geöffnet auf dem Tresen lag, »noch etwas hereingekommen wäre, dann hätte sie davon gewusst.«

Wills Enttäuschung war so groß wie ganz Dinotopia. »Aber das ist unmöglich!« Nun war es an ihm, auf die ihn in den Wahnsinn treibende, wenig informative Schriftrolle zu tippen. »Menschen verschwinden in Dinotopia nicht einfach. Sie haben einen Unfall, werden verletzt, ja sterben sogar, aber sie verschwinden nicht einfach!«

Gelassen schürzte der ältere Angestellte seine Lippen und meinte zu seinem aufgeregten Besucher: »Offensichtlich ist es genau das, was der fraglichen Dame passiert ist.« Er gab sich alle Mühe, beruhigend zu klingen: »An Ihrer Erregung und an Ihrem Tonfall merke ich, dass Sie ein Außenweltler sind. Erst vor kurzem nach Dinotopia gekommen?«

Will konnte seine Ungeduld kaum im Zaum halten. »Mein Vater und ich erlitten erst vor ein paar Jahren an der nordwestlichen Küste, nahe der Brutstation, Schiffbruch.«

Die Miene des Angestellten wurde freundlicher. »Oh, Sie sind einer von den respektablen Denisons! Ihr Vater hat sich seit seiner Ankunft schon einen Namen gemacht.«

Immer ist es mein Vater, dachte Will unwirsch. Wie steht

es mit *meinem* Namen? Er schob den Gedanken beiseite. Deswegen war er nicht hier.

»Es muss neuere Nachrichten geben, einen offiziellen Bericht über den Fortgang der Suche.«

»Eine Suche?« Der Angestellte deutete auf die Schriftrolle. »Ich habe nichts von einer Suche gelesen. Dies ist lediglich eine Benachrichtigung über eine unangenehme Situation, die noch nicht so weit fortgeschritten ist, dass irgendwelche Maßnahmen von dritter Stelle ergriffen werden müssten. Offensichtlich ist man noch nicht so weit beunruhigt, dass man daran denkt, weitere Schritte einzuleiten.«

»Aber ich!« Will nahm die Schriftrolle an sich und wollte gehen.

»Einen Moment bitte, junger Mann.«

Will blieb unwillig stehen. »Was ist?«

Mit einem Mal zeigte der Angestellte Mitgefühl und sagte nachdenklich: »Will Denison, ich weiß nicht, wie viel Sie seit Ihrer Ankunft von Dinotopia gesehen haben, doch obwohl dieses Land seit langem besiedelt und auch zivilisiert ist, gibt es immer noch viele Orte, die noch niemand besucht oder erforscht hat. Und damit meine ich nicht nur das Regental, wo kein vernünftiger Mensch oder Dinosaurier sich alleine hinbegibt.«

»Worauf wollen Sie hinaus?« Will blickte sehnsüchtig auf die hinter ihm befindliche Tür.

Der Angestellte nickte in Richtung der Schriftrolle, die Will in seiner rechten Hand umklammert hielt. »Bedenken Sie gut, wo sich Ihre Freundin aufgehalten hat. Schluchtenstadt befindet sich am Ausgang der weitläufigen Schlucht des Amu Flusses. Diese Schlucht hat Hunderte, vielleicht sogar Tausende von Seitentälern und Felsspalten. Die meisten haben so steile Wände, dass noch nicht einmal die kleinsten unserer Saurierbrüder und Schwestern sie meistern können. Sie besitzen zwar viele Fähigkeiten, aber das Herumklettern in

Felsen gehört nicht dazu. Dazu braucht man die beweglichen Hände und Füße eines Primaten, eines Menschen.

Wenn es in Dinotopia eine Gegend gibt, die unsere prähistorischen Freunde nicht kennen, dann ist es die große Schlucht und das sie umgebende Gebiet.» Er lächelte. «Das ist vielleicht auch der Grund, warum Ihre Freundin sich dorthin begeben hat. Was hat sie an diesem unbewohnten und gefährlichen Ort gesucht?»

»Ich weiß es nicht.« Die Enttäuschung machte Will gereizt. »Sie hat es mir nicht gesagt.«

»Nun, dann sollten ihre Beweggründe vielleicht geheim bleiben. Möglicherweise wollte sie nicht, dass jemand, auch aus den nobelsten Motiven heraus, nach ihr sucht.«

Will fuchtelte mit der Schriftrolle. »Selbst wenn das stimmt, dann müsste sie sich dennoch regelmäßig bei den örtlichen Behörden melden. Das ist wohl die geringste Vorsichtsmaßnahme.«

»So ist es, junger Mann, genau so ist es. Aber in Ihrer Sorge und der bewundernswerten Anteilnahme nehmen Sie an, ihr wäre irgendein Unglück zugestoßen. Ich glaube, dass Sie dabei eine andere Möglichkeit übersehen.«

Will blinzelte. »Eine andere Möglichkeit? Was für eine andere Möglichkeit?«

Der Angestellte blickte ein weiteres Mal nachdenklich über die Brillengläser hinweg auf seinen besorgten jungen Besucher. »Dass sie vielleicht etwas gefunden hat.«

2

Als Will das Büro verließ, gesellten sich die Worte des Angestellten zu seinen Sorgen, gärten und ließen ihn nicht mehr los. Wenn der alte Mann nun Recht hatte und er sich unnötige Sorgen machte? Wenn es Silvia gut ging und alles in Ordnung war, dann würde sie als Letztes wollen, dass man sie mitten in der Wildnis mit einer Rettungsmannschaft aufspürte. Ihre Reaktion auf eine solch unwillkommene Störung würde mehr als nur ungehalten sein.

Trotzdem, sie hätte sich melden müssen, beharrte Will in Gedanken. Silvia war nicht leichtfertig und sie würde wissen, dass sich andere um sie Sorgen machten. Er war erneut fest entschlossen herauszufinden, was da vorging, auch wenn er sie damit verärgern würde. Sie könnte ihn gern anschreien und ihm mit dem Finger drohen, falls er sich geirrt hätte. Zumindest wüsste er dann, dass es ihr gut ging.

Doch was konnte er tun, um die Sache voranzutreiben? Um ihn herum liefen Menschen und Dinosaurier durch die Gänge und unter den Kuppeln entlang, die selbst für die größten Sauropoden hoch und breit genug waren. Wie die Erwartungen so waren auch die Gebäude in Dinotopia von Anfang an groß angelegt.

Er trat in den Weg einer dahintrottenden Struthiomimus, die einen Botengang erledigte, und befragte sie in Hinblick auf bestimmte Angaben in der Schriftrolle. Die Botin zirpte Will aufmunternd zu und zeigte ihm mit ihren schmalen, kräftigen Fingern, die jeden Pianisten neidisch gemacht hätten, den Weg. Aus früheren Kontakten mit Struthies war Will mit einer Reihe von Worten ihrer Sprache vertraut und war so in der Lage, der Botin in ihrer eigenen Sprache zu danken.

Will eilte durch das Verwaltungsgebäude und gelangte schnell zu einem hohen Bogengang, an dessen aufwändigen Mosaiken man sehen konnte, dass die dahinter liegenden Büros zum Amt für offizielle Unterstützung gehörten. Er hielt nur kurz inne, um sicher zu sein, dass er sich am richtigen Ort befand, eilte dann weiter und suchte nach einem nicht überlaufenden Büro oder einem Angestellten, der nicht übermäßig beschäftigt war.

Er fand einige von ihnen in einem großen, weitläufigen Raum, wo Hunderte von kleinen Schriftrollen, die hauptsächlich Arbeitsanweisungen enthielten, sortiert und weitergeleitet wurden. Schnelle Coclophysis nahmen Mitteilungen von Menschen und Sauriern entgegen und verteilten sie im gesamten Gebäude, während Boten unaufhörlich mit Rucksäcken und Umhängetaschen voller Berichte kamen und gingen, die in die Nischen in der Wand einsortiert werden mussten.

In diesem ganzen Tumult und Durcheinander entdeckte Will ein Zwillingspärchen indonesischer Abstammung, das mit einem mittelgroßen Centrosaurier zusammenarbeitete. Mit seinen vielen Hörnern am Kopf und eine Reihe scharfer Stacheln an seinem Nackenschild konnte der Centrosaurier genug Papier tragen, um jeden Bürokraten glücklich zu machen. Zusätzlich zu den beiden an seiner Seite befestigten Karteikästen steckten auf seinen Hörnern und Stacheln unzählige Papiere und Nachrichten und machten aus dem stämmigen Pflanzenfresser ein laufendes, lebendes Archiv.

Als Will sich ihnen näherte, blickten die beiden jungen, zurückhaltenden, kleinen Frauen auf. »Brauchen Sie Hilfe?«, fragte ihn die Erste mit einer winzigen, glockengleichen Stimme. Ihre Gestalt wirkte zerbrechlich, doch ihr Tonfall war wie Stahl. Mitfühlender Stahl, so hoffte er.

»Sehen Sie das?« Er breitete die Schriftrolle vor ihnen aus. »Das Amt für Kommunikation beharrt darauf, dass man sich noch keine Sorgen machen müsste. Ich kenne die Dame und kann dem nicht zustimmen.«

Die beiden Frauen unterbrachen ihre Arbeit und studierten die Schriftrolle. Der seltsame Centrosaurier schob seinen Kopf zwischen sie und studierte das Schreiben.

»Das Amt für Kommunikation hat wahrscheinlich Recht«, erklärte der andere Zwilling. »Was erwarten Sie von unserem Amt?«

»Nun, natürlich dass eine Expedition ausgeschickt wird, um sie zu finden!«

Die beiden Frauen und der Centrosaurier tauschten Blicke aus. »Expeditionen sind eine kostspielige Angelegenheit, Herr …«

»Denison. Will Denison.«

»Eine einzelne Person in der Schlucht des Amu zu suchen bedeutet umfangreiche Vorbereitungen und viele Leute.« Die Frau deutete auf die Schriftrolle. »Die Nachricht klingt mehr nach einem gut gemeinten Hinweis und nicht nach einem Notfall. Könnte es sein, dass Sie überreagieren?«

Natürlich könnte das sein, das wusste auch Will, aber er würde es nicht zugeben.

»Sie hätte längst zurück sein müssen. Das besagt die Nachricht. Es wird Zeit, nach ihr zu suchen.«

Als der andere Zwilling das Wort ergriff, drehte sich der Centrosaurier mit einem unmissverständlichen Seufzen weg. Wichtigere Dinge mussten erledigt werden.

»Nicht, wenn man dazu umfangreiche Mittel einsetzen muss, die nicht gerechtfertigt sind.«

»Dann kann ich also nicht mit Ihrer Hilfe rechnen?«

Die beiden Frauen sahen sich an, als müssten sie sich einig werden, wer antworten sollte. »Wir helfen, wo Hilfe benötigt wird, Will Denison. Die Mitteilung der Schriftrolle legt das nicht nahe. Das Amt muss seine Mittel gemäß der Dringlichkeit einsetzen. Ihr Anliegen, es tut mir Leid, dies sagen zu müssen, steht dabei eher an unterster Stelle.« Sie schenkte ihm ein aufmunterndes Lächeln. »Natürlich können sich die gegebenen Umstände schnell ändern.«

»Seien Sie nicht so herablassend.« Er rollte die Schriftrolle fest zusammen. »Wenn mir das Amt für öffentliche Unterstützung nicht hilft, dann versuche ich es an anderer Stelle und immer weiter, bis ich jemanden finde, der mein Anliegen ernst nimmt.«

Ein Schwall warmer, leicht übel riechender Luft fuhr Will durch die Haare. Er drehte sich um und starrte in das Gesicht eines irritierten Pssiticasauriers. Der Saurier blickte ihn lange missbilligend an, bevor er weiterging, um seine Botengänge zu erledigen. Will zögerte. Es war schon eine Weile her, dass er von einem Dinosaurier das erhalten hatte, was einer Zurechtweisung entsprach. Ihm war klar, dass er, seit er den Raum betreten hatte, die Gebote der Höflichkeit außer Acht gelassen hatte.

»Hören Sie«, murmelte er und wandte sich wieder an die Zwillinge. »Es tut mir Leid, aber wir sprechen hier von meiner Verlobten. Es kann schon sein, dass ich aus Sorge um sie zu ungeduldig bin.«

»Das ist ganz verständlich«, antwortete eine der jungen Frauen. »Das ist Ihr gutes Recht. Doch trotz Ihrer Besorgnis haben Sie nicht das Recht, unvernünftige Forderungen an Ihre Mitbürger, seien es nun Saurier oder Menschen, zu stellen.«

»Sie können es bei den anderen Ämtern versuchen«, bekannte ihr Ebenbild, »doch sobald Sie dort die Schriftrolle vorlegen, wird der Inhalt zu der gleichen Reaktion führen.

Ohne Mitteilung über einen tatsächlichen Notfall wird man Ihnen raten, auf weitere Nachrichten zu warten oder zumindest noch etwas Zeit verstreichen zu lassen. Das ist sicher keine befriedigende Antwort, doch die wahrscheinlichste.«

»Er ist verliebt«, murmelte ihre Schwester. »Du kannst nicht erwarten, dass er vernünftig ist.«

Will besaß genug Anstand um zu erröten. »Ich verstehe, was Sie meinen, doch ich kann diese Nachricht«, und er schwenkte wieder die Schriftrolle, »nicht einfach beiseite legen und auf die nächste offizielle Mitteilung warten.« Er unternahm keinen Versuch, seine Stimme in den Griff zu bekommen oder seine Aufregung zu verbergen. »Ich muss *irgendetwas* unternehmen.«

Die Zwillinge dachten nach. Als sie sich einig waren, wandten sie sich ihrem schwerfälligen Mitarbeiter, dem Centrosaurier, zu. Nach langem Gemurmel, Schnaufen und dem Austausch von Schriftstücken kehrten sie zu Will zurück.

»Wir haben Jesmacha Ihr Problem vorgetragen.« Hinter ihnen blickte der mit Papieren gespickte Centrosaurier in Wills Richtung. In seinen Augen lag Mitgefühl, das den unvermeidbar schroffen Ton seines Kommentars in der rauen, gutturalen Sprache des Centrosauriers Lügen strafte.

»Wenn Sie von Ihrem Vorhaben nicht abzubringen sind«, sagte der andere Zwilling, »dann schlägt Jesmacha vor, dass Sie sich beurlauben lassen und die Angelegenheit selbst in die Hand nehmen.«

Will zögerte. »Das könnte ich machen. Mir steht noch Urlaub zu. Doch wie soll ich nach Schluchtenstadt kommen? Wie einen Suchtrupp zusammenstellen?«

Die Angestellte zuckte mit den Schultern. »Wie erreicht ein jeder von uns irgendetwas auf dieser Welt? Indem man es einfach tut, während jene, die nur reden, nichts erreichen. Viel Glück, Bürger.« Sie wandte sich ab.

Will wusste, dass er die Zwillinge schon viel zu lange belästigt hatte und verließ das Büro. Die Vernunft, nicht sein Herz sagte ihm, dass die Zwillinge Recht hatten. Solange die zuständige Stelle in Silvias Angelegenheit nicht offiziell einen Notfall anerkannte, bestand für ihn keine Möglichkeit, mit Hilfe der Behörden die Lage zu klären. Er musste sich selbst darum kümmern. Es würde viele Tage dauern, um von Sauropolis zu der weit entfernten Schluchtenstadt zu kommen, außer man flog mit einem Skybax. Wenn er aber Urlaub nehmen würde, dann konnte er nicht Federwolkes Dienste in Anspruch nehmen, um halb Dinotopia zu überqueren.

Es sei denn, ja, es sei denn, es stand in nächster Zeit eine planmäßige Lieferung für diese Stadt an.

Die Rikschafahrt zurück zum Horst verlief viel ruhiger und weniger nervenaufreibend als die Höllenfahrt früher am Tage. Das war gut, denn so hatte er Zeit zum Nachdenken. Sobald er am Fuß des Horstturms abgesetzt worden war, ging Will direkt ins Büro des Skybaxdienstes, das sich in einem nahe gelegenen Gebäude befand.

Mehrere Dromaeosaurier arbeiteten an den Schriftrollenlesegeräten, deren gut geschmierte Tretmühlen sie mit einer konstanten Geschwindigkeit bewegten. Die Wandfächer für eintreffende Pakete und Nachrichten befanden sich zur Linken, die für ausgehende rechts. Da er immer noch seine Skybax-Reiter-Uniform trug, hinterfragte niemand seine Anwesenheit im Verteilerzentrum.

Wie zu erwarten, befanden sich in dem Fach für Schluchtenstadt eine Anzahl von kleinen, fest verschnürten Paketen und Schriftrollen. Will verließ das Verteilerzentrum und begab sich hoffnungsvoll ins Erdgeschoss des Horstturmes. Das gesamte imposante Gebäude war vom intensiven Geruch der Skybaxe erfüllt.

Im Bereitschaftsraum waren ein halbes Dutzend Skybax-Reiter versammelt. In kleineren Städten oder Gemeinden wären es wohl nur ein oder zwei gewesen, doch im wichtigsten Verteilerzentrum der Hauptstadt herrschte im Horst immer geschäftiges Treiben.

Er gab die Begrüßungsworte und das Winken der anderen Reiter zurück – einige kannte er persönlich, mit anderen verband ihn nur der gleiche Beruf – und ging direkt zur Einsatztafel. Auf der glatten, abwischbaren Oberfläche der Tafel waren die Einsätze für den restlichen Tag notiert. Am nächsten Morgen würde man alles auswischen und sie neu beschriften.

Gentoo Paik, zwei Uhr nachmittags nach El Qubbanukka und Khasra, dazwischen einige Lieferungen in ländliche Gegenden. Der Flug sollte am gleichen Abend in Schluchtenstadt enden. Er kannte den Namen des Mannes, mit dem er sprechen musste, doch die Person selbst kannte er nicht. Als er ein Reiter-Ehepaar fragte, deuteten sie sofort auf einen gut angezogenen Mann, der alleine am Tisch saß. Er war gerade dabei, eine umfangreiche Mahlzeit in sich hineinzuschlingen.

Paik war klein und schmächtig, eine Voraussetzung für zumindest zwei Berufe in Dinotopia: Jockey und Skybax-Reiter. Er lächelte, als sein Kollege ihm gegenüber an dem Tisch Platz nahm. Beide trugen sie das Abzeichen eines vollausgebildeten Reiters.

Will streckte ihm seine Hand mit offener Handfläche entgegen und Paik drückte auf gleiche Weise seine Hand dagegen, während er in der anderen die Essstäbchen hielt. »Halte inne und finde Frieden.«

»Du auch, Reiter.« Paiks Stimme klang freundlich, ja fast respektvoll. Festgeklemmt zwischen den beinernen Essstäbchen fanden exotische Gemüsestücke ihren Weg in seinen Mund. »Wie sieht's aus?«

»Gute Bedingungen über dem Polongo«, sagte Will, um das Gespräch in Gang zu bringen. »Mehr habe ich heute Morgen nocht nicht gesehen. Wo wir gerade über das Flugwetter sprechen, ich habe eine Bitte.«

Der ältere Mann machte eine Bewegung mit seinem Essgerät. »Schon gewährt, wenn es in meiner Macht steht.«

Will deutete mit dem Kopf auf die Einsatztafel. »Ich habe gesehen, dass du heute Mittag für einen Flug nach Schluchtenstadt eingeteilt bist.«

Paik steckte sich vorsichtig das Gemüse in den Mund und nickte. »Ein langer, schwerer Flug und nicht gerade einfach. Der Wind, der von den östlichen Hügeln der Verbotenen Berge kommt, ist zwar nicht so stark wie der aus dem Westen, dafür ist er aber viel heimtückischer. Und man muss die Bedingungen im Bereich der Schlucht kennen.«

Will lächelte. »Eine Landung ist immer ein schwieriges Unterfangen.« Er beugte sich vor. »Ich muss so schnell wie möglich nach Schluchtenstadt und habe dafür meine Gründe. Es wäre mir eine große Hilfe, wenn ich deinen Einsatz übernehmen könnte.«

Paik runzelte unsicher die Stirn. »Der Flug heute Nachmittag? Das ist sehr kurzfristig.«

»Tut mir Leid, aber die Nachricht, die mich nach Schluchtenstadt führt, hat mir mein eigener Skybax erst vor kurzem überbracht. Es ist eine persönliche Angelegenheit, bei der die offiziellen Stellen in der Verwaltung keinen Grund zur Eile sehen.«

»Du aber, was?« Paik lächelte verständnisvoll. »Gut, soll niemand sagen, ein Skybax-Reiter lässt einen anderen in der Not im Stich.«

Will bemühte sich, seine Erregung zu meistern. »Dann bist du also bereit, mit mir zu tauschen?«

»Nicht so schnell, nicht so schnell, mein junger Freund!« Paik grinste breit. »Was ist denn *dein* Auftrag?«

Will blinzelte. »Weißt du, ich war so mit meinen Angelegenheiten beschäftigt, dass ich noch nicht nachgesehen habe. Auf der Tafel steht nichts.«

»Komm.« Paik wischte seine geschnitzten Stäbchen sorgfältig mit einem Tuch ab und erhob sich von seinem Platz. »Finden wir es gemeinsam heraus.«

»Du hast deine Mahlzeit aber noch nicht beendet«, protestierte Will.

Der andere zuckte mit den Schultern. »Ich war sowieso schon satt. Mach dir keine Sorgen, es ist nicht vergeudet. Ein paar Ecken weiter gibt es eine Gemeinschaft von Sauriern, die alle Küchenabfälle des Horstes abnimmt.« Er trat vom Tisch zurück.

Will erfuhr vom Diensthabenden, dass sein nächster Auftrag die Beförderung von einigen Paketen mit Obstbaumsetzlingen von den Baumschulen in Sauropolis zu verschiedenen Plantagen bei der Stadt Reißzahn im Regental war, mit dem vorschriftsmäßigen Halt in Wasserfallstadt für die Post.

»Der übliche Flug den Polongo hinauf.« Kameradschaftlich legte Paik seine Hand auf Wills Schulter. »Gute Aussicht, jede Menge Gelegenheiten auf dem Weg eine Pause einzulegen und leichte Flugbedingungen. Außerdem ist die Strecke auch kürzer. Ich wäre ein Dummkopf, wenn ich nicht mit dir tauschen würde. Der Nachmittagsflug nach Schluchtenstadt gehört dir, mein Freund Will.«

»Danke!« Wills Dankbarkeit kam von Herzen. Er war auf dem Weg und das, ohne irgendwelche Vorschriften verletzen zu müssen.

»Ich bin aber doch neugierig«, Paik hatte die Hände hinter dem Rücken verschränkt, als sie wieder zum Bereitschaftsraum gingen, »was dich dazu veranlasst, einen so leichten Flug gegen meinen zu tauschen?«

»Es geht um eine Freundin von mir«, erklärte Will. »Sie ist vielleicht in Schwierigkeiten.«

»Oha! Wie immer, das Wort, auf das es ankommt, erklärt alles.«

Will blickte ihn unsicher an. »Das Wort, auf das es ankommt? Ach, du meinst ›Schwierigkeiten‹?«

Paik grinste und zeigte dabei sein Gebiss, das zur Hälfte aus Goldzähnen bestand. »Nein. Ich meine ›Freundin‹.«

Die Angestellte von der Flugeinteilung zog die Augenbrauen hoch, als Paik ihr erklärte, dass sie ihre Flüge tauschen würden, doch da keiner der beiden noch in der Ausbildung war, sah sie keinen Grund für formale Einwände. Die Nachrichten und Pakete für Schluchtenstadt, El Qubbanukka und Khasra befanden sich in speziellen Transportsäcken, während die Post, die bei den Stationen auf dem Lande abgeworfen werden sollte, in festen Abwurfkisten verstaut war. Will ging unter der erheblichen Last leicht in die Knie und ein gutgelaunter Paik verabschiedete sich und wünschte einen guten Flug.

Während Will seine Freunde in Belluna besucht hatte, war Federwolke in seiner Abwesenheit gut gepflegt und ernährt worden und hatte die Ruhepause genossen. Der kurze Flug zur Fähre mit der Nachricht über Silvia hatte den großen Quetzalcoatlus kaum beansprucht. Will redete sanft auf sein Reittier ein, während er die Transportsäcke sorgfältig mit Schnallen und Riemen am Sattel befestigte.

»Diesmal geht's nach Schluchtenstadt, Federwolke. Es ist ein langer Flug und wir können froh sein, wenn wir es vor Einbruch der Nacht schaffen.« Will war klar, dass sie es schaffen mussten, denn eine Landung in Schluchtenstadt bei Nacht war eine Aufgabe für einen Skybax-Meister, und davon war er noch weit entfernt. Sie würden schnell fliegen müssen und durften sich bei den Abwürfen auf dem Weg keinen Fehler erlauben.

Die Mannschaft des Horts überprüfte zum letzten Mal das Geschirr von Federwolke. Einer der Jungen meinte, während er den langen, schmalen Brustkorb des Skybax ein letztes Mal kontrollierte: »Du hast es wohl eilig, Reiter?«

»Sehr sogar. Habe einen Sack voll eiliger Mitteilungen.«

Der Bedienstete nickte wissend. »Ich habe mich auch als Flugschüler beworben. Eines Tages vielleicht …«

Will lächelte ihn an, als sie Federwolke zu einer der vier Start- und Landeplattformen führten, die vom Dach des Turmes hinausreichten. »Lerne ordentlich, übe viel und erinnere dich immer daran, dass du auf deinen Skybax angewiesen bist, er aber nicht auf dich.« Um das zu unterstreichen, tätschelte er Federwolkes Nacken und wurde mit einem schrillen Gurgeln der Zustimmung und Zuneigung belohnt.

Um sie herum waren die üblichen Geräusche des Horstes zu hören, die kreischende Unterhaltung der anderen Skybax, das Geraune der geschäftigen menschlichen Pfleger und das gelegentliche scharfe, papageienartige *chirr-rup* eines mit einer Meldung ankommenden oder abfliegenden Rhamphorhynchus. Als sie an die Kante der Plattform gelangten, trat der Pfleger zurück.

»Sanfte Winde, Reiter.«

»Danke.« Als sich Federwolke leicht nach vorne beugte, setzte Will seinen linken Fuß in den dafür vorgesehenen Steigbügel und schwang seinen Körper auf den Rücken des Skybax. Als er seinen rechten Fuß in den anderen Steigbügel geschoben hatte, legte er sich zwischen die Seitenteile des Sattels flach auf den Bauch. Sie waren seiner Körperform angepasst und er glitt problemlos dazwischen. Er steckte seine Hände durch die Armstützen und sicherte seinen Oberkörper auf dem Sattel.

Nachdem er ein letztes Mal die Säcke, die an den seitlichen Sattelstützen befestigt waren, überprüft hatte, pfiff er seinem Reittier zu und ließ einen liebevollen Klaps auf den langen Nacken folgen. Federwolke antwortete mit einem durchdringenden Schrei und wackelte unbeholfen zur Kante der Plattform. Zehn Stockwerke über der gepflasterten Straße breitete der Skybax seine riesigen Schwingen aus und machte einen Schritt nach vorne.

Sofort fiel er nach unten, doch Will musste nicht einmal schlucken. In Höhe des siebten Stockwerks hatte der Fall ein

Ende und sie tarierten langsam aus. In Höhe des fünften Stockwerks erfasste sie ein starker Fallwind und drückte sie nach unten. In Höhe des dritten Stockwerks begannen sie aufzusteigen, da Federwolke instinktiv die nächste Säule warmer, aufsteigender Luft fand.

Augenblicke später beschrieben sie eine langgezogene, langsame Kurve nach Norden und stiegen weiter, während der Skybax unter Wills geübter Führung allmählich eine östliche Richtung zu den Bauerndörfern von Jupe und den südlichen Ausläufern der Verbotenen Berge einschlug.

Als sich unter ihnen die geometrischen Felder der weiten landwirtschaftlichen Nutzflächen ausbreiteten, ging Will auf einmal durch den Kopf, dass außer seinen Skybax-Reiterkollegen Gentoo Paik und der Flugaufsicht in Sauropolis niemand wusste, wohin er flog und noch weniger, was er vorhatte. Er müsste seinen Vater und seine Freunde zu Hause in Wasserfallstadt benachrichtigen, doch das war erst möglich, wenn er seinen ersten Halt in El Qubbanukka erreicht hätte. Dort konnte er einem Skybax-Reiter, der auf dem Weg zurück nach Sauropolis war, eine Nachricht mitgeben, die von dort aus nach Wasserfallstadt weitergeleitet werden würde.

Nach Wills Berechnungen würde das mindestens zwei Tage dauern. Genug Zeit, um seinem Vater das Gefühl zu geben, nicht übergangen worden zu sein und lang genug, um zu verhindern, dass weder er noch irgendjemand anders die Möglichkeit hatte, ihm sein Vorhaben auszureden. Er lächelte vor sich hin, als ein Schwarm heiser krächzender Raben Federwolkes Flugbahn kreuzte. Die großen, schwarzen Vögel bewegten sich kraftvoll und schnell, doch keiner von ihnen konnte es mit der Majestät eines ausgewachsenen Quetzalcoatlus im Flug aufnehmen. Will fragte sich, ob, von den Versuchen seines Vaters mit Flugmaschinen mal abgesehen, überhaupt jemals etwas dem Flug eines Skybax nahe käme.

Unter sich konnte er deutlich Sauropoden, Hadrosaurier,

Ceratopsiersaurier, Ankylosaurier und andere erkennen, die in den Obstplantagen und auf den Feldern arbeiteten. Schwieriger war es, deren menschliche Gefährten auszumachen, kleine Punkte neben ihren Sauriermitbürgern. Gemeinsam sorgten sie für die Fruchtbarkeit und den Ertragsreichtum der Felder von Dinotopia. Ein jeder hatte genug zu essen, genügend Arbeit und es gab Freiraum für persönliche Kreativität und Selbstverwirklichung. Es war wirklich ein wundersamer Ort, überlegte Will, selbst wenn alle hier lebenden Menschen und ihre Vorfahren als Schiffbrüchige hierher gelangt waren und nicht auf einem prächtigen Passagierschiff.

Aber so zivilisiert das Land auch war, gab es immer noch Gefahren, und damit waren seine Gedanken wieder bei Silvia.

Schon bald kamen die südlichen Abhänge der Verbotenen Berge in Sicht. Dadurch, dass Will sich immer nach der von Osten nach Westen verlaufenden Hauptverbindungsstraße zwischen Sauropolis und Chandara richtete, konnte er sich entspannen. Wie jeder andere gut ausgebildete Skybax, so würde auch Federwolke automatisch dem am deutlichsten sichtbaren Weg zwischen zwei Anflugpunkten folgen, ohne dass sein Reiter ihn dauernd lenken musste. Lediglich ab und zu, wenn die Straße unter ihm Kurven oder weite Bögen machte, veränderte Will, um Zeit zu sparen, die Flugroute. Anders als auf einer Straße musste ein Skybax-Reiter nicht auf die Geländeformationen Rücksicht nehmen.

In El Qubbanukka gab er hastig seine Lieferung ab und rief den Leuten noch eine Entschuldigung wegen seines übereilten Aufbruchs zu. Kaum dass sich Will und Federwolke genug Zeit nahmen, ihren Durst zu stillen, erhoben sie sich schon wieder von dem Horst und wandten sich nach Norden Richtung Khasra. Mit einem Auge auf der sinkenden Sonne ließ er sich kaum Zeit für das Ab- und Aufladen, bevor er sich an die letzte, lange und einsame Etappe nordwärts nach Schluchtenstadt machte.

Auch jetzt folgten sie der Handelsstraße. Nicht, weil es die schnellste Route war, sondern die sicherste. Bei aller Ungeduld war Will doch klar, dass, sollten sie in Schwierigkeiten kommen und landen müssen, nur auf der von Norden nach Süden verlaufenden Straße mit Hilfe zu rechnen war. Der direkte Weg hätte ihn über die Alte Schlei geführt, die größte Verbindung zwischen dem Amu und der großen Schlucht. Dort lebte niemand und im Falle einer Notlandung war kein Beistand zu erwarten. Es würde Silvia nichts nützen, wenn sie in die gleiche Lage geraten würden.

Auch wenn ihn die Verzögerung ärgerte, zwang er sich, ein Minimum an Vorsicht, zumindest bei der Wahl seiner Flugroute, walten zu lassen. Auf ihrem Weg belieferten sie einige einsam gelegene Außenstationen, wo Dinosaurier und Menschen sich um die Instandhaltung der Straße kümmerten und wo die wenigen Reisenden Unterkunft und Verpflegung erhalten konnten. Für diese Abwürfe mussten sie tief über starke, im fünfundvierzig Grad-Winkel aufgespannte Netze hinuntergehen, die an Pfosten im Boden verankert waren. Im letzten Moment zog dann Federwolke wieder steil nach oben, während Will den Postbehälter abwarf. Er war stolz darauf, dass er nicht nur das Netz traf, sondern auch genau in die Mitte. In der jährlichen Statistik aller Skybax-Reiter von Dinotopia standen er und Federwolke an elfter Stelle, was die durchschnittliche Genauigkeit betraf. Es gab zwar keine Siegesbänder, doch viele Glückwünsche und viel Lob für die Zukunft eines solchen noch jungen Paares.

Entgegen Gentoo Paiks Warnung waren die Winde, die von den östlichen Hängen des Gebirges wehten, freundlich, ja fast sanft. Dafür war Will genauso dankbar wie Federwolke.

Obwohl es dafür zu spät war, kamen Will nun wieder Zweifel. Wenn der Centrosaurier Jesmacha und die Zwillinge im Amt für behördliche Hilfe doch Recht hatten? Wenn Silvia wohlbehalten in ihrer selbst gewählten Einsamkeit war und wütend, wenn man sie darin störte? Er würde sich nicht nur vor ihr, sondern auch vor der gesamten Gilde der Skybax-Reiter lächerlich machen. Ganz zu schweigen von seinem Vater. Er konnte das Gesicht des alten Bibliothekars Nallab vor sich sehen, wie er über Wills Leichtsinnigkeit kicherte, während er ihn tadelte, weil er ohne vorher nachzudenken losgestürmt war.

Es war zu spät, um sich jetzt noch Vorwürfe zu machen, beschloss Will. Der Wind pfiff ihm ins Gesicht und er blickte nach links. Es war zu spät für viele Dinge, so schien es. Trotz aller Anstrengungen von Federwolke war die Sonne im Begriff, hinter den Verbotenen Bergen unterzugehen. Sie würden es nicht vor Einbruch der Nacht nach Schluchtenstadt schaffen.

Schon gar nicht, wenn sie auf dieser Route blieben. Sie befanden sich immer noch ein gutes Stück von den Denkmälern der Trilobiten entfernt. Unter ihm, weit zu seiner Rechten, schoben sich die ersten Ausläufer der Alten Schlei wie diebische, braune Finger in die Ausläufer des Gebirges. Ganz sicher würden er und Federwolke, wenn sie dem Seitenarm folgten, der immer breiter und tiefer wurde, bald zur Hauptschlucht gelangen. Mit Zwitscher- und Grunzlauten befragte er sein Reittier, wie es sich fühle. Federwolke stieß ein vibrierendes Grunzen aus und stieg höher. Das genügte Will. Er ließ es lieber auf einen plötzlichen, doch unwahrscheinlichen Zusammenbruch oder ein Versagen der Kräfte ankommen, als eine Nachtlandung in Schluchtenstadt zu riskieren. Will tätschelte dem großen Quetzalcoatlus sanft die rechte Seite des Nackens und dirigierte damit sein Reittier in nordnordöstliche Richtung. Unter ihnen wurde die Schlucht breiter. Als Will an seinem Sattel vorbei nach unten blickte, nahmen die im tiefen Schatten liegenden Abgründe der Schlucht immer mehr die Form eines aufgerissenen Mauls an.

Der Anblick (ganz zu schweigen von dem Vergleich) beunruhigte ihn. Er hob den Kopf und starrte über Federwolkes ruderförmigen, roten Kopfhöcker nach vorne. Irgendwo dort in dem ausgedehnten Irrgarten von Schluchten und Einbrüchen, die die Erde durchzogen, lag der sichere Hafen von Schluchtenstadt. Sie mussten ihn vor Einbruch der Dunkelheit finden.

Unbedingt.

3

Das verblassende Licht der untergehenden Sonne fiel auf die festungsgleichen Felsformationen der Schlucht und ließ an den Spitzkuppen, Spalten, Felssäulen und Klippen seltsame Schatten entstehen. Wie ein Riss zog sich die große Schlucht des Amu durch Dinotopia und war einerseits ein Paradies für Geologen und andererseits ein Albtraum für Reisende. Der Amu selbst mit seinen sturmgepeitschten Springfluten und Wasserfällen war nur auf kurzen Strecken und dann auch nur sehr eingeschränkt schiffbar. Manchmal verschwanden seine Wassermassen auch vollständig in dem tiefen Schlund mitten in der Großen Wüste, der Das Große Tor genannt wurde.

Will war klar, dass dies kein Ort war, um zu landen und die Nacht zu verbringen. Er konnte das Zittern in Federwolkes Schwingen spüren. Selbst die Kräfte seines scheinbar unermüdlichen Reittiers hatten ihre Grenzen und der Skybax näherte sich ihnen jetzt schnell. Trotz der hereinbrechenden Dunkelheit blieb Will nichts anderes übrig, als dem erschöpften Quetzalcoatlus ein paar wertvolle Minuten Pause zu gönnen. Ungeachtet der Gefahren einer nächtlichen Landung in Schluchtenstadt wäre es immer noch besser, dort nach Einbruch der Dunkelheit einzutreffen als überhaupt nicht. Er fühlte, wie Federwolke unter ihm leicht taumelte. Die nächsten paar Flügelschläge waren kurz und unsicher. Schon seit geraumer Zeit hatte der Skybax auf seine Gleitfähigkeit vertraut. Er würde nicht um eine Rast bitten, sondern darauf warten, dass sein Reiter eine Entscheidung traf.

Will suchte den vor ihm liegenden Horizont ab und glaubte, einen möglichen Landeplatz auszumachen, der noch vom schwindenden Sonnenlicht erhellt wurde. Es war keine gut gebaute Horstplattform, mit ihrem weichen Belag aus dicken, griffigen Matten, doch in diesem Augenblick konnte er nicht wählerisch sein. Will beugte sich vor und mit ein paar Pfiffen und einigen Klapsen lenkte er sein Reittier auf den anvisierten Platz zu. Federwolke grunzte eine leise Antwort und begab sich langsam und graziös in den Sinkflug.

Als sie an Höhe verloren, sahen beide, dass der von Will ausgewählte Platz schon besetzt war. Doch nicht von einem anderen Skybax.

Eine Gruppe von Menschen und je eine Familie von Dryosauriern und Hypsilophodons hatte dort ihr Lager aufgeschlagen. Die Dryosaurier, die etwa die Größe eines Menschen hatten, und ihre etwas kleineren Verwandten, die Hypsilophondons, blickten erstaunt zu der von oben auf sie herabgleitenden Silhouette des Skybax. Besonders die jüngeren Hypsoliphodons sprangen aufgeregt herum, klapperten mit ihren Kauleisten und eilten zusammen mit ihren größeren Dryosaurierfreunden auf die steile Felskante zu. Plumpe, klauenbewehrte Hände winkten zum Gruß und an den von beiden Spezies bevorzugten hübschen, geflochtenen Kragen flatterten Bänder und Quasten.

Die erwachsenen Saurier und Menschen kümmerten sich währenddessen weiter darum, ein Lagerfeuer zu entfachen. Will hörte, wie einer der erwachsenen Dryosaurier den jungen eine Warnung zurief, sich vom Rand der Klippe fernzuhalten.

Hinter dem Lagerplatz konnte Will jetzt die schwachen Konturen eines Pfades erkennen, der wie ein heller Faden in einem dunklen Tuch wirkte. Bestimmt hatte die Gruppe auf diesem Weg die Felsplatte erreicht, doch warum? Wenn sie sich schon längere Zeit in dieser Gegend aufhielten, dann würden sie vielleicht etwas über den Verbleib von Silvia wissen. Wenn ihnen in den Weiten des Amu eine allein reisende Person begegnet war, würden sie sich bestimmt daran erinnern.

Ein großer Bogen aus rötlich braunem Sandstein, eine von den unzähligen, beeindruckenden Felsformationen, die die große Schlucht zu einem geologischen Wunderland machten, tauchte vor ihnen auf. Will überlegte blitzschnell. So erschöpft, wie Federwolke war, konnte er ihm unmöglich den Befehl geben wieder aufzusteigen. Er beschloss, dem erfahrenen Skybax die Entscheidung über die Flugroute zu überlassen. Will klammerte sich an den Griffen des Sattels fest und zog den Kopf ein.

Als Federwolke unter dem Bogen hindurchschoss, waren seine Flügelspitzen auf beiden Seiten nur einen Meter von der Felswand entfernt und Will pfiff die warme Luft um die Ohren. Danach glitten sie sanft auf den flachen Felsvorsprung zu, den Will von oben aus gesehen hatte.

Sobald der Skybax gelandet war, nahm Will seine Füße aus den Steigbügeln und sprang nach unten. Vom Gewicht seines Reiters befreit, faltete Federwolke seine Schwingen zusammen und entspannte sich. Sein schmaler Brustkorb hob und senkte sich bei jedem Atemzug.

Sofort waren sie von einem halben Dutzend junger Dryosaurier und Hypsilophodons umringt. Erstere waren fast so groß wie Will, während ihre kleineren Verwandten ihm kaum bis an die Hüfte reichten. Ihre Schnäbel klapperten und knackten unausgesetzt, als sie den unerwarteten Besucher mit Fragen überhäuften, die er nicht beantworten konnte.

Da die drei menschlichen Kinder der Gruppe bei weitem nicht so schnell zu Fuß waren wie ihre Saurierspielgefährten, stießen sie erst etwas später dazu. Alle schoben und drängten, um den besten Blick auf den Skybax-Reiter und seinen Flugsaurier zu haben. Zwischen den Lauten der Saurier vernahm Will nun verständliche Worte, doch ohne darauf einzugehen, schob er sich durch die Ansammlung der aufgeregten Jugendlichen und ging auf das Lager zu.

Die Erwachsenen der Gruppe erwarteten ihn schon. Inzwischen flackerte das Feuer und stellte einen kleinen Hort der Wärme und des Lichts in der hereinbrechenden Dunkelheit dar. Einige aus der Gruppe bauten gerade zwei große Zelte auf, eines für die Menschen und das andere für die Saurier.

Ein energischer junger Mann in Wills Alter kam auf ihn zu und sagte: »Was führt Sie hierher, Reiter?« Er lachte in sich hinein. »Ich weiß, dass es bei den Skybax eine besondere Postzustellung gibt, doch das hier ist etwas übertrieben.« Er drehte sich zu seinen geschäftigen Gefährten um und rief: »Erwartet jemand einen Geburtstagsgruß?«

Ein gutmütiges Lachen war die Antwort auf seine Frage. Trotz seiner Ungeduld brachte auch Will ein Lächeln zustande. »Unser Halt hier war nicht geplant.« Er deutete hinter sich. »Mein Skybax brauchte eine Pause. Wir sind in einer etwas dringenden Sache auf dem Weg nach Schluchtenstadt.«

Die Miene seines Gegenübers wurde ernst. »Ich verstehe. Es muss schon dringend sein, wenn Sie so spät noch unterwegs sind.« Er schaute an dem Besucher vorbei und musterte den Abendhimmel, der nun, genau wie die Felsen um sie herum, in goldenen, roten und rosa Farbtönen erstrahlte. »Ganz egal, wie lange Sie Rast machen, bei Ihrer Landung in der Stadt wird es schon ziemlich dunkel sein.«

»Ich weiß, aber wir haben keine andere Wahl.«

»Nun gut, wir werden helfen so gut wir können. Möchten Sie etwas zu essen?«

Die Worte des Mannes erinnerten Will daran, dass er seit seinem Abflug in Sauropolis nur ein paar Happen gegessen hatte. »Wenn das Essen schon fertig ist, nehme ich das Angebot dankend an. Und was Federwolke betrifft, er braucht unbedingt etwas zu Trinken, sonst nichts. Ein müder Skybax sollte nicht mit vollem Magen fliegen.«

»Geht in Ordnung«, erklärte sein Gastgeber. »Kommen Sie mit.«

Während Will eine Mahlzeit aus getrockneten Früchten und Nüssen in sich hineinschlang, wechselten sich die jüngeren Mitglieder der Gruppe dabei ab, vorsichtig Wasser aus Kürbisflaschen in Federwolkes pelikanähnlichen Schnabel zu gießen. Der Skybax legte seinen Kopf zurück und trank gleichmäßig mit großen Schlucken.

»Wir können Ihnen nicht genug für Ihre Gastfreundschaft danken«, sagte Will, als Saurier und Menschen Seite an Seite um das knisternde Lagerfeuer saßen. »Was machen Sie eigentlich hier draußen?«

»Genau das, was Sie sehen«, antwortete ein älterer Mann auf der anderen Seite des Lagerfeuers. Er hatte sich an die Flanke eines Dryosauriers gelehnt. Einer der kurzen, kräftigen Arme des Dinosauriers lag nachlässig auf der Schulter des Mannes. »In der Stadt arbeiten wir alle im selben Betrieb. Hauptsächlich Kleiderreinigung und Ausbesserung.«

Will war klar, dass die menschlichen Finger wohl den Großteil der Feinarbeit leisteten, während die Saurier sich um die schwereren Aspekte ihrer Tätigkeit wie die Auslieferung der Ware kümmerten.

»Was meinen Sie mit ›was Sie sehen‹?«

»Wir machen einen Campingausflug«, erklärte die Frau, die neben dem Mann saß. »Hauptsächlich wegen der Kinder, aber auch wir genießen es, einmal aus der Stadt herauszukommen.« Sie blickte zum Himmel. »Hier ist es so friedlich. So still und ruhig. Nachts hört man nur von weit unten den Fluss. Das ist gut für die Kinder.« Sie murmelte dem Dryosaurier, der auf seinem Bauch ausgestreckt zu ihren Füßen lag, etwas zu und der antwortete mit einer klangvollen Tonfolge. Keiner von ihnen verstand wirklich die Sprache des anderen, doch es war immer möglich, nahe Liegendes auszutauschen.

Als Will schließlich aufstand, war es schon fast dunkel. Die Ausflügler hatten einige der wohlschmeckenden Flussfische aus ihrem Vorrat über dem Feuer gebraten. Will war satt und ausgeruht, und wenn er heute Abend noch die Stadt erreichen wollte, dann war es an der Zeit aufzubrechen.

»Nochmals vielen Dank«, bedankte sich Will bei den Ausflüglern. »Sie waren uns eine große Hilfe.«

Das älteste von den menschlichen Gruppenmitgliedern machte eine beschwichtigende Geste. »Wir hätten das für jeden Wanderer getan. Genau wie Sie, Skybax-Reiter, wenn es umgekehrt gewesen wäre. Ich hoffe, Sie haben Erfolg mit Ihrer Mission.«

»Seid vorsichtig, Wolkenstürmer«, warnte ihn ein etwa zwölfjähriges Mädchen. »Zwischen hier und Schluchtenstadt gibt es viele Bögen und Felsspitzen.«

»Ja«, fügte der zehnjährige Junge hinzu, der mit untergeschlagenen Beinen neben ihr saß. »Mein Vater sagt, die Erde hätte hier viele Finger.«

»Wir werden unser Bestes tun, ihnen auszuweichen.« Will drehte sich um und schritt entschlossen auf Federwolke zu. Der ausgeruhte Skybax wartete auf ihn und hatte sich schon an den Rand der Felsplatte mit dem Kopf in Richtung Abgrund gestellt. Auch er fieberte darauf, den letzten Teil ihrer langen Reise hinter sich zu bringen.

Als sich Will in den Sattel schwang, kamen Saurier- und Menschenkinder näher und kommentierten jede Kleinigkeit, angefangen bei dem sorgfältig gearbeiteten Sattel bis hin zu den Schweißflecken auf Wills vormals makelloser Skybax-Reiter-Uniform. Dann breitete Federwolke seine riesigen Schwingen aus und die Kinder traten ehrfurchtsvoll zurück.

Unaufgefordert machte der Quetzalcoatlus ein paar unbeholfene Schritte zum Rand der Felsplatte, trat ins Leere und fiel in die Dunkelheit hinunter.

Bei der Suche nach einem geeigneten Platz war nicht die Landung das Problem gewesen. Es musste eine Stelle sein, die dem Skybax nachher beim Start genug Raum gab, sich fallen zu lassen, seine großen Schwingen auszubreiten und genug Luft darunter zu bringen, um aufsteigen zu können, bevor man gegen eine Felsspitze oder eine Felswand stieß. Das hatte die Auswahl an möglichen Landeplätzen stark eingeschränkt. Der Lagerplatz der Ausflügler war eng, ragte aber in einen offenen Teil der Schlucht hinein.

Es war aber immer noch gefährlich genug für Federwolke, in der engen Schlucht zu kreisen, damit er genügend Höhe gewann, um wieder Richtung Schluchtenstadt fliegen zu können. Einmal streifte seine linke Flügelspitze die harte Sandsteinwand. Aber er legte sich schräg, pendelte wieder aus und setzte seinen Aufstieg fort.

Das andere Problem war die hereinbrechende Nacht. Mit der sinkenden Sonne fiel auch die Temperatur. Je kälter es wurde, desto schwerer wurde es für Federwolke, Höhe zu gewinnen. Die Kälte könnte ihnen bei der Landung in Schluchtenstadt Schwierigkeiten bereiten. In der Hitze des Tages konnte man einen falschen Anflug abbrechen und einfach einen neuen beginnen. Die aus der Schlucht aufsteigenden Luftströme würden bei einem abgebrochenen Anflug den Skybax erfassen und ihn nach oben drücken, so dass er einen weiteren Versuch unternehmen könnte.

Ohne die Unterstützung dieser warmen Aufwinde mussten Will und Federwolke gleich beim ersten Versuch Erfolg haben. Da keine Möglichkeit bestand, wieder Höhe zu gewinnen, würde Federwolke da landen müssen, wo er gerade konnte und dort müssten sie dann den Morgen oder die Ankunft einer Rettungsmannschaft abwarten. Das wäre für beide aber eine kaum erträgliche Schmach. Will wollte es keinesfalls so weit kommen lassen. War nicht der große Meister Oolu persönlich sein Lehrer gewesen? Hatten er und Federwolke nicht dutzende Male schon eine Nachtlandung trainiert?

Natürlich waren es nur Übungslandungen gewesen. Jetzt kam es darauf an. Bis heute war alles nur Training gewesen, grübelte Will, das sich jetzt bewähren musste.

Es dauerte nicht lange, dann waren Lichter zu sehen. Von hoch oben boten sie einen seltsamen Anblick. Die Kuppen und Felsformationen der Schlucht schienen mit Edelsteinen gespickt zu sein, die in den vielen Schattierungen des Sandsteins glitzerten und glänzten. Es waren die Kerzen, Laternen und Feuerstellen in Schluchtenstadt, deren Häuser und Geschäfte durch die Jahrtausende hindurch in den Fels gehauen worden waren.

Die hohen Türme waren allerdings nicht von Menschen oder Dinosauriern erbaut, sondern waren auf natürliche Art durch die Erosionskräfte des Windes und des Wassers entstanden. In diese abgeschliffenen Steinmonumente hatten Menschen und Dinosaurier Räume und Terrassen, Treppen und Übergänge, Kindergärten und Lagerhallen gehauen. In vielen Fällen hatten die Siedler auch natürliche Höhlen und Tunnel vorgefunden, die nur noch vergrößert und verändert werden mussten. Stabile, schwingende Hängebrücken verbanden die in den Sandstein gehauenen Wohnräume mit den Arbeitsstätten zu einer blühenden Ansiedlung. Das Erdreich, das über die Jahrhunderte von den Ausläufern der Verbotenen Berge angespült worden war, hatte man ordentlich auf Gärten in den Felswänden und in Blumentöpfe verteilt. In ganz Dinotopia sagte man, dass in Schluchtenstadt sogar die Felsen blühten.

Hier lebten keine Sauropoden oder Camarasaurier. Kein Ceratopsier mit mächtigem Horn lief auf Zehenspitzen über die Hängebrücken und keine Hadrosaurier suchten sich ihren Weg auf den Pfaden an der Felswand entlang. Schluchtenstadt war ein Ort für die Schlanken und Leichtfüßigen. Hier konnten nur die kleineren Dinosaurier zusammen mit ihren menschlichen Mitbewohnern leben.

Für Federwolke wäre es viel einfacher und bequemer gewesen, wenn sie zu dem Skybaxhorst in Pteros weiter geflogen wären. Will fragte sich in diesem Moment, ob wohl sein Lehrer Meister Oolu gerade dort war und wieder eine Klasse von angehenden Skybax-Reitern unterrichtete. Doch der Grund, aus dem jetzt weit im Süden befindlichen Sauropolis hierher zu kommen, lag in der Stadt und nicht noch weiter im Nordosten. Sobald er sich davon überzeugt hatte, dass mit Silvia alles in Ordnung war, selbst wenn er keine Gelegenheit haben würde, sie zu sehen oder mit ihr zu sprechen, wäre er beruhigt. Dann konnten er und Federwolke der Schule, in der sie ausgebildet worden sind, einen Besuch abstatten.

Das schwindende Tageslicht zusammen mit den künstlichen Lichtern verwirrte Will. Von den langen Stunden im Sattel brannten seine Augen. Ohne die Hilfe der gastfreundlichen Ausflügler wären er und sein Reittier jetzt in einer schlimmen Lage. So waren sie aber einfach nur erschöpft.

»Dort!«, rief er, obwohl er wusste, dass Federwolke ihn nicht verstehen konnte. Aber der Skybax erkannte den Tonfall und teilte die Aufregung seines Reiters.

Rechts vor ihnen erhob sich einsam der beeindruckende Skybaxhorst von Schluchtenstadt. Höher als die gleichfalls imposanten benachbarten Felsspitzen hatte er anstatt der sonst üblichen künstlichen eine Reihe von natürlichen Landeplattformen. Der glatte Felsboden war kein so sicherer Untergrund wie die schweren Matten, doch was der Plattform an Ausstattung fehlte, wurde durch ihre Größe wettgemacht.

Natürlich vorausgesetzt, dass man sie deutlich sehen konnte. Mit seinen hohlen Knochen konnte selbst der kräftigste Skybax keine Bruchlandung riskieren.

In der fast vollständigen Dunkelheit konnte Will kaum die winzigen Gestalten ausmachen, die auf der Landeplattform herumliefen. Haben sie uns bemerkt, fragte er sich. Und wenn, bereiteten sie sich auf einen Notfall vor? Mit zusammengebissenen Zähnen dirigierte er sein Reittier nach unten. Von diesem Moment an bis zur Landung konnte er nichts mehr tun. Sein Leben lag in den dünnen, langen Händen seines Gefährten. Er konnte nur abwarten und auf die uralten Instinkte der Pterosaurier vertrauen, sie beide heil herunterzubringen.

Plötzlich flammte vor ihnen Licht auf. Es waren viele einzelne, kleine Lichtquellen, die in der Nacht hell erstrahlten. Die Mannschaft des Horstes hatte Feuerkörbe aufgestellt! Man hatte sie gesehen. Sie wussten um die Gefahren eines Anfluges bei Dunkelheit und hatten die notwendigen Maßnahmen ergriffen, um dem nächtlichen Ankömmling jede denkbare Hilfe zu geben. Will stieß hörbar den Atem aus.

Durch die gleißenden Feuerkörbe, die beide Seiten der Landeplattform markierten, war es Federwolke möglich, einen perfekten Anflug zu machen und sanft setzte er genau zwischen den beiden flackernden Lichtern auf. Halb sprang Will, halb fiel er auf den Boden. Es war ein heldenhafter Flug gewesen, aber er hatte kein Verlangen, ihn jemals zu wiederholen.

Er hatte es geschafft, sie waren in Schluchtenstadt angekommen. Jetzt konnte er sich persönlich nach dem Verbleib von Silvia erkundigen, konnte bei Behörden nachfragen, die darüber Bescheid wissen mussten. Keine bürokratischen Ausweichmanöver mehr, niemand würde ihn mehr hinauswerfen und in eine andere Abteilung schicken, zu anderen Angestellten. Er würde finden, was er suchte und zwar gleich. Er würde …

»Hallo, Will Denison. Ich wusste schon immer, dass du intelligent bist und Mut hast. Aber ich hätte nie gedacht, dass du ein Dummkopf bist.«

Will schaute sich um und starrte in ein zerfurchtes, todernstes Gesicht, das von zwei blonden, aber schon grau werdenden Koteletten eingerahmt wurde.

»Seien Sie gegrüßt, Meister Oolu. Die Winde ... die Winde meinten es gut mit uns.«

Und mit diesen Worten sank er total erschöpft in die starken, helfenden Arme seines alten Lehrers.

Er wachte vom Gesang einer Wolke auf. Es war nicht die Wolke vor seinem Fenster, von der die beschwingte Musik kam, sondern von einem Schüler, der mit untergeschlagenen Beinen vor Wills Zimmer saß und auf einer Flöte spielte, die die längliche Form eines schmalen Skybaxkopfes hatte.

Will richtete sich im Bett auf und streckte sich ausgiebig. Bevor er aber einen »Guten Morgen« wünschen konnte, war der Schüler, der sein Erwachen bemerkt und zu spielen aufgehört hatte, schon auf und davon.

Will erhob sich von dem prächtig geschnitzten Bett und ging ans Fenster. Die Stadt erstreckte sich über beide Seiten der Schlucht. Auf den belebten Pfaden und Brücken gingen Menschen und kleine Dinosaurier ihren täglichen Geschäften nach. Die Sonne schien und es war warm, die Farbenpracht der Blumen verzierte die Felskanten und unter seinem Fenster fiel der Fels fünfhundert Meter steil ab. Er war unverkennbar in Schluchtenstadt.

Er war erst halb angezogen, als die imposante Gestalt von Oolu sich durch den Perlenvorhang an der Tür schob.

»Meister, ich bin gerade erst aufgewacht und ...« Beim Versuch, seine Hosen anzuziehen, fiel Will rücklings aufs Bett.

»Mach langsam, Reiter.« Oolu betrat den Raum und schaute höflich aus dem Fenster, während Will sich hastig anzog. »Das war schon eine außergewöhnliche Landung, die du letzte Nacht hingelegt hast. Die Bediensteten des Horstes und die anwesenden Reiter sprechen immer noch davon.

Deine Flugpapiere zeigen, dass du spät in Sauropolis gestartet bist, dennoch hast du die ganze Strecke an einem Tag bewältigt.« Er wandte sich vom Fenster ab. Das Morgenlicht ließ die gelockten, blonden Härchen auf seinen muskulösen Unterarmen golden glänzen.

»Was ist der Grund für diese Eile, Will Denison? Welche Nachricht war so wichtig, dass du dich und deinen Skybax fast bis zur totalen Erschöpfung getrieben hast? Nichts von solcher Wichtigkeit hat sich in deinen Satteltaschen befunden.«

»Es ist keine Nachricht, Meister Oolu.« Normalerweise war Will in Gegenwart seines ehemaligen Lehrers selbstbewusst bis zur Unverfrorenheit, doch jetzt war er so unbeholfen, dass er kaum ein Wort herausbrachte. »Es ist … eine persönliche Angelegenheit.«

Augenbrauen wie Goldwolle hoben sich fragend. »Eine persönliche Angelegenheit? Du hast deine Stellung ausgenutzt, um einer persönlichen Angelegenheit nachzugehen?«

»Aber nein, Meister!«, protestierte Will. »Das würde ich niemals tun. Wenn Sie die Satteltaschen untersucht haben, dann wissen Sie, dass ich die reguläre Post aus Sauropolis gebracht habe.« Sein Tonfall wurde ruhiger. »Es war nur ein glücklicher Zufall, dass ich diesen Auftrag erhalten habe, denn es gibt tatsächlich eine persönliche Angelegenheit, um die ich mich hier kümmern muss.«

Oolu rieb sich sein Kinn und starrte seinen früheren Schüler durchdringend an. »›Zufall‹, so? Ich frage mich …« Seine ernste Miene verschwand und ein Grinsen, so breit wie die Schwarzholzebene, erschien auf seinem zerfurchten, vom Wind gegerbten Gesicht. »Du warst schon immer ein Schlauer, Will Denison.«

Plötzlich fiel Will etwas ein und er unterbrach seinen Meister. »Federwolke …!«

Oolu beruhigte seinen ehemaligen Schüler mit einer beschwichtigenden Geste. »Obwohl du deinen Skybax hart beansprucht hast, geht es ihm gut und er ruht sich gemütlich im Horst aus.«

Auch wenn der Vorwurf von Oolu kam, musste Will einfach widersprechen. »Federwolke hätte sich jederzeit gegen meine Anweisungen zur Wehr setzen können. Sie wissen das, Meister. Die Gefühle und Bedürfnisse eines Skybax haben immer Vorrang vor denen ihres Reiters.«

»Stimmt schon. Doch ich habe bisher noch keinen Skybax getroffen, der nicht alles getan hat, um die Wünsche seines Partners und Gefährten zu erfüllen.« Nachdem er dies gesagt hatte, schien der ältere Mann die ganze Sache vergessen zu wollen. Aus Erfahrung wusste Will, dass Oolus Stimmungen sich so schnell ändern konnten wie der Wind.

»Auf jetzt, heraus damit. Was ist das für eine ›persönliche Angelegenheit‹, die dich in solch einer Eile nach Schluchtenstadt treibt?« Erwartungsvoll setzte er sich in den einzelnen Sessel am Fenster, der aus dem massiven Fels herausgemeißelt war, und schlug die Beine übereinander. Der Sessel hatte die Form eines Skybax, der den Kopf zurückgeworfen hatte; die ausgebreiteten Schwingen bildeten die Armlehnen.

»Meine Verlobte. Sie war in dieser Gegend unterwegs und nach Auskunft der Behörden hat sie sich nicht wie angegeben zurückgemeldet. Da niemand es für notwendig hält, Nachforschungen anzustellen, habe ich beschlossen, es selbst zu tun.« Verlegen zog er seinen Gürtel fest. »Wenn Sie die Nachrichten in den Satteltaschen durchgesehen haben, dann müssen Sie auch diese gefunden haben.«

»Es gab einige, die mit Bändern als privat gekennzeichnet waren«, entgegnete Oolu. »Üblicherweise werden die nicht geöffnet.«

Natürlich nicht, dachte Will. Er war immer noch zu müde, um einen klaren Gedanken zu fassen.

Oolu erhob sich von dem Sessel. »Bist du ausgeruht genug, um mit mir mit zu kommen?«

Will blinzelte. »Wohin, Meister?«

Auf dem Gesicht des Lehrers erschien wieder das unwiderstehliche Grinsen. »Zu einem Skybax-Reiter-Frühstück natürlich. Komm, die anderen Reiter warten schon ungeduldig darauf, von deinem heldenhaften kleinen Flug zu hören. Nur ein klein bisschen heldenhaft, aber immerhin. Und diese Landung! Was hättest du gemacht, wenn man deinen Anflug nicht bemerkt und man keine Feuerkörbe als Markierungen aufgestellt hätte?«

Als sie zur Tür gingen, spürte Will, wie sich ein kräftiger Arm liebevoll um seine Schultern legte. Es war eine Geste, die man von einem Kameraden erwartete, nicht von einem Lehrer. Er richtete sich etwas auf und Stolz begann seine Unsicherheit zu verdrängen.

»Das *war* schon eine Landung, nicht wahr?«

Oolu lächelte immer noch, doch seine Stimme klang reserviert. »Das war sie. Aber werde nicht übermütig. Der Skybax-Reiter, dessen Kopf immer in den Wolken steckt, ist der, der ihn sich an den niedrigen Zweigen anstößt.« Mit der freien Hand schob er den Perlenvorhang in der Türöffnung zur Seite.

Will stellte fest, dass er ausgehungert war und alles verschlang, was das Küchenpersonal vor ihm auf den Tisch stellte. Oolu hielt sich zurück und beobachtete amüsiert seinen ehemaligen Schüler.

Als er den Eindruck hatte, dass sein Gast satt war (oder zumindest etwas langsamer aß), sprach er über die Zeit, als sie noch Schüler und Lehrer waren. Will trug seinen Teil zur Unterhaltung bei, hörte aber lieber dem Meister zu. Oolu kannte die wundersamsten Geschichten über Skybax-Reiter in ganz Dinotopia.

Nachdem Will seinem ehemaligen Lehrer erzählt hatte, was ihm so alles widerfahren war, kam er vorsichtig erneut auf den Grund seines halsbrecherischen Fluges von Sauropolis zu sprechen. Oolu hörte sich das Ganze aufmerksam an.

»Nein, ich kenne die Dame nicht. Ich habe sie hier auch nicht gesehen, doch das bedeutet nicht viel. In der letzten Zeit war ich meistens oben in Pteros.«

»Zuerst werde ich mich an die Stadtverwaltung wenden«, teilte ihm Will mit. »Wenn die mir nicht helfen ...«

»Das werden sie nicht«, unterbrach ihn Oolu. »Wenn die Behörden in Sauropolis nicht von einem Notfall ausgehen, dann werden die Behörden hier kaum anderer Meinung sein.«

Will blickte auf seinen Teller und wischte den letzten Rest des nahrhaften, braunen Hefebreis mit der übrigen Hälfte seines Sauerteigbrötchens auf. »Das habe ich befürchtet. Doch ich weiß nicht, was ich sonst tun soll.«

»Versuche es in den Tavernen und Besucherunterkünften«, schlug Oolu vor. »Versuche herauszufinden, wo sie während ihres Aufenthalts in der Stadt gegessen und wo sie übernachtet hat. Vielleicht erinnert sich jemand an sie. Vielleicht hat sie auch jemandem gesagt, wo sie hin will. Häufig teilen Reisende der Hauswirtin ihre Pläne und Ziele mit, die sie den offiziellen Stellen verschweigen.«

»Das stimmt.« Will hob den Kopf. »Silvia redet gern. Ja, ich kann mir vorstellen, dass sie keinen offiziellen Reiseplan hinterlegt, aber irgendeinem völlig Fremden beim Essen von ihrem Vorhaben erzählt.« Er schob seinen Stuhl zurück und stand auf. »Ich mache mich sofort auf den Weg.«

»Viel Glück, Reiter.« Oolu stand ebenfalls auf. »Ich bin sicher, du findest sie unversehrt. Mich ruft die Pflicht zurück nach Pteros.« Er kam um den Tisch herum und legte seine Hände auf die Schultern des kleineren, jüngeren Mannes. »Nimm dich in Acht bei deiner Suche. Schluchtenstadt ist der falsche Ort, um einen Fehltritt zu machen.«

Nach ein paar freundlichen Klapsen auf den Rücken verabschiedete sich Oolu von seinem Schüler. Mit einem Seufzen nahm Will wieder Platz. Es war noch Zeit für eine weitere Tasse Heideblütentee, bevor er sich auf die Suche machte.

Obwohl Schluchtenstadt inzwischen die größte Ansiedlung im östlichen Teil von Dinotopia zwischen Chandara im Süden und Proserpine im Norden war, vermittelte sie immer noch das Gefühl von Aufbruchstimmung. In den massiven Sandstein gehauen, war sie vom Handel, Handwerk, ein wenig Bergbau und dem Anbau besonderer Feldfrüchte abhängig. Es gab keine ausgedehnten Anbauflächen, wie das bei allen großen Küstenstädten üblich war. Als Folge davon litt Schluchtenstadt etwas unter ihrer Abgeschiedenheit von den Zentren der Kultur und Wirtschaft Dinotopias, dennoch fühlten sich die Bürger wohl in ihrer Stadt. Sie war einmalig und war mit nichts in Dinotopia vergleichbar.

Wo sonst konnte man eine Mahlzeit über einer tausend Meter tiefen Schlucht einnehmen mit dem Blick auf in Felsen eingebettete Blumengärten. Wo sonst konnte man eine Brücke neben geschäftig dahinhuschenden Coelophysis überqueren, während *unter* einem Pterosaurier jeder Größe im Formationsflug vorbeizogen. Oder unter einem von einer Quelle gespeisten, zwanzig Meter hohen Wasserfall, der nur wenige Zentimeter breit war, duschen, während das Wasser durch eine schmale Ritze im Boden des Beckens abfloss, um die Zierpflanzen außerhalb des Gästehauses zu bewässern.

Der Ort erinnerte Will an Baumstadt, nur dass hier ein Fehltritt bei weitem gefährlicher war, als bei den paradiesischen Hütten in den Mammutbäumen. Hier gab es keine mächtigen Sauropoden oder Ceratopsier, die den Fall abfangen würden. Es gab nur den Amu, der tief unten in der Schlucht seine gewundene Bahn zog.

Im Gegensatz zu anderen Besuchern von Schluchtenstadt bereitete ihm das Überqueren der schmalen Hängebrücken und natürlichen Steinbögen, die die unterschiedlichen Teile der Stadt miteinander verbanden, keine Schwierigkeiten. Er war an ganz andere Höhen gewöhnt, dennoch gab es Momente, da vermisste er den warmen, beruhigenden Körper von Federwolke unter sich.

Er versuchte es zuerst in den Gästehäusern, doch niemand konnte sich an eine Person erinnern, auf die Silvias Beschreibung zutraf. Schluchtenstadt sei ein betriebsamer Ort, versicherten ihm die Kaufleute, und viele Menschen und Dinosaurier wären hier auf der Durchreise.

»Sie hat vielleicht bei Freunden übernachtet«, war häufig die Antwort auf seine Fragen, »oder hat außerhalb ganz für sich alleine ihr Lager aufgeschlagen.«

Er hatte vergessen, wie groß das steinerne Labyrinth, genannt Schluchtenstadt, wirklich war und anders als in Sauropolis oder Wasserfallstadt musste man viel größere Höhenunterschiede überwinden. Durch das ewige Auf und Ab nehm der Weg von einem Ort zum anderen sehr viel mehr Zeit als in irgendeiner anderen großen Stadt von Dinotopia in Anspruch. Entmutigt, aber nicht bereit aufzugeben, nahm sich Will die Tavernen der Stadt vor. Schließlich war er müde und hungrig und beschloss, in einer der Tavernen auszuruhen und etwas zu essen. Die junge Frau, die ihm das Essen brachte, wunderte sich, warum der gutaussehende junge Skybax-Reiter in ihrer Gaststube so traurig war. Auf die Frage nach seiner Verlobten konnte sie ihm nicht mehr sagen, als jeder andere, mit dem er bisher gesprochen hatte.

Aber andere hörten zu.

Nachdem er seine Mahlzeit beendet hatte, setzten sich zwei Männer und eine Frau ihm gegenüber an den Tisch. Die drei waren mehr oder weniger in seinem Alter. Will blickte zögernd hoch.

»Kenne ich euch?«

»Nein, und wir kennen dich auch nicht«, gab einer der jungen Männer sofort zurück, »aber wir wissen, warum du hier bist.« Er nickte in Richtung der nicht mehr anwesenden Kellnerin. »Wir haben an dem Tisch hinter dir gesessen und eure Unterhaltung mitbekommen.«

Höflich, aber gedankenverloren nahm Will einen Schluck aus dem Keramikbecher, den man zusammen mit seinem Essen gebracht hatte. »Ich nehme nicht an, dass ihr irgendwelche Informationen habt.«

»Haben wir aber.« Die junge Frau deutete auf den Jungen, der neben ihr saß. »Ollyanto und ich glauben, dass wir von der Frau, nach der du fragst, gehört haben, und das ist gar nicht mal so lange her.«

Will setzte den Becher ab und erhob sich halb von seinem Platz. »Wo? Wann habt ihr sie gesehen? Ihr müsst es mir sagen ...!«

»Setz dich, Skybax-Reiter.« Der Älteste der Drei machte einige beruhigende Handbewegungen. »Wir haben sie nicht selbst gesehen. Doch wir haben mit ein paar Menschen und Sauriern gesprochen, die beiläufig erwähnt haben, sie hätten eine merkwürdige Frau getroffen, die alleine in einem einsamen Teil der Schlucht umherwandert.«

Die Frau nickte heftig. »Das stimmt. Sie kamen in den Laden meiner Eltern, um Dinge einzukaufen, die sie nicht selbst anbauen oder herstellen können.« Sie schnitt eine Grimasse. »Ich denke, diese Menschen und auch die Dinosaurier sind ein bisschen eigenartig gewesen. Doch viele Leute haben seltsame Angewohnheiten, was man aber selbstverständlich hier akzeptiert.«

»Ich weiß nicht, ob ich dir folgen kann«, gestand Will ein.

»Wir erzählen dir alle Einzelheiten«, versicherte ihm der braunhäutige Ollyanto, »doch zuerst musst du etwas für uns tun.«

»Versucht nicht in dieser Sache mit mir zu handeln«, sagte Will mit scharfer Stimme. »Es geht hier vielleicht um das Leben einer Frau.«

»Nach dem, was wir erfahren haben, ging es ihr sehr gut. Ganz gewiss bestand keine Lebensgefahr und sie war auch nicht in Schwierigkeiten.« Der Älteste der Gruppe lächelte Will herausfordernd an.

»In Ordnung, was wollt ihr also von mir?«

Die beiden Männer zögerten und überließen es ihrer gutaussehenden Begleiterin zu sprechen. »Es kostet nicht viel Zeit und ist auch nicht schwierig.« Sie lächelte ihn auffordernd an. »Du sollst nur einen kleinen Wettlauf gewinnen.«

4

Will zog ärgerlich die Augenbrauen zusammen. »Einen Wettlauf gewinnen? Über kurze Strecken bin ich recht gut, aber nicht so gut, dass ich in der Lage wäre, einen lahmen Galliminius zu schlagen. Und für längere Strecken fehlt mir die Puste.«

»Die Strecke ist kurz«, versicherte ihm Ollyanto, »und wenn es auch auf die Schnelligkeit ankommt, so sind Gleichgewicht und gutes Urteilsvermögen weit wichtiger.«

Vorsichtig musterte Will das aufgeregte Trio. »Gleichgewicht und gutes Urteilsvermögen? Was für ein gutes Urteilsvermögen?«

»Das wirst du schon merken.« Die junge Frau erhob sich, nahm Wills Hand und führte ihn zur Tür.

Auf ihrem Weg entlang der in die Felswände geschlagenen Saumpfade und über die schwankenden Hängebrücken zwischen den bewohnten Felstürmen wurde Will klar, dass seine neuen Gefährten wohl ihr ganzes Leben in Schluchtenstadt zugebracht hatten. Sie erzählten Will von sich und ihrem Leben, was sie einander näherbrachte und er revanchierte sich mit Schilderungen von Wasserfallstadt, Sauropolis und dem Bericht von seinem Abenteuer im Regental, wo er eine gefährliche Auseinandersetzung mit dem Piraten Sintram Schwarzgurt und seiner Mannschaft von Galgenvögeln gehabt hatte. Sie hingen an seinen Lippen, unterbrachen ihn manchmal mit Fragen oder weiteren Erzählungen aus ihrem eigenen Leben. Die junge Frau hielt Wills Hand und drückte sie von Zeit zu Zeit. Da steckte wohl mehr dahinter, als Will nur führen zu wollen.

Schließlich erreichten sie ihr angestrebtes Ziel. Es war ein kleines abschüssiges Tal in der westlichen Wand der Schlucht. Der fein gemaserte Sandsteinfelsen war durch die Erosion zu einer beeindruckenden Ansammlung von Spitzen und Felsplatten geformt worden. Die Schichten schillerten in Farben, die von hellem Weiß über ein dunkles Ocker bis zu einem kräftigen Malve reichten und veranschaulichten, wie sich die unterschiedlichen Sedimente vor Äonen abgelagert hatten.

Eine Anzahl Jugendlicher hatte sich am äußersten Rand dieses steinernen Nadelkissens versammelt. Die meisten von ihnen waren bis auf Unterhosen und Laufsandalen nackt. Einige von ihnen schauten zu den Neuankömmlingen herüber.

»Nun«, sprach einer laut, »wer wird diesmal für euer Haus antreten?« Der Sprecher musterte erst Wills Begleiterin und dann den Jungen neben ihr. »Willst du es diesmal versuchen, Terena? Oder wirst du es sein, Ollyanto?«

»Keiner von beiden«, gab der Älteste des Trios zurück. Er zeigte frohgemut auf ihren Gast. »Das ist Will Denison. Er wird für das Haus Schartief antreten.«

»Also Will?« Derjenige, der gefragt hatte, stieß ein Lachen aus und wandte sich kopfschüttelnd ab.

»Halt, einen Moment mal.« Will versuchte vergeblich, seine neuen Freunde (waren es wirklich Freunde, begann er sich zu fragen) davon abzuhalten, ihm die Kleider auszuziehen. »Was soll das?«

»Du musst zumindest einen Teil deiner Kleidung ausziehen«, erklärte ihm Terena knapp. »Sonst wird dir zu warm.«

»Bei was?«, fragte Will verstört, aber da sie in der Überzahl waren, wehrte er sich nicht, als sie ihm seine Uniform auszogen.

»Laufen, um das Totem zu holen«, erklärte Ollyanto kurz.

»Was für ein Totem? Und wo?«

»Dort drüben natürlich.« Dabei deutete er mit erhobener Hand über das mit Felsspitzen übersäte Tal.

Während Terena Will dabei half, seine leichten, aber engen Uniformhosen auszuziehen, sagte sie: »Schau über die Spitzen der Felsen. Ungefähr zwei Drittel der Entfernung bis zur gegenüberliegenden Wand der Schlucht. Siehst du es?«

Obwohl Will über sehr gute Augen verfügte, konnte er immer noch nichts Auffälliges entdecken. Terena bemühte sich geduldig zu sein. »Etwas weiter rechts. Auf der Spitze der fast völlig weißen Felssäule.«

Will konzentrierte sich auf die angegebene Stelle. Ja, dort auf der glatten Spitze des Felsens schien etwas zu liegen. »Meinst du das Holzstück?«

»Um dieses ›Holzstück‹ geht es. Es ist ein Ast, den man auf einer Brücke gefunden hat.« Sie deutete in den Himmel. »Er muss von dort herabgefallen sein. Für uns steht er stellvertretend für die großen Bäume, die wir hier in Schluchtenstadt nie haben werden und für die unzähligen Seitenäste des Flusses Amu und seiner Schluchten. Die Gruppen kämpfen alle zwei Wochen um seinen Besitz.«

»Du hast etwas von einem ›Wettlauf‹ gesagt.« Nur mit der Unterhose bekleidet kämpfte Will gegen einen Rest von Schamgefühl an, das noch von seiner nicht in Dinotopia verbrachten Kindheit herstammte. Die aus der Schlucht aufsteigende Luft wärmte seine nackte Haut.

»Das stimmt.« Der älteste der Jungen studierte das stark zerklüftete Tal. »Jedes Haus benennt einen Läufer. Wer den Ast als Erster erreicht, nimmt ihn für sich und seine Freunde zwei Wochen lang in Besitz.«

»Ich habe euch doch gesagt«, entgegnete Will, »dass ich nicht der Schnellste bin.«

»Und wir haben dir gesagt«, erinnerte ihn Ollyando, »dass

Gleichgewicht und ein gutes Urteilsvermögen genauso wichtig sind wie Geschwindigkeit, wenn nicht sogar wichtiger.« Er trat auf den von ihnen auserkorenen Champion zu, streckte seinen linken Arm aus und legte dem immer noch widerstrebenden Will den anderen um die nackte Schulter. »Schau dir das Wettkampfgelände an. Es geht nicht so sehr um Schnelligkeit als vielmehr um Mut und Geschicklichkeit. Es gibt keine festgelegte Strecke über die Felsspitzen und auch keinen direkten Weg zum Totem.« Er trat einen Schritt zurück und lächelte den Skybax-Reiter an. »Um den Ast zu erreichen, muss ein guter Läufer, und ein guter Schachspieler sein.«

»Ich verstehe.« Will merkte, wie ihn der Wettkampf zu interessieren begann. »Der Läufer muss also entscheiden, ob er den kürzesten Weg nimmt oder den sichersten. Oder auch eine Kombination aus beidem.«

»Endlich hast du verstanden.« Terena trat lächelnd einen Schritt zurück. »Die Läufer müssen ihre Entscheidungen schnell treffen. Aber nicht nur, welchen Weg sie einschlagen, sondern auch, wie weit sie springen können.«

Will blickte hinunter und stellte fest, dass die abgeschliffenen Felsspitzen die Höhe eines ausgewachsenen Brachiosauriers hatten, manchmal sogar noch etwas mehr. Ging ein Sprung daneben, dann konnte man sich bei dem Sturz leicht ein Bein brechen. Oder den Hals.

Die Läufer auf der anderen Seite der kleinen, flachen Felsplatte grinsten ihn an. Will streckte sich. Er war vielleicht ein Außenstehender, ein Fremder bei diesem besonderen Wettkampf der Schluchtenstadt, aber er war nie jemand gewesen, der vor einer Herausforderung zurückschreckte. Und wenn er nicht teilnahm, dann würde er nicht erfahren, was sie über Silvia wussten. Vorausgesetzt, ihre Informationen betrafen wirklich Silvia, rief er sich ins Gedächtnis.

Er wollte es versuchen. Er hatte schließlich nicht viele Hinweise auf Silvia, denen er nachgehen konnte.

»Wann ist der Start?«, wollte er wissen.

Seine neuen Freunde schauten ihn glücklich an. »Nestor dort drüben gibt mit einer Lambeosauriertrompete das Zeichen. Du kannst von jeder Stelle der Felsplatte aus starten.« Ollyanto deutete mit dem Arm. »Ich würde dir empfehlen, von dort drüben zu starten, wo Pollux und Hiroschi stehen. Das ist ein einfacher Beginn mit kurzen Sprüngen und du kannst ...«

Will suchte schon nach möglichen Wegen zu dem Totem. »Ich laufe von hier los, wenn es euch nichts ausmacht.« Er trat nach vorne und spürte durch die Sohlen seiner federleichten Skybax-Stiefel die Wärme der Felsen.

Terena musterte kritisch die erste Lücke, die Will überwinden musste. »Wenn du diesen Sprung verpatzt, dann wird das Rennen für dich zu Ende sein, bevor es richtig angefangen hat.«

Will blickte ihr fest in die Augen. »Wer läuft hier, du oder ich?«

Ein erstaunter Blick von ihr, dann trat sie zurück und verzichtete auf weitere Kommentare.

Angespannt wartete er auf das Startzeichen. Will hatte schon an vielen Wettläufen gegen Menschen und auch gegen Dinosaurier teilgenommen und sich gut geschlagen, wenn auch nicht überragend. Doch hier könnte er sich vielleicht selbst übertreffen. Es war ein Wettkampf, bei dem ihm seine Beweglichkeit und seine Vertrautheit mit Höhen eine gute Ausgangsposition verschafften.

Der Junge hob seine Trompete, die die Form des farbenprächtigen Horns eines ausgewachsenen männlichen Lambeosauriers hatte, und brachte damit ein einzelnes, lang tönendes Blöken hervor. Gleich darauf erhob sich unter den Zuschauern ein Jubelgeschrei und das Rennen begann.

Will stürmte los, stieß sich mit dem rechten Fuß ab und machte einen langen und hohen Satz. Er glaubte zu hören, wie hinter ihm Terena laut aufstöhnte. Ihre Gefährten jubelten.

Mit Leichtigkeit überwand er die Spalte und hatte bei der Landung sogar noch eine halbe Körperlänge Spielraum. Sofort schaute er sich nach dem nächsten Landeplatz um. Seine Entscheidung für einen schwierigen Start hatte ihn gleich in Führung gebracht.

Sein knapper Vorsprung währte nicht lange. Da seine Kontrahenten aus Schluchtenstadt das Wettkampfgelände genau kannten, hatten sie ihn schon bald überholt. Nach kurzer Zeit kämpfte Will schon darum, nicht weiter zurückzufallen.

Er suchte nach einem leichteren Weg, sah aber, dass ihm nichts anderes übrig blieb, als auf der einmal eingeschlagenen Route zu bleiben. Drei seiner Gegner hatten den gleichen Weg eingeschlagen. Die Regeln des Rennens schrieben vor, dass sich nie mehr als zwei Wettkämpfer gleichzeitig auf einer Felsspitze aufhalten durften. Jeder, der trotzdem versuchte, auf die Felsspitze zu kommen, würde disqualifiziert werden. Der Wettkampf war eine einzigartige und gefährliche Mischung aus Weitsprung, Laufen, Turnen und Schach.

Links von Willi erhob sich eine unbesetzte Felsnadel. Wenn er dorthin käme, würde er nicht nur viel von dem Boden, den er in den letzten Minuten verloren hatte, zurückgewinnen, es könnte ihn sogar wieder an die Spitze des Wettbewerbs bringen. Doch sie war zu weit entfernt. Schweißüberströmt blickte er nach unten und sah, dass der Spalt mehr als zwölf Meter tief war. Es gab zwar einige Felsvorsprünge, an denen er sich festhalten konnte, falls der Sprung misslang, doch es war immer noch ein gefährliches Unterfangen. Hinter ihm feuerten die Zuschauer ihre Favoriten mit lauten Rufen an. Seinen Namen hörte er nicht, doch das hatte er auch nicht erwartet.

Er konzentrierte sich, dann schoss er nach vorne und versuchte auf dem wenigen Platz, der ihm zur Verfügung stand, so viel Geschwindigkeit wie möglich aufzunehmen. Glücklicherweise war er immer ein guter Starter gewesen. Je näher er an den Abgrund zwischen den beiden Felsnadeln herankam, desto tiefer schien dieser zu werden. Will versuchte, sich an die Anweisungen von Mankorua, dem Struthiomimus und Meisterläufer, zu erinnern, mit dem er in Baumstadt ein paar Mal trainiert hatte. Er drückte sich mit dem rechten Fuß von der Felskante ab und dann flog er durch die Luft. Hinter ihm erschallte das Gebrüll der Zuschauer.

In diesem Moment konnte er nicht darauf vertrauen, dass Federwolke unter ihm entlangflog und ihn vor den Konsequenzen einer Fehleinschätzung bewahrte. Hier warteten nur die harten und unnachgiebigen Felsen auf ihn. Er spürte, wie er fiel und fiel und es schien eine Ewigkeit zu dauern. Dann landete er hart und sein Fuß rutschte ab. Seine Hand fand einen Halt und er zog sich die Sandsteinplatte hinauf. Schließlich lag er flach auf der Felsnadel, die sein Ziel gewesen war. Er hatte es geschafft. Von hier aus war es nur noch ein kurzes Stück über zwei Felsspitzen bis zu der Säule, auf der das Totem wartete.

Will stand auf und wollte das Rennen fortsetzen, doch da sah er einen der anderen Teilnehmer schon oben auf der Säule, die zum Greifen nahe war, stehen und den ehrwürdigen Ast in die Höhe halten. Die Mitglieder des siegreichen Hauses jubelten ihrem Champion zu.

Will konnte es nicht glauben. Er hatte den anderen Läufer überhaupt nicht bemerkt. Aus welcher Richtung war er gekommen, welche verschlungene Route hatte er gewählt? Es spielte keine Rolle mehr. Er hatte verloren, wenn auch nur um Haaresbreite.

Niedergeschlagen machte er sich auf den Rückweg zu der Felsplatte, von der aus er gestartet war. Diesmal wählte er einen sicheren Weg, auf dem er nur kurze Sprünge zu bewältigen hatte. Die meisten Jugendlichen hatten sich um den Gewinner versammelt, der den Ast triumphierend über seinem Kopf schwenkte.

Ollyanto, Terena und ihr älterer Gefährte erwarteten Will schon.

»Tut mir Leid.« Mit einem halbherzigen Achselzucken schlüpfte Will wieder in seine Kleider. »Ich habe mein Bestes getan, doch leider war es nicht gut genug.«

»Gut genug?« Ollyanto schien über die Niederlage nicht betrübt zu sein. »Du warst großartig! Bei deinem letzten Sprung haben alle den Atem angehalten.«

»Das kannst du aber laut sagen«, stimmte ihm sein Kamerad zu. »Ich habe nicht geglaubt, dass du es schaffst. Wenn Severn auch nur einen halben Schritt langsamer gewesen wäre, hättest du ihm das Totem weggeschnappt. Und das bei deinem ersten Versuch!«

»Ich habe aber nicht gewonnen«, murmelte Will. »Er hat mich besiegt.« Er knöpfte sein Skybax-Reiterhemd zu. »Jetzt werdet ihr mir wohl nicht sagen, was ihr wisst.«

»Dummkopf.« Terena trat vor ihn hin und legte ihm beide Hände auf die Schultern. Dann beugte sie sich zur Überraschung Wills vor und küsste ihn fest auf die Lippen. Ihre Kameraden grölten laut.

Als sie zurücktrat, konnte Will sie nur anstarren. »Du musst die Dame deines Herzens aber wirklich lieben, wenn du den weiten Weg hierher gekommen bist, um dich davon zu überzeugen, dass ihr nichts passiert ist. Ich hoffe, sie weiß das zu würdigen. Hast du wirklich geglaubt, wir würden dir unser Wissen vorenthalten, wenn du nicht gewinnst?« Sie lächelte. »Du hast ein großes Rennen geliefert, Will Denison, an das ich mich immer erinnern werde. Du hast dem Haus Schartief Ehre gebracht.« Sie drehte sich um und nickte dem Ältesten von ihnen zu.

»Kharan, erzähl, was die Kunden im Laden deines Vaters berichtet haben.«

Der Angesprochene nickte und lächelte Will an. »Das waren schon komische Kerle. Menschen und Oviraptoren, Kinder und Erwachsene. Die Menschen waren kaum bekleidet und die Oviraptoren trugen weniger Schmuckbänder, als man jemals an einem Dinosaurier gesehen hat.«

»Ich habe sie auch gesehen«, bestätigte Ollyanto. »Sie verließen uns bepackt, als ob sie nur sehr selten in die Stadt kämen.« Er blickte seine Freunde an. »Doch bevor sie gingen, hatten wir Gelegenheit, uns eine Weile mit ihnen zu unterhalten.« Er blickte Will bedeutungsvoll an. »Außer dem, was sie über sich erzählten, erfuhren wir auch etwas über jemand anderen.«

Will machte seinen Gürtel zu, während Terena das Wort ergriff. »Ich hatte die ganze Sache schon vergessen, bis wir in der Taverne hörten, wie du dich nach einer vermissten Frau erkundigtest, die wahrscheinlich alleine in der Schlucht herumwandert.«

»Ich weiß«, warf Will ein. Die Erwartung ließ ihn seine Erschöpfung vergessen

»Einer der Erwachsenen sprach von einer schönen jungen Frau, die sie in der Hauptschlucht getroffen hätten. Sie sei guten Mutes und freundlich gewesen, gut ausgestattet für die Wanderung und Kletterpartien und hatte eine respektable Ausrüstung dabei.« Terena deutete auf ein nahe gelegenes, rot-orangenes Felsenband. »Ihr Haar war von dieser Farbe.«

Trotz seiner Erschöpfung war Will auf einmal wie elektrisiert. »Silvia!«

»Die Kunden haben ihren Namen nicht genannt.«

»Sie ist es. Sie muss es gewesen sein.« Will lächelte wissend. »Außer Silvia gibt es wohl nicht viele, die alleine durch die Schluchten des Amu wandern würden.« Er runzelte die Stirn. »Doch was sucht sie da draußen?«

Ollyanto zuckte mit den Achseln. »Vielleicht wussten die

Kunden meines Vaters das, aber sie haben nichts davon erwähnt.«

»Wo kann ich diese Leute finden?«, fragte Will besorgt.

»Der Weg zu ihnen ist nicht einfach, aber auch nicht besonders schwierig.« Einer der Jugendlichen drehte sich um und wies in eine Richtung. »Du gehst zurück zum Stadttor, biegst links ab und dann am östlichen Wasserturm zwei Stockwerke nach unten, danach runter ...«

Lächelnd unterbrach ihn Terena. »Wir zeichnen dir eine Karte, Will Denison. Für jemanden, der mit diesem Gewirr von Schluchten nicht vertraut ist, sieht eine Biegung wie die andere aus. Der Amu hat Tausende und Abertausende von Seitenarmen.«

Will schaute nach oben. »Aus der Luft hätte ich bestimmt keine Schwierigkeiten.«

»Ich weiß, woran du denkst, aber das geht nicht. Nicht, wenn du diese Leute finden willst. Mein Vater sagt, die Schlucht, in der sie leben, ist an einigen Stellen so eng, dass man mit ausgestreckten Armen beide Seitenwände berühren kann.«

Will runzelte die Stirn. »Klingt nicht so, als ob man darin leben könnte.«

»Ich kann es mir auch nicht vorstellen, aber sie leben ganz bestimmt dort. Auf jeden Fall ist es viel zu eng, um mit einem Skybax hineinzufliegen.« Sie legte ihm die Hand auf den Arm. »Komm, du musst doch durstig sein.« Ihre Finger pressten sich in seine Haut. »Wir besorgen etwas zu Trinken für dich und während wir auf den Zweiten des Rennens anstoßen, zeichnen wir dir eine Karte.« Sie deutete auf den Älteren in der Gruppe. »Kharan ist ein guter Zeichner.«

»Mach dir keine Sorgen.« Der Junge legte Will kameradschaftlich den Arm um die Schulter. »Wir sorgen schon dafür, dass du nicht verloren gehst.«

Am nächsten Morgen machte sich Will, ausgerüstet mit der Karte, einem Rucksack, Nahrung und Wasser auf die

Suche nach dieser eigenartigen Sippe, von der seine neuen Freunde meinten, sie könne ihm helfen, Silvias Spur aufzunehmen. Als er Schluchtenstadt hinter sich gelassen hatte, war er dankbar für die Karte, die seine Freunde für ihn angefertigt hatten. Wie Terena gesagt hatte, schien jede Schlucht ein halbes Dutzend Verzweigungen zu haben und jede von diesen noch einmal dieselbe Zahl. Ohne Kharans Zeichenkunst hätte er sich innerhalb einer Stunde verirrt.

Der Pfad, auf dem er sich befand, führte an den Biegungen der Schluchtwand entlang sanft nach unten. Zweimal überquerte er Brücken, die aus von der Ostküste importierten Seilen gefertigt waren. Sie schwangen und zitterten, als er sie überschritt. Unter ihm tobten schmale Flüsse auf ihrem Weg in die ruhigen Fluten des Amu.

Gespeist von Quellen, die aus dem porösen Sandstein sprudelten, hatten sich kleine Oasen mit reichem Pflanzenwuchs und Vogelkolonien gebildet. Aus seinen Unterrichtsstunden wusste er noch, dass diese kleinen Vegetationsenklaven ausschließlich in dem Schluchtensystem vorkamen und die Tiere nur in den Tälern des Amu heimisch waren. Häufig hörte er unbekannte Vogelstimmen und mehr als einmal stieß er auf eine Ansammlung von Blumen, deren Duft genauso fremd wie betörend war.

Fast hätte er die Abzweigung, die in die enge Schlucht führte, verpasst. Während er dem schmalen Pfad folgte, der neben einem kleinen Bach verlief, fragte er sich, wie jemand in einer solchen Umgebung leben konnte. Wie konnte jemand an einem Ort schlafen, wo man kaum genug Platz hatte, sich umzudrehen? Und was würden die Bewohner tun, wenn ein plötzlicher Sommersturm und die damit verbundenen Wassermassen den kleinen, trägen Bach zu seinen Füßen jede Minute um einen halben Meter ansteigen ließen?

Will wusste, dass er die Antwort darauf am Ende der Schlucht erhalten würde. Hoch über ihm versuchte das Sonnenlicht vergeblich über die Seitenwände bis hinunter auf die Sohle der Schlucht zu kriechen.

Eine Stunde später ließ ihn ein Geräusch verharren. Es war unverwechselbar und vertraut. Die enge Schlucht verstärkte es noch. Mit zögernden Schritten trat Will um eine Biegung und schaute direkt in ein Gesicht, in dem die markanten Züge eines Raptors und eines Papageis vereinigt waren. Überrascht stieß er einen Schrei aus.

Ebenso überrascht, gab der weibliche Oviraptor einen Laut zwischen Grunzen und Zwitschern von sich und sprang erschrocken ein paar Schritte zurück. Dann entspannte sie sich und neigte den Kopf zur Seite. Ein paar vorsichtige, akzentuierte Wiihs kamen aus dem mächtigen Schnabel.

»Es tut mir Leid, ich wollte dich nicht erschrecken.« Will lächelte beruhigend. »Ich bin auch ganz überrascht.«

Der gertenschlanke Dinosaurier richtete sich auf und war nun etwa einen Kopf kleiner als Will. Er schnatterte heftig auf Will ein, ohne zu begreifen, dass dieser kein Wort verstand. Schließlich drehte er sich um und bedeutete Will, ihm zu folgen. Will zog seinen Rucksack nach oben auf die Schulter und gehorchte.

Sie mussten nicht weit gehen. Ganz unerwartet öffnete sich die Schlucht zu einem kreisförmigen Platz annehmbarer Größe, der wie ein senkrechtes Bohrloch in der Erde wirkte. Das Geräusch, das er schon seit einigen Stunden vernommen hatte, kam von der gegenüberliegenden Seite des Platzes. Von der Oberkante der Felsen herab, die wohl doppelt so hoch waren wie der größte Brachiosaurier, ergoss sich ein kristallklarer Wasserfall, der aber nicht breiter war als die Spannweite seiner Arme. Ein Bewohner von Wasserfallstadt würde ihn als Rinnsal bezeichnen, doch an diesem trockenen, abgeschiedenen Ort wirkte er wie die Niagarafälle.

Das Wasser sammelte sich in einem Becken von der Farbe persischer Türkise und lief von dort über eine Reihe von kleinen Dämmen, bis es sich zu einem einzigen Wasserlauf vereinigte, der dann in der engen Schlucht verschwand.

Auffälliger als der kleine Wasserfall waren die Hängematten aus Stricken und Baumrinde, die kreuz und quer über die Schlucht gespannt waren. Mit einem Mal wurde Will klar, wie die Bewohner lebten. Sie arbeiteten und speisten neben ihrem zauberhaften Wasserbecken und schliefen in großen Hängematten, die darüber hingen. Sollte eine Flutwelle kommen, wären alle in den Hängematten sicher vor den darunter hindurchströmenden Wassermassen.

Auch gab es hier am Ende der Schlucht Bäume, die Will unbekannt waren. Die jüngeren Kinder und Dinosaurier sammelten die Nüsse auf, die die älteren oben in den Ästen herunterschüttelten. Büsche, die sich an die Felswände klammerten, lieferten Beeren und essbare Schösslinge.

Ein mit Sandalen und kurzen Hosen bekleideter Mann begrüßte den Neuankömmling kurz und tauschte dann mit dem Oviraptor ein paar raue Laute aus. Er erinnerte Will an seinen Vater. Dann streckte der Mann Will seine Handfläche entgegen und blickte ihn an.

»Ich bin Peralta.« Er deutete auf den Oviraptor. »Das ist Chinpwa. Willkommen bei der Sippe Helth.«

»Danke.« Will nahm seinen Rucksack ab, legte ihn vorsichtig auf den Boden und setzte sich daneben. Zu seinen Füßen floss gurgelnd der Bach entlang. Chinpwa ließ sich neben den beiden auf ihre Hinterbeine nieder und musterte den unerwarteten Besucher mit unverhüllter Neugierde.

Als sie sich niedergelassen hatten, brachten ihnen ein Junge und ein Mädchen einen flachen, geflochtenen Korb mit Nüssen und Beeren. Während Will sich an den glänzenden Beeren gütlich tat, nahm sich Chinpwa von den Nüssen, deren Schalen sie mit ihrem kräftigen Papageienschnabel ohne Anstrengung knackte.

»Was führt einen Außenweltler in unsere kleine

Schlucht?«, wollte Peralta wissen. »Wir bekommen hier nicht oft Besuch.«

Ganz offensichtlich legten die drei Dutzend Menschen und Dinosaurier hier im Tal großen Wert auf ihre Abgeschiedenheit, ansonsten hätten sie sich nicht an einen so einsamen Ort zurückgezogen. »Ich hoffe, ich störe euch nicht.«

»Überhaupt nicht«, versicherte ihm Peralta. Chinpwa steuerte ein zustimmendes Grunzen bei und knackte eine weitere Nuss. »Die Sippe Helth hat nichts gegen Freunde. Wir ziehen es einfach vor, uns unser Leben abseits des Hauptstroms der Kultur von Dinotopia einzurichten. Wenn man so will, an einem Seitenarm.« Er deutete auf den Bach zu ihren Füßen. »Wir haben unsere eigene Lebensphilosophie, zu der viel Meditation und eine spezielle Ernährung gehört.«

Was eine Ergänzung durch gelegentliche Einkäufe in Schluchtenstadt nicht ausschließt, vermutete Will. Laut sagte er aber nichts dazu. Dinotopia bot Raum für viele unterschiedliche Lebensarten und Vorstellungen. Auch für die eigentümlichen Ansichten der in selbst gewählter Abgeschiedenheit lebenden Sippe Helth.

»Ich suche jemanden«, erklärte er.

Peralta lachte verhalten. »Hier gibt es keine Fremden, und wie du sehen kannst, auch keine Möglichkeit, dass sich jemand versteckt.«

»Nicht hier«, erklärte Will. »Man hat mir gesagt, dass ihr sie vielleicht außerhalb eurer eigenen Schlucht getroffen habt. Irgendwo zwischen hier und Schluchtenstadt.«

Peralta blickte Chinpwa an und stieß ein paar ungeschliffene Laute aus. Der Oviraptor ließ ihn die Worte wiederholen (selbst die sprachbegabtesten Menschen beherrschten die Dinosauriersprache nur sehr unzulänglich), bevor sie antwortete. Der Mann hörte zu, nickte und wandte sich dann wieder an Will.

»Manchmal treffen wir tatsächlich Reisende in der

Schlucht, doch die meisten sind auf dem Weg von Schluchtenstadt nach Pteros und dann weiter zur Küste. Nach wem suchst du?«

Will beschrieb Silvia, dann musste er einen weiteren Austausch von rauen Tönen zwischen dem Menschen und dem Dinosaurierweibchen abwarten. Danach erhob sich Chinpwa aus ihrer kauernden Haltung und entfernte sich geschmeidig in Richtung Wasserfall. Will hörte, wie sie jedem ihrer Artgenossen, dem sie begegnete, zugrunzte.

Peralta versuchte, Will Mut zu machen. »Chinpwa befragt alle ihre Verwandten und Freunde. Die Oviraptoren entfernen sich öfter und weiter von unserer Heimstatt als der Rest von uns. Sie sind immer auf der Suche nach Yengubäumen.« Er deutete auf den Berg Nussschalen, den der kleine Dinosaurier hinterlassen hatte.

»Ich glaube nicht, dass ich hier leben könnte«, versuchte es Will mit einer freundlichen Unterhaltung, während sie abwarteten, bis der Oviraptor seinen Rundgang beendet hatte.

»Es ist bestimmt nicht jedermanns Geschmack«, räumte Peralta ein, »doch bei uns herrscht ein Frieden, eine Zufriedenheit, die den Stadtbewohnern häufig fehlt. Und unserer Meinung nach leben wir auch gesünder.«

»Wie alt ist euer ältester Mitbewohner?«

Wills Gegenüber grinste. »Oh, ich verstehe. Das ist einer der Irrglauben der Menschen da draußen. Sie meinen, Alter wäre ein Anzeichen für Gesundheit. Wir sind überzeugt, dass es andere, wichtigere Merkmale gibt.« Er erhob sich, als Chinpwa zurückkehrte.

Will hörte genau zu, doch von dem, was der Oviraptor sagte, verstand er noch weniger als Peralta. Will beherrschte eine Reihe von hilfreichen Redewendungen in verschiedenen Sauriersprachen, doch die des Oviraptors war ihm gänzlich fremd.

Peralta nickte und Will war geneigt, das für ein gutes Zeichen zu halten. Bevor die Unterhaltung zu Ende war, gesellten sich zwei weitere Oviraptoren zu ihnen, die beide etwas kleiner als Chinpwa waren.

»Das ist Jemot und ihre Schwester Wiwiri«, erklärte Peralta. Als ihre Namen genannt wurden, streckten beide ihre Klauenhand mit der Handfläche nach oben aus und berührten damit Wills Hand. »Sie behaupten, sie hätten die von dir gesuchte Dame getroffen.«

»Wo?« Wills Ungeduld, etwas über Silvia zu erfahren, ließ seine Frage schärfer klingen, als beabsichtigt.

Peralta gab die Frage an die beiden Saurierschwestern weiter, die sich ansahen, kurz miteinander sprachen und dabei mit ihren Klauenfingern heftig gestikulierten. Jemot legte ihre Hand auf Wills Arm und drehte ihn in Richtung des Schluchteingangs. Währenddessen plapperte sie drauflos und Peralta tat sein Bestes, es zu übersetzen.

»Jemont sagt, sie und Wiwiri waren gerade auf dem Rückweg von einem mehrtägigen Ausflug in die Schlucht, wo sie nach Nahrung gesucht hätten, als sie einer menschlichen Frau begegnet seien. Die Frau unterhielt sich mit ihnen durch Gesten, in den Sand gemalte Zeichnungen und ein paar Worte.« Peralta hielt inne. »Sie hatte sehr rotes Haar.«

Aufgeregt nickte Will. »Das ist Silvia. Sag ihnen, sie sollen fortfahren.«

Das taten die Oviraptoren und Peralta kam kaum mit dem Übersetzen nach. »Sie verbrachten die Nacht zusammen und hatten Gelegenheit, mehr von ihr zu erfahren. Die Frau schien gesund und unverletzt zu sein.«

Zum ersten Mal seit Tagen fühlte sich Will erleichtert. »Ich kann dir nicht sagen, wie froh ich bin. Wohin wollte Silvia?«

Wieder befragte Peralta die jungen Oviraptoren. Als er sich wieder Will zuwandte, hatte er einen seltsamen Gesichtsausdruck. »Das ist sehr merkwürdig.«

»Was ist?«, wollte Will sofort wissen.

»Ich bin ziemlich sicher, dass ich alles verstanden habe, aber es ergibt keinen Sinn. Sie behaupten, die Frau hätte ihnen gesagt, sie würde nach Osten gehen. Doch dort, wo sie übernachtet haben, liegt in östlicher Richtung gar nichts. Keine Stadt, kein Dorf, noch nicht einmal eine abgeschiedene Gemeinschaft wie die Sippe Helth. Abgesehen von ein paar kleinen, steilen Seitenschluchten gibt es dort nur eins.«

Will runzelte die Stirn. »Und was soll das sein?«

Wenn überhaupt möglich, dann wurde Peraltas freundliche Miene noch geheimnisvoller. »Na, die Große Wüste natürlich.«

Obwohl er noch nie dort gewesen war, wusste Will selbstverständlich, wo die Große Wüste lag. Ein fähiger Skybax-Reiter musste die Geographie Dinotopias genau kennen. Sicherlich hatte Peralta Recht. Der Hinweis, dass die Große Wüste im Osten lag, besagte gleichzeitig, dass es dort nichts gab.

»Das verstehe ich nicht.« Er blickte die beiden Saurierschwestern an, die ihn mit ihren runden, leicht vorgewölbten Augen ansahen. »Das kann nicht stimmen.«

Peralta wiederholte die Frage und auch diesmal gaben die beiden Oviraptoren die gleiche Antwort. Der Mann zuckte mit den Schultern. »Sie bleiben dabei, dass die Frau dies gesagt hätte. Sie hat ihnen eine Karte in den Sand gezeichnet.«

»Das ergibt aber keinen Sinn!« Will nahm einen Schluck Wasser aus dem Becher, den die fürsorgliche Chinpwa ihm hinhielt. »Warum sollte Silvia, warum sollte irgendjemand die sicheren Gefilde des Amu und der Schluchtenstadt verlassen und in die Große Wüste gehen?«

Mit Zeichnungen und Gesten erklärte Jemont, dass die Frau auf der Suche nach seltenen Fossilien war, von denen es in Dinotopia viele gab. Will konnte sich nicht erinnern, dass man in der großen Schlucht jemals wichtige Funde gemacht hätte, doch das hieß nicht, dass es dort nichts gab. Er war Skybax-Reiter und kein Paläontologe.

Seit wann interessierte sich Silvia für vorzeitliche Fossilien? Ihm gegenüber hatte sie das nie erwähnt.

Offensichtlich gingen die Gedanken der Oviraptoren in die gleiche Richtung. Während Wiwiri ihren kräftigen Schnabel fest geschlossen hielt und mit ihren beiden Krallenhänden sanft dagegen schlug, deutete Jemot auf die Strichmännchenfigur einer menschlichen Frau, die sie mit einer ihrer langen Krallen in den Sand gezeichnet hatte.

»Geschlossener Mund?« Will starrte die beiden Saurier an.

»Verschlossen?« Peralta versuchte es mit ein paar unbeholfenen Lauten. »Das kann nicht stimmen. Silvia ist einer der offenherzigsten Menschen, die ich kenne.«

Doch die beiden Schwestern bestanden auf ihrer Einschätzung, dass sich ihre Besucherin nicht auf einen Zielort hätte festlegen lassen. Freundlich, aber nichtsdestotrotz ausweichend.

Warum sollte Silvia absichtlich eine solche Information zurückhalten? Das Wissen, das man durch Fossilien erhielt, half allen. Etwas ergab hier keinen Sinn. Jede Menge Etwas.

Er forderte Peralta noch einmal auf nachzufragen. Als Antwort zupfte Jemot mit ihren klauenbewehrten Fingern vorsichtig an Wills Wangen und zog sie in verschiedene Richtungen. Bei dieser Verrichtung brach Wiwiri in Lachen aus und Peralta musste lächeln.

Jemot trat zurück, nickte und gestikulierte, während Will die Gesichtspartie abtastete, die sie bearbeitet hatte. »Was soll das bedeuten?«

»Ich glaube«, meinte der grinsende Peralta, »sie wollte dir zeigen, wie beweglich ein menschliches Gesicht ist. Beweglich und ausdrucksstark. Jemot versucht uns mitzuteilen, dass, während sie deiner Herzensdame zuhörten und auf ihre Zeichnungen im Sand achteten, sie auch in ihrem Gesicht gelesen haben. Ihre Gesten und Zeichnungen sagten eines, ihr Gesicht aber etwas anderes.« Das Grinsen auf Peraltas Gesicht verschwand. »Sie behaupten nicht, die Frau hätte sie vorsätzlich belogen, aber sie sind sich sicher, dass sie zweifellos etwas verborgen hat.«

»Und wenn es dir weiterhilft«, fügte er hinzu, während er eine Nuss nahm, die ihm Wiwiri anbot, »auch für die beiden ergab das alles keinen Sinn. Für mich auch nicht. Also stehen wir alle ziemlich ratlos da, mein junger Freund.«

Will fragte sich, was hier vorging. Einen Moment lang zog er in Erwägung, dass die Oviraptoren jemand anderem in der Schlucht begegnet waren. Doch die Beschreibung passte zu genau. Es musste Silvia gewesen sein. Nur klang es so gar nicht nach *seiner* Silvia.

Es war *möglich*, dass sie Fossilien suchte, aber warum tat sie dann so geheimnisvoll, wenn es um ihr Reiseziel ging? Wenn er alleine in dieser Gegend unterwegs wäre, dann würde er jedem sagen, wo er hinginge. Die Versuche, sich einen Reim darauf zu machen, verursachten ihm Kopfschmerzen.

»Ich muss ihr nach«, teilte er Peralta mit. »Sie könnte in Schwierigkeiten sein.«

»Aber so kannst du ganz bestimmt nicht los.« Der ältere Mann deutete auf Wills kleinen Rucksack. »In den Schluchten gibt es zwar viele Quellen, aber du brauchst einen Wasserbehälter. Und deine Freundin war nach Osten unterwegs, also brauchst du auch Nahrungsmittel und so etwas wie einen Schlafsack.« Er breitete seine Hände aus und lächelte entschuldigend. »Wir würden dir gerne helfen, aber wie du siehst, erfordert unsere Lebensweise nur sehr wenige materielle Güter.«

Will stand auf. »Das ist in Ordnung. Ihr habt mir sehr geholfen. Zumindest weiß ich jetzt, wo ich anfangen muss zu suchen.« Er blickte zu der schmalen Felsspalte, durch die er gekommen war. »Ich muss zurück nach Schluchtenstadt und mir eine Ausrüstung besorgen.«

»Warum wartest du nicht auf sie?«, versuchte ihn Peralta zu überreden. »Nach dem, was Jemot und Wiwiri berichtet haben, war sie wohlauf.«

»Das könnte ich«, räumte Will ein. »Du hast wahrscheinlich Recht und sie ist nicht in Schwierigkeiten. Davon versuchen mich alle zu überzeugen. Aber da sind zu viele Dinge, die nicht zusammenpassen. Das alles sieht ihr so gar nicht ähnlich. Ich muss wissen, was los ist und mich selbst davon überzeugen, dass nichts passiert ist.«

Peralta nickte bedächtig. »Dann wünschen wir dir viel Glück und eine sichere Reise.«

Sie verabschiedeten ihn. Wiwiri gab ihm eine Tüte Nüsse und umarmte ihn kraftvoll in der Art der Oviraptoren. Jemot war zurückhaltender und legte ihre Handfläche auf die des Besuchers. Will winkte ihnen noch einmal zu, bevor er in der engen Schlucht verschwand. Der Gesang des schmalen, hohen Wasserfalls und das Lachen der Menschen- und Dinosaurierkinder klang noch lange, nachdem dieses abgeschiedene Paradies längst außer Sicht war, in seinen Ohren.

Er zwang sich, den schmalen Pfad nicht entlangzurennen, schritt aber kräftig aus, denn er wollte so schnell wie möglich zurück in die Stadt, um seine Vorbereitungen zu treffen. Jemot und Wiwiri hatten Will den Ort, wo sich ihre und Silvias Wege getrennt hatten, genau beschrieben. Will glaubte nicht, dass er Probleme haben würde, ihn zu finden. Von diesem Punkt aus Silvias Spur zu folgen, würde wesentlich schwerer sein, doch er musste es zumindest versuchen.

5

Früh am nächsten Morgen erreichte Will erschöpft und mit einer feinen Staubschicht überzogen die Randgebiete der Stadt. Er stolperte in ein Gasthaus, dessen mitfühlender Besitzer Wills Kleider säubern ließ, während er duschte. Nach einem umfangreichen Frühstück wieder zu Kräften gekommen, erkundigte sich Will nach einem Geschäft, wo er eine Ausrüstung erstehen könnte und man wies ihm den Weg über eine Brücke, drei Etagen höher.

Der hoch gewachsene und muskulöse Besitzer des Geschäfts wirkte mehr wie ein Schmied oder Ringer, als wie ein Ladenbesitzer. Sein langes, pechschwarzes Haar war zu einem Pferdeschwanz zusammengebunden. Seine Hautfarbe und die Art sich zu kleiden, wies auf Vorfahren aus dem Mittelmeerraum hin.

»Also, Sie wollen wirklich los und Ihre Liebste suchen?«

»Richtig.« Will versuchte, sich zwischen zwei großen Rucksäcken aus festem Stoff zu entscheiden. Ähnliche hatte er noch nie zuvor gesehen. Einige der hier ansässigen Hersteller hatten eine Methode entwickelt, die Nähte an den entscheidenden Stellen mit Metallnieten zu verstärken. Ihm ging durch den Kopf, ob man nicht auch andere, aus Tuch hergestellte Dinge auf diese Weise verstärken könnte. Hosen zum Beispiel. Doch das würde wohl nie geschehen, sagte er sich. Wer würde schon Hosen tragen, an denen Metallnieten herausragten?

Er entschied sich für den größeren der beiden Rucksäcke und legte noch einen Wassersack dazu, dann begab er sich in die Abteilung mit der Reiseverpflegung. Diese Nahrungsmittel wurden in der heißen Sonne getrocknet. Der neugierige Besitzer, der seinen schmächtigen Kunden weit überragte, folgte ihm.

»Doch nach dem, was Sie mir gesagt haben«, meinte er freundlich, »können Sie nicht sicher sein, dass es Ihre Liebste war, die diese beiden Schwestern getroffen haben.«

»Ihre Beschreibung lässt keinen Zweifel zu.« Will musterte die Regale mit getrocknetem Fisch und Früchten und die Beutel mit dehydriertem Gemüse. »Außerdem ist es der einzige Anhaltspunkt, den ich habe.«

Der Besitzer kratzte sich am Hinterkopf. Bis auf gelegentliche Stammkunden war der Laden leer und der junge Skybax-Reiter hatte sein Interesse geweckt.

»Ihnen ist klar, dass Sie nicht genügend Vorräte mitnehmen können.«

Will blickte ihn an und lächelte. »Ich esse nicht viel. Ich werde schon zurechtkommen. Vielleicht kann ich jemanden überreden, mich zu begleiten.«

»Nicht, wo Sie hin wollen«, entgegnete der Ladenbesitzer mitfühlend. »Diese Seitenschluchten können sehr tief und schmal sein. Die Felsen sind ganz anders, als die in den Verbotenen Bergen. Sandstein ist tückisch, er zerbröckelt unter dem Griff eines Kletterers. Wenn Ihre Dame von dem Punkt aus, wo die beiden Oviraptoren sie gesehen haben, nach Osten wollte ...«, das Adlerprofil deutete in die entsprechende Richtung, » ... wird sie schon bald keinen begehbaren Pfad mehr finden. Und Sie auch nicht. Wie wollen Sie ihr also folgen?«

Während sich Will noch eine Antwort überlegte, beugte sich der Besitzer zu einer Frau, die sorgfältig an dem Tresen getrocknete Schösslinge prüfte, und flüsterte ihr etwas ins

Ohr. Sie warf Will einen kurzen Blick zu, drehte sich um und verließ den Laden. Da sie nicht mit ihm gesprochen hatte, dachte sich Will nichts dabei und setzte seinen Einkauf fort.

»Ich habe etwas Erfahrung im Spurenlesen«, meinte er zu dem Besitzer. »Fußabdrücke, Kratzer an den Felsen, Steine, die bewegt worden sind. Wenn sie von der Stelle aus, wo die Schwestern ihr begnet sind, weiter der Seitenschlucht gefolgt ist, dann könnte man ihr leicht folgen.«

Der Besitzer nickte nachdenklich. »Was Sie vorhaben ist nicht leicht, mein junger Freund.« Er trat einen Schritt vor. »Hier, dieser Fisch ist nahrhafter als der, den Sie da in der Hand haben.«

»Der schmeckt aber besser«, entgegnete Will.

Die Einkäufe nahmen sehr viel Zeit in Anspruch, doch Will wusste, dass der Besitzer nur versuchte, ihm zu helfen. Seine Besorgnis um Wills Wohlergehen war offensichtlich und er wusste es zu schätzen. Was aber dann geschah, schätzte er weit weniger.

Er bezahlte gerade die Rechnung mit seinen Handelsgutscheinen, als ein großer, schlanker Mann, begleitet von einem weiblichen Hypsilophodont, den Laden betrat. Die beiden waren in Hellgelb und Blau gekleidet und Will erkannte in ihnen sofort die Vertreter der städtischen Behörden.

Das auffällige Hypsilophodontweibchen starrte Will unbeirrt an, während ihr menschlicher Begleiter von dem Skybax-Reiter zum Ladenbesitzer blickte. »Ist das der Junge, Talifrez?«

Der Ladenbesitzer nickte. »Das ist er, Borla.«

Will wusste nicht, was er dazu sagen sollte. »Was geht hier vor?« Er schaute den Ladenbesitzer vorwurfsvoll an. »Ich dachte, Sie wollten mir helfen?«

»Das tue ich auch. Deshalb habe ich die Behörden informiert. Was Sie vorhaben, ist dumm und gefährlich. Doch es liegt nicht an mir, ein Urteil darüber zu fällen. Das ist die Sache anderer. Tut mir Leid, wenn Sie sich hintergangen fühlen. Aber glauben Sie mir, ich habe nur Ihr Bestes im Sinn.«

»Aber Silvia ist dort draußen«, widersprach Will.

»Ich würde nie einen Dummkopf losschicken, um einen Dummkopf zu retten.« Der große Mann wandte sich ab. »Doch wie ich schon gesagt habe, die Entscheidung liegt nicht bei mir.« Das Hypsilophodontweibchen trat vor. Sie legte Will eine Klaue auf den Arm und zog sanft.

»Sie müssen mit uns kommen«, erklärte ihr menschlicher Begleiter.

»Mitkommen?« Will raffte seine Einkäufe zusammen und kämpfte mit den kleinen Päckchen, die auf den Boden zu gleiten drohten. »Wohin mitkommen? Ich bin ein freier Bürger. Bin ich verhaftet?«

Der große Mann blickte entsetzt. »Auf keinen Fall! Wir bringen Sie zur Direktorin für öffentliche Sicherheit in Schluchtenstadt. Sie ist persönlich an Ihrem Fall interessiert. Glauben Sie mir, ein jeder hat nur Ihr Wohlergehen im Sinn.«

»Schön«, gab er zurück, »aber was ist mit Silvias Wohlergehen?« Wieder zog der Saurier leicht, aber bestimmt an seinem Arm.

»Ich kenne diese Dame nicht. Wir haben lediglich den Auftrag, Sie zu holen.«

Als Will merkte, dass er sich nicht aus dieser Sache herausreden konnte, ließ er sich von den beiden aus dem Laden führen. Einige neugierige Stadtbewohner schauten zu, wie er weggebracht wurde. Zurück blieb der Ladenbesitzer, der von der Tür aus seinem jungen Kunden mit besorgter, düsterer Miene nachblickte.

Da es in Schluchtenstadt nur wenige ebene Plätze gab, befanden sich die hoch aufragenden Verwaltungsgebäude in der westlichen Wand der Schlucht. Die Büros waren viel kleiner als vergleichbare in Wasserfallstadt oder Sauropolis, doch es herrschte die gleiche Geschäftigkeit.

Will wurde in einen ziemlich großen Raum auf der mittleren Ebene geführt. Während er darauf wartete, ins Allerheiligste geführt zu werden, blickte er nachdenklich aus dem Fenster in der Felswand. Es hatte schon etwas für sich, wenn man in Schluchtenstadt lebte und arbeitete, überlegte er sich. Anders als in anderen Städten war es hier unmöglich, eine Wohnung *ohne* Ausblick zu finden.

Es schien ihm eine Ewigkeit, bis er endlich, nach der üblichen, bürokratischen Wartezeit, aufgefordert wurde einzutreten. In dem Raum befand sich ein mit aufwändigen Steinmosaiken verzierter Schreibtisch aus Schiefer, an dem eine ältere Frau saß. Zu ihrer Linken stand an einem Schriftrollenbeschrifter ein Dromaeosaurier bereit, Notizen zu machen.

»Treten Sie näher, junger Mann.« Die Stimme der Frau war überraschend kühl und jugendlich. Die Stimme einer Sängerin, überlegte Will, als er der Aufforderung nachkam.

»Hören Sie, ich möchte keine Umstände machen und ich will auch niemanden da mit hineinziehen.« Er nahm auf dem einzigen Stuhl Platz. Neben ihm nahm der Dinosaurier seine Arbeit an dem Beschrifter auf. »Ich möchte mich nur vergewissern, dass es meiner Verlobten gut geht.«

»Ja, das hat man mir berichtet«, stellte die Direktorin kurz angebunden fest. »Nach meinen Informationen hat sie die große Schlucht in östlicher Richtung verlassen und ist auf dem Weg in die Große Wüste. Ich könnte mir vorstellen, dass sie umkehrt, bevor sie die Wüste erreicht hat.«

»Sie kennen Silvia nicht«, belehrte Will sie. »Wenn sie einer interessanten Sache auf der Spur ist, dann vergisst sie alles andere, auch wo sie sich gerade aufhält.«

»Ich verstehe.« Die Direktorin faltete die Hände auf dem Schreibtisch. »Sie müssen verstehen, dass ich, als Direktorin für die öffentliche Sicherheit, mehr oder weniger für die Gesundheit und das Wohlergehen eines jeden hier in Schluchtenstadt verantwortlich bin. Die Verantwortlichkeit erstreckt sich auch auf Durchreisende.« Ihre Miene wurde etwas härter. »Was Sie vorhaben, ist sehr gefährlich.«

Verwirrt antwortete Will ziemlich schroff. »Mir war unbekannt, dass es in Schluchtenstadt ein Verbrechen ist, sich selbst in Gefahr zu begeben.«

»Das ist es nicht«, gab sie sofort zurück. »Und wenn wir einmal dabei sind, auch jugendliche Dummheit ist kein Verbrechen.«

»Wollen Sie mir verbieten zu gehen?«

Die Direktorin lehnte sich in ihrem Sessel zurück und seufzte tief. »So denkt man in der Außenwelt. In Dinotopia verbieten wir nichts. Wir geben nur Ratschläge.«

Sofort war Will beschämt. »Tut mir Leid. Ich mache mir lediglich große Sorgen um Silvia und will so schnell wie möglich los.«

»Nun, das sehe ich.« Sie blickte aus dem Fenster und auf das Panorama von Wohnhäusern und Geschäften, Brücken und Saumpfaden, die sich an der Schlucht entlangzogen. »Ich persönlich halte Ihre kleine Ein-Mann-Expedition für verlorene Zeit. Doch mir steht kein Urteil darüber zu. Ihre Sicherheit aber ist eine andere Angelegenheit. Ich kann Sie nicht alleine losziehen lassen.« Diese letzten Worte hatte sie mit einer Bestimmtheit und Endgültigkeit ausgesprochen, die man bei ihr nicht vermutet hätte.

Will zuckte mit den Achseln. »Es wäre schön, wenn ich einen Begleiter hätte, aber es wird wohl niemand mitkommen.« Und als ob er seine vorherige Unhöflichkeit ausgleichen wollte, zeigte er ein schräges Grinsen. »Merkwürdigerweise scheinen alle zu glauben, meine Suche nach Silvia sei reine Zeitverschwendung.«

Auf dem tief gefurchten Gesicht der Direktorin erschien der Anflug eines Lächelns. »Das sollte Sie eigentlich nachdenklich machen, junger Mann, doch Ihr Gesichtsausdruck sagt mir, dass es nichts ändert. Nun denn. Da Sie fest entschlossen sind und da niemand freiwillig mit Ihnen kommt, wird Ihnen ein passender Gefährte zugeteilt. Auf Kosten der Stadt.«

»Ich bin Ihnen sehr dankbar«, sagte Will offenherzig.

»Sie brauchen einen Dolmetscher und Träger. Jemanden mit Erfahrung und Grundkenntnissen im Fährten lesen, und klein genug, um Ihnen in schmale Felsspalten zu folgen. Ich habe mir die Freiheit genommen, aus dem verfügbaren Personal jemanden auszuwählen.« Sie schaute an Will vorbei zu dem Dromaeosaurier und pfiff ihm etwas in der schrillen Sprache dieser Rasse zu. Will bewunderte ihre Fähigkeit, diese Sprache zu sprechen. Obwohl er sich sicher war, dass sie, wie die meisten Menschen, ohne Zweifel nur ein paar Worte und Redewendungen für den Dinosaurier verständlich aussprechen konnte.

Der Dromaeosaurier nickte, antwortete mit einem Pfiff, der viel durchdringender war, als ein Mensch jemals zustande bringen könnte, und sprang durch die Tür davon.

»Ich kann Sie nicht davon abhalten, sich zu einem Trottel zu machen«, erklärte die Frau Will, »doch mit etwas Glück kann ich Sie davor bewahren zu sterben.«

»Dann wollen wir also das Gleiche.« Er lächelte erneut.

»Es ist wichtig, dass Sie …« Sie brach ab und erhob sich von ihrem Platz. »Ihr Gefährte ist da.«

Will sprang von seinem Stuhl auf, eifrig darauf bedacht, denjenigen zu begrüßen, der ihn seitens der städtischen Behörde bei seiner Suche nach Silvia unterstützen sollte und ebenso darauf bedacht ihm zu versichern, dass er wusste, was er tat, und kein dummer Junge war, der die möglichen Gefahren völlig unterschätzte. Ein kleiner, etwa schweinegroßer Dinosaurier watschelte zur Tür hinein.

Dass es ein Protoceratops war, überraschte Will nicht. Die Direktorin hatte von einem Dolmetscher gesprochen, und es gab nur eine Rasse von Ceratopsiern, die sowohl die menschliche Sprache als auch die vielen Dinosaurierdialekte beherrschte. Der gedrungene Protoceratops konnte zudem eine Menge Vorräte für sich selbst und einen Begleiter tragen.

Überrascht war Will, dass er den speziellen Vertreter dieser beachtenswerten Rasse kannte, ja, sofort erkannte. Im gleichen Augenblick bemerkte der Dinosaurier den jungen Skybax-Reiter. Seine Reaktion fiel allerdings nicht so aus, wie die Direktorin des Amtes für öffentliche Sicherheit wohl erwartet hatte.

»Du!«, stieß er hervor und vergaß dabei fast, die richtige Sprache zu benutzen.

Will war zu perlex, um ein Lächeln zustande zu bringen. »Hallo Chaz«, sagte er einfach.

Die überraschte Direktorin blickte von Dinosaurier zu Mensch. »Sie kennen sich?«

»Kennen?« Der Protceratops stampfte in den Raum und machte mit seinen kräftigen Füßen so viel Lärm wie irgend möglich. Auf diese Art unterstrichen die Ceratopsier ihre Worte. »Dieser leichtsinnige junge Mensch hat mich im Laufe des letzten Jahres wohl ein Dutzend Mal an den Rand des Todes gebracht. Haben Sie nicht von dem Eindringen der schrecklichen Menschen an der Nordküste gehört?«

Die Direktorin blickte nachdenklich. »Ich glaube, mir ist dieser Zwischenfall zu Ohren gekommen. Sie beide hatten damit zu tun?«

»*Er* hatte damit zu tun.« Chaz hob einen Fuß und deutete mit ihm auf den Skybax-Reiter. »Ich wurde gegen mein besseres Wissen einfach mitgeschleppt. Ein Wissen, so möchte ich sagen, das durch die folgenden Ereignisse mehr als bestätigt wurde.

Und jetzt soll ich ihn wieder begleiten? Ich will nichts mit ihm zu tun haben, verehrte Direktorin. Ich will nicht mit ihm gehen, ich will nicht mit ihm reden, ich will nicht mit ihm essen und nicht das Lager mit ihm teilen!»

»Ich freue mich auch, dich zu sehen, Chaz«, murmelte Will.

»Aber es ist der Beschluss der Stadtverwaltung und eine Empfehlung dieser Behörde, dass Sie dies tun.« Die Direktorin fasste den widerborstigen Dolmetscher fest ins Auge.

Der Protoceratops ging zum Schreibtisch, erhob sich auf seine Hinterbeine und legte die kurzen Vorderbeine auf die Kante der aufwändig verzierten Steinplatte. »Als man mich über dieses Vorhaben informierte, dachte ich sofort, dass es eine Zeitverschwendung und ein gefährliches Unterfangen sei.« Chaz schaute zu Will und nickte. »Und jetzt, wo ich sehe, wer damit zu tun hat, hat sich dieser Eindruck noch verzehnfacht.«

»Stell dich nicht so an«, wies ihn Will zurecht. »Wir machen nur eine kleine Wanderung.«

»Eine kleine Wanderung nennt er das.« Der Dolmetscher setzte seine Vorderbeine wieder auf den Boden. »Durch unerforschte Seitenschluchten in die Randgebiete der Großen Wüste.« Er blickte wieder zur Direktorin. »Ich sage Ihnen, verehrte Direktorin, dieser junge Mann hat die Eigenschaft, Schwierigkeiten praktisch heraufzubeschwören, und da möchte ich nicht dabei sein. Nehmt einen anderen.«

»Es gibt keinen anderen«, antwortete die Direktorin ruhig. »Nicht mit Ihren Fähigkeiten.«

»Nehmt Esmac. Sie kann viermal so viel tragen wie ich.«

»Das aber nur, weil Esmac ein Centrosaurier und viermal so groß ist wie Sie. Nicht nur, dass ihre Fähigkeiten als Dolmetscherin bei weitem nicht so gut sind wie Ihre«, erinnerte die Direktorin den widerstrebenden Protoceratops, »sie ist auch zu groß, um die schmalen Pfade und die engen Brücken zu bewältigen. Das ist Ihr Auftrag, Chaz. Wollen Sie ihn ablehnen?«

Der Kopf des Dolmetschers sank langsam herunter. »Nein. Nein, natürlich nicht. Sie wissen, dass ich dies nicht tun kann.« Eins seiner runden Augen richtete sich auf Will. »Ich sage dir schon jetzt, Will Denison, diesmal lasse ich mich nicht in deine wilden Kapriolen und jugendlichen Dummheiten hineinziehen. Wir gehen los und schauen uns kurz nach deiner geliebten Silvia um und dann kehren wir sofort nach Schluchtenstadt zurück.«

Will gab sich den Anschein, als würde er über die Bedingungen des Protoceratops nachdenken, bevor er langsam nickte. »Ich denke, damit kann ich leben.«

Immer noch nicht zufrieden, schaute Chaz dem Jungen ins Gesicht. »Diesmal keine wilden Abenteuer?«

»Ganz bestimmt nicht. Wir wollen lediglich nach Silvia sehen und sicherstellen, dass es ihr gut geht.«

»Nach dem, was ich im Vorzimmer gehört habe, sind die Behörden davon überzeugt, dass es ihr gut geht.«

Will zeigte ein gewinnendes Lächeln. »In diesem Fall brauchen wir uns ja keine Sorgen zu machen, oder?«

Chaz schnaufte und es klang wie das Schnaufen eines kleinen Büffels. »Nun gut denn. Ich werde mich um die notwendige Ausrüstung kümmern, auch wenn ich die Sache immer noch für eine riskante Zeitverschwendung halte.«

»Darin scheinen dir alle zuzustimmen.« Will ging zu dem grummelnden Protoceratops und legte ihm freundschaftlich eine Hand auf den Nackenschild. »Die öffentliche Meinung steht hinter dir.«

»Ja«, gab Chaz störrisch zurück, »aber unglücklicherweise sieht es so aus, als ob ich dich vor mir haben werde.«

6

»Jetzt zieh nicht so ein Gesicht«, forderte Will seinen missmutigen, vierbeinigen Gefährten auf, als sie die erhabenen Steinbögen und schönen Gärten von Schluchtenstadt hinter sich ließen. »Es ist ein wunderbarer Morgen und ich bin sicher, dass wir Silvia in ein paar Tagen gefunden haben werden.«

Der Protoceratops trottete hinter Will her und blickte wie eine Eule zu dem überschwänglich und selbstsicher vor ihm ausschreitenden Zweibeiner auf. »Es scheint mir an der Zeit, dich daran zu erinnern, dass du dir bei unserem letzten Unternehmen über viele Dinge ›sicher‹ warst, nur um dann von unzivilisierten Menschen gefangen genommen zu werden, und in der Schuld von zwei wütenden Tyrannosauriern zu stehen. Neben ein paar anderen Kleinigkeiten. Und ich mittendrin.«

Will blickte über die Schulter zurück. Obwohl immer noch in Sorge um Silvia, war er an diesem Morgen guten Mutes. Er wollte sich nicht von Chaz' Pessimismus anstecken lassen.

»Sei nicht so ein Schwarzseher! Es ist doch alles in Ordnung, oder?«

»Dank eines günstigen Schicksals«, nörgelte der Protoceratops. Starrsinnig musterte der Ceratopsier die breite Schlucht des Amu. Tief unter dem Pfad tobte und dröhnte der große Fluss gegen die uralten Felsen. Nach dem, was sein Gefährte gesagt hatte, würden sie schon bald in ein Seitental abbiegen und dann in eine noch engere Schlucht. Dort wären sie dann wirklich auf sich selbst gestellt. Schon jetzt vermisste Chaz die Geselligkeit der Schlafscheune und die immer interessante, vielsprachige Unterhaltung mit erwachsenen Menschen und Dinosauriern.

Er war aber nicht dort, sondern musste wieder einmal Kindermädchen für den viel zu ungestümen Will Denison spielen. Sein linkes Hinterbein rutschte auf dem porösen Sandstein weg und er schwankte unter seiner Last. Völlig entnervt schnappte er reflexartig mit seinem Maul nach der Traglast.

»Wie weit wir wohl laufen müssen«, murmelte er vor sich hin.

Will drehte sich zu ihm um und ein schelmisches Lächeln war in seinen Augen. »Würdest du lieber fliegen?«

Die Gesichter der Dinosaurier waren nicht sehr beweglich und damit auch nicht sehr ausdrucksstark, doch Chaz' Reaktion war deutlich genug.

»Sehr witzig, Will. Wie du ganz genau weißt, reicht mir der eine Flug in deiner Gesellschaft für mein restliches Leben, danke.« Der Dolmetscher unterstrich seine Antwort, indem er ein paar Mal besonders heftig mit dem Fuß stampfte. »Alle Ceratopsier sind aus gutem Grund gedrungen gebaut und meine Art ist noch besonders stämmig. Wenn es dir nichts ausmacht, dann behalte ich meine Füße dort, wo sie hingehören, und überlasse das Fliegen den hohlknochigen Pterosauriern mit ihren hohlköpfigen Skybax-Reitern.«

Chaz' Bemerkung erinnerte Will an Federwolke. Während seiner Abwesenheit würde man im Horst von Pteros gut für den Quetzalcoatlus sorgen und er würde die Gesellschaft seiner Artgenossen genießen. Doch zwischen Reiter und Flugsaurier bestand eine starke Beziehung und Will wusste, dass der Skybax seinen menschlichen Gefährten vermisste, so wie auch dieser sich nach seinem Reittier sehnte.

Will verdrängte die Gedanken an Federwolke. Er wollte

sich nur noch auf Silvia konzentrieren und sich schon einmal überlegen, was er sagen würde, wenn er sie gefunden hätte. Besonders, so dachte er grimmig, wenn sie nicht in Schwierigkeiten war.

Um sich auf andere Gedanken zu bringen, aber auch um das Schweigen zu brechen, fragte er den Protoceratops, was er seit ihrer letzten Begegnung gemacht hatte. Dieser Aufforderung kam sein widerwilliger, vierbeiniger Gefährte zumindest gerne nach.

»Nachdem ich mich von unserem ›kleinen Abenteuer‹, wie du es zu nennen beliebst, erholt hatte«, teilte ihm der Protoceratops trocken mit, »machte ich mich an die Arbeit und setzte meine Studien fort. Jetzt bin ich ein voll ausgebildeter Dolmetscher.« Normalerweise ist Dinosauriern Stolz fremd, doch Chaz konnte einen Anflug davon nicht unterdrücken.

»Wie Bix.« Will kletterte über eine Ansammlung von Steinen, die auf den sich verengenden Pfad gefallen waren.

»Ja, genau wie Bix, nur habe ich noch nicht ihre Erfahrung.« Chaz ging vorsichtig um den Steinhaufen herum.

»Also bist du jetzt dazu qualifiziert, Unsinn in zwanzig Sprachen zu reden?«, neckte Will ihn scherzhaft.

Der Protoceratops schaute zu ihm auf. »Dinosaurier reden keinen Unsinn. Das überlassen wir den Menschen.« Besorgt blickte er über den Rand in den tiefen Abgrund. Der Pfad vor ihnen verengte sich rasch zu einem schmalen Sims. »Als diplomierter Übersetzer habe ich Besseres zu tun, als meine Zeit damit zu verbringen, wie ein wild gewordener Gallimimus in der Wildnis herumzutoben.«

»Warum wartest du mit deiner Einschätzung nicht bis wir Silvia gefunden haben?« Will musste sich zur Seite drehen, um an einer schmalen Stelle vorbeizukommen. Der vierbeinige Chaz mit seiner besseren Gewichtsverteilung passierte die Stelle ohne zu zögern.

»Warum? Ich bin sicher, sie ist bei bester Gesundheit. Kein

Mensch oder Dinosaurier würde sich unvorbereitet in eine solche Gegend wagen. Ist sie etwa verrückt?«

Will warf ihm einen scharfen Blick zu, doch sein Gefährte hatte das nicht verletzend gemeint. »Natürlich nicht. Silvia ist eine intelligente Frau.«

»Warum vertraust du dann nicht ihrer Intelligenz und gehst davon aus, dass alles in Ordnung ist?«

Der Streit dauerte an, während sie immer weiter in das Labyrinth der Schluchten vordrangen. Wenn das endlose Wortgefecht auch zu nichts führte, wurde ihnen dabei wenigstens nicht langweilig. Der kaum noch erkennbare Pfad wurde immer schmaler und steiler, der gefährliche Abgrund daneben aber immer niedriger, bis sie sich schließlich nur noch ein paar Meter über dem Fluss, der diese Felsformation geschaffen hatte, befanden. Die Sonne war schon lange hinter den engen Wänden der Schlucht untergegangen.

»Wie kannst du überhaupt sicher sein, dass dies die richtige Schlucht ist?«, fragte Chaz streitlustig.

Will studierte die Umgebung genau. »Es ist die richtige Schlucht«, antwortete er unmissverständlich. »Alle Zeichen stimmen.«

»Was für Zeichen?« Chaz blickte sich um. »Diese Felsspalten sehen für mich alle gleich aus.«

Will blickte über die Schulter. »Deshalb bist du ein Dolmetscher und ich ein Skybax-Reiter.« Nachdem er einen steilen Hang hinaufgeklettert war, drehte er sich um und half seinem Gefährten. Er packte mit seiner Hand das Tragegeschirr des Protoceratops und zog mit aller Kraft daran. Grunzend und vor Anstrengung keuchend schaffte Chaz den Aufstieg und sie setzten ihren Weg fort.

»Wenn wir uns etwas beeilen würden«, meinte Will, »dann hätten wir die Sache schneller hinter uns und könnten nach Schluchtenstadt zurückkehren.«

»Ich tue mein Bestes«, gab der Vierbeiner kurz angebunden zurück. »Bin ich vielleicht ein schlanker Affe, so wie du? Ich denke nicht.« Er deutete auf die beiden Packen mit Vorräten auf seinem Rücken. »Es wäre interessant festzustellen, wie schnell du mit dieser Last auf deinen Schultern bist.«

Sofort bereute Will seine Worte. »Tut mir Leid, Chaz. Ich wollte dich nicht kritisieren.« Er blickte besorgt zum Ende der Schlucht, wo die Wände an beiden Seiten zurücktraten. »Ich mache mir solche Sorgen um Silvia, dass ich manchmal nicht darauf achte, was ich sage.«

»Hmm, nun gut, dann vergebe ich dir. Man weiß ja auch, dass verliebte Menschen ein Prozent ihrer Intelligenz pro Woche verlieren.« Etwas weniger brüsk fügte er hinzu: »Ich hoffe wirklich, dass wir deine Liebste gesund und wohlbehalten wiederfinden.«

»Danke«, meinte Will gerührt.

»Doch ich halte diese ganze Angelegenheit immer noch für eine Zeitverschwendung, so groß wie ein Brachiosaurier«, ergänzte der Protoceratops schnell.

Wills Grinsen wurde breiter. »Wie immer wird deine Meinung aufmerksam zur Kenntnis genommen.«

Auf dem Kamm der Schlucht hielten sie inne und blickten sich um. Der Fluss, dem sie gefolgt waren, entsprang einem Spalt im Fels, und Dinosaurier und Mensch nutzten die Gelegenheit, ihren Durst zu stillen und die Wassersäcke auf Chaz' Rücken aufzufüllen. Vor ihnen lagen sanfte Bergrücken aus zerbröckelndem und zersplittertem Sandstein und dahinter die Große Wüste.

Und immer noch kein Anzeichen von Silvia.

Möglicherweise hatte Chaz doch Recht, ging es dem müden Will durch den Kopf. Vielleicht sollten sie einfach nach Schluchtenstadt zurückkehren und warten, bis die zuständigen Behörden bereit waren, etwas zu unternehmen. Da sie nun aber so weit gekommen waren, wollte Will nicht umkehren, bevor er nicht einen Hinweis gefunden hatte, dass Silvia durch diese Schlucht gekommen war. Bis jetzt gab es nur die Aussage der Einsiedlersippe, dass Silvia diesen Weg eingeschlagen hatte.

Er kletterte an der Quelle vorbei und lief weiter nach Osten. Mehr wegen Chaz als für sich selbst wählte er immer den leichtesten Weg. Vor ihnen erhob sich eine Felsplatte, die sie überwinden mussten, doch danach schien es keine weiteren Hindernisse mehr zu geben. Chaz würde seine Hilfe brauchen, um die bescheidene Hürde zu überwinden. Im Geiste bereitete sich Will schon auf die Anstrengung vor, den stämmigen Protoceratops die Felsplatte hinaufzuziehen. Er stellte seinen rechten Fuß auf einen schmalen Vorsprung, schob sich nach oben und griff mit der linken Hand nach einer vorstehenden Felskante. Er drückte sich ab, zog sich mit den Armen nach oben und dann war er über der Kante.

Und blickte direkt in zwei Reptilienaugen, in denen kein Anzeichen von Intelligenz wie bei den Sauriern zu erkennen war.

Als Reaktion auf sein plötzliches Erscheinen zogen sich die Augen blitzschnell zurück und ein lautes Rasseln erfüllte die Luft. Sofort gesellte sich noch ein Dutzend gleicher, schwirrender Geräusche hinzu. Die von Will aufgestörte Klapperschlange war gut sechs Meter lang und ihr Körper hatte den gleichen Umfang wie Wills. Es war die größte einer Gruppe von Schlangen, die diesen Felsvorsprung zu ihrem Lieblingsplatz erwählt hatte.

Will verharrte wie erstarrt mit herabbaumelnden Beinen an der Felskante. Er könnte loslassen und sich hinunterfallen lassen, doch dabei riskierte er eine harte Landung. Und selbst das war keine Garantie, dem Angriff der riesigen Schlange zu entgehen. Da er nicht nach vorne konnte, sich nicht sicher war, ob er einen Sturz riskieren sollte und kaum zu atmen wagte, verharrte er bewegungslos an der Kante der Felsplatte.

Unter ihm rief der ahnungsloe Chaz: »Auf was wartest du?

Klettere ganz hinauf! Und was ist das für ein Geräusch, eine weitere Quelle?«

Will wagte nicht zu antworten. Selbst die kleinste Bewegung seiner Lippen, vom Klang seiner Stimme ganz zu schweigen, könnte genügen, die von ihm gestörte Schlange zum Angriff zu veranlassen. Hinter ihr begannen sich ihre gleichfalls beeindruckenden Artgenossen zu beruhigen. Die aufgeregten Warngeräusche ihrer zitternden Schwanzenden wurden leiser. Doch die Schlange direkt vor dem bewegungslosen Kletterer beäugte ihn immer noch genau.

Beim kleinsten Zucken von ihr hatte Will keine andere Wahl, als loszulassen und den Sturz zu riskieren. Eine Schlange dieser Größe hatte genug Gift, um ein Dutzend Menschen oder einen nicht gerade kleinen Dinosaurier zu töten. Würde er gebissen, könnte ihm weder Chaz noch sonst jemand helfen.

Der Protoceratops unter ihm wurde immer ungeduldiger. »Willst du da den ganzen Tag herumhängen wie ein Büschel Bananen oder kletterst du endlich hinauf? Warum sagst du nichts?«

Langsam, schrecklich langsam, entspannte sich die große Schlange. Ihr Schwanz hörte auf zu zittern und die Klapper verstummte. Geräuschlos und unbeeindruckt senkte sie ihren Kopf auf den warmen Fels und gesellte sich zu ihren sonnenhungrigen Artgenossen. Wie verschlungene, schuppige Seile lagen sie in einem Knäuel und nahmen die Hitze des Nachmittags in sich auf.

Ganz langsam ließ sich Will herab, tastete mit dem rechten Fuß nach dem kleinen Vorsprung und behielt dabei ständig den verschlungenen Haufen der mächtigen Schlangenkörper im Auge.

»Was hat das alles zu bedeuten?«, wollte Chaz wissen, als sein schlaksiger Gefährte wieder bei ihm war. »Ist der Weg dort hinauf zu schwierig?« Die Augen des Ceratopsiers musterten die Felswand. »Mit ein bisschen Unterstützung schaffe ich es ganz bestimmt.«

Will blickte ihn an. »Ich bin sicher, du schaffst es, aber du würdest es nicht wollen.«

»Warum nicht? Ist das nicht der richtige Weg?« Der Protoceratops verstummte plötzlich. »Was ist los, du zitterst ja.«

Will schaute an sich herab und stellte fest, dass Chaz Recht hatte. Wütend bekam er sich unter Kontrolle. Jetzt bestand keine Gefahr mehr. Die von der Wärme trägen Schlangen hatten keine Anstalten gemacht, den Störenfried, der so unerwartet ihr nachmittägliches Nickerchen unterbrochen hatte, zu verfolgen.

»Da oben sind Schlangen«, erklärte Will schließlich. »Giftschlangen.«

»Oh«, flüsterte Chaz.

»Große Giftschlangen. Sehr große Giftschlangen.« Er blickte nach rechts und nickte dann. »Ich denke, dort drüben können wir sie umgehen, doch wir müssen trotzdem vorsichtig sein. Vielleicht sind noch mehr da.«

Chaz nickte trübsinnig und drehte sich um. »Ich kann Schlangen nicht leiden. Besonders nicht sehr große Giftschlangen.« Er wandte den Kopf zurück zu Will. »Geht es dir ganz bestimmt gut? Wenn du willst, kannst du dich für eine Weile auf meinen Rücken setzen.«

»Nein, nein, es ist schon gut, Chaz. Aber vielen Dank.« Als sie den Bach am Boden der Schlucht überquerten, sprang Will ein paar Mal hoch, um einen Blick auf den Kamm der Schlucht zu werfen. Dort schien sich nichts zu regen. »Ich war einfach überrascht, sonst nichts. In einer solchen Gegend sollte man mit Schlangen rechnen. Ich habe nur nicht erwartet, dass sie so groß sind.«

»Mir ist jede Schlange zu groß«, beharrte Chaz und distanzierte sich damit von den lebenden Exemplaren seiner eigenen Ahnenreihe. Etwas verbindlicher fügte er hinzu: »Tut mir Leid, dass ich dich so angefahren habe, aber ich hatte ja keine Ahnung, was da vorging.«

»Ich weiß.« Als sie die Felsplatte umgingen, behielt Will aufmerksam die obere Kante im Auge. »Vielen Dank für deine Besorgnis.«

»Ich bin schließlich nicht gefühllos.« Der Protoceratops quälte sich die Steigung hinauf. »Ich denke nur praktisch.«

»Das werden wir auch bitter nötig haben, bis wir hier heraus sind.« Will packte mit beiden Händen das Geschirr des kleinen Ceratopsiers und zog kräftig daran, um seinem Gefährten beim Aufstieg zu helfen.

»Du meinst wohl, wenn wir jemals hier herauskommen«, nörgelte Chaz und kämpfte sich den steilen Anstieg hinauf.

Nachdem sie endlich den letzten schwierigen Anstieg gemeistert hatten, stand die Sonne am anderen Ende des ausgedehnten Schluchtensystems schon sehr tief. Sie fanden keine weitere Quelle, doch ihre Wassersäcke waren voll und Will wählte einen Platz aus, wo das herabströmende Regenwasser in dem weichen Fels eine Reihe von perfekt kreisförmigen Vertiefungen ausgewaschen hatte, die bis zum Rand mit dem Wasser der letzten Regenfälle gefüllt waren.

Will zog sofort seine Kleidung aus, nahm die Packstücke von Chaz Rücken, half ihm aus dem Tragegeschirr und dann suchte sich jeder ein passendes Wasserloch und nahm ein ausgiebiges, belebendes Bad. Nach der langen Kletterei empfand Will die mit Regenwasser gefüllten Löcher genauso erfrischend wie die besten öffentlichen Badehäuser in Sauropolis.

Er lehnte sich gegen den glatten Fels, breitete seine Arme nach beiden Seiten aus, um seinen Kopf über Wasser zu halten, und ließ seinen Körper bewegungslos in dem von der Sonne erwärmten Badewasser treiben.

»Was meinst du, Chaz? Das ist doch gar nicht so übel.«

Der Protoceratops blickte ihn aus seiner größeren, aber seichteren natürlichen Badewanne heraus an. »Verglichen mit was? Ich muss aber zugeben«, fügte er widerwillig hinzu, »dass dies hier ein wirklich schöner Ort ist. Vielleicht sollten wir uns bei den Schlangen bedanken, dass sie uns gezwungen haben, diesen Weg einzuschlagen.«

»Das übernimmst du. Eine Auseinandersetzung mit ihnen reicht mir.« Will schloss die Augen und genoss das warme Wasser, das seinen schmerzenden Muskeln gut tat. Nach einer Weile stieß er einen langen, zufriedenen Seufzer aus. Mit seinen Armen drückte er sich aus dem Wasser, setzte sich auf die Kante seiner natürlichen Badewanne und ließ sich von der untergehenden Sonne trocknen.

»Wir müssen uns nur Zeit lassen«, versicherte er seinem Gefährten, »dann wird alles gut werden.« Kaum hatte er das gesagt, sprang er auf und fiel dann hart auf seinen Hintern.

Anders als die Schlangen war der Skorpion von durchschnittlicher Größe. Doch das änderte nichts an dem stechenden Schmerz in Wills Hinterteil. Chaz dagegen hatte seine Freude an dem unerwarteten Tanz und kommentierte das wilde Herumgehüpfe seines menschlichen Gefährten mit glucksenden Lauten. Schließlich aber hatte auch dieser Spaß ein Ende und er krabbelte aus seinem eigenen Bad – nur um auf einen Artgenossen des Skorpions zu treten.

Jetzt tanzte auch der Protoceratops wie verrückt herum und versuchte genau wie sein Freund, den Schmerz abzuschütteln. Hastig legten sie Chaz wieder sein Geschirr an und luden ihre Vorräte auf den Rücken des Protoceratops. Jetzt sahen sie, dass es auf dem Sandsteinplateau nur so von Skorpionen wimmelte, die beim Hereinbrechen der Nacht ihre gut getarnten Verstecke verlassen hatten. Will und Chaz bewegten sich auf Zehenspitzen und es dauerte einige besorgte Augenblicke, bevor die verletzbaren Eindringlinge den schönen, aber von Spinnentieren übersäten Platz verlassen konnten.

Als sie im Schutz eines Felsüberhangs ihr nicht so idyllisches, aber deutlich sichereres Lager aufgeschlagen hatten, untersuchten der Mensch und der Dinosaurier kleinlaut ihre Verletzungen.

»Wie geht es deinem Fuß?« Will schürte aufmerksam das kleine Lagerfeuer, das sie entfacht hatten.

Zur Antwort hob der Protoceratops den misshandelten Fuß vom Boden und hielt ihn seinem Freund vor die Nase. Im Lichtschein des Feuers sah man deutlich die rote, geschwollene Stelle.

»Es fühlt sich an, als ob ich auf eines dieser glühenden Holzstücke getreten wäre«, sagte ihm Chaz. »Glücklicherweise hat mich das Ding in den Fußrücken gestochen, so kann ich immer noch laufen. Aber es ist ein sehr unangenehmes Brennen.« Der stämmige Ceratopsier nickte Will bedeutungsvoll zu. »Und wenn wir gerade dabei sind, wie geht es deinem Hintern?«

Sein menschlicher Gefährte schnitt eine Grimasse. »Warum, glaubst du wohl, hocke ich hier, anstatt zu sitzen?« Er stocherte mit einem langen Stock in der roten Glut herum.

»Ich glaube, ich würde Schwierigkeiten beim Laufen vorziehen«, gab Chaz nachdenklich zurück. In Anbetracht der Ernsthaftigkeit, mit der diese Bemerkung vorgebracht wurde, musste Will einfach laut loslachen.

Als sich die beiden wieder beruhigt hatten, ließ Will die Wunde, an die er selbst nicht herankam, von seinem Gefährten untersuchen und mit etwas Salbe behandeln. Nachdem Will den Verschluss der Flasche abgeschraubt hatte, handhabte der Protoceratops diese geschickt mit seinem Schnabel. Danach versorgte Will den geschwollenen Fuß von Chaz.

Die Stiche hatten nicht nur einen erzieherischen Effekt, sondern das gemeinsame Leiden schmiedete auch ein Band zwischen ihnen. Von diesem Moment an war Chaz' Gezänk (obwohl es nie ganz verstummte) weniger giftig, während Wills Sticheleien gegen seinen vierbeinigen Gefährten sanfter wurden.

Doch nichts davon half ihnen bei ihrer Suche nach der vermissten Silvia.

Nach kurzer Zeit war überhaupt kein Weg mehr erkennbar. Die Abhänge, die ihnen den Weg nach Osten verstellt hatten, wurden stetig flacher und sanfter, bis sie ein ausgetrocknetes Flusstal entlang liefen, das sich nur wenig von den zahlreichen anderen unterschied, die rechts und links lagen. Wills anfängliche Begeisterung schwand mit der Erschöpfung und der beständig zunmehmenden Hitze, und mit der Zeit begann er, mehr und mehr Verständnis für die Einstellung der Behörden aufzubringen. Fraglos erforderte es eine richtige Expedition, um die umliegenden Hügel und Wasserläufe gewissenhaft abzusuchen.

Chaz war so etwas wie ein Experte im Lesen menschlichen Mienenspiels (es war natürlich auch ein Teil seiner Arbeit) und er nahm wahr, wie der Gesichtsausdruck seines Freundes immer resignierter wurde. Sein Tonfall wurde sanft und war nicht mehr mahnend.

»Bist du soweit, ›genug‹ zu sagen, Will Denison? Wenn wir so weitermachen, bestehen gute Chancen, dass eine Expedition ausgeschickt werden muss, um uns zu retten. Du bist vielleicht ein Skybax-Reiter, doch auf dem Boden kannst du dich wie jeder andere verirren.« Der kleine Protoceratops schaute den Weg zurück, den sie gekommen waren. »Am besten kehren wir jetzt gleich um, solange es noch ein paar Spuren gibt, an denen wir uns auf dem Rückweg orientieren können.«

Will blieb stehen. Um seine Füße herum setzte sich der Staub. Die ihn umgebenden, vielfarbigen Sandsteinschichten luden weder zur Rast ein, noch gaben sie einen Hinweis. Es herrschte Stille. Keine beruhigende menschliche Stimme, kein vertrautes Röhren oder Grunzen eines Sauriers war zu vernehmen. Von irgendwoher erklang der einzelne, verlorene Ruf eines Vogels.

Ein rötlicher Schimmer fiel ihm ins Auge. Er kam aus einer Felsspalte zu seiner Rechten und stammte wahrscheinlich von einer unbekannten Wüstenblume. Hinter ihm trat Chaz ungeduldig von einem Fuß auf den anderen.

»Komm schon, entscheide dich. Kehren wir jetzt um oder nicht?«

»Einen Moment, Chaz.« Neugierig trat Will ein paar Schritte nach vorne. Als er sich der Felsspalte näherte, gesellte sich zu dem roten Schimmer ein dunkles Blau. Das wäre schon eine sehr ungewöhnliche Blume, in deren Blüte sich zwei so gegensätzliche Farben vereinigten.

Das Tuch war schmutzig und verknittert, doch seine Herkunft war eindeutig. Als er es ins Licht hielt, kam Chaz zu ihm herüber.

»Was haben wir denn *jetzt* gefunden?«

Will drehte sich um und ließ das dünne Seidentuch mit den darauf gemalten Szenen aus dem Leben Dinotopias in der leichten Brise flattern. »Das ist Silvias! Also *ist* sie hier entlang gekommen.« Mit einem Mal war er wieder hellwach und suchte mit besorgtem Blick den Horizont ab. »Ganz bestimmt hat sie das Tuch nicht weggeworfen, Chaz. Es ist eines ihrer Lieblingstücher.«

»Das bedeutet aber nicht, dass sie in irgendwelchen Schwierigkeiten ist«, warf der Protoceratops ein. »Wahrscheinlich hat der Wind es ihr vom Hals gerissen oder sie hat es einfach verloren und gar nicht bemerkt, dass es weg ist.« Während er dies sagte, untersuchte er den harten Fels neben der Spalte, in der sich das Tuch befunden hatte.

»Es gibt keine Spuren eines Kampfes, keinen Hinweis, dass hier irgendetwas Ungewöhnliches passiert ist.«

»Nun, dann bin ich zumindest beruhigt.« Will steckte das Tuch in eine Tasche und lief los. »Auf Chaz. Vielleicht liegt sie irgendwo dort vorne in einem Unterschlupf und wartet auf Hilfe.«

»Oder vielleicht auch nicht.« Murrend bemühte sich der Protoceratops, mit seinem langbeinigen Freund Schritt zu halten. »Wieso glaubst du, dass sie in diese Richtung gegangen ist? Wir befinden uns am Rand der Großen Wüste. Niemand, der bei klarem Verstand ist, geht freiwillig dorthin. Das ist der unwirtlichste Ort in ganz Dinotopia, noch verlassener als die Verbotenen Berge. Warum sollte jemand, besonders wenn er allein unterwegs ist, dorthin wollen?« Mit seinem Schnabel deutete er auf das sie umgebende Gewirr von Flussläufen und Felsspalten, die das Wasser in Millionen von Jahren in den Fels gegraben hatte.

»Es ist viel wahrscheinlicher, dass sie hier irgendwo herumirrt. Wir sollten zuerst diese ausgetrockneten Hügel absuchen. Vielleicht ist sie auch schon auf dem Rückweg nach Schluchtenstadt.«

»Nicht, wenn sie durch diese Seitenschlucht zurückgekommen ist«, erklärte Will mit fester Stimme. »Ich kenne Silvia. Sie wäre auf dem gleichen Weg zurückgekehrt. Wir hätten sie auf jeden Fall getroffen.«

»Wie üblich gefällt mir dein unangebrachtes Vertrauen nicht. Will, das ist verrückt. Wir sollten nach Schluchtenstadt zurückkehren und den Behörden berichten, was wir herausgefunden haben.« Er deutete auf das Tuch, das aus der Tasche seines Gefährten heraushing. »Da wir jetzt einen Beweis haben, dass sie bis hierher gekommen ist, werden die Behörden sicherlich eine entsprechende Suchexpedition losschicken.«

Ohne seinen Freund anzusehen, sondern die Hügel vor ihnen absuchend, erklärte Will: »Vielleicht reicht die Zeit dazu nicht, Chaz. Ich muss sie finden. Ich muss Gewissheit haben.«

»Du bist ein blöder, dickköpfiger Primat, Will Denison!«

Will blieb stehen. »Ich verstehe, wenn du umkehren willst, Chaz. Ich aber muss weiter.«

Der Protoceratops blickte argwöhnisch zu ihm auf. »Eine

tolle Vorstellung, wie du hier draußen alleine herumstolperst! Außerdem weißt du genau, dass ich dir zugeteilt bin.« Er schnaufte resigniert. »Nun gut. Ich begleite dich noch bis zum Rand der Großen Wüste, aber nicht weiter. Mein Auftrag vom Amt für öffentliche Unterstützung endet dort. Ich sage dir klipp und klar, dass ich nicht weitergehe! Es ist viel zu gefährlich, ein zu großes Risiko und auf jeden Fall viel zu leichtsinnig.« Seine Stimme wurde deutlich lauter. »Verstehst du, Will Denison? *Hörst du mir zu?*«

Die Ausläufer der Wüste bestanden mehr aus Fels und Kies als aus Sand. Wo Aushöhlungen und der Schutz kleiner Hügel Schatten und etwas Feuchtigkeit boten, fanden widerstandsfähige, dürre Pflanzen ein begrenztes Auskommen. Am tiefblauen Himmel zogen langsam Wolken dahin. Diese karge und raue Landschaft hat ihren Reiz, dachte Will. Doch die Kommentare, die Chaz ohne Unterlass von sich gab, waren alles andere als wohlwollend.

»Niemand kommt hierher«, murmelte er kaum vernehmlich. »Niemand! Und das aus gutem Grund. Hier gibt es nichts zu sehen oder zu tun oder zu erleben.« Seine Füße bewegten sich automatisch über die festgebackene Oberfläche.

»Ist dir klar, Will, dass sich zwischen uns und der Handelsroute an der Küste keine Ansiedlung befindet? Überhaupt nichts? Selbst entlang der Küste gibt es nur vereinzelte, kleine Dörfer. Nur die winzigen Versorgungsstationen Neoknossos, Meeramu und Hartmuschel. Und jenseits davon erstreckt sich der Ozean.

Weit im Norden befindet sich die Straße von Pteros zur Küstenstadt Kuskonak. Südlich davon gibt es keine Straße, keinen Weg, noch nicht einmal einen Pfad. Nichts, bis man nach Chandara kommt, wo die Wüste endet. Dafür gibt es Gründe, Will.»

»Wir haben immer noch zu essen und genügend Wasser.« Auf der Suche nach einem Hinweis musterte Will weiter in allen Richtungen den Horizont. Er hielt Ausschau nach einem Anhaltspunkt, den ihm die Farbe der Felsen geben könnte, einen Hinweis, welche Richtung er einschlagen sollte.

»Jetzt noch. Aber auch das wird sich ändern.«

»Ich bin kein Dummkopf, Chaz. Wenn unsere Wassersäcke halb leer sind, werden wir umkehren. In welchen Schwierigkeiten Silvia auch stecken mag, es hilft ihr nicht, wenn wir auf der Suche nach ihr verdursten.«

»Hurra! Montier mir auf beiden Seiten Armlehnen und benutze mich als Sofa! Endlich mal eine vernünftige Aussage. Nun gut, ich werde den Wasserstand in den Säcken genau im Auge behalten und werde dich an deine Aussage erinnern.«

Wir sollten sie besser schon vorher finden, dachte Will, denn er hatte mit seinem Versprechen nur seinen kritischen Gefährten beruhigen wollen.

Als sie in die Große Wüste vorrückten, war die Situation alles andere als ermutigend. Will wäre schon mit dem kleinsten Anhaltspunkt zufrieden gewesen. Vergeblich hielten sie nach Spuren, Stiefelabdrücken, Fetzen von Kleidung, abgebrochenen Zweigen oder durcheinander geratenem Kies Ausschau. Nichts auf ihrem Weg deutete darauf hin, dass Silvia oder überhaupt ein Mensch hier in letzter Zeit vorbeigekommen war.

Natürlich bestand die Möglichkeit, dass der Wind sämtliche Spuren verweht hatte, überlegte Will. Genau der gleiche Wind, der ihnen jetzt gerade den Sand ins Gesicht blies. Sehnsüchtig blickte Will über die Schulter zurück und ging dann weiter. Es blieb ihm auch kaum eine andere Wahl. Chaz hätte dem natürlich sofort widersprochen. Menschen waren notorische Starrköpfe.

Nach seinem nur halbherzig gegebenen Versprechen umzukehren, wenn die Wassersäcke halb leer waren, dachte er jetzt genauer über das beiläufig Dahingesagte nach. Wenn sie zu dem angegebenen Zeitpunkt Silvia nicht gefunden hätten, dann bliebe ihnen wirklich nichts anderes übrig, als nach Schluchtenstadt zurückzukehren und die Behörden um Hilfe zu bitten.

Der Wind wurde stärker und trieb nun größere Sandkörner mit Macht in die Richtung des weit entfernten Amu. Will zog Silvias Tuch aus der Tasche und band es sich sorgfältig vors Gesicht, um Mund und Nase abzudecken. Da er nun ihr Tuch hatte, was würde sie benützen, um sich vor dem Staub zu schützen? Er verdrängte die Vorstellung, sie könnte ziellos durch die Wüste irren, ihre zarte, helle Haut von der Sonne verbrannt, die Augen rot und tränend und die Lungen voller Staub.

Er spürte eine Berührung an seinem Bein. »Könntest du vielleicht …«, bat Chaz mit rauer Stimme.

»Oh, tut mir Leid.« Er wühlte in einem der Packsäcke herum, bis er ein schlichtes, festes Stück Tuch fand, das er dem Protoceratops sorgfältig vors Gesicht band, damit auch er vor dem Sand geschützt war. »Ich dachte daran, was Silvia jetzt gerade durchmacht.«

»Denk lieber daran, was wir beide durchmachen«, erinnerte ihn Chaz. »Ich warne dich, ich mache das nicht mehr lange mit.«

»Ich weiß.«

Als sie sich wieder in Bewegung setzten, schaute ihn sein vierbeiniger Gefährte erstaunt an. »Heißt das, du stimmst mir zu?«

»Ja. Wir können nicht viel tun. Wenn wir sie morgen früh nicht gefunden haben, kehren wir um.« Er hob den rechten Arm schützend vors Gesicht und sagte: »Wenn das noch schlimmer wird, können wir in ein paar Meter Entfernung an ihr vorbeilaufen, ohne sie zu bemerken. Ich habe dir doch gesagt, dass ich kein Dummkopf bin.«

»Herr im Himmel.« Der Protoceratops schickte einen dankbaren Blick nach oben.

Wills Voraussage erwies sich als zutreffender, als er geglaubt hatte. Innerhalb einer Stunde war der Wind so heftig geworden, dass sie kaum ein paar Meter weit sehen konnten. Eng aneinander gedrängt suchten sie hinter einem niedrigen, bewachsenen Hügel Schutz und warteten den Sturm ab.

»Tut mir Leid, dass ich dich da mit hineingezogen habe, Chaz.« Will hatte die Arme um seine angewinkelten Beine gelegt und zog das Tuch fester um sein Gesicht.

»Mir auch«, sagte der Dolmetscher, ohne zu zögern. Er legte seinen Kopf in Wills Schoß, wobei ihm die angewinkelten Beine des Menschen einen zusätzlichen Schutz vor dem umherfliegenden Sand boten.

Eng beieinander, fielen sie zu ihrem eigenen Erstaunen in einen tiefen, windumtosten Schlaf.

Will erwachte in einer Stille, die er bis jetzt nur aus der Unteren Welt kannte. Die Sonne war noch nicht aufgegangen, doch ihr Licht zeigte sich schon am Morgenhimmel. Der wolkenlose Himmel erstrahlte vom einen Ende bis zum anderen in einem leuchtenden Blau.

»Chaz, Chaz, wach auf!« Will tätschelte den dickhäutigen, schweren Kopf, der bewegungslos in seinem Schoß lag.

»Snaf, was ...?« Der Protoceratops erwachte aus seinem unverhofften Schlaf. Seine Hinterbeine waren vom Sand bedeckt, den der Wind darüber geweht hatte.

So gut es ging, schüttelten sie Staub und Sand ab und nahmen dann ihre Umgebung in Augenschein. Um sie herum war es still und nirgendwo bewegte sich etwas.

Dann lenkte ein kehliger Laut ihre Aufmerksamkeit zum Himmel.

Ein Argentavis zog seine Kreise. Schon bald gesellte sich ein zweiter hinzu und dann ein dritter. Die sechs Meter breiten Schwingen der großen Geier zeichneten schwarze Spiralen in den Himmel. Besorgt beobachtete Will die Vögel. Mit ihren Schnäbeln, die einen Dinosaurierknochen durchtrennen konnten, würden sie mit dem viel kleineren Körper eines Menschen kurzen Prozess machen.

Doch die Argentavis waren reine Aasfresser, keine Jäger. Wenn es etwas gab, worin sich ein Skybax-Reiter auskannte, dann waren es die Gewohnheiten der Lebewesen, die mit ihm die Lüfte teilten. Er und Chaz würden so lange in Ruhe gelassen, bis sich die dort oben kreisenden Todesvögel ganz sicher wären, dass weder von dem Dinosaurier noch dem Menschen eine Gegenwehr zu erwarten war.

Als sie aufbrachen, legte Will noch etwas zusätzlichen Enthusiasmus in seine Schritte. »Machen wir uns auf den Weg.« Er deutete mit einem Finger zum Himmel. »Wir wollen doch nicht, dass unsere Zuschauer dort oben auf dumme Gedanken kommen.«

»Richtig«, stimmte Chaz zu, als er etwas überhastet hinter Will her stolperte.

Die drei Argentavis folgten ihnen und zogen lautlos ihre Kreise. Die großen Aasfresser kannten keine Eile. Die Zeit stand auf ihrer Seite. Es gab keinen Grund für einen Angriff auf ihre auserkorene Beute. Früher oder später zwang die Große Wüste alle Lebewesen in die Knie.

»Wie steht's mit unserem Wasser?« Will war stehen geblieben, um sich den Staub und den Sand aus dem Gesicht zu wischen. Obwohl es schon später Nachmittag war und der Abend kurz bevorstand, war die Hitze immer noch drückend. Die Erinnerung an Schluchtenstadt mit ihren kühlen Felsenräumen und den plätschernden Quellen überfiel ihn unvermittelt. Er stand kurz davor, seine Niederlage einzugestehen und sich auf den Rückweg zu machen.

Chaz schüttelte sich, um das reduzierte Gewicht auf seinem Rücken zu taxieren und die Menge des Wasservorrats abzuschätzen. »Die Hälfte ist weg. Schau selbst nach, Will.«

Er schüttelte sie ein weiteres Mal. »Vielleicht ein bisschen mehr als die Hälfte. Wenn wir nicht sofort umkehren, schaffen wir es vielleicht überhaupt nicht mehr. Wenn wir in einen weiteren Sandsturm geraten und die Orientierung verlieren, könnte das unser Ende bedeuten. Ich bitte dich, lass uns umkehren.«

Will wischte sich den Schweiß von der Stirn. Seine Kleider waren vom Schweiß durchnässt und die Hitze trübte seine Gedanken. Er wusste, dass Chaz Recht hatte. So müde und ausgepumpt, wie sie waren, sollten sie lieber gleich nach Schluchtenstadt aufbrechen, bevor sie nicht mehr klar denken konnten.

»In Ordnung, ich gebe auf. Gehen wir.«

»Das hört sich vernünftig an. Ich versichere dir, Will, ich werde dich unterstützen, wenn du eine vollausgerüstete Such- und Rettungsexpedition beantragst.«

»Das weiß ich. Doch damit wir uns nicht verirren, fragen wir am besten diese Leute da nach dem Weg. Nur um sicherzugehen.«

Der Protoceratops starrte ihn an. Hatte die unerbittliche Sonne inzwischen die Sinne seines Gefährten verwirrt? Schließlich besaßen die Menschen keinen Nackenschild, durch den das Blut zur Kühlung zirkulierte. »Wie bitte? Wen meinst du damit?«

»Wieso, die da natürlich«, gab Will zurück und zeigte in eine Richtung.

Der Dolmetscher trat ein paar Schritte vor und sah nun den Grund für die Bemerkung seines Freundes. Je näher sie kamen, desto mehr zweifelte der Protoceratops daran, ob man mit ihnen Kontakt aufnehmen sollte.

»Bist du denn sicher«, flüsterte er in die unbewegte, trockene Luft hinein, »dass das Menschen sind?«

7

Langsam und majestätisch näherte sich die außergewöhnliche Karawane Will und Chaz. Dem an der Spitze schreitenden Stegosaurier folgten einige Kentrosaurier, ein Tuojiangosaurier und dann zwei weitere Stegosaurier. Das war schon ungewöhnlich genug, doch noch beeindruckender war, dass Menschen nicht nur mit den gepanzerten Sauriern zusammenlebten, sondern auch auf ihnen.

Zwischen den hohen Rückenplatten der Saurier befanden sich Holzgestelle, die von starken Seilen gesichert waren. Stoffbahnen, die zwischen den Holzpfosten gespannt waren, dienten als Wände und Decken und den Boden bildeten geflochtene Matten. Die merkwürdigen, farbenprächtigen Gebilde erinnerten Will an die Hochsitze auf indischen Elefanten oder an die Zelte auf den Rücken der Kamele arabischer Beduinen, die er in jungen Jahren auf Bildern gesehen hatte.

Diese eleganten Wohnstätten waren allerdings viel größer und komfortabler, denn der Rücken eines einzelnen erwachsenen Stegosauriers bot mehr Platz als ein Dutzend Kamele und seine knöchernen, dreieckigen Rückenplatten stellten ein natürliches Fundament dar.

Die Stoffe waren alle mit Stickereien in leuchtenden Farben reich verziert. Bänder und Flaggen flatterten an den Zeltspitzen und die Stacheln an den Schwänzen der Stegosaurier waren mit Gold überzogen. Über den Vorderbeinen eines jeden Sauriers befand sich ein kleineres Zelt, in dem ein einzelner Reiter bequem sitzen konnte. Besonders die großen Stegosaurier hatte man in komfortable, laufende Häuser verwandelt. Die ganze Konstruktion schien genügend Platz und Bequemlichkeit zu bieten, man durfte sich allerdings nicht an dem steten Schwanken stören, das mit dieser beispiellosen Art des Reisens einherging.

Riesige Wassersäcke hingen von den großen Rückenplatten herab und klatschten beim Laufen gegen die Flanken der Dinosaurier. Als der führende Stegosaurier die beiden einsamen Wanderer erblickte, blökte er ein Signal zum Halten. Sofort kam ein bärtiger Mann aus dem kleinen Zelt auf der gepanzerten Schulter des Dinosauriers herab und forderte sie mit einer Geste auf, näherzukommen.

»Was hältst du von der Sache?«, fragte Will seinen Gefährten.

Der Protoceratops grübelte. »Wüstennomaden. Es gibt Geschichten über sie. Man sagt, sie führen ein Leben außerhalb der Gesellschaft von Dinotopia und geben sich nur mit ihresgleichen ab. Nicht viele Dinosaurier sind in der Lage, ein so einsames Leben zu führen.« Der Dolmetscher nickte in die Richtung der wartenden Karawane. »Es scheint, dass diese Stegosaurier dazu fähig sind.«

Wieder winkte der Reiter sie zu sich. Will bemerkte wie andere des Stammes, darunter Frauen und Kinder, aus den in luftiger Höhe befindlichen Zelten spähten. Bestimmt fragten sie sich, warum ein junger Mensch und ein Protoceratops alleine in ihrem Land herumstreiften. In letzter Zeit hatte sich Will das auch gefragt.

»Wir können genauso gut erst einmal herausfinden, was sie wollen.« Chaz trat vor.

»Vielleicht wissen sie etwas von Silvia.« Will folgte seinem Freund und ließ der Sitte gemäß dem Dolmetscher den Vortritt. Trotz ihrer ausgefallenen Erscheinung und ihrer außergewöhnlichen Lebensweise zögerte Will keinen Augenblick. Der Gedanke, dass diese einsamen Wüstenbewohner feindliche Absichten hegten, kam ihm nicht in den Sinn. Von allen bekannten Dinosauriern stellten nur die primitiven Fleischfresser des Regentals eine wirkliche Bedrohung dar. Die ruhigen, Pflanzen fressenden Stegosaurier sollten ihnen freundlich gesonnen sein.

Seine Vermutung erwies sich nicht als völlig zutreffend. Die umherziehenden Dinosaurier und Menschen waren durchweg freundlich und höflich, aber zurückhaltend. Es gab hier nicht die überschwängliche Begrüßung, die einem Fremden in Waldstadt oder Chandara zuteil wurde.

Während Chaz sich mit dem vorderen Stegosaurier unterhielt, versuchte Will dem durchdringenden Blick des abgestiegenen Reiters auszuweichen. Nach einigen Minuten, in denen Blöken und Grunzen ausgetauscht wurden, wandte sich sein Gefährte wieder ihm zu.

»Ich glaube, sie wissen wohl nicht so recht, was sie von uns halten sollen.«

»Das beruht auf Gegenseitigkeit«, gab Will sofort zurück.

»Sie fragen sich, was wir mit so wenig Vorräten hier draußen in einer Gegend machen, die so lebensfeindlich ist.«

Will nickte, während er die zurückgeschlagenen Zeltklappen nach den dahinter halb verborgenen Gesichtern absuchte. »Nun, hast du es ihnen gesagt?«

Der Protoceraptos antwortete mit einem unmerklichen Kopfschütteln. »Da die Begrüßung nicht besonders herzlich ausgefallen ist, wollte ich sie nicht gleich mit einer Unmenge von Fragen überfallen. Man hat uns eingeladen, in ihrem Lager zu übernachten. Es wäre unhöflich, das abzulehnen.«

»Warum sollten wir?« Will runzelte die Stirn und merkte, dass er weiche Knie bekam. Chaz warf ihm einen besorgten Blick zu.

»Alles in Ordnung, Will?«

»Weiß ich nicht genau.« Er wischte sich mit der Hand über die Stirn und ließ sie dort. Seine Stirn war ganz heiß. »Als Skybax-Reiter bin ich eine kühle Brise gewohnt. Diese heiße, unbewegte Luft ist ungewohnt für mich.« Er zwang sich, gerade zu stehen. »Gleich geht es mir wieder besser.«

Immer noch besorgt, gab Chaz den Rest seiner Unterhaltung mit dem Stegosaurier wieder. »Ahminwit lädt dich ein, mit den anderen Menschen auf ihrem Rücken zu reiten.«

»Nein danke. Ich laufe lieber. Außer natürlich«, fügte er schnell hinzu, »wenn es unhöflich wäre, das Angebot abzulehnen.«

»Nein. Das war eine reine Formsache.« Nach einer kurzen Pause fügte er hinzu: »Ich würde mich gerne tragen lassen. Doch ich habe vier Beine und bekomme nicht so schnell einen Hitzschlag.«

»Sehe ich aus, als würde ich einen Hitzschlag kriegen?«, fragte Will gereizt.

Chaz musterte seinen jungen, menschlichen Gefährten genau. »Du siehst aus wie jemand, der dringend ein ausgiebiges Bad braucht, aber ich bin sicher, ich sehe auch nicht besser aus. Dann lauf halt, wenn es dir lieber ist.«

Nachdem der Protoceratops dies Ahminwit mitgeteilt hatte, trat er ein paar Schritte zur Seite. Das führende Stegosaurierweibchen drehte seinen Kopf und blökte den geduldig hinter ihr Wartenden etwas zu. Die übrigen Mitglieder der Karawane, die sich zum Ausruhen auf ihre Knie niedergelassen hatten, richteten sich jetzt auf. Von den schweren Beinen wirbelte Staub auf und die Zelte schwankten zwischen den Stangen und Rückenplatten, als sich die Reihe der mächtigen Körper nach Südwesten in Bewegung setzte. Hinter den Zeltplanen verborgen beobachteten neugierige Augen immer noch die Neuankömmlinge.

Will und Chaz hatten beschlossen, sich dicht neben Ahminwits Kopf zu halten. Ihr bärtiger Reiter beugte sich auf seinem sicheren Sitz zu ihnen herab und blickte Will scharf an.

Nachdem diese unerbittliche Musterung ungefähr fünfzehn Minuten gedauert hatte, schaute Will gereizt zu dem älteren Mann hoch. »Sagen Sie mir, mein Herr, ist es mein Gesicht oder meine Kleidung, die Ihr Interesse erweckt?«

»Weder noch.« Der Stegoreiter sprach mit alter Stimme und fremdem Akzent. »Mich interessiert Ihr Geisteszustand. Was treibt einen Stadtbewohner wie Sie dazu, lediglich in Begleitung eines unerfahrenen Dolmetschers, in der Großen Wüste herumzulaufen?«

Will dachte an Chaz' Warnung. »Das erzähle ich Ihnen, wenn wir Ihr Lager erreicht haben. Mein Freund und ich sind von Ihnen und Ihren Leuten fasziniert. Wollen Sie mir nicht etwas über Ihren ... Stamm erzählen?«

Der alte Stegoreiter führte mit dem Kopf eine Art Verbeugung aus, von einer seltsamen Handbewegung begleitet, die Will nicht zu deuten wusste. »Wir sind die Orofani, die Umherziehenden. Abkömmlinge von jenen Menschen und Dinosauriern, denen die Städte zu eng, die Tiefebenen zu feucht und die Küste zu grenzenlos waren. Vor langer Zeit flohen unsere Vorväter vor einem Unglück von den Inseln in der östlichen See und machten die Große Wüste zu ihrer neuen Heimat, frei von Bürokratie und den Fesseln der Zivilisation. Hier«, so sprach er mit deutlichem Stolz, »machen wir unsere eigenen Gesetze und treffen unsere eigenen Entscheidungen, was unsere Ernährung betrifft, die Philosophie, Fortpflanzung, das Miteinander und das Leben.« Er verbeugte sich ein zweites Mal.

»Ich bin Yannawarru von den Orofani.«

Etwas in den Worten des Stegoreiters verlangte nach einer Antwort. »Ich bin Will, Will Denison, und das ist mein Freund Chaz.«

»Sie suchen etwas.« Es war keine Frage. »Man kommt

nicht hierher, ohne auf der Suche zu sein, entweder sucht man etwas in sich selbst oder woanders.«

»Ich habe schon gesagt, das erzähle ich Ihnen, wenn wir im Lager sind.« Will hatte das Gefühl, als ob sich ein Tuch über seine Augen legen würde und einen Moment lang konnte er nichts sehen. Er schwankte leicht. Dann klärte sich sein Blick wieder und seine Schritte wurden sicherer.

»Dann erzählen Sie.« Yannawarru hob seinen sonnengebräunten Arm und deutete auf eine flache Erhebung aus übereinander getürmten Schieferbruchstücken. »Denn dort werden wir unser Nachtlager aufschlagen.« Wissende Augen blinzelten dem jungen Menschen zu. »Und so wie Sie aussehen, bescheidener Wanderer, keinen Augenblick zu früh.«

»Das ist doch lächerlich!« Merkwürdig, dachte Will, während er nicht aufgepasst hatte, hatte irgendein boshafter Kobold den Horizont gestohlen. »Ich bin völlig in ...«

Als er erwachte, fiel sein Blick auf eine Kuppel, die zugleich interessant und für die Wüste sehr ungewöhnlich war. Sie wirkte wie aus reiner, gelber Seide, doch die Struktur war etwas rauer.

Er richtete sich auf seine Ellbogen auf und stellte fest, dass er in einem Zelt lag. Die Decke wurde von einem Mittelpfosten gestützt und von Querstangen gehalten, die ein verwirrendes Muster bildeten. Er lag auf einer dicken, weichen Matte, die mit besticktem Stoff bezogen war. Sein Kopf ruhte auf einem kleinen, viereckigen Kissen, dessen Füllung aus einem härteren Material als Baumwolle bestand.

Außer ein paar weiteren Matten befanden sich im Zelt keine Möbel. Es war nicht besonders groß, doch es erschien ihm immer noch zu groß, als dass es sich auf dem Rücken selbst eines riesigen Stegosauriers befinden könnte. Der Boden unter ihm war hart und unnachgiebig und bewegte sich nicht. Daraus schloss Will, dass er sich auf der Erde und nicht auf dem Rücken eines hilfreichen Sauriers befand.

Er setzte sich auf und dachte nach. War er, da sein Körper nicht so stark wie sein Geist war, ohnmächtig geworden? Wo war Chaz? Der Durst, den er so erfolgreich unterdrückt hatte, kam mit aller Macht zurück und er leckte sich die trockenen Lippen. In dem Raum befand sich weder etwas zu essen noch etwas zu trinken.

Letzteres erschien Augenblicke später in Gestalt einer schönen Keramikkanne, die von einer noch schöneren Gestalt getragen wurde. Die junge Frau war in ein blaues Gewand gehüllt, das um die Taille von einem goldenen Strick zusammengehalten wurde. Goldene und rote Quasten baumelten von den Enden des Gürtels und von Ärmeln und Aufschlägen herab. Als die Frau sich ihm näherte, schwangen sie hin und her. Ein grellrot-goldener Kopfschmuck bedeckte ihr Haar und ging in einen dunkelblauen Schleier über, der ihr Gesicht ein Geheimnis bleiben ließ. Die Quasten und der Schleier bestanden aus kleinen Stoffstücken, die in Form der Rückenplatten von Stegosauriern und Kentosauriern angeordnet waren.

Sie ging in die Hocke, füllte einen großen Becher bis zum Rand und reichte ihn Will. Dankbar leerte er ihn, ohne einen Tropfen zu vergießen, in einem Zug und gab ihn ihr mit einem dankbaren Lächeln zurück.

»Könnte ich bitte noch einen Becher haben? Ich glaube, ich bin etwas durstiger als ich dachte.«

Wortlos füllte sie den Becher ein zweites Mal und reichte ihn Will. Diesmal trank er etwas langsamer und nahm sich Zeit zwischen den Schlucken. Dann gab er ihr den leeren Becher mit einem dankbaren Nicken zurück. Sie ließ ihn keine Sekunde aus den Augen.

»Ich glaube, ich bin wohl ohnmächtig geworden.« Nach der unerbittlich grausamen Wüste erschien Will das hier unglaublich luxuriös.

»Danke für das Wasser.«

Sie senkte den Blick und verbeugte sich anmutig. Er schaute an ihr vorbei zum Eingang. Von draußen drangen Geräusche von Menschen und Dinosauriern herein und vermittelten den Eindruck regen Lebens.

»Geht es meinem vierbeinigen Freund gut?« Sie nickte. Er unternahm einen Versuch aufzustehen. »Es ist besser, ich suche ihn, um ihm zu sagen, dass es mir gut geht. Es ist nicht meine Art und normalerweise würde ich so etwas auch gar nicht sagen, aber Ihr Anblick ist ein wohltuender Kontrast zu der rauen Gegend, durch die ich gerade gekommen bin und die mir überhaupt nicht gefallen hat.«

Sie antwortete nicht, senkte nur leicht ihren Kopf. Dann blickte sie ihn wieder an und schüttete ihm graziös das restliche Wasser aus der Kanne über den Kopf.

Prustend und spuckend und ziemlich überrascht wich er von ihr zurück, während er entgeistert zu ihr hinaufstarrte. Doch diese Reaktion war nichts im Vergleich zu der, als sie den Schleier zur Seite zog. Er sperrte den Mund auf.

»Silvia? *Silvia!*«

»Ich bin also ein ›wohltuender Kontrast‹? ›Würde ich normalerweise nicht sagen‹, so?« Sie stellte die Kanne ab und verschränkte die Arme so heftig vor ihrer Brust, dass die roten und goldenen Quasten auf und ab tanzten.

Will sprang auf, seine Arme hingen an der Seite herab und die Handflächen waren bittend geöffnet. »Es tut mir Leid, Silvia. Mir ist heiß und ich bin müde und ich wollte damit nichts …«, er brach ab. »Worüber lachst du?«

»Über dich natürlich. Du siehst aus wie ein lahmer Mesosaurier, den man gerade aus dem Schlamm gezogen hat.«

Er blickte auf seine nasse Kleidung. Silvia hatte eine Hand auf den Mund gelegt, um ihr Lachen zu unterdrücken. Mit einem Grinsen wischte er das Wasser ab und trat auf sie zu.

»Aber du siehst bezaubernd aus, Silvia. Ich kann gar nicht

sagen, wie besorgt ich war, als ich erfahren habe, dass du vermisst wirst!«

Das Lachen verschwand und ihre Miene wurde ernst. »Und du bist gekommen, um mich zu suchen. Will Denison, wann wirst du endlich begreifen, dass ich auf mich selbst aufpassen kann?«

Sie umarmten sich und er küsste sie zärtlich, doch innig genug, um zu spüren, dass er wieder wach war. »Dann warst du also nicht in Schwierigkeiten?« Er nahm sich einen Moment Zeit, ihr schönes, ausdrucksstarkes Gesicht anzusehen und das Gefühl zu genießen, sie wieder in seinen Armen zu halten.

»Das habe ich nicht gesagt. Ich war allerdings so von meinem Vorhaben gepackt, dass ich mich unversehens in einer etwas schwierigen Lage befand. Glücklicherweise haben mich die Orofani gefunden, genauso wie sie dich und Chaz gefunden haben. Ich kann dir gar nicht sagen, wie überrascht ich war, in dieser Gegend auf Menschen zu treffen.«

»Genauso ging es Chaz und mir.« Er sah sich im Zelt um. »Wo genau sind wir? Yannawarru erwähnte ein Lager.«

»Du hast also schon mit ihm gesprochen. Er ist ein netter, alter Kerl, doch so steif wie ein Bibliothekar. Wir befinden uns an einer ihrer Wasserstellen. Sie bleiben hier eine Weile, dann ziehen sie zur nächsten weiter. Die Dinosaurier der Orofani benötigen viel mehr Wasser als ihre menschlichen Gefährten. Deshalb müssen sie von einer Oase zur nächsten ziehen, sonst würden sie den Wasservorrat einer aufbrauchen. Das Wasser hier stammt aus Kavernen, nicht von Quellen. Es reicht für sie aus, doch man kann nicht sagen, sie hätten zuviel davon.«

Will trat einen Schritt zurück und betrachtete Silvia von oben bis unten. »In dieser Kleidung würdest du in Wasserfallstadt mit Sicherheit Aufsehen erregen. Was ist mit deinen Kleidern passiert?«

»Die Schlucht des Amu hinaufzusteigen war nicht gerade wie ein Spaziergang im Sprungbein Park. Als die Orofani mich fanden, waren meine Sachen ziemlich abgerissen, deshalb boten sie mir diese hier an.« Sie drehte sich vor ihm einmal um ihre Achse. »In ihnen schwitzt man nicht so und meine Kleidung war kaputt, also habe ich angenommen. Die Orofani waren sehr freundlich zu mir, nur ...« Ihre Stimme brach ab.

Will zögerte. »Nur was?«

»Es ist schwer zu erklären. Alles ist in Ordnung, außer dass sie mich nicht mehr gehen lassen.«

Will war bestürzt. »Was soll das heißen, sie lassen dich nicht mehr gehen? Das passt nicht zu Dinotopia!«

Sie legte einen Finger auf ihre Lippen, um Will zum Schweigen zu bringen und warf einen kurzen Blick zum Eingang. »Ich bin nicht ihre Gefangene, Will. Sie wollen nur, dass ich bei ihnen bleibe. Ich bin sicher, ich könnte einfach weggehen und niemand würde mich zurückhalten. Doch sie würden mir auch keine Hilfe gewähren und ohne Wasser und Nahrung wäre es dumm von mir, in die Wüste zu ziehen. Aber jetzt seid ihr ja da und wir können uns vielleicht etwas ausdenken.« Sie blickte ihm fest in die Augen.

»Euch werden sie auch nicht gehen lassen. Sie wollten noch nicht einmal, dass ich dich besuche, aber sie haben mich auch nicht daran gehindert. Das wäre dann *wirklich* nicht die dinotopische Art gewesen. Sie sind ungewöhnliche Menschen und eigentlich kein Teil der normalen Gesellschaft Dinotopias, aber sie sind keine Barbaren. Sie haben einfach ... andere Ansichten. Ich glaube, es hat wohl etwas damit zu tun, dass ihre Vorfahren in die Wüste gegangen sind.« Ihre Miene wurde nachdenklich. »Ich habe Yannawarru und einige des Stammes danach gefragt, doch sie wichen mir aus oder behaupteten, nichts darüber zu wissen.«

Will konnte kaum glauben, was er gerade gehört hatte.

»Das ergibt keinen Sinn. Jeder kann sich in Dinotopia frei bewegen. Was soll ihnen in der Vergangenheit zugestoßen sein, dass sie so wurden?«

»Das weiß ich auch nicht«, sagte sie.

Sein Gesichtsausdruck wurde streng. »Warum lassen sie dich nicht weg?«

Sie warf erneut einen Blick zum Eingang und senkte ihre Stimme deutlich. »Das hängt mit dem Grund zusammen, der mich hierher geführt hat, Will. Warum ich den ganzen Weg auf mich genommen und mich in große Gefahr begeben habe. Es hängt mit dem zusammen, was ich gefunden habe.«

Er schüttelte verständnislos den Kopf. »Gefunden? Ich habe mich schon die ganze Zeit gefragt, was du in diesem leeren, öden Landstrich eigentlich verloren hast.«

Als sie ihm antwortete, blickte sie ihn verschmitzt an. »Er ist nicht so leer, wie du vielleicht glaubst.«

Er erinnerte sich an das, was er von der Sippe Helth gehört hatte. »Seltene Fossilien?«

Sie stieß ein frohlockendes Lachen aus. »Nein, keine Fossilien. Etwas anderes. Etwas wesentlich Besseres.«

Am Eingang bewegte sich etwas und sie blickte sofort dorthin. Ihre Stimme wurde noch leiser, es war nur noch ein Flüstern. »Sag ich dir später.« Mit einem flüchtigen Kuss und einem sehnsüchtigen Lächeln huschte sie hinaus.

Er machte einen Schritt hinter ihr her. »Silvia, warte!« Als sie durch die Zeltklappe schlüpfte, traten drei ältere Frauen ein. Auch sie waren in schöne, reich bestickte Gewänder gehüllt. Zwei von ihnen waren hochaufgeschossen, fast imposant. Die drei Frauen trugen Wasserkannen, Bürsten und Bündel weichen Stoff, die Handtücher sein konnten.

Will ahnte bereits, was diese Störung wohl bedeuten konnte und trat argwöhnisch einen Schritt zurück. »Meine Damen? Einen Moment, meine Damen. Ich weiß nicht, was Sie vorhaben, doch ...«

Geraume Zeit später kam er sauber und erfrischt (wenn auch zu heftig abgeschrubbt) aus seinem Zelt. Die Zelte der Orofani waren um einen weiten, flachen Teich herum verteilt, dessen trübes Wasser von Baumfarnen, Palmen, Weiden und anderen Wüstenpflanzen gesäumt war. Brüchige Sandsteinwälle schützten den Teich von drei Seiten. Kinder spielten auf den Felsen und zwischen den Büschen und jagten einander am Ufer des Teichs entlang. Junge Stegosaurier und andere gepanzerte Dinosaurier nahmen an dem Spiel teil. Sie waren zwar nicht so beweglich wie der Nachwuchs anderer Dinosaurierarten, doch sie genossen das Spiel wie die Kinder einer jeden Rasse.

Zweibeinige und vierbeinige Erwachsene schauten ihnen nachsichtig zu, während sie ihrer Arbeit nachgingen, die vom Reparieren der Zelte bis zum Vorbereiten der mitgeführten Nahrungsmittel für das Essen am Nachmittag reichte. Die Zubereitung der Mahlzeit erforderte wenig Mühe, denn in der Hitze des Tages wurde nicht viel gegessen. Die Orofani nahmen ihre Hauptmahlzeiten in der Kühle des Morgens und am späten Abend zu sich.

Jenseits der Oase erstreckte sich in alle Himmelsrichtungen die Große Wüste. Lediglich ein paar mit Unterholz bewachsene Erhebungen durchbrachen die flache Ebene aus Geröllfeldern und vom Wind verwehte Sandflächen. Dieser Anblick rief Will nachhaltig ins Gedächtnis, wie nah er und Chaz daran gewesen waren, einen tödlichen Fehler zu begehen.

Er fand den Protoceratops bis zum Schnabel im Wasser einer flachen Seitenbucht des Teichs stehend, wo er sich freundschaftlich mit einem jungen Kentrosaurier unterhielt. Der Kentrosaurier nahm Wills Ankunft mit einem höflichen Nicken zur Kenntnis, murmelte etwas zu Chaz und entfernte sich dann.

»Nun, du scheinst ja nicht übermäßig zu leiden«, begrüßte Will seinen Freund.

»Dank dieser fremdartigen Leute tue ich das nicht.« Der Protoceratops drehte sich etwas und seine kurzen, aber stämmigen Beine verursachten kleine Wasserwirbel. »Es wird dich interessieren, dass wir nicht länger ziellos in der Wildnis umherirren müssen. Deine Freundin ist hier.«

»Ich weiß.« Will setzte sich in den Schatten einer kleinen Palmengruppe und legte seine Arme auf die Knie. »Sie hat mir schon berichtet, wie sie hierhergekommen ist, aber noch nicht warum.«

»Ich hatte kaum Gelegenheit mit ihr zu sprechen. Aber«, konnte sich Chaz nicht verkneifen anzumerken, »ich konnte feststellen, dass es ihr gut geht und unsere Anwesenheit absolut überflüssig ist.«

Will warf einen Blick in die Runde, um sicher zu gehen, dass niemand zuhörte. »Nicht unbedingt.«

Der kleine Übersetzer blickte ihn erstaunt an. »Was hast du herausgefunden?«

»Mich beruhigt, was ich nicht herausgefunden habe, Chaz. Und was mir Rätsel aufgibt. Es hat den Anschein, als wäre die Lage nicht so ›gut‹, wie sie scheint.«

Der Protoceratops schnalzte mit der Zunge. »Ich gehe davon aus, dass du mir genauer erklären kannst, was du beobachtet hast.«

Will schaute sich erneut um. Von den Orofani, ob Mensch oder Dinosaurier, war keiner in Hörweite. Dennoch sprach er, eingedenk Silvias Warnung, leise.

»Sie sagt, dass sie etwas gefunden hat.«

»Was denn, nun sag schon?« Ein kleiner Fisch schwamm träge unter dem Schnabel des Protoceratops vorbei und er schnappte beiläufig nach ihm.

»Deshalb bin ich ja beunruhigt. Sie hat mir nicht gesagt, was es ist. Ich habe den Eindruck, sie will es vor den Orofani geheim halten. Was immer dieses ›es‹ auch sein mag.«

»Wirklich merkwürdig.« Chaz war offensichtlich verwirrt. »Was meinst du damit, die Lage ist nicht so gut, wie sie scheint?«

Will zog die Augenbrauen zusammen. »Das ist noch seltsamer. Sie hat davon gesprochen, dass die Orofani sie nicht weglassen wollen, und uns auch nicht.«

Jetzt war Chaz mehr als nur verwirrt. »Das ist absurd! Kein Dinotopier würde einen anderen gegen dessen Willen festhalten.« Doch als er diese Überzeugung aussprach, äugte der Protoceratops schon argwöhnisch zu den Mitgliedern des Stammes hinüber, die am Wasserloch spielten und ausruhten.

»Das habe ich ihr auch gesagt. Doch schau dich einmal um, Chaz. Das ist hier nicht Sauropolis und diese Leute sind auch keine gewöhnlichen Stadt- oder Landbewohner. Soweit wir wissen, leben sie außerhalb der Gesellschaft von Dinotopia. Wer weiß, wozu sie fähig sind.«

»Unsinn«, knurrte Chaz gereizt. »Völliger Unsinn. Seit sie uns in der Wüste herumirrend gefunden haben, waren sie immer höflich und nett.«

»Wir sind nicht umhergeirrt«, widersprach Will. »Wir waren auf der Suche nach Silvia.«

»Wie auch immer«, knurrte der Dolmetscher ungeduldig. »Wie bringst du diesen Blödsinn, den dir Silvia erzählt hat, in Einklang mit der zuvorkommenden Behandlung durch die Orofani?«

»Ich sehe da keinen Widerspruch. Auch Silvia haben sie gut behandelt. Sie wollen sie nur nicht weglassen.«

»Das ergibt keinen Sinn, Will Denison.«

»Da stimme ich dir zu.« Er hob den Kopf und schaute über seinen nachdenklichen Gefährten hinweg. »Es muss etwas mit dem zu tun haben, was sie gefunden hat. Leider hatte sie keine Gelegenheit mehr, mir zu sagen, was es ist.«

»Am besten versuchst du von ihr ein paar Antworten zu bekommen, Will.« Der Protoceratops zog sich wieder in das warme Wasser zurück. »Und bis dahin genieße ich für meinen Teil die Gastfreundschaft unserer Gastgeber.« Als er das gesagt hatte, tauchte er seinen Kopf mit dem Nackenschild unter Wasser und stieß eine lange Folge von lauten, bedeutungsvollen Blasen aus.

Als es an der Zeit war, das Lager abzubrechen und zu einer anderen Wasserstelle zu ziehen, beobachtete Will sichtlich beeindruckt die Orofani. Diese regelmäßigen Ortswechsel schonten die Vegetation und die Wasservorräte der jeweiligen Oase, die sich dann von dem Ansturm so vieler Menschen und Dinosaurier erholen konnten.

Die Kinder liefen durcheinander, während die Erwachsenen Zelte und andere Güter auf die Rücken ihrer großen, gepanzerten Sauriergefährten luden. Einige der jüngeren Stegosaurier, Kentrosaurier und anderer ihrer Art trugen kleinere Traglasten oder Zelte auf ihren Rücken, damit sie auf den Tag vorbereitet wären, an dem die Menschen nicht nur auf ihnen reiten, sondern auch zwischen ihren knöchernen Rückenplatten leben würden.

Als alle bereit waren, stieß der Stegosaurier an der Spitze der Karawane ein scharfes Blöken aus. Darauf folgte ein entsprechender menschlicher Ruf und die elegante Karawane setzte sich in Richtung Südosten in Bewegung. Zelte schwankten auf den Rücken der Saurier und hellfarbene Flaggen flatterten sanft in der gelegentlichen Wüstenbrise. Einige Menschen spielten auf Flöten, die aus Zweigen von Wüstengewächsen geschnitzt waren, während andere auf Trommeln, die seitlich am Nacken der bewohnten Kentosaurier hingen, einen moderaten Takt schlugen.

Will und Chaz liefen zusammen mit den Kindern des Stammes neben dem Stegosaurier her, auf dem sich Silvia befand. Auf diese Weise den Stammesregeln entsprechend von ihr getrennt, hatte er keine Gelegenheit, ein privates Wort mit ihr zu wechseln. Sie konnten nur bedeutungsvolle Blicke austauschen; in seinen brannte die Neugierde, ihre waren verheißungsvoll.

Die kurze Pause zur Mittagsmahlzeit eröffnete keine Gelegenheit für ein Gespräch, doch als sie den Lagerplatz für die Nacht erreichten und die Orofani damit beschäftigt waren, Lagerfeuer zu entfachen und die Saurier abzuladen, gesellte sich Chaz zu den beiden Menschen, die sich zu einem geheimen Treffen im Schatten einiger beeindruckender, gemaserter Sandsteinsäulen begeben hatten.

»Nun denn, Silvia«, räusperte sich der Protoceratops gewichtig, »was ist hier los? Warum diese Geheimniskrämerei?«

Silvia warf einen langen Blick in die Runde, um sicher zu sein, dass sie nicht belauscht wurden, dann beugte sie sich vor und sprach mit leiser Stimme. Trotz seiner Neugierde konnte Will nicht umhin zu bewundern, wie schön sie in der exotischen Kleidung der Orofani aussah.

»Es hat etwas mit dem zu tun, was ich gefunden habe. Nicht hier, sondern in der großen Bibliothek von Wasserfallstadt.« Sie lächelte den gespannt blickenden Will an. »Du weißt, ich habe eine Menge meiner freien Zeit damit verbracht, die alten Schriftrollen zu durchstöbern, und versucht, interessante Querverbindungen zu finden?«

Er nickte und grinste zu Chaz hinunter. »Sie trieb den Chefbibliothekar Enit mit einigen ihrer Fragen in den Wahnsinn. Ich kann jetzt noch die Übersetzung seines Pfeifens hören: ›Dieses und jenes – jenes und dieses, *was* suchen Sie eigentlich, junge Dame?‹«

Die Erinnerung daran ließ Silvia leise lachen. »Natürlich *wusste* ich nicht, was ich suchte. Das war doch gerade das Schöne daran, aber genau das hat Enit verrückt gemacht. Er denkt so logisch. Das Herumspielen mit weit abliegenden Gedanken und freies Assoziieren ist für ihn eine Zeitverschwendung. Normalerweise.«

»Doch nicht in diesem Fall«, schloss Chaz nachdenklich.

»Nein«, stimmte sie ihm noch ernsthafter zu, »nicht in diesem Fall. Nallab war mir eine große Hilfe. Rein rational, da bin ich mir sicher, stimmte er mit Enit überein, doch mir gegenüber war er wesentlich aufgeschlossener. Er verstand, dass ich meinem Vergnügen nachging und nicht wirklich ernsthafte Nachforschungen betrieb.« Ihre Miene wurde härter. »Zumindest nicht, bis ich ein paar unerwartete Verbindungen entdeckte.«

Will lehnte sich an die rauen, von der Sonne erwärmten Felsen. »Was hast du herausgefunden, Silvia?«

Während sie erzählte, nahm ihre Stimme einen leicht abwesenden Klang an. »Es gibt so viele alte Schriftrollen – Berichte, Geschichtsschreibung, Epen, lange Erzählungen –, die heutzutage niemand mehr liest. Ich fand einen Hinweis, der mein Interesse erregte, dann einen damit zusammenhängenden an ganz anderer Stelle, und danach begann ich, nach weiteren Hinweisen zu suchen. Je länger ich mich damit beschäftigte, desto sicherer wurde ich mir über etwas wirklich Wichtiges gestolpert zu sein.

Ich blieb an der Sache dran, aber es war wirklich frustrierend, nur in seiner Freizeit Nachforschungen anstellen zu können. Wann immer ich in der Bibliothek Nallab nach irgendwelchen alten Schriftrollen fragte, die seit Jahrzehnten niemand mehr in die Hand genommen hatte, dann lächelte er mich nachsichtig an und schlug vor, ich sollte meine Zeit mit einer interessanteren Lektüre verbringen. Ich erwiderte sein Lächeln und dann schnalzte er mit den Lippen und vergrub sich in die Stapel, bis er die gewünschte Schriftrolle gefunden hatte. Ich war mir absolut *sicher*, dass ich auf etwas gestoßen war, Will. Ich wühlte weiter, forschte weiter. Ich war mir sicher, dass alle scheinbar unzusammenhängenden Erwähnungen, die mir untergekommen waren, sich auf etwas wirklich Existierendes gründen mussten.»

»Erwähnungen von was?« Gelangweilt zeichnete der

Protoceratops mit einem seiner Vorderfüße Kreise in den Sand.

»Ich komme noch darauf, Chaz.« Eine Windböe fuhr durch die Gruppe und Silvia zog ihr weites Gewand enger um den Körper. »Als ich mir sicher war, überzeugende Hinweise für meine Entdeckung zu haben, trug ich meine Erkenntnisse Nallab vor. Er hörte mir zu, lächelte und sagte, dass es eine hübsche Geschichte sei und ob ich nicht lieber ein paar der interessanteren Kapitel aus der Originalversion der Marabayata Sauriensus lesen wolle.«

Will zeigte eine reumütige Miene. »Was hast du dann gemacht?« Er merkte, dass seine Aufmerksamkeit zu den in der Nähe befindlichen Dinosauriern und Menschen wanderte. Nachdem die gut organisierten Orofani das Lager errichtet hatten, machten sie sich an die Zubereitung des Abendessens.

»Ich habe meine Erkenntnisse Leuten mitgeteilt, die nichts mit der Bibliothek zu tun haben, doch überall stieß ich auf die gleiche Reaktion. Es sei eine hübsche Geschichte, ein ansprechendes Märchen für junge Menschen und Dinosaurier, und ich sollte das nächste Mal meine kostbare Zeit einem praktischeren, sinnvolleren Projekt widmen.« Angesichts der Erinnerung an die vielen Zurückweisungen schüttelte sie deprimiert den Kopf. Dann sprach sie mit fester Stimme und entschlossenem Gesichtsausdruck weiter.

»Mir war klar, dass die einzige Möglichkeit, irgendjemanden von meiner Entdeckung zu überzeugen, darin bestand, unwiderlegbare Beweise vorzulegen. Das hieß, etwas Greifbareres in der Hand zu haben, als Folgerungen aus Querverbindungen zwischen verstreuten Hinweisen in alten Schriftrollen. Also bat ich um Urlaub, sorgte dafür, dass Regenwolke im Horst von Pteros gut versorgt war, und folgte den Hinweisen, die ich bei meinen Nachforschungen gefunden habe, bis hierher.«

»Unglaublich dumm!« Chaz war in seiner Ablehnung der

Sache unerbittlich. »Ganz alleine in die Große Wüste zu ziehen. Noch nicht einmal erfahrene Leute haben, wenn sie auf sich allein gestellt sind, hier etwas zu suchen. Was wäre gewesen, wenn du dir ein Bein gebrochen hättest oder dir das Wasser ausgegangen wäre?«

Sie tätschelte den Protoceratops über den Nasenlöchern seiner geschwungenen Schnauze. »Danke für deine Besorgnis, Chaz, doch als Skybax-Reiterin bin ich gewohnt, auf mich allein gestellt zu sein. Ich habe mich sorgfältig vorbereitet und wie du siehst, geht es mir gut.«

»Das Glück der Dummen«, knurrte der Protoceratops nicht sehr schroff. »Will hat mir erzählt, dass die Orofani dich nicht weglassen wollen und uns auch nicht. Was hat es damit auf sich?«

Sie blickte an ihren beiden Gefährten vorbei zu den geschäftigen Stammesangehörigen, die den wartenden Dinosauriern Futterkörbe mit speziellen Grassorten, Korn und Nüssen vorsetzten.

»Sie waren immer freundlich zu mir. Aber sie wissen, was ich gefunden habe. Sie leben auch nicht so abgeschnitten vom Rest von Dinotopia, dass sie nicht die Konsequenzen meiner Entdeckung abschätzen könnten. Wenn mein Fund bekannt wird, dann würde eine Unzahl von Forschern meinen Spuren folgen. Die Orofani lieben ihre Abgeschiedenheit und ihren eigenen Lebensstil und wollen nicht, dass andere hier wie die Heuschrecken einfallen. Ich glaube, sie befürchten, wenn ihre Kinder zu viel Zeit mit Leuten aus der Stadt verbringen, dann wollen sie nicht mehr wie ihre Eltern ihr ganzes Leben in der Großen Wüste herumziehen.«

Will nickte zustimmend. »Es ist schwer, sie für Sanddünen zu begeistern, wenn sie erst einmal Sauropolis gesehen haben.«

»Genau. Instinktiv fürchten sie den Einfluss von außen. Je länger sie mich und euch bei sich behalten, desto länger ist ihre Lebensweise gesichert. Ich bin sicher, dass die Moralisten unter ihnen Schwierigkeiten haben, zu dieser Haltung zu stehen.«

Will runzelte die Stirn. »Haben sie dich mit Gewalt zurückgehalten?«

Sie schüttelte heftig den Kopf. »Ich habe diese Sache bis jetzt noch nicht offen angesprochen. Und wenn es irgendwie geht, will ich es auch vermeiden. Ich habe auf den richtigen Moment gewartet, um etwas zu unternehmen. Dann seid ihr aufgetaucht und habt die Sache kompliziert.«

»Tut mir schrecklich Leid, dass unser Versuch, dich zu retten, sich als so unpassend erwiesen hat«, stimmte ihr der kleine Dolmetscher zu.

»Lass das, Chaz. Du weißt schon, wie ich das meine.« Sie wandte sich wieder an Will. »Ich denke, wir können uns heute Nacht davonschleichen. Wir müssen es auf jeden Fall versuchen, denn ab morgen wird sich die Karawane in die falsche Richtung bewegen, sich von dem entfernen, was ich entdeckt habe.«

»Ja, was ist mit deiner Entdeckung?«, wollte Chaz wissen. »Was hast du hier draußen gefunden?«

Diesmal wich sie seinem Blick aus. »Nun, es fällt mir etwas schwer, dies zu erklären, Chaz. Eigentlich habe ich es noch nicht gefunden.«

Der Protoceratops senkte den Kopf, während seine Augen zu ihr aufblickten. »Du hast es noch nicht gefunden?«

»Nein. Ich war auf dem Weg dorthin, als mein Wasservorrat zur Neige ging und ich auf die Orofani stieß.«

»Also«, stellte der Dolmetscher fest, »ist deine ›Entdeckung‹ bis jetzt nichts weiter, als eine Reihe von Vermutungen, die du aufgrund deines Herumwühlens in alten Schriftrollen in der Großen Bibliothek gewonnen hast?«

»Ich habe nicht ›herumgewühlt‹«, gab sie vehement zurück. »Ich bin einer klaren Spur gefolgt.«

»Ja, natürlich«, stimmte der Protoceratops zu, »eine klare Spur, die dich hier in die Ausläufer der Großen Wüste geführt hat, wo du bis jetzt überhaupt nichts gefunden hast.«

»Reg dich nicht auf, Chaz«, rügte Will seinen Freund.

»Nicht aufregen, so! Wie soll ich mich nicht aufregen, wenn wir auf Gedeih und Verderb einer Bande von eigenbrötlerischen Nomaden ausgeliefert sind, die, wie ich nun erfahren habe, uns möglicherweise nicht mehr weg lassen.«

»Ja, denk mal einen Moment darüber nach, Chaz«, forderte Silvia ihn auf. »Wenn es hier draußen nichts gibt, was verborgen bleiben soll, warum lassen sie uns dann nicht weg?«

»Da ich kein Orofani bin, kann ich dir das nicht sagen«, schnaufte der Dolmetscher kurz angebunden. »Wenn deine Vermutung zutrifft, dann werden sie wohl ihre Gründe haben. Es können aber auch ganz andere Gründe sein.«

Sie schüttelte bedächtig den Kopf. »Nein, Chaz. Da bin ich mir ganz sicher. So sicher wie noch nie.« Sie lehnte sich mit der Schulter an den Gefährten des Protoceratops. »So sicher, wie ich mir meiner Liebe zu Will bin.«

Der Dolmetscher setzte zu einer scharfen Entgegnung an, doch diesmal kam ihm Will zuvor. »Sei still, Partner mit dem Nackenschild. Denke es dir, aber sag es nicht.«

Chaz rümpfte die Nase, schluckte aber gehorsam seinen bissigen Kommentar herunter. »Nun gut. Fassen wir einmal zusammen: Im Moment sieht es so aus, als hätten diese Leute ein Geheimnis und was weniger schön ist, es handelt sich um etwas, was du herausfinden willst. Es liegt auf der Hand, dass sie es dir nicht zeigen werden. Wenn wir es also finden wollen, um deine, ahem, Entdeckung zu beweisen, müssen wir einen Weg suchen, uns der Gesellschaft unserer Gastgeber zu entziehen. Da du ja offensichtlich schon darüber nachgedacht hast, was schlägst du also vor?«

»Heute Nacht«, erinnerte Silvia sie. »Nach einem langen Tagesmarsch sind alle müde und wollen schlafen.«

»Dann ist es ja leicht«, entschied Will. »Wir warten einfach, bis alle eingeschlafen sind und schleichen uns dann aus dem Lager. Du weißt, in welche Richtung wir müssen?«

»Ja«, antwortete sie, »doch es ist nicht so einfach, wie du glaubst. Sie stellen jede Nacht Wachen auf.«

Chaz' Unterkiefer klappte herunter. »Nur um ein Auge auf dich zu haben, damit du dich nicht davonmachst?«

»Natürlich nicht, Dummkopf. Sie passen auf, dass keine wilden Tiere in ihre Zelte kriechen.«

Will nickte und erinnerte sich an das Nest der riesigen Klapperschlangen. Wer wusste, welche Gefahren die öde und geheimnisvolle Große Wüste noch in ihren unerforschten Weiten bereithielt?

»Wir müssen sehr vorsichtig sein und uns sehr leise bewegen«, erklärte sie ihnen. »Aus dem Lager herauszukommen wird ziemlich einfach sein. Die Aufmerksamkeit der Wachen ist auf die Wüste hinaus gerichtet, nicht auf das Lager. Doch wenn wir erst einmal an ihnen vorbei sind, müssen wir aufpassen, dass sie uns weder hören noch sehen.«

Sie löste sich von dem glatten Felsen, an den sie sich gelehnt hatte, und deutete Richtung Osten.

»Dahin geht's. Wenn wir es erst einmal bis zu den Felsen geschafft haben, sind wir in Sicherheit. Der Boden ist zu hart, um Spuren zu hinterlassen, und der Nachtwind deckt sowieso alles mit Sand zu.«

»Du bist sicher, dass sie uns nicht folgen werden?«, fragte Will nach.

Sie biss sich nachdenklich auf die Unterlippe. »Ich glaube nicht, Will. Das würde bedeuten, uns gegen unseren Willen festzuhalten. Aber ich bin nicht erpicht darauf, es herauszufinden.«

Chaz nickte heftig, wobei sein Kopf auf und nieder wackelte. »Ich stimme dir da absolut zu, Silvia. Tun wir unser Bestes, um diese Frage unbeantwortet zu lassen.«

»Doch wenn sie uns folgen?« Will konnte nicht anders, als jede denkbare Möglichkeit in Betracht zu ziehen.

Silvias Miene war ausdruckslos. »Dann können wir den Behörden in Schluchtenstadt von einer interessanten Abwandlung eines grundlegenden Gesetzes von Dinotopia berichten, wenn wir eines Tages dorthin zurückkehren.«

»Wenn wir zurückkehren«, erklärte der ewig pessimistische Protoceratops mürrisch.

8

Der Dreiviertelmond am Himmel war eine große Hilfe, als Will und Chaz sich aus ihrem Zelt schlichen und sich auf den Weg zu Silvia machten. Wie abgesprochen wartete sie auf die beiden bei den beeindruckenden Sandsteinsäulen, wo sie sich am Nachmittag unterhalten hatten. Das helle Mondlicht ließ jeden Felsvorsprung und jede Felskante deutlich hervortreten und in jeder der im tiefen Schatten liegenden Senken konnte man einen aufmerksamen, misstrauischen Orofani vermuten.

Will musterte die Schatten genau. Jedes Aufseufzen des Windes wurde von Schritten begleitet. Neben ihm trottete ein nervöser Chaz und das gleichmäßige Atmen des Dolmetschers klang viel zu laut in der stillen Nacht. Man würde sie ganz bestimmt sehen oder hören.

Doch kein Orofani stellte sich ihnen in den Weg aus dem Lager entgegen. Am Fuß der Felsen wartete ein graziler, vom Mondlicht umhüllter Schatten. Hinter ihm konnte Will einige geflochtene Taschen sehen, in denen sich Vorräte befanden, und zwei pralle Wassersäcke. Als Will Silvia dort alleine, sicher und unbehelligt stehen sah, entspannte er sich. Zumindest ein bisschen.

Silvia nahm sich nicht die Zeit, die beiden zu ihrer Flucht zu beglückwünschen, sondern blickte ängstlich an ihnen vorbei. »Sieht nicht so aus, als ob man euch gefolgt wäre. Ich denke, so weit ist alles gut gelaufen.«

»So weit.« Chaz bemühte sich, wieder zu Atem zu kommen. »Das drückt genau aus, wie ich im Verhältnis zu diesen merkwürdigen Orofani stehen will: so weit wie möglich von ihnen weg.« Er wandte seinen Kopf zu dem still daliegenden Lager zurück. Außer dem letzten Aufflackern der Lagerfeuer war keine Bewegung zu erkennen. »Ich schlage vor, wir verschieben unsere Freude auf später, wenn wir sicher sein können, dass unsere Flucht gelungen ist.« Dabei deutete er auf das Felsengewirr am östlichen Horizont.

»Du hast behauptet, da draußen ist etwas, Silvia. Machen wir uns auf und finden es.«

Sie lächelte zu ihm herab. Gemeinsam luden sie das Wasser und die Vorräte auf Chaz' breiten Rücken und befestigten die Sachen mit den provisorischen Tragegurten, die Silvia mitgebracht hatte.

»Was für ein Zufall, Chaz. Genau das wollte ich gerade sagen.«

»Hmmm!« Mit diesem lakonischen Kommentar lief der Protoceratops ins Mondlicht hinaus und hielt erst inne, als ihm einfiel, dass er ja nicht den blassesten Schimmer hatte, wohin er gehen sollte.

Als das Glühen der Feuer im Lager der Orofani hinter ihnen verschwand, wurde es durch das schwächere, kältere Licht von Mond und Sternen ersetzt. Je länger es hinter ihnen ruhig blieb, desto sicherer wurden sie, dass ihre Flucht gelungen war. Während der immer pessimistische Chaz sich über die Leichtigkeit ihrer Flucht Gedanken machte, teilte ihm Silvia mit, dass die Orofani ein sehr lautstarker Stamm seien. Wäre ihre Abwesenheit entdeckt worden, so versicherte sie ihm, dann hätte sich hinter ihnen bestimmt schon ein lautes Gebrüll erhoben. Stattdessen war in der Stille der Wüste nur das verdrossene Zirpen nächtlicher Insekten zu vernehmen.

Bei Sonnenaufgang war sogar der zweifelnde Protoceratops überzeugt. »Versteht mich nicht falsch. Ich bin froh über die Leichtigkeit unserer Abreise, doch ich bin auch darüber erstaunt.«

»Denk mal einen Moment nach, Chaz.« Will hatte einen kalten, unförmigen Wassersack auf seinem Rücken, schritt aber unternehmungslustig aus. »Wir waren im eigentlichen Sinne keine Gefangenen. Die Orofani hielten uns nicht gefangen, sie wollten einfach nicht, dass wir weggehen.«

»Und nun sind wir weg«, fügte Silvia hinzu, »und es wird eine Weile dauern, bis sie mit dieser unerwarteten Situation zurechtkommen. Bis sie eine Entscheidung getroffen haben, sind wir schon über alle Berge.« Sie deutete auf die Hügel am Horizont. »Egal, wie sie sich entscheiden, es wird ihnen schwer fallen, uns hier draußen zu finden. Wenn sie uns folgen, dann müssen sie ihre traditionellen Wanderrouten verlassen. Und das führt zu noch mehr Diskussion unter den Stammesältesten.« Sie schaute den Weg zurück, den sie gekommen waren. »Nein, ich denke, wir haben es überstanden.«

Will beugte sich nach unten und gab dem Übersetzer einen freundschaftlichen Klaps auf die obere Kante seines Nackenschildes. »Hör auf Silvia, Chaz. Wenn sie Recht hat und die Orofani üblicherweise hier nicht entlangziehen, dann werden sie nicht ihre Gewohnheiten ändern, nur um uns zu verfolgen.«

Der Übersetzer bedachte seinen zweibeinigen, menschlichen Freund mit einem feindseligen Blick. »Und warum glaubst du das, Will? Möglicherweise, weil es hier draußen nichts gibt?«

»Nein, hier draußen ist ganz bestimmt etwas.« Silvia grinste. »Und wir werden es finden.« Sie zog ein großes Stück Papier aus einer der Taschen auf Chaz' Rücken, faltete es auseinander und studierte es genau. Von Zeit zu Zeit blickte sie auf und verglich die Skizzen darauf mit den Felsformationen am Horizont.

»Wonach hältst du eigentlich Ausschau?« Chaz trottete

neben den beiden Menschen her und bemühte sich, in deren Schatten zu bleiben.

»Das ist ein Geheimnis«, tadelte ihn Silvia spöttisch.

»Pass auf, Frau, ich habe jetzt genug von diesen Albernheiten! Will und ich haben einen langen, schwierigen Weg auf uns genommen, um dich zu finden, und ich glaube, uns steht eine umfassende oder zumindest eine plausbile Erklärung für deine bis jetzt nicht zu rechtfertigende Anwesenheit hier zu.«

Silvia lachte leise. »In Ordnung, Dolmetscher, ich verspreche, dass ich dir heute beim Abendessen alles erklären werde.«

Und was immer er und Will auch versuchen mochten, mehr würden sie von ihrer überschwänglichen und elegant gekleideten Reisegefährtin nicht erfahren.

Als sie immer tiefer in die Wüste vordrangen, lösten sich von Silvias Gewand Teile oder wurden von ihr selbst entfernt, denn die Reisekleidung einer Orofanidame war mehr dazu geeignet, auf einem Stegosaurier zu reisen, als zu Fuß durch Sand und Geröll zu laufen. Und als Will das rote Aufblitzen wahrnahm, hatte sich ihre flatternde Kleidung schon deutlich reduziert. Das war auch gut so, denn lange Röcke und weite Umhänge eigneten sich nicht besonders gut zum Rennen.

Und wenn sich Will in Bezug auf rotes Aufblitzen nicht täuschte, dann bestand eine große Wahrscheinlichkeit, dass sie rennen mussten.

»Bist du dir sicher, dass es das ist?« Chaz stand da und spähte in die Richtung, in die Will gezeigt hatte. »Ich kann nichts erkennen.«

»Ich auch nicht.« Silvia beschattete ihre Augen mit der Hand und suchte den Horizont ab. Sie waren der Meinung, Will hätte es sich nur eingebildet. Doch obwohl er ihnen liebend gerne zugestimmt hätte, wusste er, dass es nicht so war. Ein Skybax-Reiter war dazu ausgebildet, Dinge zu entdecken und zu erkennen.

Während er die Felsen musterte, erschien ein hellblaues Flackern, bewegte sich kurz durch die Luft und verschwand dann wieder hinter den aufgetürmten Felsbrocken. Er deutete aufgeregt in diese Richtung.

»Dort! Dort war es wieder!« Er schaute sich ängstlich nach möglichen Fluchtwegen um. »Wir müssen ein Versteck finden.«

»Warum verstecken?« Der Dolmetscher zweifelte noch immer. »Ich sehe immer noch nichts.«

»Diesmal habe ich es auch gesehen, Chaz. Will hat Recht.« Silvia stand neben ihm und hatte eine Hand auf den Nackenschild des Protoceratops gelegt.

Augenblicke später sahen sie weitere der eindeutig identifizierbaren blauen und roten Erscheinungen. Sie kamen hinter den Felsen und Hügelkämmen hoch, drehten und schüttelten sich ein paar Mal und verschwanden dann wieder hinter ihrer Deckung. Will wusste sofort, um was es sich handelte, wenn auch nur aus seinem Unterricht. In natura hatte er dieses Phänomen noch nie beobachtet.

Eigentlich konnte man darauf nur im Regental stoßen und sie befanden sich in einer Gegend, wie sie nicht unterschiedlicher zu dem feuchten, tropischen Gebiet sein konnte. Doch Dinotopia war voller Überraschungen. Und die Große Wüste nahm ihren Teil davon in Anspruch.

Als sich das Phänomen immer häufiger zeigte, nahm auch Chaz es wahr. »Ich hoffe, das ist nicht das, wofür ich es halte.«

»Ich befürchte doch«, meinte Will zerknirscht. »Es sind die Schädelkämme von Dilophosauriern. Sie geben sich Zeichen. Und da es hier draußen nicht viel Gesprächsstoff gibt, nehme ich an, sie reden über uns.«

»Das gefällt mir gar nicht«, murmelte Chaz nervös. »Dilophosaurier sind große, leichtgewichtige Fleischfresser. Man nimmt an, dass sie eigentlich Aasfresser waren, da ihre Kiefer zu schwach sind, etwas von entsprechender Größe zu töten.

Doch hier in der Großen Wüste sind keine Karawanen durchgezogen, die die Urinstinkte eines Raubsauriers durch das Verfüttern von Fisch etwas abgeschwächt haben.« Er sah, wie ein weiteres Paar der hellfarbigen, doppelten Schädelkämme sich über die Felsen erhob und Zeichen in die Richtung seiner nicht sichtbaren Gefährten gab.

»Sie sind keine Allosaurier und schon gar keine Tyrannus Rex«, stellte Will fest, »doch sie sind immer noch kräftig genug, uns den Garaus zu machen.« Wieder suchte er das Gebiet ab, das in entgegengesetzter Richtung der schmucken, farbenprächtigen Schädekämme lag. »Wir wissen noch nicht einmal, ob wir mit ihnen reden können, und wir haben kaum Nahrungsmittel, mit denen wir uns ein freies Geleit erkaufen könnten.«

»Vielleicht«, überlegte Chaz hoffnungsvoll, »sprechen sie nur über unsere Anwesenheit und haben nichts Böses im Sinn.«

»Ich würde dir gerne zustimmen, Chaz, aber wenn, meiner Erfahrung nach, freundlich gesonnene Reisende in einsamen Gegenden aufeinander treffen, dann begrüßt man sich. Man versteckt sich nicht hinter Felsen und gibt heimlich Signale. Wir sehen besser zu, dass wir einen sichereren Platz finden. Hier stehen wir auf dem Präsentierteller.«

Sie beschleunigten ihre Schritte, Will und Silvia fielen in einen Dauerlauf und Chaz trottete neben ihnen her. Glücklicherweise war das Gelände flach und ohne Hindernisse, so dass der Protoceratops keine Schwierigkeiten hatte, mit seinen beweglicheren, menschlichen Gefährten Schritt zu halten.

Will blickte über die Schulter zurück. Die Schädelsignale waren häufiger geworden. Einmal war er sich sicher, dass sich hinter einem Hügelkamm aus rotem Schiefer ein schmaler, zähnebewehrter Schädel gezeigt hatte. Wie kleine Segel begannen die dünnen, rotblauen Schädelkämme direkt hinter den Nasenlöchern und reichten bis zur Kopfmitte hinauf. Ein hellgelbes Auge blinzelte und Will glaubte, es würde in ihre Richtung spähen. Die Dilophosaurier zeigten keine Anzeichen von zivilisiertem Verhalten. Eher von verhaltener Kraft und Hunger.

Die drei Gefährten befanden sich in zerfurchtem Gelände, umgeben von Felshügeln, doch keiner davon hatte so steile Hänge, dass sie ein Hindernis für die beweglichen Dilophosaurier gewesen wären. Sie mussten einen steilen Anstieg finden, selbst wenn Silvia und er Chaz am Schwanz hinaufziehen müssten. Bei einer solchen Verzweiflungstat würden sie wahrscheinlich ihre Vorräte verlieren, doch die Alternative war noch viel schlimmer. Will hatte nicht all die Strapazen auf sich genommen, um jetzt zusammen mit den beiden anderen als Mahlzeit für eine Bande umherstreifender Raubsaurier zu enden.

Als die Saurier bemerkten, dass sie entdeckt worden waren, gaben sie das Versteckspiel auf. Sie tauschten nicht mehr mit ihren farbenprächtigen Kämmen Signale aus, sondern nahmen mit lautem Gebrüll die Verfolgung ihrer Beute auf. Mit ihren langen, kraftvollen Beinen hätten sie bald die drei Fliehenden eingeholt. Das war Will klar. Er und seine Gefährten mussten unbedingt einen Platz finden, wo sie außer Reichweite waren oder sich verstecken konnten. Wenn sie sich nicht durch Klettern vor den Dilophosauriern in Sicherheit bringen konnten, dann mussten sie eine Höhle oder eine Spalte in den Felsen finden, die zu eng für die Raubsaurier war. Verzweifelt schauten sie sich um, doch es war nichts zu sehen, was größer als ein Kaninchenloch gewesen wäre.

»Dort vorne!«, schrie Silvia.

Will sah, was sie meinte. Etwas rechts von ihnen befand sich eine schmale Schlucht. Sie war zu breit, als dass die Dilophosaurier darüber springen konnten und beim Näherkommen stellten sie fest, dass die Raubsaurier die steilen Wände der Schlucht auch nicht hinunterklettern könnten. Für einen Menschen waren die Wände kein Problem, doch was war mit Chaz? Er hatte schon mehrfach darauf hingewiesen, dass Ceratopsier keine Kletterkünstler waren.

Ähnliche Gedanken gingen dem Dolmetscher durch den Kopf, als sie sich dem Riss in der Erde näherten. »Ihr beide rettet euch! Ich werde diese Barbaren so lange ablenken, wie ich kann.«

Will blickte auf seinen neben ihm laufenden Freund hinab. »Kommt nicht in Frage, Chaz! Du kommst mit uns!«

»Aber wie?« Der Protoceratops schnaufte wie ein kleines Nashorn. »Ich kann unmöglich einen solchen Abstieg bewerkstelligen. Ich besitze keine hakenförmigen Hände wie ihr Primaten.«

»Wir überlegen uns etwas«, sagte Silvia, »wie Will sagt, wir lassen dich nicht im Stich.«

Seile, dachte Will verzweifelt. Wenn wir doch nur Seile hätten, könnten wir versuchen, den Protoceratops auf einen sicheren Sims hinunterzulassen. Dann wurde ihm klar, dass es keine Rolle spielte. Sie würden keine Zeit dafür haben. Die Dilophosaurier hinter ihnen holten zu schnell auf.

Ihnen würde *etwas* einfallen, da war sich Will sicher. Er wusste nur noch nicht was.

Die Schlucht lag jetzt direkt vor ihnen. Die Aussicht auf Rettung vor den Verfolgern wurde getrübt durch die scheinbare Unmöglichkeit, Chaz mitzunehmen. Will schwor sich, den kleinen Dolmetscher nicht im Stich zu lassen, selbst wenn dies bedeutete, den Dilophosauriern mit der Schlucht im Rücken entgegenzutreten. Was sie aber gegen eine entschlossene Gruppe von rasenden Raubsauriern ausrichten sollten, konnte er sich nicht vorstellen. Selbst genau gezielte Steinwürfe würden sie nicht lange aufhalten. Sie waren zu groß und zu stark.

Dann sah er die Bögen. Es waren drei von unterschiedlicher Größe, die eng beieinander die Schlucht überspannten. Der schmalste der zerbrechlichen Sandsteinübergänge war kaum breiter als sein Fuß, doch der breiteste maß fast einen halben Meter. Der müsste sein Gewicht und auch Chaz' tragen. Ob er auch die viel größeren Dilophosaurier trug, stand in Frage.

Das spielte jetzt keine Rolle. Sie hatten keine Wahl. Sie wandten sich nach links und gaben auf ihrem Weg zu den Bögen noch einmal das Letzte. Aber auch zwei der Dilophosaurier, die das Vorhaben erkannt hatten, wurden schneller, um ihrer Beute den Fluchtweg abzuschneiden.

Im Weg der Verfolger befanden sich einige Felshaufen. Mit ihren kräftigen Beinen übersprangen sie das erste Hindernis, doch das zweite war höher und steiler und sie waren gezwungen, darum herumzulaufen. Diese kurze Verzögerung gab den fliehenden Menschen und ihrem Ceratopsiergefährten genug Zeit, die Schlucht zu erreichen.

Will sah, dass selbst er und Silvia Schwierigkeiten gehabt hätten, die senkrechte Felswand hinunterzuklettern. Die Vorsprünge boten keine so gute Grifffläche, wie es aus der Entfernung erschienen war, und der Sandstein war ein sehr brüchiger und trügerischer Untergrund. Hinter ihnen stießen die heranstürmenden Dilophosaurier ein schrilles Geschrei aus. Die Luft war erfüllt von primitiven, durchdringenden Schreien, die auf ein Erbe aus uralten Zeiten zurückgingen, und dem Staub, den ihre auf den Boden donnernden Klauen aufwirbelten.

Jetzt verstand er, warum die Orofani Stegosaurier, Kentrosaurier und deren Artgenossen für ihre Wanderschaft durch die Wüste gewählt hatten. Nicht wegen der breiten Rücken zum Transport von Menschen und Vorräten, sondern weil die gepanzerten und mit Stacheln ausgestatteten Dinosaurier auch eine gute Verteidigung gegen eine Horde von Dilophosauriern waren. Chaz' deutlich kleinerer Schwanz wies keine solche natürliche Verteidigungswaffe auf und sein Schnabel war auch zu klein, um für einen großen Raubsaurier eine wirkliche Gefahr darzustellen.

Doch einen Vorteil hatten die Menschen, sie besaßen die Fähigkeit, sich an schwer zugänglichen Orten in Sicherheit zu bringen.

»Beeilung!«, rief Silvia, die schon halb über die schmale Felsbrücke hinweg war, ihren Gefährten zu.

Will glaubte, schon den heißen, stinkenden Atem der Dilophosaurier in seinem Nacken zu spüren, und stellte sich vor, wie die schmalen, aber scharfen Zähne durch das Fleisch seiner Schultern in die Knochen bissen.

»Komm schon, Chaz! Beweg dich!« Er schlug dem Protoceratops hart auf die Hinterhand.

Der Protoceratops machte einen vorsichtigen Schritt auf die schmale Sandsteinbrücke, blickte hinab und stöhnte auf. »Höhe! Du weißt, wie ich Höhen hasse. Das gilt für meine ganze Rasse, von den Torosauriern bis zu den Protoceratops.«

»Schau einfach auf Silvia und die andere Seite der Schlucht«, wies Will ihn an. »Schau nicht nach unten.« Will schob seinen Freund voran, wobei er ihm immer wieder auffordernd auf die lederähnliche Haut seines ausladenden Hinterteils schlug. »So geht's, das machst du großartig!«

»Ohhhh.« Mit halb geschlossenen Augen zwang sich der stämmig Dolmetscher, einen Fuß vor den anderen zu setzen. Kiesel und Staub wurden von seinen plumpen Füßen beiseite gestoßen und verschwanden in der Tiefe unter ihm. Der größte der Bögen war kaum breit genug für ihn und die Last auf seinem Rücken rutschte hin und her, was seinem Gleichgewicht nicht zuträglich war.

Doch worüber er sich schon häufig beschwert hatte, nämlich so gedrungen zu sein, machte es ihm jetzt fast unmöglich, das Gleichgewicht zu verlieren. Höhenangst war etwas anderes, doch mit Will in seinem Rücken und Silvia, die ihm aus der Sicherheit der anderen Seite Mut zusprach, ging er immer weiter.

Der unsichere Übergang hätte die meisten Menschen zögern lassen, doch als Skybax-Reiter hatten weder Silvia noch Will Angst vor großen Höhen.

Es schien eine Ewigkeit zu dauern, nahm aber nur ein paar Augenblicke in Anspruch, dann hatten der Protoceratops und der Primat die andere Seite erreicht. Während Chaz erleichtert und erschöpft zusammenbrach, umarmte Will Silvia.

»Wenn ihr beiden mit eurem Begrüßungsritual fertig seid«, keuchte der Dolmetscher, »wäre ich sehr froh, wenn ich etwas zu trinken bekommen könnte.«

Mit einem Lächeln nahm Will den Wassersack von seinem Rücken und hielt ihm seinem vierbeinigen Freund hin. Den Kopf zurückgelehnt trank Chaz dankbar. Doch nicht zuviel. Silvia erinnerte sie gleich daran, dass sie sich jetzt in unbekanntes Gebiet begaben, weit abseits der Routen der Orofani und niemand konnte wissen, wann sie wieder Wasser finden würden.

Auf der anderen Seite der Schlucht brüllten die Dilophosaurier vor Enttäuschung. Sie rannten an der Felskante auf und ab, schlugen auf den Boden ein und schnappten mit kräftigen Kiefern nach dem aufgewirbelten Staub. Ein einziger Sprung hätte sie in Bissnähe ihrer Beute gebracht. Glücklicherweise war diese selbst für den besten Springer unter ihnen gerade außerhalb der Reichweite.

Von Hunger und Wut aller Vernunft beraubt, begab sich einer der kleineren aus der Horde auf die Sandsteinbrücke, über die Will und Chaz gekommen waren.

»Passt auf!«, rief Silvia. »Er versucht herüberzukommen.«

Hastig kam Chaz wieder auf die Beine und sie setzten ihre Flucht fort. Sie konnten nicht hoffen, eine weitere, von Bögen überspannte Schlucht zu finden. Die Landschaft hatte sich von einer ebenen Sand- und Geröllwüste mit einzelnen, flachen Erhebungen zu einem Gebiet mit höheren Felsen und tieferen Schluchten verwandelt. Vielleicht fanden sie eine sichere Stelle, wo sie hinaufklettern oder einen schmalen Spalt, in dem sie sich verstecken konnten.

Keines von beiden erwies sich als notwendig. Hinter ihnen ertönte das Geräusch von herabstürzenden Felsen und ein schriller Schrei. Sie blieben stehen und sahen gerade noch, wie der wütende Dilophosaurier zusammen mit den Bruchstücken der steinernen Brücke, die sich schließlich doch als zu schwach für das Gewicht des Raubsauriers erwiesen hatte, in die Tiefe stürzte.

Regungslos und stumm verharrten sie. Sekunden später hörten sie weit entfernt das Aufschlagen von Felsstücken auf den unnachgiebigen Granit am Boden der Schlucht. Dann herrschte Stille und Staub stieg als Todesbote auf.

Auf der gegenüberliegenden Seite der Schlucht traten einige der Dilophosaurier vorsichtig an den Rand und spähten nach unten. Dann warfen sie ihre Köpfe in den Nacken und stimmten ein Geheul an. Will wurde an die Hunderudel erinnert, die in seiner Jugend die Straßen seiner Heimatstadt in Neuengland durchstreift hatten. Nur dass dieses Geheul tiefer, schärfer und wesentlich durchdringender war. Schließlich waren die Dilophosaurier intelligent. Zwar lebten sie primitiv und außerhalb der Gesellschaft von Dinotopia, aber dennoch besaßen sie Intelligenz. Der Tod eines Artgenossen traf sie schwer.

Mit ein paar letzten, mordlustigen Blicken in Richtung ihrer nun unerreichbaren Beute drehten sie der Schlucht den Rücken zu und liefen den Weg zurück, den sie gekommen waren.

»Wenn wir wieder in Sauropolis sind, wird man alles über diese Begegnung wissen wollen«, erklärte Silvia. »Nach der allgemeinen Überzeugung leben sämtliche unzivilisierte Raubsaurier im Regental. Ein Rudel von ihnen hier in der

Großen Wüste anzutreffen ist eine nicht unwichtige, soziologische Entdeckung.«

»Ihr entschuldigt sicher, wenn mein Interesse im Moment nicht unbedingt auf die Wissenschaft gerichtet ist.« Tief atmend lief Chaz zwischen den beiden. »Schätzen wir uns glücklich, dass wir mit dem Leben davongekommen sind.«

»Nun kannst du dich wieder beruhigen.« Will gab ihm ein paar freundschaftliche Klapse auf die Flanke. »Die Schlucht, die wir überquert haben, scheint ein ganzes Stück von Norden nach Süden zu verlaufen und ich habe keine weitere Stelle gesehen, wo man sie überqueren könnte.«

»Das ist auch gut so«, stimmte ihm der Protoceratops zu. »Natürlich ist dir auch klar, dass wir nicht zurück können.«

»Hmm, das stimmt«, musste Will eingestehen. »Daran habe ich nicht gedacht. Hatte keine Zeit dazu.«

»Das spielt keine Rolle.« Silvias Glaube war unerschütterlich und Will fragte sich, ob sie jemals über etwas besorgt war. Sie war bei weitem die selbstbewussteste Frau, der er je begegnet war. Das war es auch, was er zuerst an ihr bewundert hatte. Nun, eines der ersten Dinge, korrigierte er sich.

»Und auf die Gefahr hin, dumm zu erscheinen«, warf Chaz trocken ein, »darf ich fragen, warum es keine Rolle spielt?«

»Weil wir einen anderen Weg nach Hause finden, selbst wenn wir die Wüste bis zum Ozean durchqueren müssen.«

»Selbstverständlich«, murmelte Chaz bedeutungsvoll. »Warum habe ich daran nicht gedacht? Einfach zu Fuß durch die endlosen Weiten der Großen Wüste über Stock und Stein und dann sind wir am Meer. Nichts leichter als das. Wie dumm von mir, das Offensichtliche zu übersehen.«

»Hör zu, Chaz, mach dir keine Sorgen.« Sie lächelte ihn aufmunternd an, legte ihren Arm um seinen Nackenschild und drückte Chaz an sich. Er versuchte sich loszumachen, aber nicht ernsthaft. Will meinte: »Haben wir dich nicht vor den Dilophosauriern gerettet?«

»Die Geologie hat uns vor den Fleischfressern mit den Schädelkämmen gerettet. Die Geologie und Glück.« Er musterte das zunehmend steiler und felsiger werdende Gelände vor ihnen. »Ich hoffe, beide bleiben uns treu, wenn unser Wasservorrat zu Ende geht.«

»Das ist schon in Ordnung, Chaz«, versprach sie ihm. »Du wirst sehen, wir werden jede Menge Wasser finden.«

»So, bist du sicher?« Der Protoceratops neigte seinen Kopf zur Seite und schaute zu ihr hoch. »Und warum bist du dir da so sicher?«

Silvia lief selbstbewusst neben ihm her, ließ die Arme schwingen und genoss den festen Boden unter ihren Füßen. »Weil in den alten Berichten steht, dass es dort Wasser gibt.«

Er schaute sie unverwandt an. »Du meinst dieselben alten Berichte, die dich an diesen öden Ort geführt haben?« Als sie nickte, fügte er hinzu: »Dann besteht kein Zweifel an unserem Erfolg. Unser Überleben ist gesichert.«

Will schnitt eine Grimasse. »Hör mal, Chaz, vielleicht solltest du zur Abwechslung mal ein bisschen positiv denken.«

»Selbstverständlich. Ich weiß auch nicht, wie ich dazu komme«, gab der Protoceratops zurück. »Alleine in der Großen Wüste und wir haben nur das Wasser und Essen bei uns, was wir auf unseren Rücken tragen, verfolgt von hier heimischen Fleischfressern, unser Aufenthaltsort dem Rest der Welt unbekannt, ich sollte eigentlich frohgemut meines Weges ziehen. Wie konnte ich bei solch tollen Aussichten nur andere Gedanken haben?«, schnaufte er.

»Ich bin hier, oder? Trage die Nahrungsmittel und das Wasser für euch. Das sollte doch reichen. Man kann nicht verlangen, dass ich auch noch ›positiv‹ denke. Erinnere dich, dass du nur deine eigene Sprache sprichst, ich aber kann in fast dreißig Sprachen und Dialekten sarkastisch sein, und jetzt bin ich gerade in der Stimmung, sie alle anzuwenden!«

9

Wie Chaz befürchtet hatte, fanden sie kein Wasser, aber einen behaglichen Platz für ihr Nachtlager. Die Höhle befand sich auf halber Höhe in einer einfach zu erklimmenden Felswand und war tief und eng genug, um ihnen sowohl Schutz vor den Elementen als auch vor herumziehenden Raubsauriern zu bieten. Sie packten ihre Vorräte aus und entfachten nahe dem Eingang der Höhle ein Feuer. Von dort aus konnte man die dunklen Windungen der Schlucht überblicken und alle drei waren beruhigt, dass man sich beim Auftauchen von unfreundlichen nächtlichen Räubern jederzeit weiter in die Höhle zurückziehen könnte.

Chaz ließ sich aber von dem momentanen Gefühl der Sicherheit und Geborgenheit nicht täuschen. Will hatte dem Dolmetscher einen Korb mit Mischfutter hingestellt, aus dem dieser sich bediente und abwartete, bis seine menschlichen Gefährten ihre Abendmahlzeit fast beendet hatten, bevor er sprach: »Ich nehme an, du hast natürlich auch gewusst, dass es diese Höhle hier gibt«, neckte er Silvia.

Sie schüttelte den Kopf und blickte an ihm vorbei in die dunkle, öde Schlucht. »Nein, überhaupt nicht. Ich weiß, wir sind auf dem richtigen Weg, doch dass wir über diesen Lagerplatz gestolpert sind, war ein glücklicher Zufall.« Sie konzentrierten sich auf ihre Mahlzeit.

»Für mich hat es den Anschein, dass wir viel zu sehr auf glückliche Zufälle angewiesen sind.« Beiläufig kauend starrte er die junge Frau weiter an. »Ich frage mich, ob du wirklich weißt, wohin du willst oder wo wir sind und dass deine kleine Expedition mehr auf Hoffnung denn auf Wissen begründet ist.«

»Chaz!«, unterbrach Will ihn scharf. »Wie kannst du so etwas sagen? Glaubst du wirklich, Silvia hätte den weiten Weg gemacht und wäre solche Risiken eingegangen, ohne sich völlig sicher zu sein?« Er blickte nach rechts. »Das hättest du nicht, oder?«

Sie lachte leise. »Wenn die Philosophen Recht haben, dann kann sich niemand einer Sache wirklich sicher sein. Doch ich habe mir die Informationen in den alten Berichten nicht ausgedacht und die Schriftrollen aus alter Zeit sind keine Fälschungen.« Sie stellte ihr Essen beiseite, legte die Arme um ihre Knie und beugte sich leicht vor.

»Ich habe versprochen, euch heute beim Abendessen zu sagen, wo wir hingehen und wonach wir suchen, und das werde ich jetzt tun.« Bedeutungsvoll blickte sie ihren aufmerksamen Verlobten und den neugierigen Ceratopsier an und schwieg so lange, bis beide unruhig herumrutschten.

»Hat einer von euch beiden schon einmal von dem Grab des Mujo Doon gehört?«

Will und Chaz blickten sich an. Dann antwortete der Dolmetscher:

»Ich glaube, ich habe etwas davon in einem Standardwerk über diesen Teil von Dinotopia gelesen. Es soll sich irgendwo im Küstengebirge nicht so weit vom Meer befinden. Man hat dort ein paar Ausgrabungen durchgeführt, doch der Ort ist zu abgelegen und es ist zu schwierig, dort umfangreiche archäologische Untersuchungen anzustellen, solange es noch jede Menge vielversprechende, einfacher zu erreichende Fundstätten gibt.«

»Ich habe auch davon gehört«, meldete sich will zu Wort. »Glaubt man nicht, dort befänden sich die Überreste eines vorzeitlichen Herrschers über diesen Teil von Dinotopia? Eine jener frühen Zivilisationen, die dem heutigen Dinotopia vorausgingen, wie Poseidos oder das erste Chandara?«

Silvia nickte. »Das stimmt. Man ist sich nicht sicher, weil, wie Chaz schon gesagt hat, bis heute nur vorläufige Ausgrabungen durchgeführt wurden. Doch über die Lage des Grabes besteht kein Zweifel. Es ist auf den meisten Karten von Dinotopia verzeichnet.« Sie lehnte sich mit dem Rücken an die Felsen und beobachtete ihre gespannten Gefährten.

»In der Großen Wüste gibt es noch weitere bedeutende archäologische Fundstätten, die nur ganz nebenbei erwähnt werden und die man nie in Augenschein genommen hat.«

»Darum geht es also«, stöhnte Chaz. »Eine einfache, wissenschaftliche Expedition zum Studium alter Zivilisationen. Da gibt es nur ein Problem, junge Dame.« Er blickte sie gleichmütig an. »So weit ich weiß, befindet sich keine dieser Fundstellen in diesem Teil der Großen Wüste. Genau wie Mujo Doon liegen sie alle im Süden, während wir direkt nach Osten marschieren.«

Sie verzog den Mund, während sie über eine gute Antwort nachdachte. »Was deine Beobachtung angeht, Chaz, so entspricht sie deinem Kenntnisstand. Das hat man auch mir immer wieder gesagt. Doch in den alten Schriftrollen steckt mehr Wissen, als man bis jetzt geglaubt hat. Ich habe scheinbar unzusammenhängende Hinweise aus verschiedenen Quellen miteinander in Verbindung gebracht.«

»Und diese Quellen besagen was?« Der Protoceratops blieb skeptisch. »Das Grab eines weiteren, unbekannten Herrschers? Ein paar Überreste einer bis jetzt übersehenen neolithischen Küstenzivilisation? Hinweise auf eine Handelsroute der frühen Inselkultur auf Poseidos?«

»Nein«, antwortete sie schnell. »Sie deuten auf die Existenz eines sicheren Seeweges hin, auf dem man Dinotopia verlassen kann. Eine Route, über die erfahrene Seeleute Dinotopia relativ sicher verlassen und wieder zurückkehren können.«

Will starrte sie an. »Das ist verrückt, Silvia! Jeder weiß, dass die Meeresströme um Dinotopia jedes Schiff daran hindern, dieses abgeschiedene, ozeanische Eiland zu verlassen. Selbst die Dampfschiffe, die zu der Zeit in Gebrauch kamen, als mein Vater und ich hier Schiffbruch erlitten, wären dazu nicht in der Lage. Jedes Schiff, das auch nur den Versuch unternimmt, endet als Wrack in den Riffen. Man kann in Dinotopia nicht heil landen und auch nicht heil wegkommen.«

»Was ich in den alten Schriftrollen und Darstellungen gefunden habe, besagt etwas anderes«, gab sie schlicht zurück.

»Entschuldigung, wenn ich auf etwas Offensichtliches hinweise«, wurde sie von Chaz unterbrochen, »aber wenn du einen nicht vorhandenen Seeweg suchst, was machen wir dann hier in der Großen Wüste?« Mit einem erhobenen Fuß deutete er auf die mondbeschienene Schlucht unter ihnen. »Das scheint mir der falsche Ort zu sein, um über Schiffe und Seeleute zu diskutieren.«

»Das spielt keine Rolle«, stellte Will einfach fest. »Es gibt keinen solchen Seeweg. Es kann ihn nicht geben.«

»Warum nicht?« Da sie wusste, wie außergewöhnlich ihre Theorie war, hatte Silvia Geduld mit ihren Gefährten.

»Denn wenn es ihn gäbe, dann wäre er bekannt«, antwortete er mit Überzeugung. »Denk nach, was dies für Dinotopia bedeuten würde! Schiffe anderer Länder wüssten vielleicht nichts von einer solchen Route, doch in Sauropolis und Chandara gibt es Schiffe, die seetauglich sind. Wenn die Vorfahren der heutigen Seefahrer eine solche Reise von Dinotopia aus unternommen haben, warum gibt es dann keinen regelmäßigen Handel mit Indien oder den Gewürzinseln?«

Sie warf den Kopf zurück und blickte zu den Sternen auf. »Das ist eine der Fragen, auf die ich sehr gerne eine Antwort hätte, Will. Wenn es mögich ist, warum tut es dann niemand?

Es erscheint merkwürdig, dass die Menschen eine so wichtige Entdeckung machen und sie dann vergessen. Vielleicht wollten sie dieses Wissen geheim halten, so dass nur sie den Vorteil daraus ziehen könnten und bevor das möglich war, passierte etwas mit ihnen.«

»Das ist eine sehr undinotopische Vermutung«, stellte er fest.

»Das stimmt genau«, pflichtete Chaz bei, »aber es hat gedauert, bis sich die heutige Gesellschaft entwickelt hatte. In früheren Zeiten waren die Menschen durchaus selbstsüchtig. Wir, die Dinosaurier, mussten euch erst beibringen, zu teilen und Frieden zu finden.« Obwohl er immer noch sehr skeptisch Silvias Schlussfolgerungen gegenüber war, schaute er sie mit neuem Respekt an.

»Es ist eine durchaus plausible psychologische Theorie, doch bedeutungslos, wenn dieser geheimnisvolle Seeweg nicht existiert.«

»Ich stimme dir zu, Chaz, doch ich bin davon überzeugt, dass er existiert und wir ihn wiederentdecken können.«

Er kicherte verhalten, sein Schnabel klapperte und das Licht des Feuers tanzte in seinen Augen. »Nun, dann schlage ich vor, wir beginnen mit dem Holzsammeln und bauen uns ein Boot.«

»Ja«, stimmte Will zu. »Wie willst du überhaupt einen sicheren Weg übers Meer finden? Es ist etwas anderes, als zwischen den Felsen nach einem Pfad Ausschau zu halten.«

»Ich weiß, es sieht blöd aus«, gestand sie ein, »mitten in der Wüste nach einem Weg über den Ozean zu suchen. Aber ich folge nur den Hinweisen in den alten Schriftrollen.« Sie machte eine Geste über das felsige Gebiet um sie herum und ihre Armbewegung schloss die Schlucht und die dahinter liegenden Hügel mit ein.

»Wir suchen nach einem deutlichen Hinweis. Ein großes Monument, das jene alte und nun vergessene Zivilisation Dinotopias, die den Seeweg entdeckte, errichtet hat. Nach den Berichten zeigt es in eindeutiger Weise den Weg übers Meer.«

»Und wie wird dieses geheimnisvolle Monument genannt?«, wollte Chaz wissen.

»Die Hand von Dinotopia.«

Nun war es an Will zu kichern. »Das scheint mir eindeutig genug. Wir laufen einfach weiter aufs Meer zu, bis wir über eine riesige Hand stolpern.« Er grinste Chaz an.

Silvia verlor langsam die Geduld mit ihren sarkastischen Gefährten. »Ich weiß nicht, ob das Monument die Form einer riesigen Hand hat. Es mag auch etwas gänzlich anderes sein. Der Name kann allegorisch gemeint sein. Es kann eine Landzunge oder eine uralte Baumgruppe sein.«

»Wenn es Bäume waren, dann sind sie wahrscheinlich schon lange abgestorben«, bemerkte Chaz. »Was erklären würde, dass bis jetzt noch niemand über das Monument gestolpert ist. Immer angenommen, dass es wirklich existiert hat«, fügte er schnell hinzu.

»Das weiß ich«, räumte sie ein. »Doch ich halte meine Entdeckung für wichtig genug, um sie nicht einfach wieder zu vergessen. Genau das haben mir nämlich die Historiker und Archäologen geraten.« Ihre Stimme wurde leise. »Sie haben mir nicht mehr Mut gemacht als ihr zwei.«

Angesichts ihrer Niedergeschlagenheit verschwand das Lächeln auf Wills Gesicht. Er rückte näher zu ihr und legte seinen Arm um Silvia. Sie blickte ihn nicht an. »Tut mir Leid, Silvia. Wir wollten dich nicht auf den Arm nehmen.«

Sie schaute ihn an. »Das habt ihr aber.«

Er tat sein Bestes, um sie aufzuheitern. »Gut, in Ordnung, das haben wir. Doch wir wollten dich nicht verletzen.« Er drückte sie liebevoll. »Aber du musst zugeben, es ist schon eine ziemliche Kröte, die du uns zu schlucken gibst.«

»Stimmt.« Chaz kam gemächlich an und legte seinen Kopf

in Silvias Schoß. »Hast du wirklich erwartet, dass wir dir mehr Mut machen als die Fachleute, die dir geraten haben, die Sache zu vergessen?«

»Schon, ich weiß nicht«, murmelte sie schließlich. »Zumindest habe ich gehofft, ihr würdet vielleicht ein bischen Begeisterung zeigen.«

Der Protoceratops nahm den Kopf aus ihrem Schoß. »In diesem Moment wäre ich begeistert von einem warmen Bett aus sauberem Stroh und einem Korb voll frischer Früchte, doch in Anbetracht unserer augenblicklichen Lage ist das wohl reine Zeitverschwendung. Da dies nun einmal so ist, kann ich genauso gut begeistert von unserer Suche sein. Zumindest bis sie sich endgültig als absolut sinnlos erwiesen hat.«

Ihre Lippen verzogen sich leicht, als sie den kleinen Ceratopsier bewegt ansah. »Nicht gerade ein brüllendes Hurra für meine Forschungen, doch im Moment nehme ich, was ich kriegen kann.« Sie drehte sich zu ihrem Verlobten um. »Will? Was ist mit dir?«

Er seufzte resigniert. »Wir können genauso gut von hier aus weiterziehen. Besonders mit diesen wütenden Dilophosauriern im Rücken. Außerdem bin ich neugierig, ob dein Monument wirklich existiert. Ganz zu schweigen von dem unmöglichen Seeweg. Du hast aber immer noch nicht gesagt, auf was für Hinweise auf einen Seeweg wir mitten in der Wüste achten müssen.«

»Nach den alten Berichten«, erklärte sie, »ist die Zivilisation, die diese Entdeckung gemacht hat, in dem gleichen großen Erdbeben untergegangen, bei dem auch die Insel Poseidos in der Saphir-Bucht versunken ist. Nur die am weitesten entfernten Außenposten haben die Katastrophe überstanden, und die waren zu verstreut und zu schwach, um die Kultur zu retten. Über die Zeit hinweg vermischten sich die Überlebenden mit den anderen Bewohnern von Dinotopia und das Wissen ihrer Väter ging verloren.«

»Einschließlich dieses hypothetischen Seeweges«, fügte Chaz an.

»Ja.« Erneut deutete sie auf die schweigende Landschaft, die sie umgab. »Deshalb sind wir inmitten der Großen Wüste. Ich glaube, in den alten Schriftrollen die Lage eines ihrer letzten Außenposten gefunden zu haben.«

»Und du hoffst, dort Hinweise zu finden, wo sich diese sagenumwobene Hand von Dinotopia befindet«, beendete Chaz den Gedanken für sie. »Nun, junge Dame, wenn nicht mehr dahinter steckt, so ist das zumindest eine tolle Geschichte.« Die Augen des Ceratopsiers betrachteten die im Mondlicht daliegende Schlucht, in der sich zu ihren Füßen ein Fluss aus Schatten ausbreitete. »Es stellt sich die Frage, ist es nur das? Nicht mehr als eine Geschichte?«

»Das wollen wir in den nächsten paar Tagen herausfinden.« Will lehnte sich an Silvia und sie schob ihn nicht weg. »Es muss in den nächsten paar Tagen sein, denn wir haben nicht genug Vorräte, um wochenlang in der Großen Wüste herumzulaufen. Wir sind nur zu dritt, keine Expedition.«

Sie lächelte liebevoll zu ihm herab und begann mit seinen Haaren zu spielen. »Das ist deine Meinung, Will Denison. Ich habe mich schon immer als Expedition angesehen.«

»Wenn das der Fall ist«, meinte Chaz, während er in engen Kreisen umherlief, um einen passenden Schlafplatz zu finden, »dann habe ich den Eindruck, deinem Versorgungstross mangelt es erheblich an Material, das für umfangreiche archäologische Ausgrabungen nötig ist.«

»Das mag schon sein«, antwortete sie, »doch stattdessen steht mir immer deine geistreiche und gut gelaunte Persönlichkeit zur Seite.«

Chaz antwortete mit einem Schnaufen. Nachdem er eine angenehme Stelle im Sandstein gefunden hatte, ließ er sich mit einem weichen, schweren Klatschen auf seinen Bauch nieder, schloss die Augen und tat sein Bestes, um einzuschlafen. Auf der anderen Seite des Feuers schmiegten sich Will und Silvia noch ein bisschen enger aneinander und das nicht nur wegen der nächtlichen Kälte. Es war einfach an der Zeit, wie beide in aller Stille beschlossen hatten, sich mit anderen Dingen als alten, vergessenen Monumenten und der Launenhaftigkeit des unbekannten Meeres zu beschäftigen.

Am nächsten Tag hatten sie mit dem schwierigen Gelände und der Eintönigkeit der Landschaft zu kämpfen und mussten dabei noch nach etwas Ausschau halten, von dem sie nicht die geringste Vorstellung hatten. Für Will und Chaz sah ein Hügel wie der andere aus. Wenn sie von Silvia wissen wollten, warum sie sich so sicher war, dann antwortete sie, dass ihre Aufzeichnungen sehr umfangreich und ihre Nachforschungen sehr umfassend gewesen wären und sie ihrer Führung vertrauen sollten. Das taten sie auch, nicht weil sie von Silvias Erkenntnissen überzeugt waren, sondern weil sie keine andere Wahl hatten.

Trotzdem, so überlegte Will, als sie wohl den zehnten (vielleicht auch den zwanzigsten) Hohlweg entlang liefen, wäre es für ihn und seinen Dinosaurierfreund sehr ermutigend gewesen, wenn sie zumindest ein Schaufelblatt oder Scherben von Töpferwaren gefunden hätten. Doch in den letzten zwei Tagen waren sie nur auf Felsen, Unterholz und eine Unzahl von Wüsteninsekten gestoßen, von denen ihnen nicht alle freundlich gesonnen waren.

Will stolperte hinter Chaz und seiner Verlobten her und kratzte sich dabei immer wieder die Stiche an der Rückseite seiner Beine, die inzwischen zu juckenden Beulen geworden waren. Die Verursacher dieser Pein hatten sich lange Zeit als harmlose, farbenprächtige Käfer getarnt. Er hatte ihnen keine Beachtung geschenkt, was im Nachhinein ziemlich naiv erschien. In dieser rauen Gegend überlebten nur wenige Kreaturen, die sich nicht wehrten. Es war ihm eine Lehre, die er sich zu Herzen nahm.

Chaz war durch seine dicke Haut geschützt, die nur die schlimmsten Insekten durchdringen konnten und Silvia schien nicht davon betroffen zu sein. Warum sollten sie auch Silvia belästigen, dachte Will sarkastisch, wenn sie sich schon an ihm gütlich getan hatten? Entscheidender war wohl, dass seine kurzen Hosen ihnen einen besseren Zugang zu Haut und Blut gewährten als ihr immer noch aus mehreren Lagen Stoff bestehendes Orofanigewand.

Mit seinem Unglück hadernd schloss er zu Silvia auf, die etwas langsamer wurde, damit er mit ihr Schritt halten konnte. Bei seinem Anblick erschreckte sie.

»Du siehst nicht gut aus, Will.«

»Doch, mir geht's gut. Mich treiben nur diese verdammten Insektenstiche in den Wahnsinn.«

Sie blickte ihm in die Augen. »Lüg mich nicht an, Will Denison. Was ist los? Sag es mir.«

Er zögerte, wandte sich von ihr ab und studierte die Seitenwände des Hohlwegs, in dem sie sich gerade befanden. »Silvia, wir laufen nun schon seit Tagen in dieser ausgedörrten Hügellandschaft herum, ohne etwas gefunden zu haben. Keine Scherbe, keine Hieroglyphe, noch nicht einmal eine Knochenperle, ganz zu schweigen von einer großen, beeindruckenden Hand von Dinotopia.« Er deutete nach vorn auf die Taschen, die auf dem Rücken des Protoceratops befestigt waren. »Unsere Vorräte gehen langsam zur Neige.« Er drehte sich wieder zu ihr um und blickte ihr ernst in die Augen.

»Silvia, vielleicht ist es an der Zeit, dass wir einen Weg hier heraus suchen, anstatt nach einem alten mythischen Grabmal, von dem wir noch nicht einmal wissen, ob es existiert.«

Sie unternahm keinen Versuch, ihre Überraschung und ihre Enttäuschung zu verbergen. »Will! Und ich dachte, du vertraust mir.«

»Das tu ich, Silvia, ehrlich. Aber an etwas glauben und es zu finden sind zwei unterschiedliche Dinge. Wir haben nicht die Ausrüstung, die gesamte Große Wüste nach einem Artefakt abzusuchen, das möglicherweise da ist, wo du es vermutest, oder auch nicht oder vielleicht auch gar nicht existiert. Ich bin gegen alle guten Ratschläge hierher gekommen, um mich zu überzeugen, dass es dir gut geht. Aber nicht für eine gefährliche, langwierige, archäologische Expedition. Deine Suche kann wohl kaum rechtfertigen, dass wir hier draußen sterben.«

»Wir werden nicht sterben«, erwiderte sie trotzig. »Ich weiß, wohin ich gehe.« Sie deutete auf die zunehmend enger werdende, tiefe Schlucht vor ihnen. »Dort vorne werden wir Wasser finden, du wirst sehen.«

»Aber was, wenn nicht?« Er trug seinen Standpunkt so sanft wie möglich vor. »Silvia, wenn es dort draußen Ruinen gibt, dann kann eine voll ausgerüstete Expedition sie von Chandara aus viel leichter finden. Sie könnte die Küstenstraße von Chandara heraufkommen und dann ins Landesinnere abbiegen und so den Amu umgehen.«

Sie schüttelte heftig den Kopf. »In einer Sache waren die Schriftrollen eindeutig. Alle Anhaltspunkte befinden sich im Inneren, in östlicher Richtung der Schlucht, nicht westlich an der Küste. Deshalb habe ich diesen Weg gewählt. Eine Expedition, die von Chandara aus aufbricht, würde den Ort nie finden.«

»Was wäre, wenn sie von Skybax-Reitern begleitet würde? Sagen wir, du und ich auf Regenwolke und Federwolke. Wir könnten das gesamte Gebiet abfliegen und vorab auskundschaften. Wäre das nicht effektiver?«

Sie zögerte einen kurzen Moment. »Uns steht keine Expedition zur Verfügung, Will, und wir werden wahrscheinlich auch nie eine bekommen. Du weißt, ich habe es versucht. Und du auch.«

»Dann sollten wir es vielleicht später noch einmal versuchen.« Die Insektenstiche, die Hitze, das Pochen in seinen

Beinen von den endlosen Märschen die Berge hoch und runter und durch das Geröll der Schluchten, all das hatte seine Kraft und seine Geduld aufgezehrt.

Sie sah es ihm an und hörte es in seiner Stimme, deshalb schlug sie widerwillig einen Kompromiss vor. »In Ordnung, Will. Die Sache hier ist mir sehr wichtig, aber nicht so wichtig, dass wir uns streiten. Nichts ist so wichtig wie wir beide.« Sie holte tief Luft. »Wenn wir bis morgen früh kein Wasser gefunden haben, kehren wir um oder gehen direkt zur Küste.«

Seine Kehle war staubtrocken, doch er wollte kein Wasser außer der Reihe von ihren schrumpfenden Vorräten trinken. »Meinst du das ernst?«

Sie nickte kurz. »Vielleicht haben du und Chaz Recht. Vielleicht habe ich zuviel in die alten Schriftrollen hineininterpretiert. Vielleicht wollte ich, dass so etwas wie die Hand von Dinotopia existiert, und deshalb sah ich Hinweise, wo keine waren, zog Verbindungen, die es nicht gab.« Sie richtete sich langsam auf. »In einer Sache habt ihr beide Recht, wir können nicht immer weiter herumsuchen, ohne unseren Wasservorrat zu ergänzen.«

»Das ist ein faires Angebot.« Zufrieden mit ihrer Entscheidung, sagte er nichts mehr dazu. »Selbst ein schlammiges Wasserloch wäre mir recht, doch ich befürchte, wir müssen mit unseren verbleibenden Vorräten bis zur Küste kommen. In einer Sandwüste stünden unsere Chancen besser, aber die Wahrscheinlichkeit, Wasser in diesen felsigen Schluchten zu finden, ist ziemlich nahe bei nu …«

Ein lauter, erstaunter Ausruf aus der Kehle des vor ihnen laufenden Chaz unterbrach sie und plötzlich war der Dolmetscher von der Bildfläche verschwunden. Dem Schrei folgte ein scharfes und wohlbekanntes Geräusch. Will und Silvia wussten sofort, was es war, konnten es aber einfach nicht glauben.

Als sie kurz darauf den Rand des sich plötzlich auftuenden

Abgrunds erreichten, wurden sie eines Besseren belehrt. Unter ihnen paddelte der Protoceratops wie wild, um wieder dahin zurückzukommen, wo er hineingefallen war.

»Halt aus!« Voll bekleidet sprang Will hinunter, um seinem Freund zu helfen. Wie alle Ceratopsier war Chaz ein passabler Schwimmer, doch die Last der Ausrüstung auf seinem Rücken zog ihn nach unten. Will riss heftig an den Stricken, bis er die Gepäckstücke abnehmen konnte. Ein dankbarer Chaz lag sogleich nicht mehr so tief im Wasser.

Während der erleichterte Dolmetscher zurück zum Ufer paddelte, bot sich Will ein außergewöhnlich seltsamer Anblick. Ihre halbvollen Wassersäcke schwammen auf einem klaren, tiefen Teich. Will hielt sich schwimmend an der Tasche mit ihren Nahrungsvorräten fest und sah sich um. Unbeabsichtigt schluckte er fast einen Mundvoll Wasser.

Der Anblick, der sich seinen überraschten Augen bot, war völlig unerwartet und es war noch nicht einmal die legendäre Hand von Dinotopia.

Chaz war nicht in einen Teich, sondern in eine riesige Zisterne gefallen. Es war leicht zu erkennen, dass es sich bei dem Wasserreservoir um eine künstliche und keine natürliche Anlage handelte. Das rechteckige Becken war von einer Reihe behauener kopfgroßer Steine eingefasst. Darüber befanden sich an den Wänden der Zisterne Basreliefe, auf denen Menschen, Dinosaurier und mythologische Zwitterwesen dargestellt waren. Alle waren sie mit Tätigkeiten beschäftigt, die etwas mit Waser zu tun hatten, vom Fischfang und Segeln bis hin zum Baden im Meer. Das Meer, das weit entfernt war von diesem Ort, wo er und die kunstvollen Darstellungen einer lang vergangenen Zeit sich befanden.

Als Will hinabblickte, sah er, dass das große Bassin mit dunkelblauen Kacheln ausgekleidet war. Der Stil und die Glasur waren ihm unbekannt, genauso wie die abstrakten gelben und grauen Muster der Kacheln. Er wusste, dass eine gekachelte Wand das Wasser besser hielt als der blanke Stein. Wer immer dieses bemerkenswerte Auffangbecken konstruiert hatte, war ein Meister seines Fachs gewesen.

»Will!« Silvia rief nach ihm. »Alles in Ordnung?«

»Ja.«

Neben ihr schüttelte sich Chaz wie ein Hund das Wasser vom Körper. Von der Stelle aus, wo er heruntergefallen war, beäugte der Protoceratops jetzt das Wasserbassin und den einzelnen Schwimmer darin. »Willst du etwa den ganzen Tag da drin bleiben? Komm raus und lass uns untersuchen, was wir hier gefunden haben.«

»Was du gefunden hast, meinst du wohl.« Mit ein paar leichten Schwimmzügen schwamm Will zu dem Punkt, wo der Pfad endete. Er zog sich aus dem Wasser, setzte sich neben Chaz und studierte das Bassin.

»Ich habe doch gesagt, dass wir Wasser finden werden.« Silvia konnte es sich nicht verkneifen, ihren Sieg auszukosten.

»Du hättest vielleicht jemanden warnen sollen«, murrte Chaz und schüttelte sich nochmals, wobei er unabsichtlich Silvia und Will erneut nass machte.

Während Silvia das Wasser von ihrem Gesicht und den Armen wischte, studierte sie die gekachelte Zisterne. »Die alten Berichte sprechen davon, dass es hier Wasser gibt. Sie haben allerdings nicht gesagt, wie viel.«

»Ich will lediglich genug zu trinken haben«, stellte der Protoceratops fest. »Baden zu gehen, wäre das Letzte, was mir in den Sinn gekommen wäre.« Er schaute hoch zu ihr. »Wo sind wir hier?«

»An einem Eingang, hoffe ich zumindest.« Sie musterte die gegenüberliegende Seite der Zisterne, plötzlich kniete sie sich hin und deutete auf etwas. »Dort drüben! Ganz auf der anderen Seite und etwas nach links.«

»Was?« Will starrte auf den Punkt, wo sie hindeutete.

Dann sah er es oder glaubte es zu sehen. »Diese dunkle Stelle?«

»Ja. Es ist so wie es in den Berichten beschrieben wird. Eine Röhre. Die sollte uns den restlichen Weg weisen.«

»Den restlichen Weg wohin?« Chaz legte den Kopf in den Nacken, um die Umgebung zu sondieren. Die Zisterne war auf allen Seiten von steilen, nicht zu überwindenden Felswänden umgeben. Der einzige Weg hin und zurück war der Pfad, auf dem sie gekommen waren.

»Verschwenden wir keine Zeit!« Kaum hatte sie das gesagt, sprang Silvia auch schon ins Wasser, das hoch aufspritzte.

Der überraschte Will versuchte, sein Gesicht vor den Spritzern zu schützen. »He, du hast Chaz' Frage noch nicht beantwortet.«

Doch sie schwamm schon mit den Wassersäcken im Schlepptau auf die gegenüberliegende Seite zu. »Auf jetzt! Wir sind fast da.«

»Fast *wo*?«, rief Chaz laut, doch Silvia antwortete nicht. Er blickte Will an, der nur hilflos mit den Schultern zuckte.

»Fast irgendwo, vermute ich.« Er sprang ins Wasser und folgte seiner Verlobten. Die im Wasser schwimmende Tasche mit dem Rest ihrer wenigen Vorräte schob er vor sich her.

»Halt, wartet mal einen Moment!«, rief der Dolmetscher und verstummte, als er merkte, dass keiner der beiden jungen Menschen auf ihn achtete. »Meine Güte!«, murmelte Chaz. Da er sich nicht die Nase zuhalten konnte, reckte er seine Schnauze hoch in die Luft und sprang mit einem mächtigen Platschen, das größer war als Silvias und Wills zusammengenommen, wieder ins Wasser.

Der dunkle Fleck, den Silvia vom Ende des Weges aus entdeckt hatte, erwies sich als eine gekachelte Röhre oder ein Tunnel, der nicht allzu hoch war. Überhaupt nicht hoch, stellte Will beim Näherkommen besorgt fest. Chaz schwamm direkt hinter Will und teilte dessen Einschätzung, doch die begeisterte Silvia schien völlig unbeeindruckt von der engen Röhre zu sein.

Kaum waren sie in den Tunnel hineingeschwommen, wurde das Licht immer schwächer, was sofort zu einem Kommentar von Chaz führte.

»Bin ich ein Struthie, der im Dunkeln sehen kann?«, beschwerte er sich. Obwohl er ganz leise gesprochen hatte, hallte seine Stimme zwischen den gekachelten Wänden.

»Nur noch ein kleines Stück«, rief ihm Silvia von weiter vorne zu.

»Ein kleines Stück wohin?« Chaz strampelte weiter im Wasser und wünschte, Boden unter seine Füße zu bekommen. Dunkelheit, Nässe und Kälte hüllten ihn ein.

Dann erfolgte von vorne ein Ruf. »Licht! Ich sehe Licht vor uns. Wir kommen an den Ausgang.«

Will lauschte genau, ob Geräusche herabstürzenden Wassers zu vernehmen waren, doch anscheinend bestand diese Gefahr nicht. Am Ende des Tunnels erwartete sie offensichtlich kein Wasserfall. Was sie erwartete, war etwas höchst Zauberhaftes.

Es wurde hell und seine Augen passten sich wieder dem Licht an. Als er wieder sehen konnte, blickte er erstaunt auf das Unglaubliche, was ihn umgab. Zu seiner Linken stand Silvia auf einem gepflasterten Weg, der mit Jade, Achat und Lapislazuli eingelegt war. Der Staub von Jahrhunderten lag auf den Fliesen und an einigen Stellen hatte der Wind Sanddünen aufgeworfen, doch das konnte den Glanz und die Schönheit dessen nicht schmälern, was die Menschen, die schon so lange weg waren, zurückgelassen hatten.

Silvia grinste Will triumphierend an, als dieser ihre Vorräte aus dem Wasser zog und Chaz heraushalf.

»Willkommen in Ahmet-Padon«, erklärte sie fröhlich.

10

Selbst Chaz war von dem Anblick beeindruckt. »Du hast gesagt, du hättest Hinweise auf ein verschollenes Artefakt oder Monument gefunden, Silvia, doch selbst in meinen hoffnungsvollsten Momenten hätte ich so etwas nicht erwartet.« Überwältigt von der neuen Umgebung drehte sich der Protoceratops langsam im Kreis und fiel dabei fast wieder ins Wasser.

»Es ist unglaublich.« Wills Stimme war rau, was beim Anblick von etwas so Bewundernswertem auch verständlich war.

»Um ehrlich zu sein«, gestand Silvia, während sie auf die lang vergessene Stadt blickte, »ich bin auch etwas sprachlos. Die alten Berichte sprachen von einem besonderen Ort, aber sie waren nicht sehr ausführlich. Sie meinten nur, es gäbe hier Wasser und einen Platz zum Ausruhen.«

»Ein Platz zum Ausruhen, fürwahr!«, murmelte Chaz. »Paläste würde es schon eher treffen.« Um sie herum erhoben sich hohe Sandsteinfelsen, die von einer Vielzahl schmaler Schluchten und Klippen durchzogen waren. Wohnungen, Tempel, Kornspeicher, Werkstätten, Ställe, Schulen, Büros und Bäder, Passagen und Wasserröhren, alles war aus dem Fels herausgemeißelt worden. Es erinnerte Will an Schluchtenstadt. Der Unterschied bestand darin, dass Ahmet-Padon viel großzügiger angelegt war. Sehr viel großzügiger.

Die aus den Felswänden herausgearbeiteten Pfeiler und Bögen hatten keine Funktion und waren nur schmückendes

Beiwerk der Architektur. Die Seitenwände der Schlucht waren tief ausgehöhlt worden, so dass die einzelnen Steinhäuser wie in sie hineingebaut wirkten, doch man hatte für die Steinblöcke keinen Mörtel gebraucht, denn diese Steinblöcke waren immer noch Bestandteil der Felswand. Türangeln aus erodiertem Kupfer und Messing hielten immer noch die schweren, verwitterten Tore. In den intakten Fensterscheiben befanden sich Linsen aus geschliffenem Quarz, mit Hilfe derer das Sonnenlicht aus der schmalen Schlucht bis in die hintersten Räume geworfen werden konnte.

Bei einigen der mit exakt behauenen Steinen gepflasterten Straßen konnte man erkennen, dass sie nachträglich verbreitert worden waren, um den größerern Dinosauriern genügend Platz zu bieten. Ahmet-Padon war Heimstatt einer wahren dinotopischen Gesellschaft gewesen, Heimat für die ganze Vielfalt von Sauriern und ihren menschlichen Gefährten. Die Treppen und Stufen waren breit und stabil genug für breite, flache Füße und so ein weiterer Beweis für die kosmopolitische Vergangenheit dieser Stadt.

Viele der Ställe waren groß genug für die bequeme Unterbringung selbst der mächtigsten Saurier. Ihre Portale waren Juwele der Steinmetzkunst, vom Boden bis zum First mit verschlungenen Basreliefen versehen, auf denen das tägliche Leben in Ahmet-Padon dargestellt war. Will und Chaz fragten sich, wie Menschen und Dinosaurier in einigen der schmaleren Straßen Platz gefunden hatten, bis Silvia ihnen die in die Felswände gemeißelten Laufstege hoch über ihren Köpfen zeigte. Die Menschen konnten auf diesen hochgelegenen Wegen bequem laufen, während sie die unten befindliche Straße ihren etwas schwerfälligeren Mitbürgern überließen.

Die Größe der Wohnungen reichte von heimeligen Felskämmerchen bis zu weitläufigen Wohnanlagen, in denen kleinere Dinosaurier oder auch Menschen leben konnten. Sie fanden morsche Möbel und edle Metallarbeiten, die mit

Staub und Sand bedeckt waren und deutlich die Spuren der Jahrhunderte zeigten. Aber davon abgesehen hatte das trockene Wüstenklima die meisten Holz- und Metallgegenstände in der Stadt gut konserviert. Doch alles Organische, wie Leder oder Stoff, war schon längst den niemals ruhenden Wüstenräubern, von Insekten bis zu kleinen Nagetieren, zum Opfer gefallen.

Die Steinmetzarbeiten, angefangen bei den Basreliefs bis hin zu der unglaublich detaillierten Tempelfassade waren bewundernswert. Doch nicht die bestechende Ausführung dieser Arbeiten überwältigte die drei Besucher, sondern die Vielzahl. Kein Stein war unbehauen, keine Felswand ohne Ornamente. Jeder Quadratmeter Sandstein war bis zu halber Höhe der Felswände hinauf mit Reliefen verziert.

Jede Einzelheit des Lebens in der vorzeitlichen Stadt war aufs ansprechendste festgehalten, das Arbeitsleben und die Sportereignisse, religiöse Zeremonien und Hochzeiten. Selbst auf den glatten Pflastersteinen der Straßen befanden sich Darstellungen, von denen viele allerdings durch die Jahrhunderte von den schweren Schritten der Dinosaurier abgeschliffen worden waren. Jede Straße fiel leicht zur Mitte hin ab, wo ein abgedeckter Abflußkanal verlief.

Ein einzigartiges Versorgungssystem, das aus steinernen Kanälen und Zisternen bestand, versorgte die Einwohner mit Wasser. Einige der Zisternen, wie die, in die Chaz gefallen war, lagen auf Straßenhöhe, doch die meisten befanden sich hoch oben in den Felswänden, von wo aus das Wasser einfach durch die Schwerkraft über Röhren zu den Einwohnern gelangte.

Als sie einen wundervoll ausgeschmückten Sandsteinkorridor entlang schlenderten, legte Will seinen Kopf so weit wie möglich in den Nacken und deutete auf die Kante der nächstgelegenen Felswand hoch über ihnen.

»Ich wette, die Felsen dort oben sind von einem Netz von Kavernen durchzogen, die das Regenwasser sammeln.«

»Es muss interessant gewesen sein, hier einen Sturm zu erleben.« Chaz schlurfte zwischen seinen beiden menschlichen Gefährten entlang und war ebenso wie sie beeindruckt von der Schönheit der vergessenen Stadt. »Eine Flutwelle würde einige der kleineren Straßen schnell überflutet haben.«

»Ihr Kanalsystem muss ein Meilenstein vorzeitlicher Ingenieurkunst gewesen sein.« Silvia blieb stehen, um mit den Fingern über ein Basrelief zu fahren, auf dem dargestellt war, wie Ankylosaurier und Menschen Seite an Seite einen Lagerraum in den Felsen schlugen. Einige der feineren Details waren der Erosion zum Opfer gefallen, doch man konnte immer noch die Abfolge der Arbeiten nachvollziehen.

»Zweifellos befinden sich auch unter den Straßen Zisternen, um das Wasser aufzufangen«, stellte Chaz fest. »Möglicherweise ganze unterirdische Seen.« Dieser Gedanke ließ ihn sofort etwas sanfter auf das scheinbar feste Pflaster unter seinen Füßen treten.

»Sie waren fleißig und talentiert«, merkte Silvia an. »Was nur aus ihnen geworden ist?«

Chaz zuckte auf Art der Ceratopsier mit den Schultern. »Viele der alten Kulturen Dinotopias stiegen auf und vergingen wieder, bis aus der besten von allen die heutige Gesellschaft von Menschen und Dinosauriern entstanden ist. Einige dieser vorzeitlichen Kulturen hinterließen uns ihre Geschichte, andere, wie diese hier, verschwanden einfach. Es kann gut sein, dass wir nie erfahren, was mit den Bewohnern dieser Stadt geschah.«

Eine mögliche Erklärung konnte ein umfangreicher Bilderfries geben, den Silvia in einem alten Kornspeicher fand. Die Darstellungen bedeckten eine ganze Wand.

Der Kornspeicher bot ihnen Schutz vor dem aufkommenden, kalten Wind und sie hatten dort ihr Nachtlager aufgeschlagen, als Silvia bemerkte, dass die Reliefs eine fortlaufende Geschichte erzählten.

»Seht her«, meinte sie im verblassenden Licht zu ihren Gefährten, »es beginnt hier unten mit einem Lichtblitz und der Geburt des Lebens.«

Chaz nickte wissend. »Das sieht ganz wie euer üblicher Schöpfungsmythos aus.« Er lehnte sich zurück, stützte sich mit seinem Schwanz ab und konnte so seine Vorderfüße gegen die Wand stellen und die höher gelegenen Reliefe betrachten. »Es scheint wirklich eine Darstellung der Geschichte von Ahmet-Padon zu sein, vom Anfang bis zum Ende.«

»Schaut euch das an.« Will beugte sich vor, um auf einen Bereich der Wand zu deuten, der weiter hinten in dem Raum lag. »Hier sieht man die Erbauung der Stadt.«

»Und hier«, fügte Chaz hinzu, »sieht man, wie die Wasserleitungen von Quellen weiter oben in den Bergen hinunter in die Stadt gebaut werden.« Will gesellte sich zu Chaz und betrachtete, wie auf den detailgenauen Bildern ein Meisterwerk der Ingenieurkunst ans andere gereiht wurde.

Nach ein paar Minuten warf Will einen Blick auf Silvia. Tief in Gedanken versunken studierte sie die Bilder ganz oben.

»Die Bilder hier unten sind absolut faszinierend, Silvia. Willst du sie dir nicht ansehen?«

»Später«, meinte sie abwesend und wandte ihren Blick nicht von den Reliefen. »Ich glaube, ich weiß jetzt, was mit den Einwohnern passiert ist.«

Will und Chaz gesellten sich sofort zu ihr, um den obersten Abschnitt der Bilderwand in Augenschein zu nehmen. Es gab keine Schriftzeichen zur Erklärung der Bilder, doch die Darstellungen waren so eindeutig, dass es auch nicht nötig war. Die Abfolge der Ereignisse war selbst nach Jahrhunderten noch eindeutig, unmissverständlich und leicht zu begreifen.

Die Bilder zeigten, dass es in diesem Teil von Dinotopia zu einer raschen Klimaveränderung gekommen war. Der Zeitpunkt dieses Ereignisses war unbestimmt, aber die Auswirkungen auf die Einwohner von Ahmet-Padon waren schrecklich. Auf weiter unten gelegenen Abbildungen war zu sehen gewesen, wie Menschen und Dinosaurier zusammen die Kornfelder bestellten und die Ernte einbrachten. Auf anderen Bildern wurden Nüsse und Beeren gesammelt und Fische mit Netzen in weiten, flachen Seen gefangen.

Hier oben nun fanden sich Szenen des Unheils und des Entsetzens. Bäume ohne Blätter, und Früchte verdorrten an Sträuchern und Weinstöcken. Eine Bildfolge eines unbekannten Meisters widmete sich ganz dem Austrocknen der Seen, wo Fische und Wassertiere auf dem trockenen Land zurückblieben. Andere zeigten, wie Menschen und Dinosaurier das letzte Wasser aus den fast leeren Zisternen schöpften.

Auf dem letzten Relief, ganz oben in der Ecke, verließen die Bewohner die Stadt. Es war kein Massenauszug, keine langen Kolonnen einer organisierten Flucht. Menschen und Dinosaurier verließen die Stadt einzeln oder zu zweit, im Familienverband oder kleinen Gruppen, bis die mächtigen Bauwerke unbewohnt und leer zurückblieben.

In dem Raum war es sehr still geworden. Lange Zeit sprach keiner ein Wort. Sie betrachteten einfach die ausführlich hier eingemeißelte Geschichte einer Kultur und dachten über deren Untergang nach.

»Die Steinmetze, die dies hier geschaffen haben, müssen mit die Letzten gewesen sein, die gegangen sind«, murmelte Silvia schließlich. »Sie beendeten die Chronik ihrer Mitbewohner, dann packten sie ihre Werkzeuge ein und gingen wie alle anderen auch.«

»Sie haben dies nicht aus Selbstzweck geschaffen«, fügte Chaz berührt hinzu. »Sie wollten, dass nachfolgende Generationen erfahren, was geschehen ist.« Er drehte sich um und blickte in den leeren Raum. »Sie taten es für uns.«

Draußen stöhnte der aufkommende Abendwind. Es klang

mehr denn je wie ein Trauerlied, ein Abgesang auf die ausgelöschten Bewohner. Sie waren aber nicht ausgelöscht, korrigierte sich Will. Sie hatten sich in alle Himmelsrichtungen zerstreut und ihre Nachkommen waren genauso ein Teil des heutigen Dinotopia wie die Vorfahren von Silvia oder Chaz.

»Ich möchte hier nicht übernachten«, erklärte Will plötzlich.

»Das sind nur Reliefe«, erinnerte ihn Chaz. »Draußen wird es dunkel und dieser Raum ist groß und gemütlich. Warum sollen wir einen anderen Platz suchen?«

»Ich will lediglich nicht die Nacht hier drinnen verbringen, das ist alles.« Hinter sich glaubte Will die Stimmen der wegziehenden Menschen zu vernehmen, die das Schicksal beklagten, das über ihre ruhmvolle Stadt hereingebrochen war, und glaubte auf seinem Rücken den Blick der leeren Steinaugen zu spüren. Obwohl seine einzige Schuld darin bestand, am Leben zu sein, fühlte er sich irgendwie angeklagt.

Silvia trat neben ihn und legte ihre Hände auf seine Schultern. »Ich verstehe dich, Will. Auch ich spüre das Gewicht dieser alten Erinnerungen.«

»Gehen wir.« Er ging auf die Tür zu. Murrend schloss Chaz sich ihnen an.

»Menschen. Immer machen sie sich Gedanken über Sachen, die nicht existieren!«

Aber als sie den Raum verließen, brachte auch er es nicht fertig, sich noch einmal umzudrehen und war glücklich, dass ihm sein Nackenschild den einfachen Blick über die Schulter verwehrte.

Schon bald hatten sie einen anderen Raum gefunden. Die Wände waren gefliest und zeigten Szenen von spielenden Menschen- und Dinosaurierkindern. Ein Schulzimmer, vermutete Silvia, oder ein Kindergarten. Die wenigen, staubbedeckten Möbelstücke gaben keinen Hinweis auf den Verwendungszweck. Der Eingang war kleiner als üblich und dadurch war der Raum größtenteils vor Wind und Sand geschützt und gewährte den drei Wanderern einen bequemen Unterschlupf.

An der hinteren Wand richteten sie sich für die Nacht ein. Obwohl die Wasserleitung kaum noch funktionierte, befanden sich in dem Wasserbecken immer noch ein paar Tropfen klares Wasser. Nach einigen Diskussionen wurde mit den Überresten eines alten Möbelstücks ein Lagerfeuer entfacht. Weniger wegen der Nachtkälte als vielmehr um die herumstreunenden Geister im Zaum zu halten. Jeder der drei behauptete zwar nachdrücklich, nicht abergläubisch zu sein, doch keiner sprach sich gegen ein Feuer aus und es wurde in Gang gehalten, bis auch der Letzte von ihnen eingeschlafen war.

Nichts störte ihre Ruhe, bis die Strahlen der schon hoch am Himmel stehenden Sonne endlich auch in die Tiefen der Schlucht drangen. Will stand gähnend auf und ging zum Eingang. Der Wind hatte sich gelegt und die Straße lag still da. Hinter ihm bewegten sich seine Freunde.

»Was würde ich nicht alles für ein ordentliches Bett aus frischem Stroh mit duftenden Kräutern geben!« Chaz streckte die Vorderbeine von sich und seine Gefährten vernahmen das Knacken in seiner Wirbelsäule.

Bei dem Geräusch stöhnte Silvia auf. »Kannst du das nicht sein lassen.«

Während Chaz seinen Körper nach vorne schob und die Hinterbeine streckte, schaute er zu ihr hoch. »Bringt mir ein Bett und ich lasse es.«

»Wir könnten alle ein richtiges Bett gebrauchen.« Gegen die helle Morgensonne war Will in dem prächtig verzierten Türrahmen nur als dunkler Schatten zu erkennen. Er blickte zu den beiden hinüber. »Doch wir werden darauf verzichten müssen, bis wir die Küste erreicht haben.«

»Ich hätte nie gedacht, dass ich mich einmal auf das Meer

freuen würde.« Chaz trottete hinüber zu dem spärlichen Haufen ihrer Vorräte und deutete mit seiner Schnauze darauf. »Los, helft mir mit den Sachen. Oder wollt ihr sie selbst tragen?«

Zusammen befestigten Silvia und Will ihre restlichen Vorräte wieder auf dem bereitwillig wartenden Rücken des Protoceratops. Sie aßen eine Handvoll gerösteter Käfer, die in getrockneten Früchten eingebacken waren, eine Spezialität der Orofani, und verließen den Raum.

Als sie auf der Straße standen, blickte Chaz nach rechts, dann nach links und schließlich hoch zu Silvia. »Welche Richtung?«

Sie schaute nicht in ihre Aufzeichnungen. Seit sie bei den Orofani auf sie gestoßen waren, wirkte sie zum ersten Mal unsicher.

»Ich weiß es nicht«, gab sie zu. »Die Schriftrollen besagen, dass der Schlüssel zur Hand von Dinotopia in Ahmet-Padon liegt.«

»Sehr gut«, bemerkte der Übersetzer freundlich. »Hier ist Ahmet-Padon. Wo ist der Schlüssel?«

Sie studierte die Straße, dann die Basreliefs auf der gegenüberliegenden Wand und die dunklen geheimnisvollen Eingänge zu längst verlassenen Räumen.

»Das sagen die Schriftrollen nicht. Ich nehme an, wir müssen uns einfach umsehen.«

»Entschuldigung?« Der Protoceratops starrte sie gequält an. »Uns umsehen? Umsehen, wo denn?«

Sie zuckte ratlos mit den Schultern. »Ich vermute, in anderen Teilen von Ahmet-Padon. Der Schlüssel ist hier. Wir müssen ihn nur finden.«

»Natürlich. Warum ist mir das nicht eingefallen? Eine Stadt unbekannter Größe, die sich in jeder Richtung in hunderte, ja tausende von Schluchten erstreckt und wir müssen nichts anderes tun, als sie alle abzusuchen. Ganz zu schweigen davon, dass wir überhaupt nicht wissen, wonach wir suchen!« Er stieß ein höhnisches Schnaufen aus.

Will schaute seine Verlobte erwartungsvoll an. »Nun, Silvia? Hat Chaz Recht? Hast du irgendeine Vorstellung, wonach wir suchen?«

»Nein.« Sie bemühte sich, zuversichtlich zu wirken. »Aber ich bin sicher, dass wir es erkennen, wenn wir es gefunden haben.«

Der Dolmetscher rollte mit den Augen. »Rettet mich vor wissenschaftlichen Methoden!«

»Wir verschwenden unsere Zeit.« Fest entschlossen und als ob es keine Zweifel gäbe, wandte sich Will nach rechts und ging die Straße hinunter, die sie gekommen waren. »Versuchen wir es in diese Richtung.«

Seine Gefährten eilten ihm nach. Silvia schaute ihn unsicher an. »Will, ich dachte, du bist genauso skeptisch wie Chaz?«

»Stimmt«, antwortete er, während er selbstsicher voran schritt, »aber deine Informationen aus den alten Schriftrollen haben sich in Bezug auf diese Stadt als wahr erwiesen. Warum also sollte es bei dem Schlüssel nicht genauso sein?«

»Ich bin mir sicher«, stimmte sie ihm zu, »aber Chaz hat Recht, es wird nicht leicht sein, diesen ›Schlüssel‹ oder was immer es auch ist, zu finden.«

Will musste lachen. »In den letzten Wochen bin ich mit einem Skybax von Sauropolis nach Schluchtenstadt geflogen, bin bekannte und unbekannte Pfade die Schluchten rauf und runter gewandert, habe mich mit gefährlichen Tieren und merkwürdigen Dinotopiern herumgeschlagen und habe einen Teil der Großen Wüste durchquert, um dich und diese vergessene Stadt zu finden.« Er lachte immer noch in sich hinein. »Ich bin nicht bereit, aufzugeben und mit leeren Händen nach Hause zu kommen. Nun, zumindest noch nicht.

Wenn dieser Schlüssel existiert, dann werden wir ihn verdammt nochmal finden!«

Zu seiner Überraschung warf sie beide Arme um ihn und küsste ihn fest auf die Wange. Fast wären sie beide umgefallen.

»Das ist einer der Gründe, warum ich dich liebe, Will Denison. Je schwieriger es wird, desto mehr setzt du dich ein.«

»Entschuldigung, aber der passende Ausdruck dafür ist ›Dickkopf‹«, merkte Chaz an, doch ohne viel Nachdruck.

Nach einer weiteren Nacht begann Wills Tatkraft und Begeisterung zu verfliegen und auch der folgende Morgen brachte keine neuen Erkenntnisse. In den unbewohnten Räumen der verlassenen Stadt fanden sie wunderbare Dinge, die die studierten Archäologen in Sauropolis und Wasserfallstadt in Freudentaumel versetzt hätten, doch keinen Hinweis auf die geheimnisvolle Hand von Dinotopia.

Müde und hungrig machten sie am Nachmittag in einem alten Tempel Rast und aßen etwas. Selbst im Schatten der tiefen Schlucht, deren verzierte und mit Ornamenten geschmückten Wände die Stadt umschlossen, wurde es am Nachmittag ziemlich heiß. Ungeachtet der Zisternen und Kanäle mit kühlem Wasser, konnten sie keinen Augenblick lang vergessen, dass sie sich immer noch ganz alleine irgendwo mitten in der Großen Wüste befanden und dass jenseits der schützenden Sandsteinfelsen von Ahmet-Padon die Sonne unbarmherzig auf die Geröllfelder und Wanderdünen herabbrannte.

Der Eingang des Tempels wurde von vergoldeten Wats im Stil des südöstlichen Asiens flankiert. Fantastisch gestaltete Figuren von Menschen und Dinosauriern schmückten die Außenwand bis zu einer Höhe, wo sie auch ein Brachiosaurier bequem betrachten konnte. Wie üblich hatte man jede Statue und jedes Ornament aus dem harten Fels der Schluchtwand herausgearbeitet.

Der weitläufige, luftige Innenraum gab keinen Aufschluss über seine Funktion. Will meinte, es sei ein Tempel, weil die Außenfront den Eindruck eines Ortes der geistigen Sammlung vermittelte, doch weder drinnen noch draußen fanden sie einen Hinweis, wen oder was, wenn überhaupt, die Besucher dieser Stätte verehrt hatten. Die Decke zeigte ein Wabenmuster mit abstraktem Flechtwerk in der Art von maurischen Palästen. Solche ungewöhnlichen, aber reizvollen architektonischen und ästhetischen Kontraste waren ein Kennzeichen der dinotopischen Zivilisation und spiegelten die vielfältigen Einflüsse von unterschiedlichen menschlichen Kulturen wider. Die bemerkenswerten Bauwerke von Ahmet-Padon bildeten da keine Ausnahme. Silvia zeigte auf einen exzellent gearbeiteten Fries, auf dem in ägyptischem Stil kniende, menschliche Körper mit Hadrosaurierköpfen dargestellt waren. Dieser Fries befand sich über einem runden Sockel aus blauem Mingporzellan. Weder Will noch Chaz waren darüber erstaunt.

Die Mitte des Hauptraumes stellte sie allerdings vor ein Rätsel. In einer sanften unregelmäßigen Spirale führte der Fußboden, unterbrochen von schmalen Stufen, zu einer tiefer gelegenen Ebene, auf der sich eine Vielzahl von Höckern und Kegeln erhoben.

»Was haltet ihr davon?« Will stand am Ausgangspunkt der Spirale und deutete auf den tiefer gelegenen Teil.

Silvia konnte nichts zur Erklärung beisteuern. »Ich habe keine Ahnung. In den Schriftrollen steht nichts davon.« Sie studierte den abfallenden Boden, der den größten Teil des Raums einnahm und versuchte, einen Sinn in den seltsamen Stufen und Vorsprüngen zu erkennen. »Das da unten sieht wie eine Art Irrgarten aus, aber keines der Teile ist groß genug, um sich dahinter zu verbergen.«

»Vielleicht ist es eine Art Amphitheater für religiöse Zeremonien«, schlug Will vor. »Doch warum sind die Sitze so klein, die Treppenstufen so flach? Selbst ein Kind könnte die Stufen heraufkrabbeln.«

»Vielleicht ist das die Lösung«, gab sie zurück. »Möglicherweise war es eine Art erzieherischer Spielplatz für junge Menschen und Dinosaurier.«

Er legte den Kopf in den Nacken und betrachtete zunehmend verwirrt die verschlungene Deckenverzierung. »Ich weiß nicht. Zieht man den Umfang und die Qualität der Deckenverzierung in Betracht, dann scheint mir das für einen Kindergarten ziemlich übertrieben.«

»Nun«, warf sie ein, »was könnte es sonst sein?«

Während sie rasteten und aßen, überlegten sie, wozu die verschwundenen Einwohner von Ahmet-Padon diesen abgesenkten Bereich mit den geheimnisvollen und willkürlich angeordneten Kegeln und Höckern wohl benutzt hatten. Da Chaz nicht lange still sitzen konnte, ging er in dem Raum herum und studierte die Inschriften und Basreliefs, die in dem ihnen nun schon vertrauten, ausladenden Stil sämtliche Wände bedeckten.

Sie hatten die Rast beendet und wollten gerade aufbrechen, als der ruhelose Protoceratops einen aufgeregten Ruf ausstieß.

»Hier, hierher! Kommt her und seht euch das an!«

Seine Gefährten eilten in den hinteren Teil des Raums. Mit seiner Schnauze deutete Chaz auf das Wandrelief, das ihn schon seit einigen Minuten gefesselt hatte. Will schaute es sich genau an, konnte aber nichts Ungewöhnliches entdecken.

»Ich sehe nichts Besonderes, Chaz. Warum die Aufregung? Es wirkt wie Dutzende von anderen Reliefen, die wir in der Stadt gesehen haben. Was ist an diesem hier so besonders?«

Der Dolmetscher lachte leise, ein keuchendes Geräusch, das weit hinten in seiner Kehle entstand. »Vergiss einen Moment lang die Reliefe, Will, und schau dir den Rand an.«

Die meisten, wenn nicht alle Reliefe, die sie sich näher angesehen hatten, waren von einer Art ornamentaler Umrahmung eingefasst gewesen. Manchmal waren dies ineinander verschlungene Blumen, Insekten oder Fische gewesen. Meist aber waren diese Ornamente gänzlich abstrakt. Auf den ersten Blick schien das auch hier der Fall zu sein, doch bei genauerem Hinsehen erkannte Will plötzlich, aus was diese Einrahmung bestand und warum Chaz so aufgeregt war.

»Hände«, murmelte er. »Auf dem Rahmen sind Hände dargestellt.«

»Das stimmt«, flüsterte Silvia. »Sie sind so ineinander verflochten, dass sie ein abstraktes Muster bilden, doch die einzelnen Elemente sind ohne Zweifel Hände.«

Ihre Untersuchung des großen Raumes ergab, dass die meisten, wenn nicht alle Rahmen der Basreliefe das gleiche Muster zeigten. Selbst die Kante zu der Vertiefung in der Mitte des Raumes war von einem Ornament ineinander verschlungener Hände umgeben.

»Das muss nicht heißen«, meinte Will schließlich, »dass dieser Ort hier die Hand von Dinotopia ist oder auch nur etwas damit zu tun hat.«

»Natürlich nicht«, stimmte ihm Silvia zu, »aber es ist der beste Anhaltspunkt, den wir bis jetzt haben.« Sie starrte unentwegt auf Wände, Decke und Boden und versuchte deren uralte Geheimnisse zu entschlüsseln. »Schauen wir uns noch etwas länger um. Vielleicht finden wir etwas Konkretes.«

Die schönen, aber wenig bedeutungsvollen Szenen aus dem Leben im alten Ahmet-Padon, mit denen die Wände verziert waren, gaben keinen Hinweis zur Lösung der alten Geheimnisse, und auch Chaz war nicht in der Lage, die Hieroglyphen zu entschlüsseln. Nach mehr als einer Stunde intensiver Suche trafen sie sich im hinteren Teil des Raums, um sich ihre Niederlage einzugestehen. »Die Hände sind nur ein weiteres Ornament«, erklärte Will. »Sie haben keine Bedeutung.« Er blickte in Richtung des beeindruckenden Eingangs. »Wir können genauso gut weiter die Stadt absuchen.«

»Nein«, meinte Silvia unerbittlich. »Das ist nicht nur der beste Hinweis, den wir bis jetzt gefunden haben, sondern auch der einzige.« Ihre Augen suchten den Raum ab. Die Reliefe und Skulpturen an den Wänden schienen sie zu verhöhnen. »Es muss mehr dahinterstecken als einfach nur schöne Bilder. Es muss einfach so sein.«

»Ganz bestimmt ist das so.« Müdigkeit und Enttäuschung verliehen Wills Stimme einen Hauch von Sarkasmus. »Nur weil wir uns wünschen, dass mehr dahinter steckt, muss es nicht so sein.« Und mit dem Blick auf die Darstellung von verschränkten Händen zu seinen Füßen fügte er noch hinzu: »Das hier könnte zum Beispiel der Schlüssel sein und wir würden es nicht erkennen.« Zum Spaß trat er darauf.

Das Bild bewegte sich und versank in den Boden.

Ein tiefes, grollendes Geräusch, schwach und weit entfernt, hallte durch den Raum. Chaz' Blick huschte von einer Wand zur nächsten. »Ich weiß nicht, ob das ein so guter Gedanke war, Will.«

Silvia hatte die Hand ihres Verlobten ergriffen und zog ihn mit besorgten Blicken in Richtung Eingang. »Vielleicht ist es besser, wir verziehen uns für eine Weile.«

Das grollende Geräusch wurde lauter, klang aber nicht bedrohlich.

»Halt, wartet einen Moment.« Will blieb stehen und musterte die Wände, um den Ursprung des Geräusches ausfindig zu machen. Von hinten wurde er von Chaz mit der Schnauze gestoßen.

»Silvia hat Recht. Wir können unsere Untersuchungen von draußen weiterführen.« Plötzlich wurde das entfernte Grollen deutlich lauter.

Immer noch verspürte Will keine Furcht. Das Geräusch

klang irgendwie vertraut und nicht bedrohlich. Er war sich sicher, dass er es kannte.

»Dort!« Mit einer plötzlichen Bewegung deutete er nach rechts, wo ihnen die Quelle des anschwellenden Getöses ins Auge sprang.

Aus den klaffenden Steinmäulern der Skulpturen von Menschen und Dinosauriern schoss das Wasser verborgener Zisternen in den Raum. Es stürzte über die schmalen Sandsteinstufen hinunter in die Vertiefung in der Mitte des Raums und bedeckte schon bald den tiefer liegenden Boden. Silvia und Will klammerten sich aneinander, während Chaz auf seinen vier stämmigen Beinen sicher dastand. Der stete, heftige Wasserstrom stellte aber keine Gefahr dar. Während sich der abgesenkte Bereich füllte, stieg das Wasser an ihren Beinen nie höher als bis zu ihren Fußknöcheln.

Der ansteigende Wasserspiegel in der Vertiefung löste einen erstaunlichen Effekt aus. In der Mitte des nun gefüllten Beckens trieben die Kegel und Höcker, von denen sie geglaubt hatten, sie seien fest mit dem Boden verbunden, auf dem Wasser. Sie waren am Boden mit bis zu diesem Zeitpunkt nicht sichtbaren Kupferketten gegen ein Abtreiben gesichert und wurden jetzt von dem steigenden Wasser immer weiter nach oben gespült.

Langsam versiegte der heftige Wasserstrom. Als aus den stummen Steinmäulern die letzten Tropfen herausrannen, war das Becken bis zum Rand gefüllt. Dort, wo vormals in der Mitte des Raums eine weitläufige, unregelmäßig geformte Vertiefung gewesen war, befand sich jetzt ein glitzernder Teich. Mitten auf der Wasserfläche trieben eine große unregelmäßige Form und mehrere kleinere.

»Was sagt ihr nun?« Will war von den Folgen seiner Handlung beeindruckt, war aber jetzt, wo die Vertiefung des Bodens mit Wasser gefüllt war, keinen Deut klüger als zuvor.

Silvia musterte die schwankenden, sicher befestigten

Skulpturen. »Ich habe keinen blassen Schimmer. Und ich frage mich, wie diese komischen Dinger schwimmen können?«

»Geologie«, warf Chaz ein. Auf diese ungewöhnliche Erklärung hin drehten sich beide zu Chaz um. Er klärte sie auf.

»Wegen all der Ornamente an den Wänden habe ich mir nicht die Mühe gemacht, die Skulpturen auf dem Boden genauer zu untersuchen, aber jetzt sehe ich, dass sie aus Bimsstein bestehen, und der ist leichter als Wasser. Sie sind am Boden verankert, damit sie nicht wild umhertreiben.« Er betrachtete genau, was da vor ihm lag. »Ganz offensichtlich wollte, wer immer dies hier geschaffen hat, sicherstellen, dass sie ihre Position nicht verändern. Man kann davon ausgehen, dass die Unveränderbarkeit dieses Modells von einiger Wichtigkeit gewesen sein muss.«

»Doch was bedeutet es?« Will starrte auf den neu entstandenen Teich mit den darauf schwimmenden Bimssteinformen und suchte nach einer Erklärung.

»Seht euch mal die Mitte des größten Stückes an«, forderte Silvia die beiden anderen auf. »Ist das nicht die Darstellung eines kleinen Gebäudes oder etwas Ähnlichem?«

Will verdrehte die Augen. »Kann schon sein. Aber das ergibt immer noch keinen Sinn.«

»Ja!«, schrie Chaz laut auf. Er senkte den Kopf, stampfte mit allen vier Füßen auf den Boden und tanzte herum, als wolle er die Preisrichter beim jährlichen Künstlerwettbewerb in Wasserfallstadt beeindrucken. Unter seinen Füßen spritzte das Wasser auf. »Ja, ja, ja!«

Der ungewohnt heftige Gefühlsausbruch seines ceratopsischen Freundes überraschte Will und er musterte beunruhigt den herumhüpfenden Protoceratops.

»Chaz, hast du den Verstand verloren?«

»Kaum, mein dürrer Skybax-Reiter. Ganz im Gegenteil, ich habe ihn gerade benutzt!« Er hob eins seiner Vorderbeine und deutete auf den Teich. »Silvia hat Recht. Hier gibt es mehr als schöne Statuen und Ornamente, um das Auge zu erfreuen. Es hat sich die ganze Zeit direkt vor unserer Nase befunden, wir haben es nur nicht erkannt. Haben nicht verstanden, was da vor uns lag – bis die Vertiefung mit Wasser gefüllt wurde. Selbst dann dauerte es noch eine Zeit lang, bis ich dahinter kam. Oh, das ist etwas ganz Außergewöhnliches!«

»*Was* ist so außergewöhnlich?«, wollte Will aufgebracht wissen.

»Diese Landkarte natürlich!« Mit seinen starren Kauleisten konnte der Übersetzer nicht lächeln, nichtsdestotrotz gelang es ihm, den Eindruck eines Lächelns zu vermitteln.

11

Silvia blickte verständnislos auf die Wasserfläche. »Das soll eine Landkarte sein?«

Voller Begeisterung vollführte ihr vierbeiniger Gefährte eine ceratopsische Pirouette. »Gewiss doch, meine gertenschlanke, junge Dame.« Nachdem er seine Drehung abgeschlossen hatte, deutete er erneut mit seinem Vorderbein auf den Teich. »Wir haben Augen, doch wir waren mit Blindheit geschlagen. Erst das Wasser hat sie uns geöffnet. Siehst du die behauenen Bimssteinstücke, die dort in der Mitte schwimmen? Sie sind mit Ketten am Boden verankert, damit sie auch im Wasser nicht ihre Lage verändern. Die schmalen Podeste, Stufen und Kegel, die uns so rätselhaft erschienen, sind jetzt unter Wasser. Genauso wie die Hügel, Ebenen und Höhenzüge, die sie repräsentieren.«

»Eine Karte des Meeresbodens!« Will nickte bedächtig, als ihm langsam klar wurde, was sie da vor sich hatten. »Genau! Und die Bimssteinstücke stellen Inseln dar.«

Chaz senkte seinen Kopf und bestätigte Wills Erkenntnis mit einer graziösen Verbeugung. »Meinen Glückwunsch, Will. Gut, dann kommt die nächste Lektion. Erinnere dich an deinen Geografieunterricht. Im Bereich von Dinotopia gibt es nicht viele Inseln. Welche sind das?«

Silvia kam ihrem Verlobten zuvor. »Das kleine Stück da direkt vor uns muss Bimy Kyun sein und daneben Boda Kyan. Also muss das größere darüber Kon Veng sein, ganz in der

Nähe von Poseidos.« Auf ihrem Gesicht zeigte sich ein breites Grinsen. »Das größte Stück kann nichts anderes als die Äußere Insel sein.«

Will wusste, dass Silvia Recht hatte. Die so zutreffend bezeichnete Äußere Insel war die größte Landmasse außerhalb des Festlandes, die zum Reich der Menschen und Saurier gehörte. Der tiefer liegende Teil des Raumes war nichts anderes als eine detailgenaue Landkarte. Um diese Funktion deutlich zu machen, brauchte man nur Wasser hinzuzufügen, das den Ozean darstellte.

»Seht ihr, dass das Bild in der Mitte der Äußeren Insel eine Einfassung von winzigen Händen hat?«, stellte Silvia fest. »Die Hand von Dinotopia. Sie *muss* es sein.« Aufgeregt drehte sie sich zu Will um. »Wir müssen natürlich dorthin.«

Aus Chaz' Stimme schwand jede Begeisterung. »Einen Augenblick mal, junge Skybax-Reiterin. Bedenke genau, was du sagst. Es ist leicht, in einem Moment von der Erforschung der Großen Wüste zu sprechen und im anderen davon, die Äußere Insel zu durchstreifen. Es aber wirklich zu machen, ist eine ganz andere Sache.«

»Silvia hat aber Recht, Chaz.« Für einen Augenblick war Wills Unsicherheit angesichts der Ereignisse hier in Ahmet-Padon verschwunden. Die Entdeckung der Landkarte hatte ihn in die gleiche Begeisterung versetzt, die ihn und seinen Vater jene ausgedehnten Seereisen unternehmen ließ, die dann zu ihrem Schiffbruch vor Dinotopia geführt hatten. Er war nicht jemand, der ziellos herumwanderte, doch jetzt hatten sie nicht nur eine Karte, sondern auch ein Ziel.

»Jetzt hört ihr beiden mir mal zu.« Der Protoceratops setzte sich auf die Hinterhand und versuchte es ihnen zu erklären. Er sprach langsam und geduldig wie zu Kindern, die gerade eingeschult worden sind. »Es ist eine Sache, zur Äußeren Insel zu fahren, eine andere, in ihren Weiten etwas zu suchen. Die Äußere Insel ist *groß*. Bei weitem nicht so groß wie Dinotopia, doch groß genug, um sich darauf zu verirren. Und warum? Weil sie so groß ist wie die Große Wüste.«

»Dann ist es ja eine schöne Abwechslung.« Will grinste. »Keine Sandstürme mehr, kein heißes Geröll, über das du laufen musst, keine beständigen Sorgen mehr um Wasser. Ich denke, das ist etwas, auf das du dich freuen kannst, Chaz.«

Der Übersetzer schnaufte. »Die Äußere Insel nennt man nicht nur im geografischen Sinne so, Will. Warst du jemals dort?« Er blickte an ihm vorbei zu Silvia. »Und du?«

Die beiden Menschen tauschten einen Blick aus und schließlich antwortete Will: »Nein, aber es ist doch kein unerforschtes Gebiet.«

»Kaum erforscht. Du darfst nicht meinen, nur weil ein Ort auf einer Karte verzeichnet ist, ist er auch bekannt, mein eifriger Freund. Der größte Teil im Landesinneren ist genauso wenig erforscht wie die Große Wüste, wahrscheinlich sogar noch weniger. Keine Handelskarawanen sind hindurchgezogen, keine Forscher sind den Tälern gefolgt. Das Innere der Insel ist sehr bergig und unglaublich schwierig zu bereisen.«

Will ließ sich nicht einschüchtern. »Ich bin schon in den Bergen gewesen. Mein Vater und ich haben einige Zeit in den Verbotenen Bergen verbracht, und wie du dich vielleicht erinnerst, habe ich das gesamte Rückengebirge durchwandert.«

Ein besorgter Chaz flehte seinen Freund an. »Die Berge der Äußeren Insel sind anders, Will. Nicht so hoch wie die Verbotenen, aber schroffer und schwieriger zu meistern. Es sind Vulkanberge, die im Laufe der Äonen von den heftigen Regenfällen messerscharf abgeschliffen worden sind. Wie der Rest des Landesinneren sind auch sie von einem ausgedehnten Regenwald bedeckt. Undurchdringlicher Regenwald, wie manche sagen.«

Silvia hatte sich neben den Teich gekniet und schöpfte mit den Händen Wasser aus der aufschlussreichen Karte, das sie mit kleinen Schlucken trank. »Kein Wald ist ›undurchdringlich‹«, erklärte sie bestimmt.

Hätte Chaz über Finger verfügt, dann hätte er ihr vielleicht mit einem gedroht. »Übereilte Schlüsse zu ziehen, ist keine Tugend.«

Will beugte sich vor, legte dem Protoceratops eine Hand kameradschaftlich hinter den Nackenschild und drückte ihn aufmunternd. »Komm schon, Chaz. Wir werden es schaffen. Wir haben die Große Wüste erobert, oder?«

Der Dolmetscher entzog sich Wills Griff. »Wir haben gar nichts ›erobert‹, Will Denison. Und wenn ich dich erinnern darf, wir befinden uns immer noch mitten im Nichts, haben kaum noch Lebensmittel und keine Aussicht auf Rettung. Egal, welche Richtung wir einschlagen, es liegt ein weiter, beschwerlicher Weg vor uns.«

Will richtete sich auf. »Du hast Recht. In welche Richtung sollen wir gehen? Die Entscheidung liegt bei dir.« Verwirrt wollte Silvia protestieren, aber Will kam ihr zuvor.

Chaz warf seinem hochgewachsenen Freund einen abschätzenden Blick zu. »Du bist sehr gerissen, Will. Du weißt, dass wir uns näher am Meer als an der Hauptschlucht des Amu befinden.«

»Nicht nur das«, ergänzte Will scharfsinnig, »wenn wir den Weg, den wir gekommen sind, zurückgehen, laufen wir auch Gefahr auf unsere guten Freunde, die Orofani, zu treffen, die dieses Mal vielleicht besser aufpassen, dass wir eine Weile bei ihnen bleiben. Eine ganze Weile. Nicht zu erwähnen«, fügte er noch scharfsinniger hinzu, »ein ganz bestimmtes Rudel von herumziehenden, unzivilisierten Dilophosauriern.«

»Also überlässt du mir eine Entscheidung, die eigentlich schon gefallen ist. Ich bin von deiner Großmut überwältigt.« Die folgende Verbeugung war reiner Sarkasmus.

»Nimm es nicht so schwer, Chaz. Es gehört zum Abenteuer, das ist alles.« Er legte den Arm um Silvia und zog sie an sich. »Ein Abenteuer ist besser als eine Rettungsaktion.«

»Abenteuer töten Leute«, murmelte der besorgte Dolmetscher, erkannte aber, dass er keine Wahl hatte. Selbst wenn man eine erneute Begegnung mit den unberechenbaren Orofani und den wütenden Dilophosauriern in Kauf nahm, standen ihre Chancen immer noch besser, wenn sie Richtung Küste liefen. Er stieß ein resigniertes Stöhnen aus.

»Sehr gut. Bevor wir uns auf den Weg machen, trinken wir hier noch einmal richtig und füllen alle unsere Wassersäcke bis zum Rand.«

»Natürlich«, stimmte Will gut gelaunt zu.

Der pessimistische Protoceratops war immer noch mutlos. »Ich hoffe, ihr seid immer noch so begeistert, wenn wir uns in diesen Hohlwegen und Schluchten verlaufen und kaum noch Wasser haben und vom Hunger erschöpft sind. Und denkt einmal daran, ich kann nicht Schwitzen wie ihr.«

»Mach dir keine Sorgen, Chaz. Wenn deine Zunge auf dem Boden schleift, dann trage ich sie für dich.«

»Was für ein Witz.« Auch wenn der Dolmetscher es sich nur sehr widerwillig eingestand, war das Bild, das sein Freund da heraufbeschworen hatte, nicht bar jeder Komik.

»Welchen Weg also?«, fragte Will seinen missmutigen Freund.

»Nach Osten natürlich. Sobald wir auf die alte an der Küste entlang führende Handelsstraße treffen, wenden wir uns nach Norden Richtung Hartmuschel.« Der Dolmetscher musterte beide abwechselnd. »Wir befinden uns südlich davon und müssen sichergehen, dass wir nicht zu weit nach Norden abkommen und die Ansiedlung verfehlen. Hartmuschel ist kein großer Ort, aber der einzige zwischen Neoknossos im Süden und Kuskonak im Norden. Wenn wir ihn verfehlen …« Er ließ die Folgen unausgesprochen in der Luft stehen.

Silvia hatte verstanden. »Keine Nahrungsmittel, keinerlei Vorräte sonst irgendwo auf dieser Strecke.«

»Das trifft es genau. Wenn wir weiterhin Glück haben und wir uns nicht zu sehr verlaufen, könnten wir es schaffen. Doch den direkten Weg nach Kuskonak einzuschlagen ist zu gefährlich. Wir haben keine Karte und könnten zu leicht vom Weg abkommen und es erst zu spät merken. Wenn wir aber immer nach Osten marschieren, können wir zumindest sicher sein, irgendwann auf die Küstenstraße zu treffen.«

»Vielleicht stoßen wir dort auf eine Handelskarawane«, warf Will ein.

»Das ist möglich«, stimmte Chaz zu, »aber ich würde nicht mein Leben darauf wetten. Es sind immer Leute an der Küste zwischen Chandara und Prosperin unterwegs, aber nicht regelmäßig. Wir können uns kein nettes Plätzchen neben der Straße suchen und uns ausruhen, bis eine gut ausgerüstete Karawane vorbeikommt und uns hilft.«

Nachdem Silvia ihren Durst gelöscht hatte, wusch sie sich noch das Gesicht. »Wir werden es schaffen, Chaz. Schließlich haben wir es auch bis hierher geschafft.«

»Das Glück ist mit den Tüchtigen, sagt man.« Der Protoceratops zuckte mit den Schultern. »Außerdem haben wir keine Wahl. Hier können wir nicht bleiben. Doch wenn wir es bis Hartmuschel und weiter bis nach Kuskonak schaffen, dann warte ich dort einfach auf die nächste Karawane nach Pteros oder Schluchtenstadt.«

»Hör mal, Chaz«, neckte ihn Will. »Du wirst mich doch nicht alleine zur Äußeren Insel fahren lassen, oder? Wer soll dann auf mich aufpassen und mit mir schimpfen, wenn ich im Begriff bin, eine Dummheit zu begehen?«

»Das Schicksal und wer immer gerade zuhört, ist mein Zeuge, dass ich hiermit diese Aufgabe deiner erklärten Gefährtin übertrage«, gab der Ceratopsier zurück. »Vielleicht hat sie mehr Glück als ich.«

Silvias Antwort war weniger leichtfertig, sondern sehr ernst. »Wir brauchen dich, Chaz. Was kann schon so schlimm sein? Wenn die Berge im Inneren der Äußeren Insel unbezwingbar sind, dann kann niemand dort oben gelebt und noch weniger die Hand von Dinotopia errichtet haben.«

»Wir wissen gar nicht, ob dort etwas ist«, erinnerte er sie. Mit seiner Schnauze deutete er auf die Insel, die in der Mitte des Teichs schwamm. »Wir haben nichts als eine uralte Skulptur, die uns den Weg weist. Was ist, wenn es nur eine allegorische Darstellung anstatt eines genauen Modells ist? Was, wenn es auf der Äußeren Insel rein gar nichts zu finden gibt?«

»Dann werden wir die Sache ein für alle Mal begraben, und ich kann beruhigt nach Wasserfallstadt zurückkehren«, antwortete sie. »Doch wenn ich mich nicht selbst überzeuge, werde ich mich immer fragen, was dort wohl sein mag. Komm schon, Chaz. Bist du kein bisschen neugierig, ob die Hand existiert und ob es wirklich einen sicheren Seeweg von und nach Dinotopia gibt?«

»Ich weiß nicht«, murmelte er. »Ich weiß wirklich nicht, ob ich das herausfinden möchte.«

»Nun, wir sind uns sicher«, erklärte Will, »und wir werden es herausfinden. Mit dir oder ohne dich.«

»Du hast viel Mut und Begeisterung, Will Denison, aber wenig gesunden Menschenverstand.«

Dem stimmte Will freudig zu. »Deshalb musst du mit uns kommen, Chaz. Du strotzt nur so vor gesundem Menschenverstand.«

Der gehörnte Kopf mit dem Nackenschild schwang traurig hin und her. »Was ist das nur mit den Menschen? Dieses unbändige Verlangen, hinter jeden Baum und unter jeden Stein zu sehen?« Er seufzte erneut. »Auf der Äußeren Insel gibt es nur eine Straße und die ist kaum als solche zu bezeichnen. Sie wird nur von den Einheimischen benutzt und kaum ausgebessert. Sie führt zwar um die gesamte Insel, aber es gibt viele Abschnitte der Küste, die sie nicht einmal berührt.«

»Was ist mit dem Inneren?«, wollte Silvia wissen.

»Das habe ich dir doch schon gesagt: gebirgig, feucht und unbewohnt. Soweit ich weiß, gibt es noch nicht einmal einfache Wege, die über die zentrale Bergkette führen. Wenn wir erst einmal die Küste verlassen haben, können wir mit keiner Unterstützung rechnen, ganz zu Schweigen von Hilfe in einem Notfall. Auf der gesamten Insel gibt es nur eine Stadt, Culebra. Nach den Bildern zu urteilen, die ich gesehen habe, liegt sie wunderschön, doch wir wollen da schließlich keine Ferien machen.«

»Aber wir können dort Vorräte bekommen und vielleicht ein paar Informationen«, fügte Will an.

Der Protoceratops nickte widerwillig, wobei seine Schnauze auf und nieder tanzte. »Vielleicht, doch zuerst müssen wir einmal dorthin kommen und davor müssen wir erst den Rest dieser teuflischen Wüste durchqueren.«

Wills Zuversicht kannte keine Grenzen. »Das werden wir. Wir wissen jetzt, wo wir hinwollen und brauchen nichts mehr zu suchen.« Er wandte sich seiner Verlobten zu und lächelte sie liebevoll an. »Silvia hat gefunden, was sie in der Wüste gesucht hat, und ich habe gefunden, was ich gesucht habe.«

»Wie ich mich für euch beide freue«, bemerkte Chaz trocken. »Nun, wenn wir die Sache in Angriff nehmen wollen, dann sollten wir uns jetzt aufmachen. Die Sonne geht bald unter und wir sollten so lange wie möglich noch nach Einbruch der Dunkelheit laufen, dann ist es kühler.« Er schlurfte zum Rand des Teichs und ließ sich auf seinen Bauch nieder.

»Nachdem ihr die Wassersäcke gefüllt habt, kontrolliert sie genau auf Löcher. Mitten in der Großen Wüste ist kein Platz für gegenseitige Beschuldigungen.«

»Sicher gibt es auf dem Weg vor uns noch Wasserstellen.«

Will drückte einen der leeren Säcke in den Teich und bewegte ihn hin und her, damit das Wasser hineinfließen konnte.

»Ich zweifle nicht daran«, stimmte ihm Chaz zu, »doch zu wissen, dass sie da sind und sie zu finden, sind zwei ganz verschiedene Sachen. Besser wir nehmen genug zu trinken für den Rest unserer Reise mit, so dass wir nicht auf das Wasser in Sandlöchern und unappetitlichen Felsspalten angewiesen sind.«

Nachdem auch der letzte Wassersack bis zum Rand gefüllt war, machten sie sich auf den Weg. Will und Silvia trugen jeder einen schweren Sack, während Chaz den Rest ihres Wasservorrats und ihren schwindenden Vorrat an getrockneten Nahrungsmitteln auf dem Rücken hatte.

Will hatte erwartet, dass sie auf ihrem Weg etwas zu essen finden würden, doch seine Hoffnung auf eine Versorgung durch die Wüste verflog schon bald. Nachdem die vergessene Stadt und ihre schützende Schlucht hinter ihnen lag, quälten sie sich über eine nicht verheißungsvolle Sand- und Geröllebene. Nur ein paar niedrige Gewächse waren widerstandsfähig genug, der sonnendurchglühten Ebene zu trotzen. Die Gründer von Ahmet-Padon hatten den Platz für ihre Stadt nicht zufällig gewählt. Jeder Tropfen Wasser, der in diesem Teil der Großen Wüste vorkam, schien dort gesammelt zu werden.

Die Sonne brannte heiß vom blauen Himmel auf die drei Wanderer herab und sie mussten viel und häufig trinken. Mit jedem Schluck wurde ihre Last zwar leichter, aber in der Geschwindigkeit, mit der ihre Vorräte zur Neige gingen, würden sie schon bald das Wasser rationieren müssen. Das hätte zur Folge, dass sie nicht mehr so schnell vorankämen. Will, der sich neben Silvia entlang quälte, blickte von Zeit zu Zeit begehrlich in den Himmel. Auf Federwolkes schmalem Rücken hätte er diesen Teil von Dinotopia bequem in einer kühlen Brise überqueren können.

Doch Federwolke machte es sich in Gesellschaft seiner fliegenden Artgenossen im Horst von Pteros gemütlich. Will spürte etwas hart gegen seine Hüften stoßen. Er blickte hinunter und sah Chaz.

»Träum nicht vor dich hin. Konzentriere dich auf den Weg.«

»Nachdenken ist nichts Schlimmes, Chaz«, widersprach Will.

»Du gibst dich Tagträumen hin. Du musst dich auf das konzentrieren, was vor dir liegt. In dieser Hitze können nicht nur die Beine versagen.«

»Vielleicht wäre es leichter, wenn ich vier davon hätte«, spottete er. Doch er behielt die Warnung seines Freundes im Kopf und verlor im weiteren Verlauf des Tages keine Zeit mehr mit Gedanken an Dinge, die unerreichbar waren.

Von Silvia war kein Wort der Klage zu hören. Will bewunderte sie, wie sie mit erhobenem Haupt einherschritt, wobei die zerfetzten Reste ihres Orofanigewandes sie umflatterten. Auch trank sie weniger als die beiden anderen und schien dennoch besser in Form zu sein. Doch auch sie war nicht gefeit gegen die Hitze, und nach einem weiteren Tag zeigten sich auch in ihrem Gesicht die Spuren der anstrengenden Reise.

Er nahm sie nicht in den Arm, denn jeder Kontakt erhöhte die Körpertemperatur und war nicht erwünscht. Er lief aber nahe genug bei ihr, um ihr Gesicht zu studieren.

»Wie geht's dir?«

Sie lächelte ihn mit Lippen an, die schon kleine Risse zeigten. »Mir geht's gut, Will. Trotzdem werde ich froh sein, wenn wir die Küstenstraße erreicht haben.«

Er brachte ein ermutigendes Lächeln zustande. »So geht es uns allen. Es wird nett sein, in Hartmuschel in einem Café zu sitzen und etwas zu essen, was nicht getrocknet und haltbar gemacht ist.«

»Frisches Obst«, murmelte sie. »Kühl und der Saft tropft

heraus. Mit Honig. Und etwas anderes zu trinken als immer nur Wasser.«

Er nickte und leckte sich die Lippen. »Backwaren, locker und süß. Kalte Milch mit Schokolade.«

Chaz schaute sie irritiert an. »Würdet ihr beide freundlicherweise den Mund halten?« Er nickte in die Richtung, in die sie liefen. »In den Hügeln dort vorne, die wir überqueren müssen, gibt es kein Brot und ganz bestimmt keine Schokolade.«

»Wie lange noch? Was meinst du, Chaz?« Will legte seine Hand an die Augen und musterte die Linie der niedrigen Hügel, die sich vor ihnen erhob. Wenn es auch nur einen einzelnen Baum in diesem Labyrinth aus Stein und Felsen gab, dann hatte er sich gut versteckt.

»Du meinst, bis zur Küste? Kann ich nicht sagen. Vielleicht noch ein Tag. Zwei oder drei, wenn wir keinen direkten Weg durch diese Berge finden.« Er hob seine Schnauze und schnüffelte ausgiebig. »Noch kein Anzeichen von Salz in der Luft oder gar Meerwasser. Ich würde sagen, die See liegt hinter dieser Erhebung dort, aber ich wage nicht zu hoffen, dass es so ist.«

»Dann müssen wir einfach weiterlaufen.« Entschlossen schritt Silvia kraftvoll aus. Will und Chaz bemühten sich, ihr zu folgen.

Das Gelände wurde unwegsamer und sie kamen nicht mehr so schnell voran. Auf den leicht abschüssigen Hängen gab es keinen Schatten, wie in Ahmet-Padon. Sie mussten im gleißenden Sonnenlicht laufen und über die Hügel klettern. Das erwies sich als viel anstrengender, als die lebensfeindliche Ebene zu durchqueren, die hinter ihnen lag.

Umgeben von kahlen Hängen und aufgeworfenen Felsen schlugen sie in einem trockenen Bachbett notdürftig ihr Nachtlager auf. Wenn diese windige, sandige Rinne sich jemals fließenden Wassers erfreut hatte, dann waren davon keinerlei Spuren zurückgeblieben.

Will kontrollierte ihre Wassersäcke. Es befand sich noch ein ordentlicher Vorrat darin, besonders wenn sie sich mit dem Verbrauch einschränkten. Aber sie hatten kaum noch Nahrungsmittel. Wenn man durch ein ödes, schwieriges Gelände marschierte, dann brauchte man Kraft. Entweder mussten sie bald auf die Küstenstraße stoßen oder etwas finden, mit dem sie ihre Vorräte ergänzen könnten, sei es auch noch so unappetitlich. Nachdem er die Landschaft in Augenschein genommen hatte erschien ihm diese Möglichkeit als sehr unwahrscheinlich. Zudem war keiner von ihnen besonders gut bei der Nahrungssuche.

Er hätte selbst Wurzeln gegessen, doch noch nicht einmal die gab es hier. Er ließ Silvia alleine die letzten Packen von Chaz' Rücken losschnüren und setzte sich besorgt auf einen schmutzigen, ausgetrockneten Baumstamm.

Der Baumstamm schnellte sofort hoch und warf ihn zwei Meter zur Seite.

Nachdem Will sich zweimal überschlagen hatte, blieb er auf dem Rücken liegen und blickte in ein tückisches, gebogenes, sehr großes Maul. Der Tausendfüßler war ein echtes Monstrum, sein Körper war so lang, wie Will groß war, und so dick wie eine von Wills Waden. Er war nicht nur groß genug, um für die Klapperschlangen, denen Will und Chaz in der Schlucht des Amu begegnet waren, eine Gefahr darzustellen, sondern auch groß genug, um jeden Kampf mit den beiden Menschen und Chaz zu bestehen.

Wenn Will sich nicht auf ihn gesetzt hätte, wäre er wahrscheinlich bewegungslos und unerkannt bis zum Einbruch der Nacht liegengeblieben. Jetzt aber schabte er mit seinen unzähligen Beinen über den Boden und machte sich zum Angriff bereit.

Eine schnelle, graue Gestalt schob sich zwischen den am Boden liegenden Skybax-Reiter und das giftige Gliedertier. Mit gesenktem Kopf, die Augen halb geschlossen, stellte sich der Protoceratops mutig dem mahlenden Kiefer und den spitzen Klauen.

»Nein Chaz!« Auf Händen und Füßen zurückweichend versuchte Will, auf die Beine zu kommen. Er sah, wie links von ihm Silvia ein paar faustgroße Steine aufhob. Doch der stämmige Protoceratops stand direkt vor dem sich windenden Tausendfüßler und so hatte sie keine freie Schussbahn.

Als Will sich aufrichtete, stieß der gräßliche, flache Kopf blitzschnell nach vorne. Will versuchte einen Warnschrei auszustoßen und Silvia schrie auf, doch es war zu spät. Der sichelförmige Kiefer traf den Kopf des Ceratopsiers direkt über den Augen.

Und prallte ab. Der gepanzerte Nackenschild des Dolmetschers schützte seinen Kopf und den Nacken vollständig. Der Kiefer drang nicht weiter als eine Fingernagelbreite in den festen Hornpanzer ein, bevor er abglitt. In diesem Moment hob Chaz seine Vorderbeine und drehte sich zur Seite. Bevor der Tausendfüßler ausweichen konnte, trafen beide Füße mit dem vollen Gewicht des Protoceratops seinen Körper.

Ein deutlich knackendes Geräusch erklang, so als ob jemand auf trockenes Laub treten würde. Klebrige Flüssigkeit drang aus der Stelle, auf der Chaz gelandet war. Die schweren Beine des Ceratopiers hoben und senkten sich immer wieder, bis sie den grausigen Kopf unter sich zermalmt hatten. Der Protoceratops stampfte so lange auf dem Tausendfüßler herum, bis das gefährliche Mundwerkzeug nur noch blutiger Brei war. Erst dann ließ er ab, seine Augen waren gerötet, die Brust hob und senkte sich schwer und sein Kopf war immer noch in Verteidigungshaltung gesenkt.

Will und Silvia stellten sich neben ihn und beobachteten den Todeskampf des großen Tausendfüßlers. Obwohl das Gehirn schon längst nicht mehr funktionierte, zuckte und schlug der kräftige Körper noch lange Zeit, bis sämtliche Lebenskraft aus ihm gewichen war.

»Das war vielleicht was!« Will beugte sich herab und gab dem Dolmetscher einen liebevollen Klaps. »Ich stehe in deiner Schuld, Chaz.«

»Welche Schuld? Es ist nicht euer Fehler, dass ihr keinen Körperpanzer habt.«

Silvia schenkte dem verlegenen Protoceratops ein bewunderndes Lächeln. »Wie konntest du nur sicher sein, dass sein Kiefer deinen Schild nicht durchdringen können.«

»War ich auch nicht«, gab Chaz beiläufig zurück. »Ich ging ein kalkuliertes Risiko ein.« Er beugte sich etwas zur Seite und schaute an ihr vorbei, als ob er selbst noch nicht glauben konnte, was er getan hatte. »Ich habe noch nie einen Tausendfüßler von dieser Größe gesehen.«

»Noch niemand hat einen Tausendfüßler dieser Größe gesehen«, erklärte Will mit Nachdruck. »Keiner kann sagen, wie viele einzigartige und unbekannte Wesen hier in der Großen Wüste leben.« Er blickte auf und über das Bachbett hinweg zu der sich dunkel auftürmenden Hügelkette, die sie noch überqueren mussten. »Ich hoffe nur, sie sind nicht alle so furchteinflößend wie die riesigen Klapperschlangen und das Ungeheuer von einem Tausendfüßler.«

»Oder so angriffslustig.« Silvia warf einen Blick auf den sich windenden Körper und erschauderte. »Mit gefährlichen Tieren werde ich fertig, aber ich hasse diese Krabbelviecher. Und das ist eines von olympischem Ausmaß.«

»Nun, hier werden wir nicht unser Lager aufschlagen«, verkündete Will bestimmt. »Vielleicht gibt es hier noch mehr von denen, und ich möchte nicht in der Nacht aufwachen und einer krabbelt gerade über mich.«

Silvia blickte ihn böse an. »Danke, Will. Das wird mir bestimmt heute Nacht helfen einzuschlafen.«

Wie das Schicksal so will, stießen sie bei ihrer Suche nach einem sichereren Lagerplatz auf Pflanzen, die ihnen bekannt waren. Chaz brauchte nur ein paar Sekunden, um die

Büsche, die in der kleinen, feuchten Senke wuchsen, einzuordnen. In einer sandigen Kuhle, die sich hinter einer Biegung des ausgetrockneten Bachbetts befand, dem sie Richtung Osten gefolgt waren, standen niedrige, grünbraune Büsche. Zwar bevorzugten diese Pflanzen ein heißes Klima, aber Chaz hatte nicht erwartet, sie hier vorzufinden. Nur weil es an dieser Stelle etwas Wasser gab, eigentlich war es nicht mehr als eine feuchte Stelle im Sand, konnten sie hier gedeihen.

Chaz begann zu rennen und wäre ein paar Mal fast gestürzt, als er seine Gefährten in einem halsbrecherischen Lauf zu der Senkte führte.

»Jupiterbohnen!«, rief er beim Laufen aus. »Das ist ja der reinste wild wachsende Garten!« Rutschend kam er zum Stehen, wählte einen mit Früchten beladenen Busch und riss sofort eine Schote Bohnen von einem der mittleren Äste. Beim Kauen schloss er begeistert die Augen.

»Fische Nahun«, murmelte er zufrieden.

»Wie bitte?« Silvia trat neben ihn.

Der Dolmetscher schluckte. »Frische Nahrung, habe ich gesagt.« Ohne zu zögern, riss er mit seinem Maul einen weiteren Zweig mit fingerlangen, gelblichen Bohnen ab.

Will beugte sich herab, um einen anderen der erntereifen Büsche zu untersuchen. »Hier gibt es mehr als genug, um unsere Vorräte aufzufüllen. Es wird zwar keine sehr abwechslungsreiche Kost sein, doch diese Bohnen sind sehr nahrhaft. Ich habe sie schon mal gegessen.«

»Ich auch«, erklärte Silvia, »deshalb bin ich auch so verwundert. Jupiterbohnen sind eine Kulturpflanze. Wie kommt es, dass sie hier mitten in der Wüste wachsen?«

»Wen kümmert's?« Als Pflanzenfresser war Chaz von ihrer unerwarteten Entdeckung ganz aus dem Häuschen. »Vielleicht hat ein vorbeiziehender Vogel ein oder zwei Samenkörner mit seinen Exkrementen hier zurückgelassen. Wenn es hier immer Wasser gibt, könnten vielleicht neben Jupiterbohnen noch andere essbare Pflanzen hier wachsen.«

»Trotzdem ist es ungewöhnlich, dass sie hier wild wachsen.« Trotz ihres Hungers misstraute Silvia immer noch dem unerwarteten Fund.

Will war viel zu beschäftigt die reifen Bohnen in eine ihrer Packtaschen zu stopfen, um sich Sorgen zu machen. »Eine wirklich angenehme Überraschung. Vielleicht will uns das Schicksal für den Tausendfüßler entschädigen. Komm schon, Silvia, willst du nicht auch probieren?« Er schälte eine Bohne, schob sie sich in den Mund und kaute begeistert.

»Wie schmeckt es?«, fragte sie.

»Süß. Ein ansprechender butter-nuss Geschmack und die hier sind wirklich reif. Als Suppe schmecken sie besser als roh, aber wir müssen Wasser sparen.«

»Ich begreife immer noch nicht, warum sie hier so gut gedeihen.« Erfreut und dankbar schloss sie sich ihren Gefährten beim Essen an.

Nachdem sie sich zum ersten Mal seit Tagen die Bäuche vollgeschlagen hatten, schliefen sie schnell ein. Gesättigt gelang es auch Silvia, alle Gedanken an riesige, kriechende Dinger aus ihrem Kopf zu verbannen.

Deshalb war es noch verwunderlicher, als sie mitten in der Nacht geweckt wurden.

12

Will spürte wie ihn eine Hand an der Schulter rüttelte. Er rollte sich herum und blinzelte verschlafen. »Silvia? Was ist los, kannst du nicht schlafen?«

»Ich werde viel besser schlafen, wenn ihr alle weg seid.« Die raue Stimme, die ihm geantwortet hatte, gehörte eindeutig nicht seiner Verlobten. Genauso wenig waren die dicken, klauenbewehrten Finger, die ihn aus tiefem Schlaf gerissen hatten, menschlichen Ursprungs.

Will fuhr hoch.

Die Sonne, die jetzt noch nicht so eine Qual war wie am Mittag, schaute gerade über den östlichen Horizont und tauchte die kahlen Hügelkämme in goldenes Licht. Die Luft war kühl und noch etwas feucht vom Morgentau, der unter der direkten Sonneneinstrahlung sofort verdunsten würde. Steif und vom Schlaf noch halb betäubt versuchte Will, seine Muskeln beweglich zu machen. Neben ihm begann Silvia zu erwachen und etwas weiter entfernt zuckte Chaz heftig mit den Beinen im Schlaf.

Der Eindringling, der sich über ihn beugte, hatte ein dreieckiges Sauriergesicht, das in einer schmalen Schnauze auslief. Große, klare Augen gaben dem Gesicht einen freundlichen, nicht bedrohlichen Ausdruck. Die Arme waren kurz, aber grazil, die Hinterbeine stämmig und der Schwanz an den Hüften breit, doch er verjüngte sich zur Spitze hin schnell. Schnauze und Bauch waren in der Farbe heller als der restliche, olivgrüne Körper und mit weißen Bändern geschmückt.

Das auffallendste Merkmal des frühmorgendlichen Besuchers war allerdings die massive Wölbung auf seinem Schädel, die den Eindruck erweckte, er trüge einen massiven Helm. Die Seiten und der Rücken dieser glatten Hornplatte waren mit einer ungewöhnlichen Ansammlung von Knöpfen und Nägeln verziert. Will identifizierte den Besucher als einen Prenocephalen, eine Untergattung der Pachycephalosaurier.

Die Prenocephale waren durchschnittlich große Saurier und der, der auf ihn herab starrte, bildete keine Ausnahme. Er maß vom Kopf bis zur Schwanzspitze ungefähr drei Meter und wenn er aufrecht stand, war er nicht größer als Will. Silvia war jetzt vollständig wach und starrte sie an, während Chaz langsam wach wurde.

Mit einem überraschten Grunzen rollte sich der kleine Protoceratops auf die Füße und stand auf. »Was geht hier vor? Wer ist das?«

Der Prenocephale blickte den stämmigen Ceratopsier an. Zum Erstaunen von Will und Silvia beherrschte er die menschliche Sprache fast so perfekt wie der Dolmetscher, wenn seine Aussprache auch gutturaler war.

»Ich bin Khorip.«

»Nun, Khorip«, begann Will und versuchte das Gesetz des Handelns wieder an sich zu ziehen, »was hast du dir dabei gedacht, uns so aus dem Schlaf zu reißen?«

»Was habt ihr euch dabei gedacht, euch den Bauch mit meinen Jupiterbohnen vollzuschlagen?«, entgegnete der Prenocephale heftig.

»*Deine* Bohnen?« Mit gestellter Bedächtigkeit starrte Chaz demonstrativ auf den nächstgelegenen Busch. »Ich sehe hier nirgends ein Schild mit dem Namen Khorip oder ihn in einen dieser Büsche eingeritzt.«

»Glaubst du, Jupiterbohnen wachsen von ganz alleine mitten in der Wüste in ordentlichen Reihen, ohne dass sich jemand darum kümmert? Ich habe Brunnen gegraben und das Wasser hierher gebracht, ich habe sie nahezu jeden Tag gedüngt, sie umsorgt und das Ungeziefer ferngehalten. Das ist eine Menge Arbeit. Dann seid ihr hier aufgetaucht und habt euch bedient, ohne um Erlaubnis zu fragen.« Der Prenocephale verschränkte seine Finger und wartete auf eine Erklärung.

»Tut uns Leid«, erklärte Silvia, bevor ihre beiden männlichen Begleiter etwas sagen konnten, was die Auseinandersetzung weiter verschärft hätte. »Wir wussten nicht, dass du die Bohnen hier angepflanzt hast. Wie Chaz schon sagte, es gab keine Hinweistafeln oder einen Zaun oder irgendetwas, das darauf hindeutete, dass hier jemand lebt. Wir haben etwas Salz, Zucker und noch ein paar Nahrungsmittel, die wir dir als Ausgleich für das, was wir genommen haben, anbieten können.«

Will machte einen entsetzten Gesichtsausdruck. »Vielleicht besprechen wir das erst einmal unter uns, Silvia.«

»Nein«, erklärte sie bestimmt, »wir sind dazu verpflichtet. Wir haben uns aus dem Garten dieser Person bedient und nun müssen wir sie dafür entschädigen, auch wenn wir dafür unsere letzten Vorräte opfern müssen.«

»Einen Moment mal.« Der zweibeinige Saurier mit dem riesigen Knochenwulst auf dem Schädel machte eine beschwichtigende Geste. »Ich will nicht, dass ihr eure ganze Habe hergebt. Ihr sollt nur von hier verschwinden.«

»Gut«, knurrte Chaz, »anscheinend wollen wir alle das Gleiche.« Er wandte sich an Will: »Ladet mir das Gepäck auf und dann lasst uns gehen. Diese Person will uns nicht hier haben und ich persönlich sehne mich auch nicht nach Gesellschaft.« Der Protoceratops und der Prenocephale musterten sich abschätzig.

Während sie sich für ihre Abreise fertigmachten, bewunderte Will die sorgfältig ausgeführten Ornamente auf dem beeindruckenden Schädel des Prenocephalen. Das Muster aus Halbedelsteinen war die Arbeit eines Meisters, der die mächtige Schädelmasse in ein lebendes Kunstwerk verwandelt hatte. Da die Prenocephalen bei der Prozedur an ihren dicken Knochenplatten keinen Schmerz verspürten, und alle Dinosaurier eine Vorliebe für Schmuck und Zierat hatten, waren alle Pachycephalosaurier, die Will bis jetzt gesehen hatte, mit ähnlich aufwändigen Ornamenten geschmückt gewesen.

Ohne Zweifel war Khorips Kopfschmuck sehr aufwändig und meisterhaft ausgeführt. Die seinen riesigen Kopf zierenden Spiralen und glitzernden Mosaike identifizierten ihn als einen Bilderstürmer und Außenseiter. Die Ausführung seines Körperschmucks passte genau zu einem einsamen Lebensstil.

Während sie packten, hielt Will von Zeit zu Zeit inne und studierte die umliegenden Hügel und Schluchten, doch es gab keinerlei Anzeichen, dass sie jemand beobachtete. Soweit er sehen konnte, gab es keinen Zweifel daran, dass Khorip wirklich ein Einsiedler war.

Silvia hatte ähnliche Überlegungen angestellt. Sie zurrte den letzten Gurt von Chaz' Tragegestell fest und musterte dabei den Prenocephalen. »Was hat dich dazu gebracht, alleine in der Großen Wüste zu leben?«

»Mich hierher getrieben, meinst du wohl.« Der Prenocephale ging ihr zur Hand, als sie die Ladung auf dem Rücken des Protoceratops zurecht rückte. Chaz stieß ein Grunzen aus, als er das Gewicht wieder auf seinem Rückgrat spürte.

»Getrieben?« Will zog die Augenbrauen zusammen. »Das ist eine ziemlich deutliche Aussage, Khorip.«

»Was also hat dich in die Wüste getrieben?«, fragte die stets geduldige Silvia und warf Will einen missbilligenden Blick zu.

»Hauptsächlich die Langeweile. Alles ist in der Gesellschaft von Dinotopia geregelt, man führt ein bequemes und behütetes Leben.« Bei diesen Worten glitzerten die großen, grünen Augen des Prenocephalen. »Ich wollte ein bisschen mehr Herausforderung, als die Landwirtschaft oder die Verwaltung zu bieten hat. Ich habe mir selbst die Menschensprache beigebracht und auch Sauropod und Hadronisch spreche ich ganz passabel.«

»Gibt nicht viele von den Großen und den Entenschnäbeln hier draußen«, stellte Chaz fest.

Der Prenocephale schaute auf ihn herab. »Ich wusste nicht, dass ich hier enden würde. Ich wollte nur etwas Ungewöhnliches ausprobieren, eine andere Art zu leben.«

»Also kamst du hierher«, stellte Silvia fest.

»Ja.« Khorip drehte sich ein wenig und deutete auf das Bachbett, das sich in östlicher Richtung verlor. »Vor einiger Zeit bin ich von der Küstenstraße aus ins Landesinnere gezogen. Diesen Ort habe ich vor einigen Monaten gefunden und mich hier niedergelassen. Mit etwas Wasser und viel Mühe gedeihen die Jupiterbohnen hier gut. Glücklicherweise«, fügte er streng hinzu, »da ihr so viele davon gegessen habt.«

»Silvia hat gesagt, dass es uns Leid tut«, erinnerte Will ihren Besucher. Chaz war fast zum Aufbruch bereit. »Auf den Marktplätzen der kleinen Dörfer hier in der Gegend erzählt man sich alle möglichen Geschichten, aber du bist die erste, die sich als wahr erwiesen hat.«

»Fühlst du dich nicht manchmal einsam?« Silvia schüttelte Sand aus dem Saum ihres zerrissenen Orofanigewandes.

»Manchmal«, gestand Khorip freimütig. »Ich wollte dem geregelten Leben in Dinotopia entfliehen, nicht den Leuten. Ich mag die Gesellschaft von anderen.«

»Ja, das haben wir gemerkt«, murmelte Chaz leise.

»Es war sehr interessant, dich kennen zu lernen.« Silvia trat auf den Prenocephalen zu und streckte ihre Handfläche aus. Khorip drückte seine nur etwas größere gegen die ihre. »Halte inne und suche Frieden.« Während sie das sagte, lächelte sie ihren unfreiwilligen Gastgeber an und der erwiderte den Gruß.

Eine Zeit lang verharrten alle bewegungslos, bevor Chaz vor seine Gefährten hintrat und fragte: »Auf was warten wir?«

Seite an Seite schauten Silvia und Will in unterschiedliche Richtungen, er das gewundene Bachbett entlang, sie auf einen steilen, aber begehbaren Hügel etwas im Norden.

»Wir versuchen gerade zu entscheiden, welchen Weg wir einschlagen sollen«, erklärte ihm Silvia.

»So ist es.« Wieder einmal wünschte sich Will die Unterstützung von Federwolke. »Wir wollen sichergehen, dass wir den einfachsten und schnellsten Weg zur Küste nehmen. Es sei denn, du möchtest gerne noch ein bisschen länger in der Hitze herumlaufen.«

Khorip stieß ein tiefes Seufzen aus. »Wisst ihr etwa nicht, wie ihr zurück zur Küste kommt?«

»Wir sind nicht von der Küste gekommen«, Chaz richtete sich steif auf. »Wir sind den ganzen Weg von Schluchtenstadt am Amu gekommen.«

»Wirklich?« Will und Silvia nickten gleichzeitig. Der Prenocephale war deutlich beeindruckt. »Ihr habt einen schweren und gefährlichen Weg gewählt. Das würde ich nicht versuchen. Also ihr habt wirklich keine Ahnung, wie man zur Küstenstraße kommt?«

Will schüttelte den Kopf. »Wir wollen nach Hartmuschel und von dort weiter nach Kuskonak im Norden.«

»Nun, wenn ihr weiter diesem Bachbett folgt, dann kommt ihr niemals dorthin.« Khorip machte eine Geste mit seiner rechten Hand. »Hier verläuft es noch in der richtigen Richtung, doch ein Stück weiter biegt es nach Süden ab und verläuft sich in einer Salzpfanne. Ich weiß es, denn ich bin dort gewesen. Eigentlich bin ich hier schon überall gewesen.« Er dachte nach und betrachtete dabei seine ungebetenen Besucher. »Wahrscheinlich bleibt mir nichts anderes übrig, als euch zu führen.«

»Schon gut«, meinte Chaz kurz angebunden. »Wir werden unseren Weg schon finden.« Er wandte sich um und musterte den Fuß des Hügels, den Silvia ins Auge gefasst hatte.

»Vielleicht schon, aber das da ist er nicht.«

»So?« Der Protoceratops warf ihrem Gastgeber einen feindseligen Blick zu. »Und warum nicht, sag es uns?«

»Weil«, antwortete Khorip trocken, »der Abhang zwar auf dieser Seite zu erklimmen ist, doch wenn ihr über den Kamm hinweg seid, dann steht ihr vor einer Reihe von steilen Kratern.« Wieder machte er eine Geste, doch diesmal zur Linken des Hanges. »Am besten geht ihr da entlang.«

»Dieser Hohlweg führt aber nach Westen, dorthin, wo wir hergekommen sind. Wenn wir dem folgen, dann laufen wir zurück«, hielt Will dagegen.

»Nur ein kurzes Stück«, erklärte Khorip. »Dann wird er breiter und beschreibt eine Biegung nach Osten. Das ist der einfachste Weg.« Er zuckte mit seinen Schultern. »Wenn ihr mir nicht glaubt, dann geht doch wohin es euch passt.«

»Nein, nein«, warf Silvia schnell ein. Der Blick, den sie Will und Chaz zuwarf, war nicht gerade tödlich, brachte die beiden aber für einen Augenblick zum Schweigen. »Natürlich nehmen wir deinen Rat an. Es würde uns sogar freuen und ehren, wenn du für den Rest der Reise unser Führer sein könntest. Zumindest bis wir an der Küstenstraße sind.«

Als der Prenocephale zögerte, fügte sie hinzu: »Wenn du uns so schnell wie möglich loswerden willst, dann ist es am besten, du bringst uns zur Küstenstraße.«

»Sehr richtig. So gerne ich euch auch los werden will, auf keinen Fall sollt ihr hier wieder auftauchen, weil ihr den Weg nicht gefunden habt.« Er schaute Chaz an. »Aber keine Diskussionen. Entweder vertraut ihr mir, oder ihr sucht euch euren Weg alleine.«

Als der Protoceratops keine Anstalten machte, darauf etwas zu antworten, warnte ihn Will: »Chaz ...«

»Oh, selbstverständlich!«, meinte der Ceratopsier spitz. »Ich weiß nur noch nicht, ob es richtig ist, unsere Leben und unsere Gesundheit einem fremden, unzivilisierten und ungeselligen Einsiedler anzuvertrauen.«

Ohne Chaz eines Blickes zu würdigen, schritt Khorip an ihm vorbei. »Wäre ich so unzivilisiert wie du meinst, dann würde ich euch wohl kaum den Weg zeigen. Und zum Thema Ungeselligkeit, es ist ein Verhalten wie das deine, das Wesen wie mich dazu bringt, an Orten wie diesem zu leben.«

»Was ist falsch an meinem Verhalten? Willst du damit sagen, dass mit meinem Verhalten etwas nicht in Ordnung ist? Meinst du das? Sprichst du von *mir*?« Auf seinen vier Beinen hatte Chaz keine Schwierigkeiten mit dem mürrischen Prenocephalen Schritt zu halten.

»Das ist ja großartig«, knurrte Will, als er und Silvia den beiden streitenden Dinosauriern folgten. »Bis wir die Küste erreicht haben, müssen wir uns nun das Gejammer von zwei statt von einem Saurier anhören.«

Sie legte ihm beruhigend die Hand auf den Arm. »Gräme dich nicht, Will. Wenn wir die Küste erreicht haben, sind sie die besten Freunde. Du wirst sehen.«

Er legte seine Hand auf die ihre. »Nun, vielleicht«, räumte er widerstrebend ein. »Doch ich würde darauf nicht einen Finger der Hand von Dinotopia verwetten. Du kennst Chaz nicht so gut wie ich. Und keiner von uns beiden weiß viel über diesen Khorip.«

»Das stimmt.« Sie beobachtete den auf und nieder hüpfenden Rücken des Prenocephalen, der vor ihnen herlief. »Wir wissen überhaupt nichts über ihn.«

Zumindest brauchten sie sich nicht länger Gedanken über Khorips Ortskenntnisse zu machen. Nachdem er aus einer Höhle einen passenden Rucksack voller frisch geernteter Jupiterbohnen geholt und sich ihn auf den breiten Rücken geschnallt hatte, führte sie der Prenocephale das Bachbett hinunter, das er ihnen gezeigt hatte. Sie liefen erst nach Norden, doch es dauerte keine Stunde, dann bog das Bachbett, wie angekündigt nach Osten in Richtung Ozean ab. Der Boden unter ihren Füßen war hart und eben und selbst Chaz musste zugeben, dass sie leichter vorankamen als in dem schmalen Graben oder den schroffen Hügeln, die sie in Erwägung gezogen hatten.

Das hielt die beiden Dinosaurier aber nicht davon ab, alle fünf Minuten einen neuen Streit zu beginnen. Bevor einer von ihnen eingestand, im Unrecht zu sein, wechselte er lieber schnell zu einem Thema, von dem er glaubte, mehr zu verstehen. Will, der Zeuge dieser recht ungewöhnlichen und kindischen Rechthaberei zwischen Dinosauriern war, musste anerkennen, dass die Auseinandersetzung auf hohem Niveau geführt wurde.

Er hielt sich neben Silvia, die öfters stehenblieb, um eine Blume, einen Käfer oder einen besonders bunten Felsen zu untersuchen. Auf diese Weise fielen sie etwas hinter die beiden Saurier zurück und mussten von Zeit zu Zeit ein kurzes Stück rennen, um wieder zu ihren diskutierenden Gefährten aufzuschließen.

»Schau dir das an«, murmelte er empört. »Was glauben sie mit ihrem Verhalten zu erreichen? Sie sollten ihre Kräfte sparen.«

Silvia stand den kleinen verbalen Sünden der Saurier aufgeschlossener gegenüber. »Merkst du nicht, dass es ihnen Spaß macht?«

»Spaß macht? Sie unterbrechen ihren Streit nur lang genug, um zu überlegen, auf welche neue Art sie den anderen beleidigen können.«

Sie kicherte leise. »Chaz hat doch eine Vorliebe für Streitgespräche, auch wenn es gar nichts zu streiten gibt.«

»Ja, die hat er und …?«

»Und Khorip einen angeregten Disput und er hatte schon seit langer Zeit keine Gelegenheit mehr dazu.«

»Das ist wahrscheinlich richtig, aber trotzdem …«

»Also«, schloss sie und legte ihm den Finger auf die Lippen, »lass sie ihren Spaß haben. Egal was du sagst, sie würden nicht den Mund zu halten, stattdessen regst du dich nur über Nichtigkeiten auf.« Sie blickte an den vor ihnen laufenden Dinosauriern vorbei und meinte mit Bestimmtheit: »Bei Einbruch der Nacht werden sie sich gegenseitig erschöpft haben. Du wirst sehen.«

»Ich hoffe, du hast Recht, Silvia«, gab er grimmig zurück, »oder keiner von uns wird viel Schlaf finden.«

Natürlich behielt sie Recht. Wie immer. Als sie ihr Nachtlager an einem seichten Wasserloch aufschlugen, das von einem dichten Gestrüpp von weitverzweigten, schmalblättrigen Kokerbäumen beschattet wurde, hatten die beiden Dinosaurier einen Großteil ihres Vorrats an gegenseitigen Beleidigungen erschöpft. Stattdessen begnügten sie sich jetzt damit, sich giftige Blicke zuzuwerfen, während sie unverständlich vor sich hinmurmelten.

Die Stimmung entspannte sich etwas und war weniger gereizt, als sie gemeinsam das Abendessen vorbereiteten und ein Lagerfeuer entfachten. Silvia stellte fest, dass rohe Jupiterbohnen mit etwas Salz viel besser schmeckten. Sie blickte neidisch auf Chaz und Khorip, die sich große Mengen des Gemüses in den Mund stopften und genüsslich kauten, ohne zusätzliche Gewürze zu benötigen.

»Khorip, ich möchte mich nicht in deine Angelegenheiten mischen, doch schon seit wir heute Morgen aufgebrochen sind, mache ich mir über etwas Sorgen.« Sie stocherte mit einem angekohlten Stock in der Glut herum.

»Seine Anwesenheit?«, konnte Chaz sich nicht verkneifen zu fragen.

»Chaz«, tadelte Will seinen Freund milde, »sei nett.«

Der Ceratopsier schaute ihn an. »Warum? Das ist nicht Teil meiner Aufgabe.«

Khorip ignorierte den störrischen Protoceratops und antwortete Silvia höflich: »Offensichtlich willst du mir eine Frage stellen. Gut, dann tu es. Wenn ich sie nicht beantworten möchte, dann werde ich es auch nicht.«

»In Ordnung.« Ihr fester Blick traf den des Prenocephalen. »Du hast gesagt, du bist hier herausgekommen, weil du die Gesellschaft Dinotopias langweilig findest. In Dinotopia gibt es aber viele abgeschiedene Orte, wo man nicht gestört wird. Das Rückengebirge, die Verbotenen Berge, die Seitenschluchten des Amu, die Moore an der Nordküste und das nordwestliche Ufer des Polongo. An einsamen, unbewohnten Orten herrscht also kein Mangel.« Sie hielt einen Moment inne. »Selbst der unwirtlichste dieser Orte ist noch viel angenehmer als die Große Wüste.«

»Ich verstehe«, antwortete Khorip sanft und seine Stimme klang, als käme sie von Grund einer dunklen, flachen Höhle. »Du bist also neugierig, warum ich mich gerade hier niedergelassen habe.«

»Da steht sie nicht alleine«, warf Will ein.

Der Prenocephale musterte die beiden Menschen. »Nun gut. Ich werde es euch sagen, doch ihr werdet mich auslachen.«

»Lass dich davon nicht zurückhalten«, meinte Chaz zu ihm. »Einige von uns lachen schon die ganze Zeit über dich.«

»Immerhin bin ich nicht eine herumlaufende, ständige Quelle der Erheiterung«, gab der Saurier mit dem mächtigen Schädel zurück. Bevor Chaz darauf antworten konnte, fuhr Khorip schon fort. »In meiner Jugend war ich ein eifriger Student. Doch selbst damals schon suchte ich mehr die Einsamkeit als meine Kameraden. Da ich als Jugendlicher meinen Drang nach Einsamkeit nicht dadurch stillen konnte, dass ich mich an einen Ort wie diesen oder jene, die du genannt hast, zurückzog«, erklärte er Silvia, »vergrub ich mich in Bücher und Schriftrollen.«

»Während ich so zu meinem Vergnügen las, stieß ich auf eine Reihe von alten Geschichten, die meine Neugierde weckten, wie seitdem nichts anderes mehr. Ich weiß noch nicht einmal, um was es genau ging, aber es zog mich in seinen Bann. Ich habe mit meinen Kommilitonen und Lehrern darüber gesprochen, doch sie alle versicherten mir, dass das, was ich gefunden hatte, nichts weiter waren als Geschichten, Mythen und Legenden. Da ich nicht glauben wollte, dass so viel in den alten Berichten sich auf so wenig stützte, beschloss ich, einen Versuch zu unternehmen und das Rätsel zu lösen. Und so haben mich meine Studien anstatt ins Rückengebirge oder die Schwarzholzebene hierher geführt. Das kam mir gerade recht, denn hier konnte ich der Sache nachgehen, ohne mir den Spott anhören zu müssen und ohne unbeantwortbaren Fragen ausgesetzt zu sein, und gleichzeitig in Einsamkeit leben, wie ich es mir immer gewünscht hatte.«

Ein paar Augenblicke später bestätigte Khorip die Vermutung, die Will gehegt hatte. Der Prenocephale beugte sich vor – das Licht des Feuers brachte die Muster aus Halbedelsteinen an seinem mächtigen Schädel zum Funkeln – und sagte: »Habt ihr jemals von der Hand von Dinotopia gehört?«

Kaum hatte er das ausgesprochen, warf Chaz so weit es ihm sein Nackenschild erlaubte seinen Kopf zurück und rief zum Abendhimmel hinauf: »Oh nein, *nicht noch einer*!«

Khorip runzelte die lederartige Haut seiner Stirn. »Was hat er denn nun schon wieder?«

Silvia blickte Will an, der grinsend den Kopf schüttelte, und dann wieder ihren geheimnisvoll nachdenklichen Führer. »Ich denke, wir haben da eine kleine Überraschung für dich, Khorip. Wir haben nicht nur davon gehört, auch wir suchen die Hand von Dinotopia.«

Der Prenocephale riss das Maul auf. »Das ist nicht wahr! Ihr macht euch über mich lustig.«

»Ich wollte, es wäre so«, murrte Chaz müde.

»Auch ich habe Hinweise und Andeutungen in den alten Berichten gefunden«, teilte Silvia ihrem Führer mit, »und bin hierher gekommen, um Beweise für das zu finden, was ich entdeckt habe.« Sie lachte wehmütig. »Auch mir hat niemand geglaubt.«

Khorip nickte mitfühlend. »Das kann ich nachvollziehen. Sprich weiter.«

»Ich kam mit der Wüste zurecht, doch man kann nicht sagen, dass wir die besten Freunde wurden. Der größte Teil der Großen Wüste ist kaum erforscht und weite Teile davon überhaupt nicht. Ich hatte keinen Garten mit Jupiterbohnen, um mich zu versorgen, ich musste Wasser und Nahrungsmittel mit mir tragen. Zufällig stieß ich auf Nomaden, die sich Orofani nennen, und dort fanden mich schließlich mein Verlobter und sein Freund Chaz.« Sie lächelte Will an. »Auch sie haben mir nicht geglaubt, bis wir zufällig auf die vergessene Stadt Ahmet-Padon stießen.«

Auf den Hinterläufen sitzend malte der Prenocephale abwesend mit der Klauenspitze Muster in den Sand.

»Ich kenne Ahmet-Padon. Es wurde in den alten Berichten erwähnt.« Er reckte sich und deutete in die Richtung, aus der sie gekommen waren. »Es liegt dahinten, im Herzen der zerklüfteten Berge.«

Silvia nickte. »Wir haben viele der Straßen und Räume untersucht.«

»Habe ich auch, aber nichts gefunden. Schöne Reliefe und wunderbare Gebäude, doch nichts, was die Hand von Dinotopia sein könnte.«

»Das liegt daran, dass die Hand von Dinotopia, was immer es auch sein mag, sich nicht in Ahmet-Padon befindet«, erklärte ihm Will.

Khorips Kopf wandte sich in die Richtung des Skybax-Reiters. »Was soll das heißen? Woher weißt du das? In den alten Berichten gibt es viele Hinweise auf Ahmet-Padon und die Hand.«

»Das liegt daran, weil die verlassene Stadt der Schlüssel ist, um die Hand von Dinotopia zu finden«, teilte ihm eine aufgeregte Silvia mit. »Doch nur der Schlüssel. Die Hand selbst befindet sich woanders.«

Auch Khorips Stimme klang jetzt deutlich aufgeregt. »Du redest, als ob du keine Zweifel hättest. Wenn sich die Hand nicht in der vergessenen Stadt befindet, wo dann?«

Silvia lehnte sich triumphierend zurück. »Auf der Äußeren Insel.«

»Auf der Äußeren Insel?« Ungläubig blickte Khorip sie an. »Kein Wunder, dass ich sie in all den Jahren in der Großen Wüste nicht gefunden habe!« Plötzlich wurde er misstrauisch. »Halt mal. Woher wisst ihr das?«

Will hatte sich auf dem Boden ausgestreckt, seine Hände hinter dem Kopf verschränkt und schaute in den dunkler werdenden Himmel. »Wir haben eine Karte gefunden.«

»Einen Moment mal.« Mit kalter Würde blickte Chaz sie von seinem Schlafplatz aus an. »Ich habe die Karte gefunden. Ihr wart der Meinung, lediglich einen Badeteich vor euch zu haben.«

»Ja, das stimmt«, meinte Silvia in Wills Richtung. »Chaz hat erkannt, dass es sich bei unserer Entdeckung um eine Karte handelt. Du bist einfach nur darüber gestolpert, Will.«

»Ich verstehe das alles nicht.« Khorip war völlig verwirrt. »Ich habe jedes Gebäude und jeden Raum in der verlassenen Stadt untersucht und habe nie etwas gefunden, das wie eine Karte aussah, schon gar nicht wie eine Karte, auf der die Hand von Dinotopia verzeichnet ist.«

»Es sieht nicht aus wie eine Karte«, erklärte Silvia. »Zumindest nicht auf den ersten Blick.« Sie lächelte sanft. »Es ist ungefähr wie beim Brot backen. Du musst Wasser hinzufügen.«

»Und einen sehr aufmerksamen Protoceratops«, ergänzte Will.

»Nun, wenn du nicht zufällig den Wasserzulauf geöffnet hättest, dann hätte meine ganze Aufmerksamkeit nichts genützt«, gestand Chaz großmütig ein.

»Eine versteckte Karte«, murmelte Khorip laut. »All die langen, heißen Tage, die ich auf der Suche nach der Hand damit verbrachte, in dunklen Räumen herumzustöbern und mich durch enge Durchgänge zu quetschen, und dann stellt sich heraus, dass sie gar nicht dort ist.«

»Das wissen wir nicht mit Bestimmtheit«, schränkte Will schnell ein. »Wir wissen nur, dass wir so etwas wie eine Karte gefunden haben, auf der etwas verzeichnet ist, dass viel mit der Hand von Dinotopia zu tun haben könnte. Bevor wir uns nicht mit eigenen Augen überzeugt haben, ist alles nur eine Vermutung.«

»Vermutungen sind das Herz von Entdeckungen, mein Freund.« Khorip kämpfte immer noch gegen seinen Unglauben an. »Die Äußere Insel. Wer hätte das gedacht?«

»Niemand«, bestätigte ihm Silvia.

»Vielleicht aus diesem Grund«, so gab Chaz zu bedenken, »befindet sich es, wenn es überhaupt ein ›es‹ gibt, gerade dort.«

Während sie ihre Mahlzeit beendeten, dachten sie darüber nach. Als alle fertig und die wenigen Reste aufgeräumt waren, wandte Silvia sich erneut an Khorip.

»Die Legende der Hand von Dinotopia besagt, es gäbe einen sicheren Seeweg von und nach Dinotopia.«

Der Prenocephale nickte heftig. »Genau das haben meine Nachforschungen ergeben! Die Hand zeigt eine schiffbare Route von Dinotopia und auch zurück. Ich hoffe, dass ich das persönlich beweisen kann.«

Wills Antwort war düster. »Wir auch. Wenn es aber einen Seeweg gibt, auf dem ein Schiff aus der Außenwelt Dinotopia sicher erreichen kann, dann muss man diese Route im Auge behalten. Ich weiß aus eigener Erfahrung, was passieren kann, wenn Reisende aus der Außenwelt hier unerwartet mit einem noch seetüchtigen Schiff eintreffen.«

Natürlich dachte Will dabei an den Piraten Sintram Schwarzgurt und seine Mannschaft von Totschlägern, die im Jahr zuvor erfolgreich und unerwartet an der nördlichen Küste von Dinotopia aufgetaucht waren. Die meisten dieses unseligen Gesindels, einer Zusammenrottung von Lumpenpack, das sich auf der Flucht befand, führten jetzt geläutert ein ordentliches Leben als neue Bürger von Dinotopia, doch die nächste Gruppe, die mit einem intakten Schiff hier landen würde, könnte sich als nicht so leicht zu überzeugen erweisen. Was würde passieren, so hatte er sich schon manchmal gefragt, wenn es einem oder zwei Kriegsschiffen einer eroberungswütigen Nation gelänge, in der Delfinbucht vor Sauropolis zu ankern? Wie würden die degenerierten Monarchien und imperialistischen Nationen der Alten Welt auf die ungeschützten Reichtümer von Dinotopia reagieren? Nicht zum ersten Mal ließ ihn die Vorstellung von einer solchen Auseinandersetzung erschaudern.

Doch so etwas war unmöglich. Nur aufgrund eines unwahrscheinlichen Zusammentreffens von glücklichen Umständen war das Piratenschiff unbeschädigt über die gefährlichen Riffe, die Dinotopia umgaben und beschützten, gelangt. Ein großes, modernes Kriegsschiff mit seinen hohen Masten und den schweren Kanonen hätte nie unbeschadet jene mächtige Welle überstanden, die Schwarzgurt und seine Mannschaft in die seichten Gewässer der nördlichen Lagune geworfen hatte.

Außer, ja außer, die Legenden, die sich um die Hand von Dinotopia rankten, trafen zu und diese unbekannte, nicht näher bezeichnete Hand wies tatsächlich einen sicheren Seeweg von und nach Dinotopia. Wenn es wirklich eine solche Route gab, dann kannten die Delfine sie wahrscheinlich. Doch die würden keinen Außenstehenden darüber informieren und überhaupt entfernten sich die Delfinschulen, die sich in den Gewässern rund um Dinotopia befanden, nie sehr weit von den heimischen, angenehmen Küsten der Insel, außer wenn sie Tunfischschwärmen folgten, die ins Meer hinaus zogen.

»Du verstehst nicht«, meinte Khorip. »Mein Wunsch herauszufinden, ob die alten Berichte wahr oder falsch sind, hat nichts damit zu tun, ein Frühwarnsystem für sich nähernde Schiffe einzurichten. Ich brenne darauf, einem Besucher von der Außenwelt zu begegnen.«

»Warum denn das?« Überrascht und neugierig starrte Will den begeisterten Prenocephalen an. »Ich bin selbst erst vor nicht allzulanger Zeit nach Dinotopia gekommen und ich kann dir sagen, dass man dich als eine biologische Kuriosität ansehen würde und jeder an Bord eines solchen Schiffes würde dich wie ein Tier behandeln, anstatt wie ein intelligentes, denkendes Wesen. Ich weiß das«, schloss er mit Bestimmtheit, »denn ich war dabei, als das passiert ist.«

»Ich habe keine Angst vor einer solchen Begegnung.« Ihr Führer war absolut zuversichtlich. »Wie du weißt, spreche ich die menschliche Sprache sehr gut. Ich kann mich bestimmt mit den Besuchern verständigen, und wenn es erst einmal zu einer Verständigung gekommen ist, dann kann ich sie auch von meiner Intelligenz überzeugen. Aber selbst wenn das seine Zeit bräuchte, dann machte es mir nichts aus. Es stört mich nicht, als ›biologische Kuriosität‹ behandelt zu werden. Nicht wenn dies bedeutet, dass ich Dinotopia verlassen kann.«

Entsetztes Schweigen breitete sich aus. »Will wusste nicht, was er darauf sagen sollte, und selbst der langmütigen Silvia fiel keine passende Entgegnung dazu ein. Was dazu führte, das Chaz das Wort ergriff.

Die Antwort des Protoceratops fiel genauso taktvoll aus, wie man es von ihm erwarten konnte. »Na bitte. Ich habe euch doch gesagt, er ist verrückt.«

»Er ist nicht verrückt«, widersprach Silvia sofort. Dann doch etwas weicher, fragte sie ihren Führer: »Bist du verrückt?«

»Das meinst du doch nicht wirklich?« Will hatte schließlich seine Sprache wiedergefunden. »Warum, um Himmels Willen, willst du Dinotopia verlassen? Warum sollte irgendjemand das tun? Gut, ich will nicht sagen, dass Dinotopia perfekt ist. Wir haben immer noch unsere Probleme mit dem goldgierigen Schurken Lee Crabb und den Raubsauriern im Regental und manchmal ist das Wetter schlecht und die Ernte nicht wie erwartet. Doch ich weiß Bescheid, Khrorip. Ich bin außerhalb von Dinotopia geboren, ich habe Bücher darüber gelesen, wie es in der Welt aussieht und ich bin in der Lage, Vergleiche zu ziehen. Glaube mir, Dinotopia ist der beste Ort, den es gibt.«

Er bereitete sich auf den Widerspruch vor, doch Khorip überraschte ihn mit einer Frage: »Und warum ist das so, Will Denison?«

Will blickte Silvia an, die ihm aufmunternd zunickte. »Es gibt viele Gründe«, begann er langsam. »Hier in Dinotopia haben alle genug zu essen, jeder hat seine Arbeit, studiert oder übt ein Kunsthandwerk aus. Es gibt jede Menge Unterhaltung und Vergnügen für die Freizeit und jeder hilft dem anderen. Aufgrund der Erkenntnisse in Biologie und Medizin leben hier die Dinosaurier und die Menschen länger als in der Außenwelt. Die Kunst, die Musik, die Literatur und das Theater sind großartig – was mein Vater einmal die ›große Vereinigung der Künste‹ genannt hat – nur dass sie von den Dinosauriern geleistet wurde.

Niemand macht sich Sorgen um Geld, denn in Dinotopia gibt es kein Geld. Glaub mir, unser Tauschhandel ist viel besser.» Er dachte einen Moment nach, bevor er schloss: «Und das Wichtigste ist, in Dinotopia gibt es keinen Krieg.»

»Krieg?« Das entsetzliche, fremde Wort klang aus dem Mund eines Dinosauriers irgendwie falsch. »Ich habe davon in alten Geschichtsbüchern gelesen. Die schiffbrüchigen Menschen brachten Geschichten über Kriege mit, aber nicht den Krieg selbst. Hier in Dinotopia sind diese Geschichten aus Mangel an Interesse ganz verschwunden. Von dem, was ich gelesen habe, kann ich nur sagen, dass es gut so ist.«

»Besser als du glaubst«, bestätigte ihm Will eifrig.

»Doch Krieg ist nicht alles, was es in der Welt dort draußen gibt. Die Geschichtsbücher und andere alte Bücher berichten von vielen anderen Dingen. Wunderbare Gebäude und Paläste. Beeindruckende Gebirge, höher noch als die Verbotenen Berge, und große Flüsse, länger als der Polongo, größer und breiter noch als ganz Dinotopia. Es gibt Geschichten über große Kunstwerke und ausgedehnte Städte, über merkwürdige Tiere und vorzeitliche Bauten. Ich möchte diese Dinge mit eigenen Augen sehen, Will Denison.«

Will nickte zustimmend und machte den Versuch, Verständnis aufzubringen. »Es *gibt* in der Welt dort draußen schöne Dinge, Khorip. Doch man kann in der Außenwelt nicht die guten von den bösen Dingen trennen, und die bösen würden Dinotopia zerstören. Es würde eure Vernichtung bedeuten. Das musst du mir glauben.«

»Ich bin hier geboren«, fügte Silvia hinzu, »doch ich habe Will bei seinen Erzählungen von der Welt dort draußen häufig zugehört. Ich glaube ihm. Kein Mensch oder Dinosaurier, der hier geboren ist, würde in der Außenwelt glücklich werden oder lange überleben.«

»Das ist eure Meinung.« Khorip war nicht zu überzeugen.

»Das spielt auch keine Rolle«, fuhr Chaz dazwischen. »Ihr streitet über eine Sache, die nie zur Debatte stehen wird. Weil es keinen Seeweg von Dinotopia gibt. Wenn es einen gegeben hätte, dann wäre er schon längst wiederentdeckt worden. Und um das zu beweisen, werden wir die Sache mit dieser so genannten ›Hand von Dinotopia‹ zu Ende bringen und beweisen, dass sie nichts weiter als ein uralter Betrug ist!«

»Dann darf ich mit euch kommen, wenn wir hier aus der Wüste heraus sind?« Khorip konnte sein Verlangen, sie zu begleiten kaum zügeln.

»Natürlich«, antwortete Chaz, bevor Will oder Silvia etwas sagen konnten. Der Protoceratops amüsierte sich offensichtlich. »Ich freue mich schon darauf, dein Gesicht zu sehen, wenn es sich erweist, dass es keinen Seeweg gibt, auf dem man Dinotopia verlassen könnte, dass die Hinweise darauf nichts weiter sind, als ein vorzeitliches Geschwätz und ein uralter Mythos und du eine Reihe unwiederbringlicher Jahre deines Lebens mit der Suche danach vergeudet hast.« Er kam auf alle vier Beine hoch. »Das würde ich nicht gegen sämtliche Jupiterbohnen in der Schwarzholzebene eintauschen!«

Ihr Führer widersprach ihm sofort, worauf Will sich zur Seite beugte und Silvia resigniert zuflüsterte: »Ich dachte, Khorip sei der einzige in unserer Gruppe mit einem harten Schädel, doch jetzt ist völlig klar, dass wir zwei davon haben!«

»Es spielt keine Rolle, was er denkt«, flüsterte Silvia zurück. »Er kennt die Wüste, weiß, wo man Nahrung finden kann, wo die Wasserstellen sind, welche Gegend man meidet und wo man leichter vorankommt. Chaz' Motive sind vielleicht nicht nobel, aber Khorip kennt sich hier aus. Es ist besser für uns, wenn er uns zur Küste führt.«

Will nickte zustimmend. »Bis dahin haben wir ihm seinen verrückten Plan ausgeredet oder er hat ihn schon selbst aufgegeben. Wenn er erst einmal in einer schönen, sauberen Scheune in Hartmuschel ist, mit frischer Nahrung und kühlem Wasser, oder besser noch in Kuskonak, dann wird er keinen Gedanken mehr daran verschwenden, seine Heimat zu verlassen. Er wird diese Gedanken hinter sich in der Großen Wüste zurückgelassen haben.«

Silvia betrachtete den Prenocephalen genau. »Ich wünschte, ich wäre mir da genauso sicher wie du, Will.«

Wills Verlobte kniff die Augen zusammen. »Du glaubst nicht, dass es ihm ernst ist?«

»Weiß ich nicht«, gab er vorsichtig zurück. »Ich bin Skybax-Reiter und kein Psychologe.«

Dann hellte sich Silvias Miene auf. »Wie Chaz sagt, es spielt keine Rolle. Selbst wenn die ›Hand von Dinotopia‹ existiert, bedeutet das noch nicht, dass es einen sicheren Seeweg durch die das Land umgebenden Riffe und Strömungen gibt.«

»Richtig«, stimmte ihr Will zu. »Also besteht kein Grund, warum er sich uns nicht anschließen soll. Wenn er uns erst einmal sicher in die Zivilisation zurückgebracht hat, wird er nichts finden, was uns gefährlich werden könnte.«

»Das stimmt«, bestätigte sie. »Überhaupt nichts Gefährliches.« Selbst als sie es ausgesprochen hatte, wünschte sie sich, dass es überzeugender geklungen hätte. Besonders für sie selbst.

13

Khorip, der nun zu der kleinen Expedition gehörte, erwies sich als erfahrener und wertvoller Führer. Auf ihrem beschwerlichen Weg durch die Hitze lernten Will und Silvia viel über die Große Wüste. Selbst Chaz musste, wenn er gerade einmal nicht mit dem Prenocephalen stritt, anerkennen, dass ihr neuer Gefährte ein beeindruckendes, lebendes Lexikon über die Wüste war, angefangen von den Prinzipien der Dünenentstehung bis hin zu der Essbarkeit ausgesprochen unappetitlich aussehender Pflanzen.

Die nachts umherhuschenden Insekten und anderen Gliedertiere, Spinnen und Skorpione eingeschlossen, bildeten für Khorip und Chaz eine willkommene Ergänzung des Speiseplans, auch wenn sie manchmal den Schlaf aufregender gestalteten, als allen lieb war. Überraschenderweise teilte Silvia die Begeisterung der beiden für diese Quelle an zusätzlichen Proteinen. Will war es allerdings trotz einiger Versuche nicht möglich gewesen, etwas mit mehr Beinen, als er Finger an einer Hand hatte, als Teil seines Speiseplans zu akzeptieren.

»Die hier solltest du wirklich einmal probieren, Will.« Silvia bot ihm ein paar Tausendfüßler an, die sie und ihre Sauriergefährten am Abend zuvor auf heißen Steinen im Lagerfeuer geröstet hatten.

Er starrte auf die zusammengeschrumpften, gerösteten Dinger und versuchte, sich nicht anmerken zu lassen, wie übel ihm wurde. »Nein danke, ich bin nicht hungrig.«

»Natürlich bist du hungrig.« Sie gingen durch einen Hohlweg mit steilen Flanken, der sich in westlicher Richtung durch die Hügel zog. Khorip hatte ihnen versichert, dass sie innerhalb eines Tages aus dem Felslabyrinth, in dem sie jetzt schon seit Tagen umherliefen, heraus wären. Wenn er Recht hatte, dann lag die Küstenstraße und das Meer selbst nur noch einen halben Tagesmarsch entfernt.

Silvia hielt ihm die Hand voll zum zweiten Mal hin. »Komm schon, versuch einen. Du isst doch auch Krabben und Käfer, Hummer und Trilobite, oder?«

Ihm lief das Wasser im Munde zusammen. »Erinnere mich nicht an solche Sachen. Nicht jetzt.«

»Sie gehören alle der gleichen Familie an. Nenn mir den Unterschied zwischen einer Krabbe und einer Spinne.«

Er schluckte und betrachtete angeekelt die gerösteten Insekten. »Ich weiß, dass es nicht vernünftig ist, Silvia. Aber was Leute essen und was nicht, hat selten etwas mit Vernunft zu tun.«

»Dann hör mir einmal gut zu, Will Denison.« Sie senkte ihren Blick und schaute ihn herausfordernd an. »Wenn wir es bis nach Kuskonak schaffen wollen, dann müssen wir bei Kräften bleiben, das heißt, alles zu essen, was wir finden und was unser Körper verträgt. Besonders Spinnen und Tausendfüßler sind sehr nahrhaft.«

»Ich weiß«, gestand er ein.

»Sie werden deinem Magen nicht schaden.«

»Ich weiß.«

»Sie sind eine gesunde Nahrung und du wirst nicht dick davon.«

»Ich weiß.« Mehr verärgert über sich selbst, als über ihre Hartnäckigkeit, riss er ihr ein paar der gebratenen Krabbeltiere aus der Hand und steckte sie sich in den Mund. »So! Bist du nun zufrieden?«

Ein wissendes Grinsen breitete sich auf ihrem Gesicht aus.

»Das werde ich, wenn du sie hinunterschluckst, anstatt sie in deine Backen zu schieben wie ein grasender Styracosaurier.«

Sie hatte ihn ertappt und er versuchte, die knusprigen Körper in einem Stück zu schlucken, doch sie waren viel zu unförmig, um sie auf diese Weise in seinen Magen zu befördern. Widerstrebend biss er hinein. Die gerösteten Körper zerborsten zwischen seinen Zähnen und er schluckte die Einzelteile widerstrebend hinunter.

Zu seiner Überraschung hatten sie kaum Geschmack, und das bisschen, was er schmeckte, erinnerte an getrocknete Erdnüsse und Mandeln. Er war erstaunt.

»Nun, was meinst du?«, fragte sie amüsiert und beobachtete ihn genau.

»Ich meine, wenn man wirklich hungrig ist, dann isst man alles.« Er streckte seine Hand aus.

»Was hast du sonst noch?«

Sie wühlte in ihrer kleinen Tasche herum, die sie über der Schulter trug, und brachte eine weitere Hand voll mit ausgewählten Leckereien zum Vorschein. »Einige davon kenne ich nicht, aber Khorip hat mir versichert, sie wären alle essbar, was Chaz bestätigt hat.« Sie gab ihm die Hälfte, den Rest schob sie sich Stück für Stück in den Mund und kaute genüsslich.

Mit halb geschlossenen Augen tat Will es ihr nach. Er kam zu dem Schluss, wenn man die gebogenen, eingeschrumpften Beine ignorierte, dann konnte man das Zeug für eine Art Wüstenpopcorn halten. Zwar quälten ihm beim Essen immer noch die Übelkeit erregenden Vorstellungen, aber sein Magen war dankbar. Doch schon bald beurteilte er die abschreckendsten Wüstenbewohner nach ihrer Essbarkeit.

Als er später am Nachmittag über die Nahrhaftigkeit eines großen Nestes von schwarzen Wüstenameisen nachdachte, hörte er das Geräusch. Er runzelte die Stirn und blickte zu Silvia.

»Hörst du das?«

Sie lauschte einen Moment und schüttelte dann den Kopf. »Nein. Was denn?«

»Ich bin mir nicht sicher. Es klingt, als ob Wind aufkäme«, sagte er und verzog dabei etwas die Lippen.

Die heiße Luft um sie herum war absolut unbewegt. »Hier ist kein Wind, Will.«

»Ich weiß, ich weiß.« Er blickte nach vorne und sah, dass Chaz ebenfalls stehengeblieben war. Khorip musterte den Protoceratops. Die beiden Menschen beeilten sich, aufzuschließen.

»Was ist los?«, wollte Silvia wissen.

Khorips Kiefer klappten leicht aufeinander. »Euer Freund meint, dass er etwas spürt. Ich kann nichts bemerken.« Der Prenocephale senkte den Blick und musterte den kleinen Ceratopsier ungeduldig. »Willst du hier stehen bleiben, bis es Nacht wird oder willst du aus dieser Wüste heraus?«

»Ruhe«, murmelte Chaz. Erstaunlicherweise führte der Tonfall des Prenocephalen zu keiner bissigen Erwiderung.

Will wusste, dass man den Dolmetscher in Ruhe lassen musste. Chaz hatte seine Fehler, aber er würde nie versuchen, grundlos Aufmerksamkeit zu erwecken. Wenn er meinte etwas zu spüren, dann war da auch etwas.

Doch was es auch war, Will konnte es nicht identifizieren. »Was ist los, Chaz?«

Als Antwort hob der Protoceratops zuerst eins seiner Vorderbeine und stampfte damit auf den Boden, dann das andere und stampfte damit auch mehrmals auf den Boden.

»Ein Vibrieren unter meinen Füßen.«

Selbst als das Wispern des aufkommenden Windes deutlicher zu hören war, konnte Will keine Verbindung zwischen dem, was er hörte und dem, was Chaz möglicherweise fühlte, herstellen. »Was für ein Vibrieren?«

»Ich weiß nicht. Aber es ist spürbar.« Er wandte seinen

Kopf mit dem Nackenschild in die Richtung, aus der sie gekommen waren. »Und während wir uns hier unterhalten, kommt es näher.«

Ganz automatisch schauten alle den Hohlweg zurück. Bis auf die unsichtbaren Insekten und stummen Büsche war er leer, still und bar jeden Lebens. In Wills Ohren war der Wind zu einem tiefen Rumpeln geworden.

Jetzt vernahmen es auch Silvia und ihre Sauriergefährten.

»Was ist das?«, fragte sie.

»Das gefällt mir nicht.« Chaz klackte mit dem Kiefer, was bei den Ceratopsiern ein sicheres Anzeichen von zunehmender Beunruhigung war.

»Khorip?« Will wandte sich an ihren Führer, um Aufschluss zu erhalten.

»Ich weiß es nicht. Ich habe keine Ahnung, was es ist«, und der Prenocephale starrte weiter den Hohlweg hinunter.

Das Rumpeln wurde plötzlich zu einem Brüllen und damit war klar, woher das Geräusch und die Erschütterungen kamen. Es donnerte um die Biegung des Hohlwegs, knallte gegen die Sandsteinwände und kam auf sie zu. Es hatte weder Zähne noch Klauen. Es hatte noch nicht einmal Beine, und doch war es tödlich.

»Lauft!« Silvia drehte sich um und versuchte verzweifelt zu fliehen. Die Fetzen ihres bunten Orofanigewandes flatterten um ihren Körper und ihre Beine.

Die Aufforderung war überflüssig gewesen. Kaum hatten sie die Gefahr bemerkt, befanden sich alle in heilloser Flucht den Hohlweg hinunter. Die Beine der Menschen taten ihr Bestes, den langen Schritten des Pachycephalosauriers zu folgen, während sich der kurzbeinige Chaz bemühte, mit ihnen mitzuhalten.

Der kleine Protoceratops fiel schnell zurück. Als Will bemerkte, dass sein Freund den Anschluss verlor, wurde er langsamer und blieb stehen. Silvia, die neben Khorip herlief, blickte sich um und rief ihrem Verlobten zu: »Will, beeil dich!«

»Ich muss Chaz helfen!«, schrie er zurück. »Versucht ihr euch auf höheres Gelände zu retten!« Er wusste, dass dies in dem engen, steilwandigen Hohlweg einfacher gesagt als getan war. Er suchte verzweifelt nach einer Möglichkeit, die Felswand hinaufzuklettern, fand aber keine. Er selbst würde es vielleicht noch schaffen, doch der vierbeinige Chaz, dem es an richtigen Händen mangelte, hatte keine Chance.

Er blieb neben seinem gedrungenen Freund, packte einen der Befestigungsriemen des Tragegestells und zog den Protoceratops hinter sich her. Chaz schnaufte und keuchte und gab sein Bestes. Das Donnern dröhnte in ihren Ohren und griff nach ihren Fersen.

Dann spürte Will, wie ihm die Wassermassen die Füße unter dem Körper wegrissen und die wilde, wütende Sturzflut brach über ihn und Chaz herein.

Der tobende Sturzbach zog ihn nach unten und er schluckte Wasser, das er hustend wieder herauswürgte. Keuchend und nach Luft schnappend hielt er den Riemen des Tragegestells mit seiner rechten Hand umklammert und war nicht bereit loszulassen. Mehrere Male knallten er und der ums Überleben kämpfende Protoceratops gegeneinander. Will schien es zehn Minuten zu dauern, bis er wieder an die Wasseroberfläche gespült wurde. Er hatte gerade genug Zeit, Luft zu holen und einen Blick auf Chaz zu werfen, der versuchte seinen eigenen Kopf über Wasser zu halten, als das tobende Element ihn schon wieder nach unten zog.

Völlig hilflos dem wütenden, unnachgiebigen Griff des Wasser ausgeliefert, ließ er sich treiben, den Riemen vom Tragegestell immer noch fest in der Hand. Obwohl genauso hilflos wie sein menschlicher Gefährte, so war Chaz doch ein Orientierungspunkt in dem dunklen, feuchten Wirbel. Will öffnete die Augen und erkannte verschwommene Umrisse, die schnell auf ihn zukamen und an ihm vorbeiflogen. Felsen, die im Hohlweg gelegen hatten, oder Bruchstücke der Felswände, die mit erstaunlicher Geschwindigkeit an ihnen vorbeigetrieben wurden. Die untersetzte, plumpe Gestalt, an die er sich klammerte, trat mit ihren kurzen Beinen in Zeitlupe um sich.

Als Will wieder die Wasseroberfläche durchbrach, holte er tief Luft. Diesmal schaffte er es, mit wilden Arm- und Beinbewegungen an der Oberfläche zu bleiben, dennoch war er immer noch hilflos der Flutwelle ausgeliefert. Neben ihm befand sich Chaz und paddelte mit aller Kraft.

Will blickte sich um und sah, dass sie aus dem Hohlweg heraus waren. In dem flachen, weiten Gelände am Fuße der Hügel büßte die Flutwelle etwas von ihrer Kraft ein. Mit größter Anstrengung gelang es Will und Chaz den Wassermassen zu entkommen. Langsam versickerten die Fluten in dem durstigen Sand.

Der Mensch und der Ceratopsier krochen auf einen flachen Hügel und brachen dort auf dem Trockenen zusammen. Chaz' Flanken pumpten wie ein Blasebalg, während Will auf dem Rücken lag und sich von der Sonne trocknen ließ. Um sie herum war das Lied des Wassers immer noch zu vernehmen. Es dauerte fast eine halbe Stunde, bis die Flutwelle verschwunden und auch nichts mehr von ihr zu hören war.

Als der erschöpfte Will hörte, wie sein Name gerufen wurde, erhob er sich auf seine Ellenbogen. Er reckte einen Arm hoch, der schwer wie Blei schien, und winkte müde.

»Hier! Wir sind hier drüben!« Die Anstrengung raubte ihm seine letzte Kraft und er sank wieder auf den Rücken.

»Dort drüben sind sie!«, vernahm er eine erleichterte Stimme. Augenblicke später kniete Silvia neben ihm. Ihr Blick musterte ihn von Kopf bis Fuß und blieb dann auf seinem Gesicht ruhen. Sie beugte sich zu ihm herab, küßte ihn und strich ihm das nasse Haar aus Gesicht und Stirn.

»Will Denison, du siehst aus wie eine ertrunkene Ratte!« Will sah, dass sie trotz der flapsigen Bemerkung mit den Tränen kämpfte. Er nahm sie in die Arme und beruhigte sie.

»He, alles in Ordnung. Ich wollte schon seit Tagen mal wieder schwimmen.« Er schnitt eine Grimasse und setzte sich auf. »Ich dachte schon, ich müsste damit warten, bis wir das Meer erreicht haben.« Er bemerkte, dass sie fast völlig trocken war. »Du wirkst, als wäre plötzlich Regenwolke aufgetaucht und hätte dich vor der Flutwelle gerettet.«

»Wohl kaum. Kurz bevor uns das Wasser erreichte, fanden Khorip und ich an der rechten Wand einen Aufstieg aus dem Hohlweg. Wir sahen euch vorbeikommen.« Sie schluckte hart. »Als Chaz und du hinabgezogen wurden, schrie ich euch zu durchzuhalten. Eigentlich habe ich nur geschrien.«

»Ich habe dich nicht gehört«, antwortete er erschöpft, »und leider konnten Chaz und ich uns nur aneinander festhalten.« Er blickte zur Seite und sah, dass sein Gefährte auf den Beinen war und sich wie ein großer Hund schüttelte. Das Wasser spritzte in alle Richtungen.

Der Protoceratops konnte sich allerdings nur auf diese Art trocknen, weil sich nichts auf seinem Rücken befand. Die Wassersäcke, die Vorratstaschen und alles andere, was er auf seinem Rücken so aufopferungsvoll durch die Große Wüste geschleppt hatte, war von den Fluten weggerissen worden. Von ihrer Ausrüstung war nur noch der Riemen übrig, an dem Will sich festgeklammert hatte.

Als er Silvia darauf hinwies, meinte sie gelassen: »Wir werden schon etwas zu essen finden. Aber das spielt keine Rolle, denn wenn Khorip Recht hat, dann ist es von hier bis zur Küste nur noch ein Tagesmarsch. Ganz bestimmt werden wir dort etwas zu essen finden.«

Ermutigt brachte er ein Nicken zustande. »Ich bin sicher, dass du Recht hast, Silvia. Am Meer gibt es immer Muscheln und Schnecken, die man einsammeln kann.« Trotz seiner

Müdigkeit zeigte er ein spitzbübisches Grinsen. »Wenn wir mal wieder richtige Nahrung bekommen, dann wird unser Magen nichts mehr damit anzufangen wissen.« Er erhob sich und meinte zu seinem Mitschwimmer: »Das war eine Fahrt, was Chaz?« Während er dies sagte, floss aus seinen Hosenumschlägen das Wasser wie aus einer Wasserleitung.

Zumindest werde ich eine Zeit lang nicht ins Schwitzen kommen, versuchte Will, das Ereignis, das sie fast das Leben gekostet hätte, auf die leichte Schulter zu nehmen.

»Nur in deiner Gesellschaft, Will Denison.« Der Protoceratops schüttelte sich wieder mit einer Bewegung, die an seiner Schnauze begann und an dem kurzen Stummelschwanz endete. »Nur in deiner Gesellschaft läuft man Gefahr, in der Wüste zu ertrinken. Und das nicht nur einmal, sondern gleich zweimal!«

»Sieh es einmal so«, meinte der Prenocephale und beugte sich über den nassen Dolmetscher, »du musst jetzt einen halben Kilometer weniger laufen.«

»Oh, tatsächlich? Du, als hier ansässiger Fachmann für die Große Wüste, kannst du mir erklären, warum und wieso du uns nicht vor der Möglichkeit eines so kleinen Missgeschicks gewarnt hast?«

»Das eigentliche Unwetter muss weit entfernt in den Bergen niedergegangen sein«, antwortete Khorip nachdenklich. »Solange ich hier bin, ist so etwas noch nicht vorgekommen, also hatte ich keine Ahnung, dass es so etwas geben könnte.«

»Das ist also der Grund? Oder bist du vielleicht ebenso taub, blind und stumm wie überheblich? Dann lass dir sagen, mein Freund mit dem aufgewölbten Schädel, dass ich es *gespürt* habe, während du noch in der Gegend herumgestarrt hast.« Die Schnauze deutete in Wills Richtung. »Selbst mein Freund hier, der für seine Wahrnehmungsfähigkeiten nicht berühmt ist, hat das Herannahen der Flutwelle vor dir bemerkt.«

»Einen Augenblick mal ...«, setzte Will an.

Silvia unterbrach ihn, indem sie sanft ihre Hand auf seinen Arm legte. »Lass ihn sich austoben, Will. Verständlicherweise ist er aufgebracht und außer sich. Er hat allen Grund dazu, wenn es auch nicht Khorips Fehler war. An einer Flutwelle hat niemand Schuld. Selbst wenn Khorip es früher bemerkt hätte, hätte sie euch vielleicht trotzdem noch erfassen können.«

»Ich denke, du hast Recht«, lenkte Will ein. »Chaz' Rasse ist nicht geschaffen dafür, schnell zu laufen.« Eine nasse Haarsträhne fiel ihm ins Gesicht und unwirsch strich er sie zur Seite.

Silvia legte ihren rechten Arm um seine Taille. »Gehen wir beide einfach los. Khorip wird uns folgen und wieder die Führung übernehmen. Und auch Chaz wird nachkommen, denn er hat keine andere Wahl.«

Doch sie hatte sich geirrt. Der kleine Protoceratops folgte ihnen nicht. Stattdessen lief er neben ihrem Führer her, manchmal sogar vor ihm, so dass Khorip den Protoceratops ansehen musste, der seinen Unmut weiter herausposaunte. Das ging eine ganze Zeit so weiter und der Prenocephale ertrug es geduldig. Will fragte sich, ob zuerst die Stimme des Dolmetschers versagen oder dessen Wortschatz erschöpft wäre, und war nicht überrascht, als Ersteres eintrat.

Nachdem seine Stimmbänder versagt hatten, konnte der völlig aufgebrachte Protoceratops seine Drohungen und Verwünschungen nur noch murmeln, während er neben dem Prenocephalen einhertrottete und zwischendurch die letzten Tropfen seines unfreiwilligen Bades vom Kopf schüttelte. Will und Silvia liefen Hand in Hand hinter den beiden her und dachten über diese ungewohnten Wassermassen mitten in der Wüste nach.

Was für unerwartete Überraschungen hielt wohl die Äußere Insel für sie bereit, fragte sich Will? Er schob den Gedanken beiseite. Wenn Khorip Recht behielt, dann würden sie nach langer Zeit bald auf die ersten Anzeichen des zivilisierten Dinotopia stoßen. Es war besser, die Gedanken darauf zu richten. Doch bis jetzt waren sie noch nicht aus der Großen Wüste heraus, und er war nicht bereit, sich zu entspannen. Jedenfalls so lange nicht, bis sie sicher in einem Gasthaus oder einer Taverne von Hartmuschel saßen.

14

Die Nachmittagssonne ließ Chaz und die Kleider von Will schnell trocknen und schon wenige Stunden, nachdem sie halb ertrunken waren, wünschten sie sich sehnsüchtig die Wassersäcke herbei, die die Flutwelle mit sich gerissen hatte. Einen davon hatte Silvia gefunden und Khorip einen weiteren, doch beide waren so schwer beschädigt, dass man kaum mehr als eine Tasse voll des wertvollen Nass hineinfüllen konnte.

Sie stillten ihren Durst an zurückgebliebenen kleinen Tümpeln, doch der ausgedörrte Sand hatte innerhalb von einer Stunde nahezu alles Wasser aufgesaugt. Jetzt befanden sie sich in einer trockenen, von knöchelhohen Sanddünen durchzogenen Felsebene und die Versorgung mit Wasser wurde wieder zu einem ernsten Problem.

»Mach dir keine Sorgen«, meinte Silvia, die gleichmütig neben ihrem Verlobten einherschritt und bemerkenswert guter Laune war. Ihre Kleidung war von Schweiß durchnässt und der Schweiß rann ihr in Strömen das Gesicht herab. »An der Küstenstraße gibt es in regelmäßigen Abständen Wasserspeicher für die Handelskarawanen.«

»Ich weiß«, gab Will zurück und wischte sich den Schweiß von den Augenbrauen. »Aber diese Abstände sind nicht unerheblich. Wenn wir nicht das Glück haben und auf die Küstenstraße in der Nähe eines deutlich bezeichneten Speichers treffen, dann liegt noch eine ganz schöne Strecke vor uns.«

»Was für eine Straße?«, nahm Chaz neben ihnen seine Nörgelei wieder auf und deutete mit seiner Schnauze nach vorne. »Ich sehe keine Straße.«

»Bald«, versprach Khorip.

»Bald. Immer heißt es bald«, schnaufte Chaz mit gesenktem Kopf. »Bald wird uns alle die Sonne umgehauen haben.«

»Das wäre mir fast recht«, entgegnete der Prenocephale beiläufig, »denn dann würdest du wenigstens für eine Weile den Mund halten. Aber egal, jetzt ist nicht die Zeit dafür, denn bald ist jetzt.«

»Was meinst du damit?«, wollte Will von ihrem Führer wissen.

Der mächtige knochige Kopf deutete auf die ausgedörrte Landschaft vor ihnen. »Das Meer. Wir haben es erreicht. Und keinen Augenblick zu früh, wenn man die Rate, mit der euer stämmiger Freund abwertende Adjektive von sich gibt, in Betracht zieht.«

»Meer? Was für ein Meer?« Chaz studierte den östlichen Horizont. »Ich sehe kein Meer.«

»Wenn man von deiner geringen Kopfhöhe ausgeht, ist das auch kaum verwunderlich«, konnte Khorip sich nicht verkneifen anzumerken. »Aber wenn es dich beruhigt, ich sehe es auch noch nicht.«

»Woher weißt du dann, dass wir fast da sind?«, wollte Silvia wissen.

Khorip hob eine seiner Klauen und tippte sich gegen den voluminösen Schädel. »Weißt du, das hier ist nicht alles nur fester Knochen. Wie unsere nahen Verwandten, die Hadrosaurier, verfügen alle Pachcephalosaurier über einen ausgezeichneten Geruchssinn.« Zum Beweis zog er hörbar die Luft ein. »Ich weiß, dass wir in der Nähe des Ozeans sind, denn ich kann ihn riechen. Ich rieche ihn schon seit über einer Stunde, doch ich wollte sicher sein, bevor ich etwas sage. Ich wollte euch nicht enttäuschen.«

»Oh, das wäre wahrscheinlich gar nicht möglich gewesen«, bemerkte Chaz sarkastisch.

Chaz hätte bestimmt noch weiter in diese Kerbe gehauen, wäre nicht vom Kamm einer niedrigen Erhebung aus eine gerade, dunkelblaue Linie sichtbar geworden. Sie lag näher, als Will erwartet hatte, war von einem intensiven Blau und ohne Zweifel ein angenehmer Anblick.

Mit einem Freudenschrei lief Will immer schneller den abschüssigen Hang hinunter. Silvia holte Stück für Stück auf, während Khorip leicht mit ihnen mithielt. Nur Chaz fiel zurück und klagte wieder einmal über seine kurzen Beine, die ihn wie immer dazu verdammten, die Nachhut zu bilden.

Es spielte keine Rolle. Das Meer würde nicht wieder verschwinden. Als der Protoceratops die Küstenstraße erreicht hatte, waren seine Gefährten schon ausgeschwärmt. Khorip nach Norden und Will mit Silvia nach Süden. Sie suchten nach den Hinweistafeln auf die unterirdischen Wasserspeicher, die entlang der Handelsroute an strategischen Punkten zur Rettung allzu sorgloser Reisender eingerichtet worden waren.

Die Küstenstraße konnte sich in keiner Weise mit den großen Promenaden in Sauropolis messen, was auch nie beabsichtigt war. Sie war eine staubige Piste, nicht breiter als drei Meter und fast auf der gesamten Länge ungepflastert. Sie war von allem geräumt, was größer war als ein Kieselstein, und sowohl für Menschen als auch für Dinosaurier gut begehbar, bot aber keinerlei Bequemlichkeiten.

Als der atemlose Chaz noch überlegte, ob er sich seinen Freunden anschließen, Khorip herunterputzen oder bleiben sollte, wo er war, rief ihn das aufgeregte Blöken des Prenocephalen nach Norden. Als Will und Silvia bei ihren beiden Sauriergefährten angekommen waren, tranken der Protoceratops und der Prenocephale schon in großen Zügen aus einem im Boden versenkten, zylindrischen Wassertank.

Der aus behauenen und mit Mörtel verfugten Steinen gemauerte Wasserspeicher war nahezu voll. Der große Eimer, der an einem Strick, der über eine Rolle lief, hing, wurde immer wieder nach unten gelassen und heraufgeholt. Das Wasser war nicht unbedingt das sauberste, aber kühl und erfrischend. Wider besseren Wissens trank Will, bis ihm der Bauch schmerzte.

Der trockene, heiße Wind, der aus dem Inneren der Großen Wüste wehte, umfing sie mit einem leisen Heulen. Während sich Will einige Tropfen der wunderbaren Flüssigkeit von den Lippen leckte, nahm er die Umgebung in Augenschein. Öde und verlassen verlor sich die berühmte Handelsstraße in südlicher Richtung und wand sich, ohne dass eine Karawane oder Reisende zu sehen waren, nach Norden. In dieser ausgedehnten Einsamkeit befand sich nichts außer den vier Gefährten.

»Wenn wir nur einen oder zwei unbeschädigte Wassersäcke hätten«, meinte Silvia.

»Wir können uns den Eimer ausleihen und ihn später zurückbringen«, schlug Chaz vor.

»Er hat nicht genug Fassungsvermögen, Chaz«, gab Will zu bedenken. »Außerdem hat er ein Loch und ist oben offen. Das Wasser würde schnell herausfließen oder verdunsten.«

»Vielleicht können wir etwas zurechtmachen.« Silvia deutete auf die nahegelegene Küste. »Eine große Schwimmblase oder der Magen eines Fisches. Wenn wir ihn säubern, dann könnte es gehen.«

»Natürlich geht das«, stimmte ihr Chaz sofort zu. »Wir brauchen nur ein paar tote Fische. Mein Gott«, schloss er sarkastisch, »und die sind mir gerade ausgegangen.«

Will beachtete den Tonfall gar nicht. Nachdem er die Nörgeleien des Dolmetschers schon so lange Zeit hatte ertragen müssen, stand er ihnen gleichmütig gegenüber.

»Wir werden schon etwas finden. Es gibt große Muscheln,

in die man Wasser füllen kann, und wie Silvia gesagt hat, vielleicht finden wir noch etwas Besseres.« In der Hoffnung, dass sich vielleicht doch noch jemand zeigte, starrte Will die sandige Piste entlang.

Sie fanden keine passenden Muscheln und auch keine toten oder lebenden Fische an dem einsamen Strand. Was sie aber ganz unerwartet wieder fanden, war ihre gute Laune.

Es begann damit, dass Silvia über ein halb im Sand verborgenes Stück Koralle stolperte und mit dem Gesicht voran ins warme Salzwasser fiel. Als Will seine sonst so würdevolle Verlobte bis zur Hüfte im Meer sitzen sah, brach er in Lachen aus. Augenblicke später hustete er, da sie ihm mit beiden Händen Wasser ins Gesicht gespritzt hatte.

Auch der kichernde Chaz bekam seinen Teil ab. Der Protoceratops rächte sich an Will, der sich geduckt hatte, und spritzte ihn mit einer Schwanzbewegung voll, wodurch der gleichzeitig zufällig betroffene Khorip sich sofort revanchierte. Schon bald tobten die vier wie verrückt im Wasser herum, spritzten sich gegenseitig nass und führten sich wie kreischende Kinder auf. Erst als die Kräfte sie verließen, hatte der Wasserkampf ein Ende.

»Das war toll.« Beim Anblick seiner Gefährten konnte sich Will ein Lächeln nicht verkneifen. Alle waren völlig nass. »Es gibt nichts Besseres, als sich einen gesunden Appetit zu verschaffen, wenn man kaum noch was zu essen hat.«

»Wir haben es bis zur Küste geschafft«, erinnerte ihn Silvia, »und der Wasserspeicher ist noch mehr als halb voll.« Sie senkte ihren Blick und suchte das Wasser ab, das um ihre Knie wirbelte. »Es sollte hier genügend Nahrung geben. Wir müssen nur unsere Augen aufmachen.«

»Ich muss sagen, es ist ein seltsames Gefühl, nach so vielen Jahren in der Großen Wüste im Wasser zu stehen.« Khorip beugte sich vor und suchte wie Silvia den Grund nach etwas Essbarem ab.

Natürlich ergriff Chaz sofort die Gelegenheit: »Ja, ich kann mir vorstellen, dass im Wasser zu waten für dich etwas ganz Neues sein muss. Warum gehst du nicht etwas weiter hinein, bis zu deinen Nasenlöchern? Oder besser noch weiter, bis du ganz in dem erfrischenden Nass versunken bist?«

»Halt den Mund, Chaz. Helfen wir lieber Silvia bei der Suche nach etwas Essbarem.« Will beugte sich so weit hinunter, dass seine Nase fast die Wasseroberfläche berührte und suchte den flachen Meeresgrund ab.

Die Küstenstraße und auch Trinkwasser hatten sie ziemlich schnell gefunden, doch entgegen ihren Hoffnungen erwies sich die Nahrungssuche als wesentlich schwieriger. Der Meeresboden bestand hauptsächlich aus Sand und vereinzelten Korallenstücken.

»Das führt zu nichts«, entschied Will schließlich, »und außerdem ist es heiß hier draußen.« Er richtete sich auf und deutete mit dem Kopf in nördliche Richtung, wo sich ein paar Felsen vom Strand aus ins Meer hineinschoben. »Versuchen wir es dort. Vielleicht gibt es dort Muscheln.« Er versetzte dem warmen Wasser einen Tritt. »Hier gibt es nichts, auf dem sie wachsen könnten.«

Seine Gefährten folgten ihm langsam und suchten dabei weiter den Grund ab. Will, der voranlief, bemerkte plötzlich eine Bewegung im Wasser. Er stieß einen Freudenschrei aus, sprang nach vorne und packte den sich langsam bewegenden Schatten mit beiden Händen.

Der Schatten drehte sich blitzschnell um und griff Will an, wodurch die Nahrungssuche schnell zu einem Kampf zwischen Beute und Jäger wurde. Nur, dass Will kein begnadeter Jäger war.

Mehr noch, bei dem Versuch, sich zu befreien, musste er erkennen, dass das, was er in seinen Händen hielt, kein Fisch war.

Eine der Greifzangen hielt schmerzhaft seinen linken

Knöchel umklammert. So heftig er auch versuchte, sich zu befreien, sie ließ nicht locker. Die andere Greifzange zuckte bei dem Versuch zuzupacken vor und zurück. Ein gedrungener, wütender Kiefer schnappte im Wasser.

Der zu den Eurypteriden gehörende Petrogothus war gut zwei Meter lang und sah aus wie eine Kreuzung zwischen einer Krabbe und einem Skorpion. Seine glänzenden, weißroten Körpersegmente endeten in einem mit Stacheln versehenen Schwanz. Er war zwar nicht giftig, aber groß genug, um Wunden zuzufügen, die wie ein Schwertstreich waren. Will versuchte verzweifelt, dem stachelbewehrten, hin und her peitschenden Schwanz auszuweichen.

Er trat auf den flachen Kopf, doch er hätte genauso gut auf einen Felsen eintreten können. Ausdruckslose, primitive Augen starrten ihn durch die Brandung an.

Wenn er ihn nur losließe, dann wäre Will gerne bereit, die ganze Sache als Verwechslung abzutun und den Eurypteriden in Ruhe zu lassen. Doch es war ein Fleischfresser, und während seine kleineren Artgenossen auf ihre Beute lauerten, waren die größeren wie der Petrogothus aktive Jäger.

Will hatte seinen Stolz schon längst aufgegeben und schrie um Hilfe, während er sich verzweifelt bemühte, der zweiten Greifzange auszuweichen. Khorip erreichte ihn als erster, dicht gefolgt von Silvia.

»Stoß ihn weg!«, rief sie ihm zu.

»Was glaubst du, was ich hier mache?« Da seine Bewegungen durch das Wasser behindert wurden, schaffte er es nicht, die stumpfe, aber kräftige Zange von seinem Knöchel abzuschütteln. Derweil erlahmten seine Kräfte viel schneller als die des Eurypteriden.

Khorip versuchte, hinter den Petrogothus zu gelangen, doch der bewegte sich heftig und der aufgewirbelte Sand und das Sediment trübte das Wasser, so dass der Prenocephale kaum etwas erkennen konnte.

Silvia versuchte es von der anderen Seite, stieß mehrmals mit beiden Händen ins Wasser, um den Petrogothus zu greifen, was ihr aber nicht gelang. Bestürzt über ihr Tun bedeutete Will ihr, wegzubleiben.

»Was hast du da vor, Silvia? Bist du verrückt geworden?«

Sie teilte ihre Aufmerksamkeit zwischen Will und seinem Angreifer. »Ich dachte, wenn ich ihn am Schwanz erwischen kann, dann kann ich ihn wegziehen, während du nach ihm trittst!«

»Auf keinen Fall! Wenn deine Hände am Schwanz abrutschen, dann werden sie von den Stacheln zerfetzt.«

Sie ließ die Arme sinken. »Nun gut, dann tu etwas!«

Von dem anstrengenden Lauf durch das Wasser schwer atmend, hielt Chaz kaum lange genug inne, um zu sagen: »Was hier benötigt wird, ist der einfühlsame Einsatz eines erfahrenen Vermittlers zwischen den einzelnen Rassen.«

Daraufhin trat er vor und stampfte mit aller Kraft und Genauigkeit auf den gefährlichen und angriffslustigen Petrogothus, wobei er dieselbe Technik anwandte wie schon bei dem riesigen Tausendfüßler.

Augenblicklich ließ der Petrogothus Will los, der stolperte und rückwärts in das seichte Wasser fiel. Silvia war sofort bei ihm. Will beruhigte sie.

»Mach dir keine Sorgen, alles in Ordnung!« Er hatte das gesagt, ohne sich zu vergewissern, ob es auch der Wahrheit entsprach. Er blickte an sich hinab. Sein Knöchel schmerzte, blutete aber nicht. Behutsam richtete er sich auf, kam auf die Beine und stellte fest, dass er seinen Fuß ohne Schwierigkeiten belasten konnte.

Inzwischen verließen Chaz etwas die Kräfte und seine Bewegungen wurden langsamer. Der Eurypteride war allerdings in viel schlechterer Verfassung. Nach seinem verbissenen Kampf mit Will war er nicht mehr in der Lage, es mit einem schwereren neuen Gegner aufzunehmen. Die Greifzangen und der stachelbewehrte Schwanz suchten mit erheblich nachlassender Kraft verzweifelt ein Ziel. Schließlich hörten die Bewegungen ganz auf.

Teilnahmslos trampelte Chaz weiter auf dem nun bewegungslosen Petrogothus herum, bis auch er keine Kraft mehr hatte. Zu diesem Zeitpunkt lag der Eurypteride platt auf dem Boden, die kräftigen Greifzangen bewegungslos, mehrere der Beine gebrochen und der potentiell tödliche Schwanz so starr wie ein toter Dorsch.

In enger Umarmung wateten Will und Silvia hinüber, um sich die Sache genau anzusehen. »Ekelhaftes Ding«, murmelte er, als der Sand um den Eurypteriden herum auf den Meeresboden zurücksank. Sein Knöchel schmerzte immer noch.

»Ja, aber schmackhaft.« Silvia streckte den Arm aus und legte ihre Hand liebevoll auf Chaz' Nackenschild. Der Protoceratops atmete noch schwer von der ungewohnten Anstrengung. »Für einen Pflanzenfresser bist du kein schlechter Jäger, Chaz.«

»Danke. Ich wäre hoch erfreut, wenn sich das hier als mein letzter Ausflug in diesen Erfahrungsbereich erweisen würde.« Er schüttelte sich das Wasser von der Schnauze. »Ich bin vielleicht nicht in der Lage zu klettern oder zu springen, aber es hat auch seine Vorteile ein schwerer, stämmiger Vierbeiner zu sein.« Er warf dem sie beobachtenden Khorip einen bedeutungsvollen Blick zu.

Der Prenocephale machte aus der Hüfte heraus eine Verbeugung und neigte dabei gleichzeitig seinen hochgewölbten Kopf. »Ich verbeuge mich vor deiner überlegenen Gestalt, mein wortgewaltiger Freund. Wenn es darum geht, etwas niederzutrampeln, dann sind vier Beine fraglos besser als zwei.« Er betrachtete den plattgetretenen Eurypteriden mit Abscheu. »Wie kann man nur in Erwägung ziehen, etwas zu essen, das so aussieht?«

Zum erstenmal sah sich Chaz in der Lage, seinem Saurier-gefährten zuzustimmen. »Du weißt doch, wie die Menschen sind. Sie essen einfach alles.«

»Das stimmt«, bestätigte Silvia, die mit Wills Hilfe den von einem Chitinskelett umgebenen Körper aus dem Wasser zog. »Aber Eurypteridae sind nicht nur essbar, sondern eine Delikatesse. Fast nur helles Fleisch und viel besser als Trilobite.«

»Brrr!« Khorip schüttelte seinen knochigen Schädel. »Vielen Dank, wenn wir keine Körner, Nüsse oder Beeren finden können, dann begnüge ich mich mit Seegras und Tang, bevor ich versuche, einen Bissen davon zu nehmen.« Und zu Chaz meinte er: »Komm. Während diese beiden Säugetiere darangehen, ihre Beute auszuwaiden, schauen wir, ob wir etwas Passendes zu essen finden.«

Der Protoceratops nickte zustimmend. »Bestimmte Tangarten schmecken ziemlich gut, wenn man sie ordentlich trocknet und würzt.«

»Ich ziehe sie ungewürzt vor«, antwortete Khorip und beschwor damit eine neue Diskussion herauf. Doch diesmal war ihr Gespräch fast höflich, ohne das Schreien und Schimpfen, das ihre Auseinandersetzungen in der Wüste bestimmt hatte.

Silvia beobachtete, wie sie Tang sammelten und aßen, während sie Will half, ein Lagerfeuer zu machen. »Glaubst du, die beiden werden jemals aufhören zu zanken?«

Will blickte von dem Arm voll Treibholz auf, das er gesammelt hatte. »Ich bezweifle es. Chaz ist zu schulmeisterlich, um jemals seinen Mund zu halten. Und jemand wie Khorip, der starrsinnig genug ist, in die Große Wüste zu gehen, nur um nichts mit der dinotopischen Gesellschaft zu tun zu haben, ist wahrscheinlich zu eingebildet, um einen Irrtum zuzugeben, selbst wenn er weiß, dass er Unrecht hat.«

Silvia blies in die kleine Flamme, die sie mit Spänen von trockener Rinde entfacht hatte, lehnte sich dann zurück und legte die kleinen Äste auf das Feuer, die Will ihr reichte. »Zumindest streiten sie sich jetzt etwas höflicher.«

»Wieso auch nicht?« Will warf einen Arm voll Brennmaterial ab und ging los, um mehr zu suchen. »Schließlich sind sie Dinotopier.«

Silvia zertrümmerte mit einem Stein den Rückenschild des Eurypteriten und machte sich daran, das feste, helle Fleisch aus den Beinen und dem Körper zu entfernen. Will fügte der Mahlzeit noch ein paar grünliche Muscheln hinzu. Als das Fleisch und die Muscheln gar waren, kehrten auch Khorip und Chaz beladen mit Grünzeug zurück.

»Eine langweilige Mahlzeit, die jeden Hauch von Zivilisation vermissen lässt«, meinte der verwöhnte Ceratopsier, nachdem er sein Mahl beendet hatte. Er lag ausgestreckt auf dem Sand und säuberte sein Maul mit seiner langen, feuchten Zunge.

Ganz in der Nähe saß Khorip und reinigte sich mit Hilfe seiner Klauen. »Aber es macht satt. Hier an der Küste muss man sich seine Nahrung aus dem Meer besorgen.«

»Und wir hatten Glück dabei«, erklärte Silvia, die bequem an einen Felsen gelehnt dasaß und ihren aufgewölbten Bauch tätschelte. »Will, du solltest für den Rest der Reise darauf achten, dass du nur von schmackhaften Sachen angegriffen wirst.«

»Ich werde mir Mühe geben«, entgegnete er mit einem müden Lächeln. Er hob seinen Blick und schaute an ihr vorbei. Die Küstenstraße lag immer noch verlassen da, wie sie sie bei ihrer Ankunft aus dem Landesinneren vorgefunden hatten. »Da wir gerade über unsere Reise reden, wir sind doch alle der Meinung, dass wir uns nach Norden wenden?«

»Ich würde viel lieber Richtung Süden nach Chandara gehen.« Chaz wühlte sich tiefer in den Sand, um eine gemütlichere Stellung einzunehmen. »Das ist eine zivilisierte Stadt! Doch ich nehme an, dass wir viel näher an Hartmuschel sind, und das bedeutet auch, näher an der Äußeren Insel.« Er schaute zu Khorip, der es sich im Schatten eines schmalen, verwitterten Felsens bequem gemacht hatte. »Das ist nun mal leider so, oder?«

»Leider stimmt das.« Der Prenocephale bohrte mit einer Klauenspitze in seinem Unterkiefer nach einer widerspenstigen Seegrasfaser.

»Wie weit ist es?«, fragte ihn Will.

Ihr Führer schaute nach rechts und blinzelte in die gleißende Sonne, dann nannte er eine Zahl. Will stöhnte auf. Wenn man sie in die englisch-amerikanischen Maßeinheiten, die er aus seiner Kindheit kannte, übersetzte, dann ergab das dinotopische Maß eine Entfernung von fünfundvierzig bis fünfundfünfzig Meilen. Unter guten Voraussetzungen war dies ein langer Marsch in drückender Hitze und ihre Voraussetzungen waren nicht gut. Noch mussten sie etwas finden oder sich zusammenbasteln, was als Wasserbehälter dienen konnte, oder darauf vertrauen, dass die Notwasserspeicher zwischen ihrem momentanen Aufenthaltsort und dem weit entfernten Hartmuschel dicht genug beieinander lagen.

Sie suchten den Strand ab, fanden auch ein paar passende Nautilusmuschelschalen, doch selbst die größte fasste nicht mehr als einen einzigen Schluck für Khorip. Trotzdem war es besser als nichts.

Nachdem jeder noch einmal seinen Durst aus dem Wasserspeicher gestillt hatte, wurden die Muschelschalen gefüllt und sie machten sich auf den Weg. Das Schicksal, da war sich Will sicher, musste seinen Spaß mit ihnen haben. In kurzer Folge hatten sie erst Wasser im Übermaß und keine Nahrung, dann ausreichend Nahrung und fast kein Wasser.

»Ich werde froh sein, wenn ich mich wieder einmal hinsetzen und jemanden bitten kann, mir etwas zu Essen und zu Trinken zu bringen«, murmelte Silvia, nachdem sie sich eine Stunde unter der erbarmungslosen Nachmittagssonne dahingeschleppt hatte.

»Da bin ich ganz deiner Meinung.« Chaz, der zwischen den beiden Menschen dahinschlurfte, wirbelte mit seinen breiten Fußsohlen Staub und Sand auf.

Khorip beugte sich vor und legte seine Klaue auf den Nackenschild des Ceratopsiers. »Wenn du einen Streifen getrockneten Tang willst, dann brauchst du es nur zu sagen.«

Chaz blickte sarkastisch nach oben: »Oh, endlich mal ein Angebot, dem ich kaum widerstehen kann. Nein danke, ich hatte schon meine Portion Tang. Ein Arrangement von frischen Früchten, garniert mit etwas Minze, da könnte ich mich wirklich hineinwühlen. Oder einen dieser kleinen Geschenkkörbe, die es zu Neujahr gibt, die mit Gewürznelken, Muskatnuss und frisch geschnittenem Zuckerrohr gefüllt sind.« Ihm lief das Wasser in Strömen im Mund zusammen. »Will, bevor du nicht eine Stunde oder mehr damit verbracht hast, gemütlich eine Muskatnuss zu kauen, hast du nicht wirklich gelebt.«

»Das mag stimmen, Chaz«, gab der Skybax-Reiter zurück, »doch ich ziehe andere Salate vor.« Seine Stimme wurde vor Erinnerung wehmütig. »Grüner Salat, Radieschen, Endivien, Gurken, Palmherzen und Jicama. Dazu eine schöne Makrele oben drauf.«

»Würdet ihr beiden bitte eure Fantasien für euch behalten?« Silvia leckte ihre Lippen und nahm den kleinstmöglichen Schluck aus der Nautilusmuschel, die sie bei sich trug. »Fantasien kann man nicht essen, sie machen nur noch hungriger.«

»Für mich ist das kein Problem.« Doch auch Chaz' Magen hatte bei diesen Vorstellungen begonnen zu knurren. »Ich bin mir völlig sicher, dass ich nicht noch hungriger werden kann, als ich schon bin.«

Doch da irrte er sich.

Am nächsten Morgen protestierten ihre Mägen oder hatten sich verkrampft oder beides zugleich. Will und Silvia hatten das letzte Stück des Euryperidenfleisches gegessen, und ein paar Arm voll Seetang reichten nicht weit, um die hungrigen Mägen zweier Pflanzenfresser zu sättigen.

Sie hatten bei einem schmalen Felsvorsprung, der wie ein Landungssteg ins Wasser führte, Halt gemacht und Will blickte widerwillig auf das Meer. »Ich denke, wir haben keine andere Wahl. Es wird Zeit, wieder Jagen zu gehen.«

»Versuch aber etwas zu finden, das nicht auch auf der Jagd ist«, meinte Silvia, die am Strand saß und den Saum ihres Orofanigewandes nach oben rollte, um ins Wasser zu waten. Sie suchten erfolglos das seichte Wasser am Strand ab, als sich Khorip plötzlich zu seiner vollen Größe aufrichtete. Will beobachtete den Prenocephalen, der schweigend nach Süden starrte. Er schüttelte das warme Salzwasser von seinen Händen und verfolgte den Blick des großen, knöchernen Schädels. Es dauerte einen Augenblick, bis er begriff, was die Bewegung, die er sah, bedeutete. Nachdem er sich seine Augen gerieben hatte, war sie immer noch da.

»Leute?«, fragte er sich laut.

»Ziemlich sicher. Ich kann aber noch keine Einzelheiten erkennen oder welche Kleidung sie tragen.«

Silvia watete zu ihnen hinüber. Im Moment war das Meer mit seinen Schätzen ziemlich knauserig, doch im seichten Wasser zu stehen, brachte wenigstens Kühlung.

»Orofani?« Sie starrte beunruhigt die Straße entlang.

»Schon möglich.« Khorip beschattete mit einer Klaue seine Augen. »Nein. Nein, ich glaube nicht. Es erscheint mir immer mehr wie eine Handelskarawane.« Obwohl er seine Gefühle ziemlich gut im Griff hatte, schlich sich doch eine Spur von Aufregung in seine Stimme. »Ja, jetzt bin ich mir sicher. An der Spitze laufen Sauropoden.« Er blickte die menschliche Frau an, die neben ihm stand. »Von meinen zufälligen Kontakten mit den Orofani weiß ich, dass es bei ihnen keine Sauropoden gibt.«

»Das stimmt, Khorip. Da gab es keine.« Silvia kniff ihre Augen zusammen und versuchte, die sich nähernden Neuankömmlinge zu identifizieren. »Natürlich kann das auch ein anderer Nomadenstamm sein. Die Orofani sind wahrscheinlich nicht die Einzigen, die in der Großen Wüste umherziehen.«

»Das ist ja toll«, nörgelte Chaz ganz in der Nähe. »Seien wir mal optimistisch.«

»Ich bin fast sicher, dass sie keine Wüstenbewohner sind«, erklärte Khorip. »Die Nomaden in der Großen Wüste bleiben lieber in der Einsamkeit. Nach meiner Erfahrung benutzen sie, wenn überhaupt, nur sehr selten die Küstenstraße.«

»Wie soll ich Händlern aus Chandara in diesem Aufzug gegenübertreten?« Eine verzweifelte Silvia blickte an sich herab und strich hektisch mit beiden Händen an ihrem zerfetzten Gewand entlang.

»Ganz einfach«, meinte Will grinsend. »Du gehst auf sie zu, hebst eine Hand und sagst: ›Halte inne und suche Frieden‹, und dann redest du los.«

»Sehr lustig, Will Denison.«

»Und was ist mit mir?«, wollte Chaz wissen. Da seine Beine kürzer waren als die seiner zweibeinigen Gefährten, befand sich der Protoceratops etwas näher am Strand. »Es müssen formale Begrüßungen ausgetauscht werden, und ich bin kaum in einer Verfassung, die dem Protokoll entspricht.«

»Ihr beide macht euch unnütz Gedanken.« Will schaute die Küste entlang zu der näher kommenden Karawane, bei der man schon einzelne Gestalten erkennen konnte. »Wenn wir ihnen gesagt haben, dass wir quer durch die Große Wüste von Schluchtenstadt hierher gekommen sind, dann spielt unser Aussehen keine Rolle mehr.«

»Vielleicht.« Silvia war nur teilweise beruhigt. »Aber für *mich* spielt es eine Rolle.«

Die Karawane bestand aus etwa einem Dutzend Dinosauriern und ihren menschlichen Begleitern. Im Gegensatz zu dem an der Straße wartenden Quartett waren die Händler für ihre Reise entsprechend ausgerüstet. Die Menschen waren mit weiten Gewändern und breitkrempigen Hüten bekleidet, die Saurier trugen schattenspendende Kopfbedeckungen und die Lasten waren in kühlendes Material verpackt.

Die Karawane bestand aus vier großen Sauriern, ein Diplodocus, ein Barosaurier und zwei Apatosaurier, auf deren mächtigen Rücken sich die Handelswaren befanden. Die restlichen Saurier waren Ceratopsier, angefangen von freundlichen Triceratops bis hin zu einem Paar redseliger Protoceratops. Diese beiden gesellten sich sogleich zu Chaz, dessen Lebensgeister wieder erwacht waren, und alle drei redeten sofort aufeinander ein.

Während die Dinosaurier Neuigkeiten austauschten, warteten Will und Silvia auf die Karawanenführerin. Diese kletterte an einer Strickleiter von einem kleinen Sitz auf dem Rücken des Diplodocus herunter. Ihr graziles Reittier trug um den Hals eine doppelte Lage von kastanienbraunem und blauem Frottierstoff, der dem langen Hals ein freundliches und hübsches Aussehen gab. Die großen Tücher waren aber kein Schmuck, sondern dienten einem wichtigeren Zweck.

Während Will und Silvia noch warteten, drehte der Saurier seinen langen Hals nach hinten und nahm mit dem Maul aus einem Behälter, der auf seinen Schultern befestigt war, einen Eimer mit Wasser. Die direkt hinter dem kleinen Kopf des Sauriers sitzende Reiterin nahm den Eimer entgegen und ließ sich an einem Flaschenzug an dem Hals des Sauriers hinunter. Sie verteilte sorgfältig das Wasser aus dem Eimer über die total ausgetrockneten Tücher am Hals des Tieres. Das Befeuchten der um den Hals gewickelten Tücher diente dazu, das Blut, das durch den lang gestreckten Hals floss, zu kühlen, was wiederum half, dem gesamten massigen Körper Kühlung zu verschaffen.

Die Karawanenführerin begrüßte sie mit einem unbekümmerten Lächeln und einem Schwall von Fragen. Nach Wills Einschätzung hatte sie für jemanden, der durch die Wüste reiste, viel zu viel Elan, und er und Silvia mussten sich anstrengen, ihrem Redefluss zu folgen.

Sie antworteten so gut sie konnten, erklärten, warum sie in der Großen Wüste gewesen waren, erwähnten kurz ihre Abenteuer (sagten aber nichts über die Hand von Dinotopia) und schlossen mit ihrer Ankunft hier an der Küste.

»Und nun wollt ihr die ganze Strecke nach Hartmuschel laufen?« Ndlomas Augen lachten, was gut zu ihrem strahlenden Lächeln passte.

»Nur, wenn es gar nicht anders geht.« Silvia blickte bedeutungsvoll auf den Diplodocus, der sein Halsbad genoss.

»Selbstverständlich nehmen wir euch gerne mit«, erklärte Ndloma, ohne dass man sie darum bitten musste. »Niemand würde euch zu Fuß gehen lassen, besonders nicht nach dem, was ihr schon durchgemacht habt. Da oben ist genug Platz und es ist nett, jemand neues um sich zu haben, mit dem man reden kann. Wir haben Chandara schon vor einigen Tagen auf unserer üblichen Reise nach Proserpine verlassen. Ich nehme an, das ist auch euer Ziel?«

Will und Silvia tauschten einen Blick aus. »Eigentlich«, erklärte er ihrer Gastgeberin, »wollen wir nach Kuskonak. Unsere Skybaxe warten in Pteros auf uns.«

So, dachte er, *das war die Wahrheit, ohne zu viel zu verraten.*

»Ich verstehe.« Die Anführerin nickte energisch. »Ich bin sicher, sie warten schon sehnsüchtig auf euch.«

Das werden sie ganz bestimmt, sinnierte Will, doch Federwolke und Regenwolke würden noch eine Weile auf ihre Reiter warten müssen.

»Aber warum stehen wir hier in der Sonne herum und erzählen?« Ndloma deutete auf den Sitz hoch oben auf dem Rücken des Diplodocus. »Kommt in den Schatten. Ihr müsst hungrig und durstig sein. Wie wäre es mit einer schönen kalten Limonade und ein paar Datteln und getrockneten Früchten?«

Als sie ihrer Gastgeberin zur Strickleiter folgten, bemühte sich Will, nicht zu offen seine Begeisterung über das Angebot zu zeigen.

Während sie an der sanft bebenden Flanke des großen Sauriers hinaufkletterten, sah Will, dass sich jetzt sowohl Khorip als auch Chaz zu den beiden Protoceratops der Karawane gesellt hatten. Ins Gespräch vertieft, ließen sich die vier kleineren Dinosaurier zwischen zwei geduldigen Triceratops nieder. Die beiden mit mächtigen Hörnern ausgestatteten Saurier beachteten das Geschwätz ihrer kleineren Verwandten gar nicht. Im Vergleich zu den neugierigen Protoceratops wirkte selbst die überschäumende Ndloma wie ein Trauerkloß.

Der Hochsitz unter dem Baldachin war der Himmel auf Erden und größer als alles, was sie bei den Orofani gesehen hatten. Der Boden war mit schönen Teppichen aus den besten Webereien in Proserpine bedeckt, und die dünnen Stoffe an den Seiten und über ihnen ließen auch noch den kleinsten Luftzug in den einzigen Raum hinein. Sobald die Karawane sich wieder in Bewegung setzte, durchzog eine sanfte Brise den Raum und ließ die Luft zirkulieren.

Das leichte Wiegen war deutlich sanfter als das, was sie von den Stegosauriern der Orofani her kannten. Hinter dem Wohnquartier waren Ballen, Säcke und Kisten mit Gütern aus den südlichen und westlichen Teilen Dinotopias sicher mit einem Geflecht von Riemen, Seilen und Tragegurten auf dem Rücken des Diplodocus verzurrt.

Ndloma hatte ein Tablett mit Datteln hingestellt, von denen sich Will eine nahm, sich in den Mund steckte und zerkaute. Der intensive Geschmack betäubte fast seine Zunge. Die zweite Dattel schluckte er schneller hinunter und er schob gleich noch ein süßes Stück getrocknete Papaya hinterher. Neben ihm aß Silvia so verhalten wie möglich, wenn man ihren Hunger in Betracht zog.

In einen kleinen Stapel bestickter Kissen gelehnt, beobachtete ihre Gastgeberin sie mit offensichtlicher Erheiterung. »Ihr vier könnt von Glück reden, dass wir vorbeigekommen sind. Die nächste Karawane kommt erst in einer Woche und die geht Richtung Süden.«

»Wir sind dir überaus dankbar«, versicherte Will nochmals. »Die Gastfreundschaft von Chandara ist berühmt.«

»Selbst unterwegs?« Sie lachte in sich hinein. »Nun, wir tun unser Bestes.«

»Wie oft kommt ihr hier durch?« Silvia wischte sich mit einer Serviette den Mund ab.

»Alle paar Wochen. Es hängt von den Frachtaufträgen ab. Normalerweise verkehren wir zwischen Chandara und Proserpine, doch wir haben auch schon Aufträge in den Norden bis hinauf nach Ostea und im Süden bis hinunter nach Blauflasche angenommen.« Sie deutete auf den Vorhang. »Normalerweise reisen wir voll beladen. Es gibt nicht viele Menschen oder Dinosaurier, die diese Reise unternehmen. Es ist heiß und nach ein, zwei Malen ziemlich langweilig. Ich selbst liebe die Einsamkeit. Ich bin kein Stadtmensch. Auch Opaktia nicht.«

»Wer ist Opaktia?«, fragte Will und trank einen Schluck Fruchtsaft.

Ndloma schlug auf den Teppich, auf dem sie saßen. »Ihr reitet auf ihr. Es ist manchmal seltsam, wie sehr sich Menschen und Dinosaurier gleichen. Einige lieben die Wüste, andere nicht. Ich glaube, das ist überall in Dinotopia das Gleiche. Jeder hat seine persönlichen Vorlieben und Abneigungen, und es spielt keine Rolle, wie groß oder klein man ist.«

»Das stimmt«, stimmte ihr Silvia zu. »Will und ich leben in Wasserfallstadt.«

Ihre Gastgeberin verzog das Gesicht. »An diesem feuchten Ort? Viel zu nass für mich. Ich war ein paar Mal dort und hatte jedesmal beim Schlafengehen das Gefühl, alles ist irgendwie feucht. Ich liebe die Trockenheit. Was ist mit euren Gefährten?« Sie deutete nach vorne.

»Chaz liebt das kulturelle Angebot von Sauropolis«, meinte Will. »Und was Khorip betrifft, so wirst du in ihm eine verwandte Wüstenseele finden. Er scheint sich hier sehr wohl zu fühlen.«

»Ich würde sagen, er ist begeistert davon«, fügte Silvia schelmisch hinzu. Ndloma drehte sich nach rechts und nahm aus einer geschnitzten Holzschale eine Hand voll Cashews, Erdnüsse und Mandeln, die sie knabberte, während sie weitersprach: »Wie lange wollt ihr in Hartmuschel bleiben?«

»Darüber haben wir uns noch keine Gedanken gemacht«, antwortete Silvia, wobei sie zaghaft den Kopf schüttelte. »Wir waren zu sehr damit beschäftigt, erst einmal dorthin zu kommen.« Sie blickte Will an, der ihr die Unterhaltung überließ. »Ich denke, wir werden dort bleiben, bis wir ein Transportmittel nach Kuskonak gefunden haben.«

Ndloma nickte zustimmend. »Und von dort begebt ihr euch über die nördliche Schluchtstraße zurück nach Pteros.« Weder Will noch Silvia machten sich die Mühe, ihr zu sagen, dass sie von der bekannten Hafenstadt aus nach Osten über das Meer reisen würden und nicht nach Westen ins Landesinnere. Ganz wie es ihre Art war, gab Ndloma ihnen sowieso kaum Gelegenheit zu antworten.

»Wenn es euch nichts ausmacht«, fuhr sie fort, »einen oder zwei Tage zu warten, bis wir unsere Geschäfte in Hartmuschel erledigt haben, dann wäre es uns ein Vergnügen, euch die ganze Strecke nach Kuskonak mitzunehmen.«

»Das wäre wunderbar«, sagte Will sofort. »Dann bräuchten wir uns in Hartmuschel nicht um eine Beförderungsmöglichkeit zu kümmern.«

»Wir wären dir überaus dankbar«, fügte Silvia, ebenfalls ergriffen, hinzu.

Ndloma hob die Hand. »Genug! Ich bin froh, euch helfen zu können. Ihr vier hättet ganz bestimmt Schwierigkeiten, in Hartmuschel ein anderes Beförderungsmittel zu finden. Wenn ihr keine andere Karawane nach Norden findet, dann wäre eure einzige Möglichkeit, euch ein privates Transportmittel zu besorgen. Das ist schwierig und erfordert viel Zeit. Hartmuschel ist nicht Chandara. Natürlich könntet ihr immer noch nach Kuskonak laufen.«

»Nein danke«, Wills Antwort kam sofort und aus tiefstem Herzen. »Wir haben für lange Zeit genug vom Herumlaufen in der Wüste.«

Ndlomas überschäumendes Lachen erfüllte den Raum. »Das habe ich mir gedacht!« Dann beugte sie sich vor und musterte sie durchdringend. »Nun denn, solange wir hier noch unter uns sind, erzählt mir, was ihr wirklich in der Großen Wüste gemacht habt? Ich wette, das waren nicht nur Forschungen.«

»Wir haben etwas gesucht.« Silvia lehnte sich in ein weiches, blaues Seidenkissen zurück. Will warf ihr einen überraschten, warnenden Blick zu, den sie nicht beachtete.

»Ha, ich wusste es!« Ihre Gastgeberin schlug mit der Handfläche auf ihren Oberschenkel. »Und habt ihr gefunden, was ihr gesucht habt?«

Silvia nickte. »Es war genau so, wie ich es mir vorgestellt habe.«

Ndlomas Augenbrauen zogen sich zusammen. »Ihr habt es bei euch?« Die Händlerin musterte erst Silvia, die zurückgelehnt dasaß, dann Will, doch aus den Mienen der beiden erhielt sie keinen Hinweis darauf, was Silvia gemeint hatte. »Doch ich sehe nichts. Wo ist es?«

»Hier«, sagte Silvia und tippte sich an den Kopf. »Es ist eine Legende. Die Legende einer vergessenen Stadt und wir haben sie gefunden. Ahmet-Padon.«

Die Saurierführerin zog eine Grimasse. »Nie davon gehört.«

»Ich sagte doch, es ist eine Legende«, und jetzt lachte Silvia.

Einen Augenblick lang schwieg Ndloma, dann erschien auf ihrem Gesicht ein breites Grinsen. »Ihr macht euch einen Scherz mit der alten Ndloma, nicht wahr? In Ordnung, macht eure Spielchen. Doch eines müsst ihr mir versprechen. Nennen wir es eine Gegenleistung für die Dienste, die euch die Karawane erweist.«

»Wenn wir können«, meinte Will vorsichtig.

»Versprecht mir, wenn ihr etwas findet, was greifbarer als eine ›Legende‹ ist, dann werdet ihr mich darüber informieren.« Silvia hob ihren Becher mit Saft und prostete ihrer Gastgeberin zu. »Ich verspreche dir, wenn wir auf unserer Reise auf irgendetwas stoßen, das interessanter ist als die Legende von Ahmet-Padon, dann wirst du davon erfahren.«

»Das reicht mir.« Ndlomas Gesichtsausdruck wurde abgeklärt. »Ihr seid die beiden interessantesten Skybax-Reiter, die mir je untergekommen sind. Normalerweise kapseln sich Leute wie ihr ab, und es ist schwer mit jemandem ein Gespräch zu führen, der immer irgendwo hoch in den Lüften ist. Ich wünsche euch Glück und ein langes Leben.«

»Danke«, meinte Will. »Zumindest müssen wir uns jetzt keine Sorgen mehr machen, wie wir in der Wüste überleben.«

»Nein«, bestätigte Silvia schnell, »aber es gibt andere Dinge, über die wir uns Sorgen machen müssen.«

Er blickte sie scharf an. »Andere Dinge? Welche ›anderen Dinge‹?«

Doch alle seine nachhaltigen Versuche, mehr von ihr zu erfahren, blieben fruchtlos. Sie schaute ihn nur an und lächelte aufmunternd.

15

Da Silvia und Will nie zuvor in Hartmuschel gewesen waren oder auch nur Bilder davon gesehen hatten, gab es für sie keinen Grund, enttäuscht zu sein. Doch schon nach ihrem ersten Blick auf die Stadt waren sie für Ndlomas Großzügigkeit dankbar, die sie davor bewahrte, mehr als ein oder zwei Tage in dieser öden Umgebung verbringen zu müssen.

Hartmuschel lag in einem flachen Tal zwischen zwei Hügeln und schien schon einmal bessere Tage gesehen zu haben. Vor langer Zeit war der Ort ein wichtiges Handelszentrum gewesen, doch als das Klima trockener wurde, hatte sich die Große Wüste bis ans Meer ausgebreitet und als die Bewohner in die fruchtbareren Landstriche im Norden und Süden abwanderten, blieben viele der kleinen Küstenstädte verlassen zurück. Von allen Ansiedlungen dieses ausgedehnten, trockenen Küstenstreifens Dinotopias überlebte nur Hartmuschel, als Anlaufstation für Händler und Reisende und als Erinnerung an eine wasserreichere und fruchtbarere Vergangenheit.

»Kannst du dir vorstellen, hier Wochen zu verbringen?«, flüsterte Silvia Will zu, als sie über den kläglichen Marktplatz liefen. »Oder zu versuchen, eine Transportmöglichkeit nach Kuskonak zu bekommen?«

Will betrachtete die kleinen Verkaufsstände, die von Menschen und Dinosauriern betreut wurden. Große, bunte Planen, die an Pfählen befestigt waren, spendeten Schatten. Viele der Stände klebten an den kleinen Häusern, in denen die Betreiber der Geschäfte wohnten. Die meisten der bescheidenen Heimstätten waren aus dem hier vorkommenden Sandstein und Schiefer erbaut. Überall war Sand und Staub. Obwohl eine kleine Armee von Menschen und Sauriern jeden Morgen die Straßen reinigte, wehte der Nachtwind, während die Bewohner schliefen, jedesmal eine neue Ladung Dreck in die Stadt. Um die Große Wüste daran zu hindern, die Stadt in Besitz zu nehmen, führten die Einwohner von Hartmuschel einen nie endenden Kampf gegen die Elemente.

Und doch erfreuten sich die Bewohner dieser abgelegenen Ansiedlung ihrer einfachen Vergnügungen, ihrer Privatsphäre und der Abgeschiedenheit. An einem solchen Ort, so stellte Will fest, war es möglich, die Vorzüge der Zivilisation von Dinotopia zu genießen und gleichzeitig die Einsamkeit zu haben, nach der Leute wie Khorip suchten. Als Silvia interessiert bei einem Händler die Halsketten und Armbänder aus polierten Steinen begutachtete, ließ Will sie alleine, um mit Chaz zu sprechen.

Als er sich wieder zu ihr gesellte, war er atemlos vor Aufregung. Sogar der normalerweise zurückhaltende Dolmetscher strahlte vor Eifer.

»Hier«, forderte Will sie auf, »schau dir das an!« Während er sprach, hatte er ihr etwas Großes und Schweres in die Hand gelegt.

Es war die Skulptur eines menschlichen Unterarms mit einer geöffneten Hand. In die Innenseite des Arms war eine Reihe von Hieroglyphen eingeritzt.

»Was soll das sein?« Sie drehte es immer wieder in ihren Händen herum. »Wo hast du das gefunden?«

»Nicht ich«, entgegnete er und tätschelte den Nackenschild des kleinen Ceratopsiers, der neben ihm stand. »Chaz ist an einem Verkaufsstand von Antiquitäten und Relikten darauf gestoßen.«

»Ich habe die Inschrift sofort erkannt«, sagte ihr der Dolmetscher. »Ich habe einen Moment gebraucht, um die gesamte Inschrift zu entschlüsseln, und wollte sicher sein, dass mir kein Fehler unterlaufen ist. Sie ist ziemlich eindeutig.« Er stieß mit seiner Schnauze ihre Hand an. »Sie lautet in einer bekannten Abart des alten Neoknossischen ›Die Hand von Dinotopia‹.«

»Die Hand von Dinotopia?« Verwirrt studierte sie die Skulptur genauer. »Das hier?«

»Warum nicht?«, meinte Will herausfordernd. »Aussehen und Form widersprechen nicht dem, was wir in Ahmet-Padon herausgefunden haben. Nichts, was wir dort gefunden haben, deutete darauf hin, dass sie groß sein muss.« Er blickte auf den Protoceratops hinab. »Ich kann mich nicht erinnern, dass du überhaupt etwas über Form oder Größe gesagt hast.«

»Ganz richtig«, stimmte Chaz zu. »Und nun, mitten in Hartmuschel, finden wir sie.«

»Ich verstehe nicht.« Silvia hielt sie gegen das Licht und suchte nach einer tieferen Bedeutung, nach einem versteckten Hinweis oder unbekannten Symbolen. »Wie kann sie einen sichereren Seeweg anzeigen, auf dem man Dinotopia verlassen kann?«

»So.« Will nahm die Skulptur wieder an sich. Er hielt sie in der ausgestreckten Hand und deutete damit ungefähr in Richtung Meer. Nachdem er etwa eine Minute herumgefuchtelt hatte, gab er sie Silvia zurück. »Dort. Ich sehe jetzt ganz klar. Du etwa nicht, Silvia?«

»Was *sehen*?« Jetzt war sie ernsthaft wütend.

Seine Lippen zitterten. »Dass ich dir zum ersten Mal, seit wir uns begegnet sind, die Hand gereicht habe.«

Sie setzte zu einer Erwiderung an, zögerte und schaute dann von ihrem Verlobten zu seinem Freund. Dann begriff sie. »Ihr beiden …!«

Beim Anblick der jungen Frau im Nomadengewand, die ihren jungen, männlichen Begleiter und einen kurzbeinigen Protoceratops zwischen Verkaufsständen und Warenstapeln hindurch verfolgte, lachte der gesamte Marktplatz. Der freundschaftliche Spaß wurde noch größer, als Khorip sich zu ihnen gesellte, um zu erfahren, was los war, und Silvia ihm mit zusammengepressten Lippen die selbstgemachte Hand von Dinotopia präsentierte.

Erst nachdem der Prenocephale auch hinters Licht geführt worden war, nahm sich Silvia die beiden Witzbolde, diesmal ohne die Steinskulptur in der Hand, vor. »Will, mich wundert nicht, dass du dir so etwas ausdenkst. Doch Chaz, du hast mich völlig hinters Licht geführt.«

Der Protoceratops lachte immer noch still in sich hinein. »Ich bin möglicherweise nicht die erste Wahl, wenn es um einen Scherz geht, doch sei versichert, auch ich habe einen Sinn für Humor, der zumindest so gut entwickelt ist, wie diese kleinen Stacheln an der Unterseite meines Nackenschildes. Doch ich setze ihn nur in den wirklich passenden Momenten ein. Daraus ergibt sich«, fügte er abschließend hinzu, »dass die Wirkung durch die Seltenheit des Ereignisses noch gesteigert wird.«

»Und auch ich bin dir auf den Leim gegangen«, erklärte Khorip, der locker die Skulptur in einer Klaue hielt. »Wo habt ihr das Ding denn gefunden?«

»Wie schon gesagt, hier auf dem Marktplatz.« Will schnaufte immer noch und grinste dabei.

»Und die Hieroglyphen an der Innenseite?« Silvia versuchte mit aller Macht, sich ein Lächeln zu verkneifen, doch es gelang ihr nicht ganz.

»Wer weiß schon, was sie bedeuten?« Will schaute auf Chaz. »Hast du tatsächlich versucht, sie zu entziffern?«

»Nein, ich wollte keine Zeit verlieren. Zeig her.« Khorip hielt dem Protoceratops den Stein der Länge nach hin, der die Inschrift genau untersuchte. »Man kann alles lesen. Da steht: Angefertigt von H. T. Suarez.«

»Und wozu ist es gut? Steht darüber etwas?«, wollte Silvia wissen.

»Aber selbstverständlich.« Der Dolmetscher reckte seinen Kopf zu Will hinauf und flüsterte ihm etwas zu. Will nickte und nahm die Skulptur von Khorip wieder an sich.

»Jetzt passt auf: Hier ist die wahre Funktion der Hand von Dinotopia!« Sein Grinsen wurde breiter, er drückte die ausgestreckte Steinfinger der Hand gegen sein Rückgrat und begann sich damit zu kratzen.

»Natürlich«, murmelte Khorip. »Wenn das Objekt erst einmal keinen Bezug mehr zu der alten Legende hat, dann liegt der Anwendungszweck offen auf der Hand. Und ich bin so leicht darauf hereingefallen.«

»He, mach nicht so ein Gesicht. Zumindest ist das Ding nicht völlig nutzlos«, sagte Will zu dem Prenocephalen. »Ich kaufe doch nichts nur wegen eines Scherzes. Obwohl«, fügte er mit einem schüchternen Blick auf Silvia hinzu, »der Kauf hat auch in diesem Sinne seinen Zweck erfüllt.«

»Das werde ich dir nicht vergessen, Will Denison.« Sie drohte ihm mit dem Finger.

»Das ist in Ordnung«, lachte er in sich hinein. »Auch ich werde es nicht vergessen.«

Khorip hatte sich aufgerichtet und schaute sich um. »Es ist schon spät. Wir sollten uns wieder zum Lagerplatz der Karawane im Norden der Stadt begeben. Ndloma und der Torosaurier Splitterschnauze haben mir gesagt, dass sie morgen bei Sonnenaufgang aufbrechen wollen. Wir wollen doch nicht zurückbleiben.«

»Auf keinen Fall«, stimmte ihm Will zu. »Sie waren so freundlich zu uns, dass ich nicht für eine Verspätung verantwortlich sein will.«

Der Prenocephale musterte ihn mit seinen Saurieraugen.

»Es wird auch keine Verspätung geben. So hilfsbereit sie auch sein mögen, haben sie uns gegenüber keinerlei Verpflichtungen und ich bin mir sicher, dass sie beim ersten Tageslicht aufbrechen, ob wir nun da sind oder nicht.«

»Dann kommen wir lieber nicht zu spät«, erklärte Silvia kurz angebunden und machte sich auf den Weg quer über den Marktplatz. Will schloss sich ihr an und Chaz bildete mit Khorip die Nachhut. Ein paar Mal noch neckte Will Silvia mit der Steinhand, doch sie stieß sie jedes Mal weg. Es fiel ihm allerdings nicht auf, dass der Spaß langsam langweilig wurde.

Am nächsten Morgen bot ihnen Ndloma an, wieder ihren Hochsitz zu teilen, doch diesmal entschieden sie sich dafür, zu laufen.

»Zumindest eine Zeit lang«, erklärte Silvia ihrer verwunderten Gastgeberin. »Mach dir keine Sorgen, wir wollen nur deine Gastfreundschaft nicht überstrapazieren.«

»Nicht nur das«, fügte Will hinzu, »auch können weder Khorip noch Chaz die Strickleiter hinaufklettern, um uns Gesellschaft zu leisten, und wir haben beschlossen, gemeinsam zu reisen. Außerdem, warum sollte dein Diplodocus uns tragen müssen? Sie hat schon genug Fracht auf dem Rücken.«

»Das ist sehr rücksichtsvoll von euch«, gab Ndloma zurück, »aber ich bin sicher, dass Opaktia die zusätzliche Last nicht bemerken würde. Sie wird aber eure Rücksichtnahme ganz bestimmt zu schätzen wissen.«

Sie liefen neben der Karawane her, mal weiter vorne, mal ließen sie sich zurückfallen, um so viele Geschichten und Informationen wie möglich mit den Händlern, Menschen und Dinosauriern auszutauschen. Chaz und die beiden Protoceratops der Karawane setzten ihre Sprachfähigkeiten ein, wenn das Gespräch alle betraf.

Gar nicht so übel, dachte Will, während er hinter dem schwankenden Hinterteil eines schwer beladenen Aptosauriers herlief. Man musste nur den überdimensionierten Saurierfüßen ausweichen und im Schatten desjenigen bleiben, mit dem man sich gerade unterhielt. Und ein dahintrottender Apatosaurier warf einen ordentlichen Schatten.

Was die Straße betraf, so war sie eben und breit, nicht zu vergleichen mit den Geröllfeldern und flachen Sanddünen, die sie in der Großen Wüste durchquert hatten. Während der Reise musterten Will und seine Gefährten die Erhebungen neben der Straße genau, doch nirgends fanden sie verschüttete Stufenpyramiden oder Tempel. Keiner dieser Hügel gab ihnen mehr Aufschlüsse über ihr nächstes Ziel, als sie nicht schon in dem weit entfernten Ahmet-Padon gefunden hatten. Will kam zu der Überzeugung, dass sie nach einem Trugbild suchten, das sich auf eine Legende gründete. Er hätte die weitere Reise lieber an Hand von wissenschaftlichen Erkenntnissen unternommen, aber die hatten sie nicht. Sein Vater wäre entsetzt gewesen. Doch sein Vater war auch nicht in Silvia verliebt. Aber er, und die Liebe zeichnet ihre eigene Karte des Lebens.

Nun reichte es aber mit den rationalisierenden Metaphern, wies er sich entschieden zurecht. Hoffentlich fanden sie zumindest irgendetwas auf der Äußeren Insel, um Silvia zufrieden zu stellen, damit sie nicht glaubte, sie hätte sich selbst und alle anderen auf eine wilde Gallimimusjagd geführt. Ganz bestimmt deutete die Wasserkarte von Ahmet-Padon auf etwas Wichtiges hin, das sich vor der Küste befand, wenn es auch nicht der sichere Seeweg von und nach Dinotopia war. Ob sich Silvia allerdings mit etwas weniger Wichtigem zufrieden gab, musste sich erst noch herausstellen. Er hoffte es, denn er und Chaz waren davon überzeugt, dass es einen solchen Seeweg nicht gab.

Wenn man von der Zahl der ständigen Bewohner ausging, dann war Kuskonak nicht viel größer als Hartmuschel, doch zählte man die durchreisenden Händler, Marktschreier, Fischer und Handwerker dazu, dann entstand der Eindruck einer viel größeren Ansiedlung.

Schon seit alten Zeiten war das an einer kleinen, hübschen Bucht liegende Kuskonak mit seinen langen, weißen Sandstränden, die sich nach Süden und Norden erstreckten, ein bedeutendes Handelszentrum von Dinotopia gewesen. Die einzige Straße, die auch durch einen Teil der Großen Wüste führte, verlief von den Vororten im Inland Richtung Westen nach Pteros und dann weiter bis nach Schluchtenstadt. Im Norden lag die wichtige Großstadt Proserpine und dahinter die fruchtbaren Tiefebenen der Muschelsand-Halbinsel. Boote, an denen die unterschiedlichen Schiffbautraditionen noch zu erkennen waren, befuhren die milden Gewässer der nahe gelegenen Warmwasserbucht, während Dhaus, Dschunken, Galeeren, Auslegerboote und die hochentwickelten Segelschiffe der Bugi den Frachtverkehr zwischen Chandara und Proserpine übernahmen.

Anders als die groben Steinhäuser von Hartmuschel, hatten die wohlhabenden Bewohner von Kuskonak mehrstöckige Gebäude für sich und die mit ihnen lebenden Saurier errichtet. Das sorgfältig ausgeführte Mauerwerk war weiß gekalkt und die gesamte Stadt erweckte einen mediterranen Eindruck. Die vielen Schornsteine auf den Dächern waren Zeuge für die gelegentlichen kalten Winternächte, doch die meiste Zeit erfreuten sich die Einwohner der Hafenstadt des milden Klimas, das typisch für den Osten Dinotopias war.

Nachdem sie ihren neuen Freunden ein letztes Mal gedankt hatten, verabschiedeten sie sich von Ndloma, Opaktia und deren Gefährten und gönnten sich den Luxus einer Nacht in einem ordentlichen Gasthaus. Chaz rekelte sich auf dem weichen Strohlager, das seiner Rasse so entgegenkam, während Khorip, der an viel unbequemere Verhältnisse gewöhnt war, Schwierigkeiten hatte, einzuschlafen. Es endete damit, dass er auf dem harten Pflaster vor der Scheune schlief.

Will und Silvia hatten demgegenüber keine Schwierigkeiten sich an die Bequemlichkeit zu gewöhnen, die ein echtes Bett für Menschen bot.

Beim Frühstück am nächsten Morgen informierte sie Chaz, nachdem er es schon eine Weile vor sich hergeschoben hatte, über die Entscheidung, die er in der Nacht getroffen hatte.

»Es ist so schön, wieder in der Zivilisation zu sein.«

»Das stimmt«, bestätigte Will und nahm einen Schluck von dem kalten Schokoladengetränk, das mit Zimt gewürzt war. Neben ihm aß Silvia gerade den letzten Bissen ihres Pfannkuchens. Khorip hockte ohne Stuhl neben dem Dolmetscher am Tisch.

»Die Straße von hier nach Pteros wird viel benutzt und wir dürften keine Schwierigkeiten haben, dorthin zu kommen und dann weiter nach Schluchtenstadt«, fuhr der Protoceratops unbekümmert fort.

»Nein, ganz bestimmt nicht«, räumte Silvia ein, »außer, dass wir zufällig in die entgegengesetzte Richtung wollen.«

»Das trifft auf dich zu.« Chaz steckte sein Maul in einen Reinigungseimer und drückte das Wasser an den Kauleisten vorbei, um sie zu spülen. »Ich, für meinen Teil, habe genug davon, an unwirtlichen Orten herumzustolpern und nach alten Legenden zu suchen. Mich zieht es zu den sauberen Scheunen und den kulturellen Vergnügungen von Schluchtenstadt.« Er blickte von einem der Menschen zum anderen.

»Ich wünsche euch beim Verfolgen von Legenden viel Glück. Wenn ihr einmal genug davon habt, die unzugänglichsten Orte in ganz Dinotopia aufzusuchen, dann müsst ihr mir ein paar Zeilen schreiben und mir mitteilen, was ihr gefunden habt. Wenn überhaupt etwas«, fügte er skeptisch hinzu.

»Chaz!« Will beugte sich zur Seite und legte seinen Arm um den breiten Nacken des Übersetzers. »Wie kannst du uns jetzt verlassen?«

»Ganz einfach und gelassen.« Der Protoceratops nickte in Richtung des Restaurantausgangs. »Ich gehe zur Tür hinaus und halte mich links.«

»Aber wir haben doch Beweise gefunden, dass die Hand mehr ist als eine Legende«, erinnerte ihn Silvia. »Da sind die Wasserkarte in Ahmet-Padon und Khorips Nachforschungen, die sich mit meinen decken.«

»Die Wasserkarte verweist auf einen Ort auf der Äußeren Insel«, hielt Chaz ihr entgegen, »und nicht auf einen Seeweg.« Mit einem Auge musterte er den neben ihm hockenden Prenocephalen. »Und was die ›Nachforschungen‹ unseres Freundes Khorip betrifft, so bestätigen sie nur die Legende von der Hand, nicht, dass sie wirklich existiert. Auch ein Dutzend unabhängig voneinander untersuchter Legenden ergeben nur einen Mythos. Nenn mich ruhig widerspenstig, doch ich brauche etwas Greifbares, bevor ich davon überzeugt bin.«

»Deshalb fahren wir zur Äußeren Insel«, stand Will seiner Gefährtin bei. »Wir könnten dort gut die Dienste eines Dolmetschers gebrauchen, Chaz. Du musst mit uns kommen.«

»Das werde ich nicht.« Der Protoceratops blieb unberührt. »Mein Auftrag von der Behörde in Schluchtenstadt war, dich sicher zu Silvia zu geleiten. Das habe ich getan und sogar noch mehr. Es war keine Rede davon, dich bei einer Durchquerung der Großen Wüste zu begleiten, doch auch das habe ich getan.« Er erhob sich aus seiner knienden Position, trat vom Tisch zurück und ging auf die Tür zu.

»Ich habe den Auftrag der Behörde mehr als erfüllt, gar nicht zu sprechen von irgendwelchen Verpflichtungen dir gegenüber, Will Denison. Nun freue ich mich darauf, mich der nächsten Reisegruppe anzuschließen, die Kuskonak in Richtung Pteros verlässt. Ich wünsche euch alles Glück der Welt für eure weitere Reise. Wenn es wirklich die Hand von Dinotopia gibt und ihr sie findet, dann hoffe ich, dass sie sich als so bedeutend erweist, um all die Zeit und den Ärger, die mit der Suche verbunden waren, zu rechtfertigen.«

Damit wandte er ihnen sein mächtiges Hinterteil zu und watschelte würdevoll auf die belebte Straße hinaus.

Will seufzte traurig. »Nun, ich denke, das wars. Was immer ab jetzt auf uns zukommt, wir müssen ohne unseren eigenen Dolmetscher damit fertig werden.«

»Das werden wir.« Silvia legte ermutigend die Hand auf die seine, die auf der Tischplatte ruhte. »Man braucht nicht unbedingt einen Dolmetscher.«

»Und ich beherrsche noch einige andere Sprachen außer meiner eigenen und eurer«, erinnerte sie Khorip. »Wir werden es schon schaffen.« Er schaute zur Tür hinüber, durch die Chaz verschwunden war. »Zumindest muss ich mich jetzt nicht mehr mit dem Pessimismus und der Kritik eures ehemaligen Freundes herumschlagen.« Doch Will hatte den Eindruck, dass selbst in der Erleichterung des Prenocephalen über Chaz' Abschied etwas von Bedauern mitschwang.

»Weißt du«, murmelte Will, »Chaz hat in ein oder zwei Punkten nicht Unrecht. Vielleicht ist es besser, wir kehren nach Sauropolis zurück und informieren das Amt für Archäologie über unsere Entdeckungen. Eine richtige Expedition könnte auf den Weg gebracht werden, eine mit entsprechenden Vorräten und gut vorbereitet und wir könnten …«

Silvias Blick ließ ihn sofort verstummen. »Will Denison …«, setzte sie mit warnender Stimme an.

Er hob entschuldigend beide Hände. »In Ordnung, es war nur ein Gedanke.« Er beugte sich vor und küsste sie sanft auf die Wange. »Sobald wir hier fertig sind, gehen wir hinunter zum Hafen und besorgen uns ein Boot.«

»Es wird ein sehr merkwürdiges Gefühl sein, nach so langer Zeit in der Wüste sich wieder auf dem offenen Meer zu befinden«, erklärte Khorip nachdenklich. »Es würde mir gar nicht gefallen, seekrank zu werden.«

»Mach dir darüber keine Sorgen«, beruhigte ihn Silvia. »Als ich einmal auf einer großen Fähre von Sauropolis nach Baru übersetzte, verschlechterte sich das Wetter blitzschnell. Da war eine Brachiosaurierdame an Bord und glaube mir, als ihr schlecht wurde … Man hat noch nie eine solche Menge Leute gesehen, die so schnell zum Bug eines Bootes rannten.« Bei der Erinnerung daran verzog Silvia das Gesicht. »Mit anzusehen, wie ein fünfzig Tonnen schwerer Saurier seinen Mageninhalt von sich gibt, ist nicht eine meiner schönsten Erinnerungen.«

»Irgendwie beruhigt mich das nicht.« Khorip reckte sich und verließ den Tisch. »Hoffen wir, dass das Wetter während der Überfahrt ruhig bleibt.«

Will wusste, dass viel von der Stabilität des von ihnen ausgewählten Bootes abhing, doch ein genauer Blick auf den Hafen von Kuskonak machte ihnen nicht gerade Mut. Die Mehrzahl der Boote, die hier ihren Liegeplatz hatten, war entweder zum Fischfang auf See oder im Begriff auszulaufen und den Fang einzubringen. Es war die Zeit des Jahres, in der viele der essbaren Knochenfische laichten und Schulen großer Tunfische die Küstengewässer zwischen Dinotopia und der Äußeren Insel entlangzogen. Die meisten Boote schienen mit dem reichen Fang aller möglichen Meerestiere beschäftigt zu sein.

Jene, die es nicht waren, wirkten nicht besonders seetüchtig. Nahe der Küste waren die Winde und Strömungen um Dinotopia herum leicht zu navigieren, doch je weiter man hinaus kam, desto unberechenbarer wurden sie. Um bis zur Äußeren Insel zu gelangen, bedurfte es nicht nur eines stabilen Bootes, sondern auch einer guten Mannschaft und eines erfahrenen Kapitäns.

In ihrer Ungeduld waren Silvia und Khorip bereit, irgendeinen alten Kahn zu mieten, doch Will bestand darauf, nach einem seetauglichen Schiff zu suchen.

»Unsere Chancen, Antworten auf unsere Fragen zu finden, erhöhen sich nicht, wenn wir auf halbem Wege umkehren und wieder von vorne anfangen müssen«, gab er zu bedenken.

»Ich weiß«, schmollte Silvia, »aber es ist nervtötend, wenn man so weit gekommen ist und nun hier herumsitzen und abwarten muss.« Sie stand am Rand der Straße, die der Biegung des Hafens folgte, und blickte auf die wenigen Boote, die an dem halben Dutzend Landungsstege lagen. Entenmuscheln, Seeschnecken und Seesterne klebten am Fuße der steinernen Landungsstege, während Trilobiten und Krabben im seichten Wasser umhereilten.

»Was ist mit diesem Boot?«, fragte Khorip und deutete auf ein viereckiges, hölzernes Gefährt, das bewegungslos neben dem Pier lag.

»Das ist kein Schiff«, erklärte Will geduldig. »Das ist eine Prahm. Siehst du die Trossen an den Seiten? Sie dient dazu, Fracht im Hafen herumzuschippern und ist nicht für das offene Meer geeignet.«

»Sie schwimmt aber«, meinte Khorip ganz nüchtern.

»Das tut auch ein Korken, doch ich würde nicht versuchen, auf ihm den ganzen Weg zur Äußeren Insel zurückzulegen.«

»Sie ist für schwere Frachten ausgelegt. Mit Leichtigkeit könnte sie uns alle befördern«, stellte Silvia eifrig fest. »Moment mal ...«, setzte Will an.

»Es ist absolut windstill und die See ruhig«, stellte Khorip fest. »Ganz bestimmt könnte man die Überfahrt damit bewältigen.«

»Möglicherweise, ja«, räumte Will widerstrebend ein, »wenn das Wetter so bleibt. Wenn nicht, dann brauchst du dir über deinen Anblick, wenn du seekrank wirst, keine Sorgen mehr zu machen, denn uns allen wird es hochkommen. Weil Prahme flache Rümpfe haben. Ich bin kein Seemann, aber ich wette, dass bei der kleinsten Welle so ein Ding wie verrückt hin und her schaukelt.«

»Khorip hat Recht.« Silvia hatte schon beschlossen, sich auf die Seite des Prenocephalen zu schlagen. »Im Moment liegt die Warmwasserbucht wie ein See da.«

»Ja, im Moment«, murmelte Will.

»Und Prahme werden nicht zum Fischfang benutzt, also sollte man sie mieten können.« Will war noch nicht bereit nachzugeben. »Was macht dich so sicher, dass die Mannschaft bereit ist, in dieser Nussschale bis zur Äußeren Insel zu fahren?«

»Warum, glaubst du, sollte sie es nicht tun?«, gab sie zurück.

Er rollte mit den Augen. »Großartig. Tolle Logik. Was soll ich darauf antworten?«

»Brauchst du nicht.« Sie trat einen Schritt vor, nahm ihn fest in die Arme und blickte ihm tief in die Augen. »Du bist dafür da, mir zu sagen, wie schön ich bin, dass du ohne mich nicht leben kannst und dass du bereit bist, mich immer zu unterstützen, denn du liebst mich grenzenlos, zärtlich und auf ewig und deine Liebe ist so groß wie der Ozean selbst.«

»Ist das so?«, gab er misstrauisch zurück.

»Ja, das ist so.« Sie machte sich von ihm los, trat einen Schritt zurück und schüttelte traurig den Kopf. »Da du aber ein typischer Mann bist, wirst du es nicht tun. Also kümmere ich mich um die Prahm, damit wir auf die Äußere Insel kommen und über die Beweggründe unterhalten wir uns später.«

»Nun, so wird es wohl sein.« Das ist interessant, überlegte er. Er hatte diese Auseinandersetzung ganz klar verloren, aber merkwürdig war, dass er sich gar nicht erinnerte, eine gehabt zu haben. Zusammen gingen sie zu dem Landungssteg, an dem das Hafenboot vertäut lag. Will konnte sich nicht des nagenden Gefühls erwehren, dass da eben was gewesen war.

16

Ihre Nachforschungen führten sie zu einer Taverne am Wasser, wo sie schließlich den Kapitän der Prahm fanden. Sein Bart und seine volltönende Stimme erinnerten Will an den Schmiedemeister Tok Timbu, doch Kapitän Manuhiri hatte ein sanfteres und nicht so überhebliches Gemüt.

»Oh ja, das Boot schafft die Überfahrt«, versicherte er ihnen, als sie die Taverne verließen und am Wasser entlang zurückgingen. »Selbst bei starker Strömung trägt es ohne zu schwanken zwei Barosaurier.« Er kratzte sich am Bart. »Wenn das Wetter aber umschlägt, dann werdet ihr Landratten eine schwere Zeit haben.«

»Darüber haben wir uns schon Gedanken gemacht«, versicherte ihm Silvia. »Wir sind bereit, allen Gefahren die Stirn zu bieten, wenn wir nur auf die Äußere Insel kommen.«

»Nun, ich bringe Sie ganz bestimmt dorthin«, versprach Manuhiri. »Nur welche Farbe Ihre Gesichter nach der Überfahrt haben werden, kann ich nicht garantieren.«

»Das ist unser Problem. Doch bevor es losgeht, müssen wir noch einige Vorräte besorgen.«

Manuhiri schaute sie argwöhnisch an. »Warum müssen Sie das hier machen, wenn Sie doch nach Culebra wollen? Es ist keine große Stadt, aber Sie müssten alles, was Sie brauchen, dort bekommen können.«

»Wir planen eine Art von Expedition ins Landesinnere der

Insel«, erklärte Will, »und wir können nicht erst wieder zurück nach Kuskonak, wenn wir etwas vergessen haben oder es in Culebra nicht bekommen.«

Als Manuhiri nickte, sprang sein Bart auf und nieder. »Ich verstehe. Eine Expedition also? Was für eine Art von Expedition? Nein, schon gut. Das müssen Sie mir nicht sagen, und da Sie es mir bis jetzt nicht gesagt haben, wollen Sie es auch für sich behalten. Das ist Ihre Angelegenheit. Meine ist, Sie dorthin zu bringen. So ist es und so bleibt es.« Er blieb stehen und deutete auf das Meer.

»Beeilen Sie sich mit Ihren Vorbereitungen, und seien Sie morgen bei Tagesanbruch hier. Außerhalb des Hafens wird der Wind um die Mittagszeit stärker, also: Je früher wir wegkommen, desto besser für Sie.«

Sie ließen den Kapitän bei seiner Prahm zurück und hetzten durch die Läden und über den Marktplatz von Kuskonak, um in aller Eile ihre Ausrüstung, die ein Opfer der Wüste geworden war, zu ersetzen. Zumindest das Trinkwasser würde diesmal kein Problem darstellen, was sowohl die Last, die sie mit sich tragen mussten, als auch ihre Sorgen reduzierte. Die Äußere Insel war weit genug von den Verbotenen Bergen entfernt und ihre Berggipfel hoch genug, um eine Menge des tropischen Regens abzufangen. Nach den Aussagen von Manuhiri war das zerklüftete Gebirge im Inneren von Bächen und Wasserläufen durchzogen, von denen aber keiner die Größe eines richtigen Flusses erreichte.

Da er keine Masten, Segel oder Ruder gesehen hatte, überlegte Will, wie die Prahm sich wohl fortbewegte. Als sie am nächsten Morgen an Bord gingen, fand er es heraus. Manuhiri und ein paar Matrosen waren am Bug damit beschäftigt, drei Temnodontosaurier in ihr Zuggeschirr zu spannen. Den unruhigen und aufgeregten Wasserreptilien mit ihren langen, zahnbewehrten Schnauzen fiel es schwer, sich so lange ruhig zu verhalten, bis ihre menschlichen Partner die Seile und

Schnallen an den delfinartigen Körpern befestigt hatten. Die Temnodontosaurier planschten ausgelassen im Wasser und Will erkannte schnell, dass ein gewisses Maß an ausgelassenem Herumalbern und Herumgespritze zu der ganzen Prozedur dazugehörte. Deshalb trugen die Menschen auch nur die nötigste Kleidung, denn sie waren schon nach kurzer Zeit fast genauso nass, wie die Ichthyosaurier.

Der freundliche Manuhiri begrüßte sie. »Willkommen, meine wissbegierigen Freunde! Wie Sie sehen können, hält das gute Wetter an, was heißt, auch Ihr Glück hält an. Wir werden eine ruhige Überfahrt haben.« Er reckte einen Finger in die Luft. »Mehr noch, ich habe erfahren, dass am Pier von Culebra eine Fracht Obst und Zuckerrohr darauf wartet, von einem tatkräftigen Kapitän an Bord genommen zu werden. Niemand wird allerdings damit rechnen, dass eine Hafenprahm in die Tarabibucht einfährt, also werden die Besitzer der Fracht sowohl überrascht als auch erfreut sein. Anders als die üblichen Fischerboote sind wir in der Lage, die gesamte Ladung auf einmal zu bewältigen.«

»Dann sind wir ja gerade zur rechten Zeit gekommen«, meinte Silvia heiter.

»Genau das seid ihr, junge Dame«, antwortete der Kapitän und drückte sie an sich, was nach Wills Geschmack etwas zu freundlich war. Doch dann umarmte Manuhiri auch ihn und bewies damit, dass es nur Ausdruck seiner guten Laune war und nichts anderes.

Als Will noch seine Knochen sortierte, die bei der bärengleichen Umarmung des Kapitäns durcheinander geraten waren, wurde die Prahm zum Auslaufen fertig gemacht. Einige der Seeleute überprüften die Schnallen, während andere die Seile lösten, mit denen die Prahm am Kai vertäut war. Sobald sie frei lag, stießen die Seeleute die Prahm mit Stangen von der mit Algen überzogenen Kaimauer ab. Khorip stand am Bug, als wollte er der Äußeren Insel so nah wie möglich sein.

Die Ebbe zog sie mit mäßiger Kraft aus dem Hafen, als ein lautes Rufen sie herumfahren ließ.

»Wartet! Wartet auf mich!«

Will musste nicht lange nach dem Ursprung dieses verzweifelten Ausrufs suchen. Er hatte die Stimme sofort erkannt.

»Chaz!«

So war es denn auch. Der kleine Dolmetscher rannte, so schnell seine vier kurzen Beine es zuließen, auf dem Landungssteg in ihre Richtung. D er keine Hände zum Winken hatte, war er ganz auf die Kraft seiner Stimme angewiesen, um sich bemerkbar zu machen.

»Ich komme, Will! Fahrt nicht ohne mich ab!«

»Wir können nicht ohne unseren Freund losfahren«, flehte Silvia den Kapitän an.

Manuhiri schob die Unterlippe vor und sah auf sie herab. »Sie haben nichts von einem vierten Passagier gesagt. Ich weiß nicht, ob ich Ihrem Wunsch entsprechen kann, Silvia. Es ist sehr schwer, dieses Boot zu wenden und wenn Blinzler, Zwinkler und Nicker erst einmal Wasser unter ihren Schwanzflossen haben, ist es fast unmöglich, sie zurückzuhalten. Außer, es ist Essenszeit.«

»Sie müssen aber!«, bat sie und versuchte sich gleichzeitig auf den sich sträubenden Kapitän und den rennenden Protoceratops zu konzentrieren.

Manuhiri strich sich durch den Bart. »Nun denn, meine Liebe, ich denke, es ist machbar, als Gegenleistung für einen kleinen Kuss.«

Silvia klappte der Unterkiefer herunter. »Kapitän Manuhiri! Dort drüben steht mein Verlobter.«

»Und was wäre, wenn er nicht dort stünde?«

Sie richtete sich zu voller Größe auf, so dass sich ihre Augen fast auf gleicher Höhe befanden. »Dann bekämen Sie etwas, aber bestimmt keinen Kuss!«

»Schon gut, schon gut!« Der joviale Manuhiri machte eine beschwichtigende Geste. »Ich hab doch nur Spaß gemacht, Silvia. Natürlich kehren wir für Ihren Freund um. Doch das Manöver wird einige Minuten in Anspruch nehmen. Als ich sagte, dass das Boot nicht einfach zu wenden ist, habe ich keinen Spaß gemacht. Das ist kein Rennboot, verstehen Sie?«

Da Chaz nicht wusste, was der Kapitän vorhatte, glaubte er sich zurückgelassen und rannte noch schneller auf den zurückgezogenen Bootssteg zu. Wenn es ums Springen geht, dann gehören Ceratopsier in die gleiche Kategorie wie Nashörner und Elefanten. Ein gelungener Sprung bewegt sich bei ihnen im Bereich von Zentimetern. Doch das hielt Chaz nicht zurück. Er hätte sich das überlegen sollen, doch das tat er nicht.

Am Ende rettete ihn gerade diese Fehleinschätzung. In seiner Eile, das wegfahrende Boot zu erreichen, hatte er nicht bedacht, dass die Prahm ungefähr dreißig Zentimeter tiefer lag als der Landungssteg. Es war kein großer Unterschied, doch für ihn bedeutete es, entweder auf dem festen Deck zu landen oder ganz unspektakulär in das trübe Wasser zwischen der Prahm und der Kaimauer zu fallen.

Leicht benommen von dem Aufprall kam er wieder auf die Beine und wartete schwer atmend, bis sich seine Freunde um ihn versammelt hatten.

»Das war eine verrückte Aktion, Chaz!« Will wusste nicht, ob er erleichtert oder böse sein sollte.

»Ja«, bestätigte Silvia. »Wenn der Sprung nur etwas zu kurz gewesen wäre, dann hättest du dir deinen Kopf an der Bordwand der Prahm aufgeschlagen.«

Als Erwiderung senkte der Protoceratops seinen Kopf. »Wozu, glaubst du, ist dieser Schutzschild im Nacken wohl gut?«

»Nicht, um damit gegen die Bordwände von Booten zu knallen, denke ich mal.« Will war überrascht, wie sehr ihn die Sache mitnahm.

»Ach was, mein Freund. Ich bin hier, das ist das Wichtigste.«

»Nicht unbedingt«, schaltete sich jetzt Khorip in die Unterhaltung ein. »Was ist mit deinem ausdrücklichen Verlangen, nach Schluchtenstadt zurückzukehren? Was also, um es kurz zu machen, willst du hier eigentlich?«

Der Dolmetscher senkte den Kopf, bis sein schnabelförmiges Maul fast das Deck berührte. »Je mehr ich darüber nachdachte, desto klarer wurde mir, dass auch ich der Sache mit der Hand auf den Grund gehen möchte. Sehr zu meiner Überraschung wurde das Verlangen so stark, dass ich nicht warten konnte. Auch wenn es keine Hand von Dinotopia gibt, muss ich das selbst herausfinden.« Er hob den Kopf und schaute sie der Reihe nach an. »Ich muss es wissen und ich will nicht auf einen offiziellen Bericht von eurer Expedition warten. Ich will ein *Teil* des offiziellen Berichts sein, kein Unbeteiligter.«

Freundschaftlich legte Will seine Hand auf den Nackenschild des Dolmetschers. »Du warst immer ein Teil der Expedition, Chaz.«

»Es ist doch etwas Seltsames«, fuhr der Protoceratops fort, »dieses Verlangen, das Unergründliche zu ergründen. Die Menschen glauben, es sei ihnen eigentümlich, doch ich sage dir, auch wir Dinosaurier suchen genauso intensiv nach Wissen wie ihr.«

»Khorip ist ein Beweis dafür«, hielt ihm Silvia vor.

»Ich weiß«, räumte Chaz ein, »aber trotzdem bin ich zurückgekommen.«

»Ärgere dich nicht«, erklärte der Prenocephale, »es ist immer noch Zeit, dich wieder an Land zu bringen.«

»Das würde dir so passen, nicht wahr, du Meister eines undurchdringlichen Schädels.«

»Ganz gewiss, Hervorbringer nicht enden wollender Kommentare.«

Während Will die beiden so beobachtete, meinte er zu Silvia: »Es ist schwer, gute Freunde zu trennen.«

»Ja«, stimmte sie zu und lachte dabei verhalten. »Sie werden so miteinander beschäftigt sein, dass sie keine Zeit haben, seekrank zu werden.«

Der Landungssteg blieb hinter ihnen zurück und sie steuerten in die sanfte Dünung des Hafenbeckens hinaus. Will und Silvia waren als Skybax-Reiter schwerere Turbulenzen gewohnt, als diese flachen Wellen verursachten und sie zeigten keine Anzeichen von Unwohlsein.

Die drei Temnodontosaurier erhöhten die Geschwindigkeit. Ihre breiten Schwanzflossen schlugen im Gleichklang und zogen die Schlitten ähnliche Prahm durchs Wasser. Einer ihrer Betreuer saß vorne am Bug, ließ die Beine ins Wasser baumeln, sang ein altes dinotopisches Seemannslied und seine Kameraden fielen beim Refrain ein. Am Heck warf man Angelschnüre aus, um sich mit dem Fischfang etwas dazuzuverdienen.

Will stand am Heck und beobachtete, wie der Hafen von Kuskonak hinter ihnen zurückblieb. Vom Wasser her konnte man die ganze Stadt überblicken, die sich in einem weiten Bogen von weiß und rosa getünchten Häusern an den niedrigen Sandsteinklippen entlangzog, die Schutz vor den Winden und dem Sand aus dem Inneren der Wüste boten. Die höheren Berge dahinter wiesen den Weg nach Pteros. Das Wasser der vielen Quellen in diesen Bergen war der Grund, dass Kuskonak seit den frühen Tagen von Dinotopia bewohnt war.

Will lehnte an der Reling der Prahm, als er plötzlich spürte, wie sich eine Hand auf seinen Arm legte. Silvia stand neben ihm und warf wie er zum Abschied einen letzten Blick auf die Stadt und das Festland.

»Schon merkwürdig, hier draußen zu sein«, bekannte sie offen. »Zu wissen, dass man, wenn man nur weit genug fährt, in Länder kommt, in denen Dinosaurier nichts anderes sind als eine blasse Erinnerung im Stein.«

Will nickte wissend. »Wo mein Vater und ich herkommen, wäre der Anblick eines lebenden Dinosauriers ein Wunder. Ganz zu schweigen von einem sprechenden.«

»Und sie sind so viel älter als wir«, murmelte sie. »Ihre Entwicklung reicht Hunderte von Millionen Jahre zurück und unsere ist noch so jung.«

»Vielleicht schreiben wir auch ein bisschen Geschichte«, meinte er, legte seinen Arm um ihre Hüfte und zog sie an sich.

Sie schien plötzlich zu zögern und er schaute sie verunsichert an. »Was ist los, Silvia?«

»Nichts.« Sie richtete sich auf und starrte zu der verschwindenden Stadt hinüber.

»Komm schon, Silvia. Ich kenne dich. Etwas macht dir Sorgen.«

»Es ist nur ... ich fange an, mir Sorgen zu machen. Komisch, nicht wahr? In der Schlucht des Amu und in der Großen Wüste, da war ich mir immer sicher. Doch jetzt, wo wir fast am Ende unserer Reise sind, da frage ich mich ...«

»Was fragst du dich?«, drängte er sanft.

Sie schaute ihn an. »Was ist, wenn es keine Hand von Dinotopia gibt? Es von hier keinen geheimnisvollen, magischen Seeweg gibt? Was ist, wenn Chaz Recht gehabt hat und es nur eine Geschichte ist, eine Metapher für etwas ganz Gewöhnliches und Alltägliches? Ich habe dich und Chaz gezwungen, mit mir bis zur Äußeren Insel zu kommen und euch unzähligen Gefahren ausgesetzt. Khorip bereitet mir keine Sorgen, der wäre auf jeden Fall mitgekommen.«

»Genau wie ich, Silvia«, flüsterte er sanft.

»Nein, das hättest du nicht getan.« Ihre Stimme klang scharf. »Denn dich interessiert auf der Äußeren Insel nichts. Es besteht kein Grund für dich, dorthin zu gehen.«

»Doch, den gibt es.«

»So? Und was soll das sein?«

»Du, Silvia. Du gehst dorthin. Und das ist für mich Grund genug.«

Danach schwiegen sie. Die Welt um sie herum war erfüllt vom Geräusch der Wellen, die an die Bootswand schlugen, von dem Streit, den Khorip und Chaz über irgendeinen obskuren Aspekt der Archäologie führten und dem Gesang der Seeleute. Dann umarmten sie sich und einen Moment lang vergaßen sie alles um sich herum.

Schließlich war es Silvia, die sich aus der Umarmung löste und aufgeregt auf etwas deutete. »Schau dir das an, Will! Ist das nicht großartig?«

Er drehte sich um und verstand sofort ihre Aufregung. »Ich hab gar nicht gewusst, dass das Training schon begonnen hat.«

Von all den Festen und Veranstaltungen im sozialen und kulturellen Kalender Dinotopias war die Olympiade der Dinosaurier das herausragendste. Will hatte daran teilgenommen und auch Silvia sowie alle ihre Bekannten. Ein Sieg war weniger wichtig, als sein Bestes zu geben, und die Saurier, die hier in einem abgeteilten Bereich der Bucht trainierten, versuchten ohne Zweifel, wenn schon nicht athletische Perfektion, so doch zumindest ihre körperliche Kraft zu verbessern, was ihnen den Beifall ihrer Artgenossen einbrachte.

Als sie vorbeifuhren, schickten die Seeleute Anfeuerungsrufe hinüber, und auch die drei Temnodontosaurier, die das Boot zogen, stimmten mit ihrem einzigartigen hohen Pfeifen und Rufen ein.

Auf der einen Seite des Bootes übte die örtliche Wasserballettgruppe verschlungene Figuren ein. Sie bestand aus Menschen, die zusammen mit Elasmosauriern und anderen Plesiosauriern schwammen, und die aufeinander abgestimmten Bewegungen von Menschen und Dinosauriern waren ein aus dem Wasser geborenes Kunstwerk. Aufgrund der Entfernung konnten die Zuschauer auf der Prahm kaum die Musik hören, die dieses Schauspiel begleitete. Doch trotzdem hatten die grazilen, schwanengleichen Bewegungen der langen Hälse der Elasmosaurier, verbunden mit dem verwirrenden Ein- und Auftauchen ihrer menschlichen Partner eine fast betörende Wirkung. Will und Silvia hätten stundenlang zusehen können, doch die Prahm bewegte sich stetig auf das offene Meer zu.

In einiger Entfernung von der Ballettgruppe pflügten Mannschaften von Ichthyosauriern durch einen ovalen Hindernisparcours. Menschen begleiteten sie in Booten, um die Zeit zu stoppen und sie anzufeuern. Jede Mannschaft bestand aus zwei nebeneinander schwimmenden Ichthyosauriern. Hier war mehr als pure Schnelligkeit gefragt, denn auf dem glatten, runden Rücken eines jeden Saurierpaars balancierte ein Mensch. Die Füße des Reiters steckten in einer speziellen Halterung direkt hinter der Rückenflosse des Ichthyosauriers, und in der Hand hielt er Zügel, die ihm einerseits halfen, die Balance zu halten, andererseits seine Reittiere zu steuern.

Die Ichthyosaurier wären sehr gut in der Lage gewesen, den Rennparcours allein zu bewältigen, doch das menschliche Blickfeld war weiter, besonders, wenn mehrere Mannschaften gleichzeitig das Wasser aufwühlten. Über dem aufschäumenden Wasser konnten die menschlichen Lenker die Hindernisse vor sich besser erkennen und ihren Sauriern den richtigen Weg weisen. Um diesen Parcours zu bewältigen, mussten die beiden Ichthyosaurier und der Mensch perfekt zusammenarbeiten.

Die Zuschauer auf der Prahm sahen, wie eine der Mannschaften zu weit nach rechts abtrieb. Es folgte eine scharfe Kehrtwende, um die bunte Boje, die eines der vielen Hindernisse des Parcours war, nicht zu verfehlen. Allerdings entfernte sich dabei einer der beiden Ichthyosaurier zu weit von seinen Gefährten. Mit einer wilden Armbewegung, mit der sie aber das Gleichgewicht nicht wiedererlangen konnte, verlor die Lenkerin die Zügel und nahm ein unvermeidliches Bad. Sofort hielten die beiden Ichthyosaurier an, kehrten um und erkundigten sich mit hohen Lauten, ob ihr nichts passiert sei.

Als sie sich vergewissert hatten, dass ihre menschliche Partnerin unverletzt war, fingen alle drei im Wasser an zu diskutieren. Dann bestieg die Frau wieder die beiden geduldig nebeneinander im Wasser liegenden Reptilien, schlüpfte vorsichtig erst in die eine, dann in die andere Fußhalterung hinter den Rückenflossen. Sie nahm die Zügel, rief ihnen etwas zu und dann schwammen sie langsam zurück zum Starttor, um einen weiteren Versuch zu unternehmen. Wie auch bei dem Wasserballett, gehörte zum erfolgreichen Bewältigen eines olympischen Hindernisparcours viel Übung.

Im tieferen Bereich des Hafens sahen sie vier Mosasaurier, die zwei Mannschaften bildeten und eine besondere Form des Tauziehens übten. Die mächtigen Mäuler weit aufgerissen, stemmten sich alle vier in das schwere Geschirr, das ihnen geschickte menschliche Hände zu diesem Zweck angelegt hatten. Direkt hinter jedem der mächtigen Köpfe saß ein menschliches Mannschaftsmitglied in einem Spezialsattel. Während die Mosasaurier unter Einsatz ihres kräftigen Schwanzes zogen, gaben ihnen ihre menschlichen Gefährten Anweisungen, in welche Richtung sie sich bewegen, wann sie kräftig schwimmen oder einfach nur ihre Position halten und wann sie sich noch mehr anstrengen sollten.

Zwischen den übenden Paaren befand sich ein Floß, auf dem ein fast zahnloser, alter Kronosaurier und einige Menschen den Wettkämpfern beider Seiten Ratschläge gaben. Im Wasser wurde ein Tauziehen zu gleichen Teilen von Strategie und Kraft bestimmt. Um die sich wie riesige Schlangen windenden Teilnehmer dieses Wettkampfes war das Meer aufgewühlt.

Die Mosasaurier waren die Seeschlangen aus den Sagen der Außenwelt. In den Gewässern um Dinotopia nahmen sie die Stellung der großen Raubsaurier des Regentals ein, nur dass sie im Unterschied zu den Raubsauriern den Kontakt zur dinotopischen Zivilisation suchten. Vielleicht lag es daran, dass sie im Ozean mehr Beute fanden und deshalb nicht so aggressiv waren. Ohne ihre Hilfe hätte Wills Vater nie die Untere Welt, das riesige Höhlensystem unter Dinotopia, erreichen und erforschen können.

Bald hatte die Prahm den kleinen Hafen von Kuskonak hinter sich gelassen und befand sich auf offener See in der Warmwasserbucht. Ein leichter, steter Rückenwind unterstützte die das Boot ziehenden Temnodontosaurier und Manuhiri war in der Lage, fast genau östlichen Kurs auf die Tarabibucht und den Hafen von Culebra zu nehmen.

Bei der Geschwindigkeit würde die Überfahrt den größten Teil des Tages in Anspruch nehmen. Am Heck der Prahm befand sich ein einfacher, aber zweckmäßiger hölzerner Verschlag, wo die Passagiere Will, Silvia, Khorip und Chaz, Schutz vor der höher steigenden Sonne suchen konnten. Die an die herabbrennende Tropensonne gewöhnte Besatzung widmete sich ihren üblichen Aufgaben. Sie reinigte die Bordwand von Tang und anderem Bewuchs, schrubbte das Deck und sammelte die schmackhaften fliegenden Fische ein, die bei dem Versuch, den Jägern im Wasser zu entkommen, auf dem hölzernen Deck landeten.

Von Zeit zu Zeit holte ein Besatzungsmitglied eine der Angelschnüre am Heck der Prahn ein und nahm einen deutlich größeren Fang vom Haken. Da es auf der Fahrt nicht viel zu tun gab, verbrachten Silvia und Will die meiste Zeit damit, den Seeleuten bei der Arbeit zuzusehen. Die gefangenen Makrelen, Barsche und kleineren Tunfische wurden weder von der Mannschaft verspeist noch an das hart arbeitende Trio der Temnodontosaurier verfüttert, sondern sollten in Culebaa oder bei der Rückkehr in Kuskonak verkauft werden. Einige der schmackhaften Fische würden gleich dort frisch in den Handel kommen, andere würden getrocknet und gesalzen weiter im Landesinneren verkauft werden. Die großen Tunfische, die man gelegentlich fing, gingen an die Karawanen, die durch das Regental zogen, und wurden den dort lebenden Raubsauriern als Tribut für eine unbehelligte Durchreise entrichtet. Besonders die Tyrannosaurier liebten Tunfisch, wie Will wusste.

Sie hatten schon über die Hälfte ihres Weges durch die Bucht zurückgelegt und waren gerade mit dem Mittagessen fertig, als von achtern der Ruf ertönte. Da die Passagiere, anders als die Mannschaft, nichts zu tun hatten, eilten sie hinter den hölzernen Verschlag.

»Was ist los?« Um ein besseres Blickfeld zu haben, erhob sich Chaz auf die Hinterbeine und versuchte mit den Vorderbeinen das Gleichgewicht zu halten.

Will reckte sich, um besser sehen zu können. Zwei Besatzungsmitglieder kämpften mit einer der Angelruten, während ein drittes zur Unterstützung herbeieilte. Im Kielwasser der Prahm peitschte etwas Großes und Kräftiges das Wasser auf.

»Kann ich noch nicht sagen! Da ist zuviel Gischt.«

Neben ihm wischte sich Silvia das Meerwasser aus dem Gesicht und versuchte zu erkennen, was die Männer am Haken hatten. Genau in diesem Moment durchbrach für einen Augenblick ein mächtiger Körper die Oberfläche und verschwand sofort wieder im Meer.

»Ich hab's gesehen! Ich glaube, es ist ein Dinichthys.«

Will kannte diesen vorzeitlichen Fisch. Er war kräftig und gepanzert, aber auch überaus wohlschmeckend. Es würde nicht einfach sein, ihn an Bord zu holen. Doch mit Hilfe der zusätzlichen Muskelkraft eines dritten Mannes an der Angelrute, deren Spitze sich fast bis zur Wasseroberfläche gebogen hatte, gewannen die aufgeregt rufenden Seeleute langsam die Oberhand.

Der große Fisch wurde langsam und systematisch eingeholt und Will fand Silvias Vermutung bestätigt. Es war eindeutig ein Dinichthys und noch dazu ein Prachtexemplar. Nicht so riesig, dass man damit einen Preis gewinnen könnte, doch groß genug, um für jeden Raubsaurier ein anständiges Mahl abzugeben, ganz zu schweigen von einer Gruppe Menschen und kleinerer Dinosaurier.

Er war über zwei Meter lang und die glänzenden Hornplatten an seiner Seite blitzten jedes Mal auf, wenn der große Körper die Wasseroberfläche durchbrach. Sein mächtiger, mit Zähnen bewehrter Kiefer schnappte wütend nach den unsichtbaren Angreifern. Die Seeleute bemühten sich, ihren Fang an Bord zu bringen, bevor der Fisch die Angelleine, oder sogar die Angelrute selbst packen und zerbeißen konnte. Will wusste, dass der Dinichthys dies auch ohne Anstrengung bei einem menschlichen Arm oder Bein schaffte.

Als der Fisch immer näher an das Heck herangezogen wurde, traten Will und Silvia zur Seite, um den hart zupackenden Besatzungsmitgliedern Platz zu machen. Sie würden einen Großteil des Hecks benötigen, um den Fisch an Bord zu bringen. Zwei weitere Seeleute waren mit Manuhiri herbeigekommen, um den Fang zu begutachten.

Die See hinter dem Boot explodierte förmlich, als etwas wirklich Riesiges seinen Kopf aus dem Wasser reckte und den heftig zuckenden Dinichthys in zwei Teile biss.

»Megalodon«, schrie einer der Seeleute, als ihm die Angelrute aus den Händen glitt.

Will und Silvia standen wie versteinert nebeneinander. Wie alle in Dinotopia hatten sie Geschichten über den seltenen, riesigen Hai gehört, aber nie erwartet, jemals einen zu sehen. Viele Tonnen schwer, fünfzehn bis zwanzig Meter lang und ausgestattet mit zwanzig Zentimeter langen, spitz zulaufenden Zähnen, konnte der Megalodon es selbst mit dem größten Kronosaurier aufnehmen oder auch mit jedem der manchmal an Dinotopias Küsten vorbeiziehenden Wale.

Wie alle Haie zog der Megalodon die einfache Beute der Jagd vor. Als der Dinichthys am Haken hing und ums Überleben kämpte, hatte er ganz instinktiv wie jeder Fisch, der sich in einer bedrohlichen Situation befindet, Signale ausgesandt, die den Megalodon direkt zu ihm geführt hatten. Unglücklicherweise hing die andere Hälfte des Dinichthys immer noch am Heck des Bootes.

Durch das plötzliche Auftauchen des riesigen Hais überrascht, hatten die Seeleute sofort die Angelrute losgelassen. Diese war allerdings in einer metallenen Halterung des Decks befestigt. Als der Megalodon den letzten Rest des gepanzerten Fisches verschlungen hatte, hing er selbst am Haken.

Das Meer war ein Mahlstrom tobenden Wassers, das Deck unter Wills Füßen schwankte Furcht einflößend und um sich herum hörte er die schlimmsten Verwünschungen. Das Heck der Prahm tanzte bei den Versuchen des Megalodons, den nun in seinem Kiefer verfangenen Haken loszubekommen, auf und nieder wie ein tanzender Dimetrodon. Sie wurden von den Füßen gerissen und nur der Erfahrung der Mannschaft war es zu verdanken, dass keiner über Bord ging.

Gehetzt blickte sich Will um und sah, wie Silvia auf einem Teppich aus Gischt auf die Bordwand zurutschte. »Silvia!« Er kroch mit ausgestrecktem Arm auf sie zu, als er plötzlich in die Luft gehoben wurde und das Deck unter seinem Körper verschwand. Er knallte auf die Schulter, rollte sich schnell herum und sah, wie Silvia sich an das Deck klammerte, während ihre Beine über dem schäumenden Meer baumelten. Sie schrie ihm etwas zu, doch in dem Toben und dem Chaos konnte er es nicht verstehen.

Wenn sie über Bord ginge und ins Wasser zu dem rasenden Megalodon fiele …

Obwohl er erkannte, dass er zu weit entfernt war, warf er sich in ihre Richtung. Dann tauchten zwei andere Gestalten auf, beide vertraut, beide nicht menschlich. Als Silvia halb über das Deck hinausrutschte, unter der Reling der Prahm hindurch, packte ein kraftvoller Schnabel den Kragen ihres Gewandes. Vier kurze, kräftige Beine standen fest auf den sich hebenden und senkenden Planken, während zwei Klauen den kurzen dicken Schwanz des Protoceratops umklammert hielten.

Gemeinsam gelang es Chaz und Khorip, Silvia wieder an Bord zu ziehen. Will hielt sich an der Wand des Verschlages fest und kroch über das überflutete Deck zu ihnen.

Zusammen arbeiteten sie sich zur Vorderseite der Hütte vor. Dort waren sie zumindest sicher vor dem schnappenden Schlund des Megalodon. Immer noch hob und senkte sich die Prahm und nur Chaz und Khorip schafften es, auf den Beinen zu bleiben. Die Prahm war für dinotopische Verhältnisse ein sehr stabiles Boot, doch sie war nicht unsinkbar. Wenn ihre Spanten und der Kiel brechen und sie untergehen sollte, dann würden sie sich alle als kleine Appetithappen hilflos treibend im Meer wiederfinden.

Die drei Temnodontosaurier hatten sich aus ihrem Geschirr befreit, umkreisten jetzt kreischend den Metalodon und stießen auf ihn herab, um in seine Schwanz- und Rückenflossen zu beißen. Das Problem war, dass sie nichts taten, was der riesige Hai nicht auch selbst wollte. Nachdem er mit zwei mächtigen Bissen den ganzen Dinichthys verschlungen hatte, strebte er nur noch danach wegzukommen. Es war der Haken in seinem Maul, der ihn davon abhielt, das zu tun, was sich alle wünschten.

In dem Chaos aus Wasser und Aufregung glaubte Will gesehen zu haben, wie Manuhiri kurz in der Kajüte verschwand und dann gleich wieder auftauchte. Ein weiterer, endlos erscheinender Augenblick verging, dann beruhigte sich die aufgewühlte See. Um sie herum erklang das Geschrei der aufgeregten Seevögel und das Meer klatschte nicht mehr wild, sondern sanft gegen den unbeschädigten Rumpf. Die Wellen schäumten nicht mehr über das Dollbord und drohten jeden über Bord zu reißen.

Aneinander geklammert kamen Will und Silvia zitternd auf die Beine. Auf dem Deck lagen zuckende Fische, die hilflose und zunehmend schwächer werdende Versuche unternahmen, zurück ins Meer zu kommen. Erschöpfte, aber erleichterte Seeleute rannten auf dem Deck herum, um nachzusehen, ob das Boot beschädigt war, und um Leinen und Ladung zu sichern, die sich losgerissen hatten.

Silvia legte zuerst ihre Arme um Khorips Hals, dann um Chaz' Nackenschild und drückte sie beide abwechselnd. »Vielen Dank, ihr beiden. Ich gehe gerne Schwimmen, aber nicht hier und nicht in diesem Moment.«

Chaz antwortete mit einer schüchternen Bewegung seines gepanzerten Kopfes. »Es gibt Zeiten, da hat eine stämmige Figur ihre Vorteile.«

»Genauso wie Klauen«, ergänzte Khorip und zeigte seine Füße und Hände.

»Sehen wir nach, was passiert ist«, schlug Will vor und behielt Silvia fest in seinem Arm. »Alles in Ordnung?«

»Nein, ich bin nicht in Ordnung«, stieß sie hervor und spuckte immer noch Meerwasser aus. »Ich fühle mich wie ein Mastodon im Wasser. Doch besser, man fühlt sich nur so, statt eines zu sein.« Sie brachte ein Salzwasserlächeln zu Stande.

Zusammen gingen die vier um den Verschlag herum zum Heck. Was sie dort sahen, entsprach dem Chaos, das über das Schiff hereingebrochen war.

Manuhiri stand schwer atmend bei der Halterung, in der sich der Stumpf einer schweren, dicken Angelrute befand. Die Axt in seiner rechten Hand erklärte, was mit dem Rest passiert war. Als er sah, dass seinen Passagieren nichts zugestoßen war, konnte er sich etwas entspannen.

»Mir blieb keine Wahl.« Er deutete auf die Reste des Angelgeräts. »Wenn die Leine gehalten hätte, dann wären wir mit dem Heck voran unter Wasser gezogen worden.« Seine Aufmerksamkeit richtete sich jetzt wieder auf die ruhige See achtern. »Lieber eine Rute und einen Haken verlieren, als das ganze Boot.«

»Aber Kapitän«, bemerkte einer der ramponierten Seeleute, der in der Nähe stand, »was für einen Fisch hätten wir am Landungssteg in Culebra vorweisen können, wenn wir ihn gekriegt hätten!«

»Brrr!«, schnaufte Chaz. »Beinahe hätte er uns gekriegt.«

Khorip war bis an den Rand des Decks vorgetreten und rief seine Gefährten zu sich. »Schaut euch das an, meine Freunde.«

Aus dem oberen Teil des Hecks war ein ordentliches Stück herausgebissen worden. Die halbkreisförmige Lücke hatte einen Durchmesser von über einem Meter. Will sah etwas aus dem Holz herausragen, kniete sich hin und zog daran. Er bewegte es vor und zurück und brachte es schließlich aus dem harten Holz, in das es eingegraben war, heraus.

Es war ein Zahn, etwas länger als fünfzehn Zentimeter, ein perfektes Dreieck, das an beiden Seiten rasiermesserscharf war. An der hellbraunen, blutigen Wurzel hing noch etwas weißes Fleisch. Kein von Menschen hergestelltes Messer hätte schärfer sein können.

Nachdem er es Silvia und Chaz gezeigt hatte, übergab er es würdevoll Manuhiri.

»Für Sie und Ihre Mannschaft«, erklärte er. »Ein kleines Andenken an den heutigen Fischfang. Das ist kein Anglerlatein, für das es keinen Beweis gibt.«

Dankbar nahm Manuhiri das Geschenk an. »Ich habe schon Fische gefangen, die waren kleiner als dieser Zahn.« Er deutete auf das beschädigte Heck. »Wir nehmen Wasser auf, doch nur langsam und durch beschädigte Kalfater. Den Meeresgöttern sei Dank. Die Hauptplanken und Spanten sind unbeschädigt.« Er fuhr mit einem Fuß liebevoll über das Deck.

»Ein schöneres Schiff wäre untergegangen, entweder gekentert oder vollgelaufen. Einfach, aber robust, so liebe ich meine Boote. Wenn wir erst einmal zurück in Kuskonak sind, dann muss es aus dem Wasser und in Ordnung gebracht werden.«

Will schaute Silvia an und die unausgesprochene Folgerung aus dem eben Gesagten war beiden klar. »Wir wollen das nicht, dass Sie Ihr Boot riskieren, Kapitän. Wenn Sie jetzt gleich nach Kuskonak zurückkehren wollen, dann verstehen wir das.«

Manuhiri schenkte ihnen ein freundliches Lächeln und legte jedem eine seiner vernarbten Hände auf die Schulter. »Nee, meine Freunde, wir haben schon mehr als die Hälfte von unserem Weg hinter uns. Ich versichere Ihnen, es ist sinnvoller, weiterzufahren. In der Tarabibucht ist das Meer ruhiger als vor Kuskonak und wir können in Culebra eine provisorische Reparatur durchführen. Auch wenn Sie nicht an Bord wären, würde ich auf diesem Kurs bleiben. Das können Sie mir ganz gewiss glauben.« Sein Gesichtsausdruck wurde düster.

»Es gibt eine Sache, die wir sofort veranlassen müssen, und jeder an Bord muss gehorchen.«

Will nickte ernst. »Natürlich. Was sollen wir tun?«

Ein Lächeln umspielte die Augen des Kapitäns. »Es wird nicht mehr geangelt! Zumindest nicht, bis wir die geschützteren Gewässer der Bucht erreicht haben. Ich liebe Fische, doch ich habe nicht vor, das Abendessen für einen von ihnen zu werden.«

17

Die Menschen erholten sich viel schneller von der Auseinandersetzung mit dem Hai als die aufgeregten Temnodontosaurier. Betrübt über ihre Unfähigkeit, den Megalodon zu verjagen, schlüpften sie häufig aus ihrem Geschirr, um die Prahm auf Beschädigungen zu untersuchen, und entschuldigten sich dabei unterwürfig bei den Menschen an Bord. Besondere Aufmerksamkeit schenkten sie den Passagieren und Will wurde zunehmend ungehalten über diese übertriebene Anteilnahme.

Als Blinzler zum vierten oder gar fünften Mal angeschwommen kam, um Wills Verzeihung zu erbitten, beugte sich dieser über die Reling und blickte hinunter in die hellen Augen und auf die schmale Schnauze des Temnodontosauriers. Chaz stand neben ihm, um zu übersetzen.

»Du brauchst dich wegen nichts zu schämen«, erklärte Will dem betroffenen Ichthyosaurier durch Chaz. »Du und deine Freunde habt euer Bestes gegeben.«

»Wir hätten mehr tun können«, war die quiekende Antwort, die der Protoceratops übersetzte.

»Wir hätten mehr tun *müssen*.«

»Was hättet ihr denn tun können?«, fragte sich Will laut. »Der Megalodon war größer als ihr und verfügte nicht über Intelligenz. Man kann mit einem ungebildeten Bündel Wut keine vernünftige Unterhaltung führen.«

»Wahrscheinlich nicht«, räumte Blinzler ein.

»Niemand wurde verletzt und Kapitän Manuhiri sagt, dass man den Schaden an eurem Boot reparieren kann.«

»Das wissen wir.« Die lange Schnauze spritzte abwesend Wasser in die Luft, was bei den Ichthyosauriern dem nervösen Trommeln eines Menschen mit den Fingern auf eine Tischplatte entspricht. »Doch das ändert nichts daran, dass wir uns schlecht fühlen.«

»Ich würde mich schlecht fühlen, wenn ich gefressen worden wäre«, gab Will zurück. »Im Moment fühle ich mich ziemlich gut.«

»Und du sorgst dafür, dass auch ich mich besser fühle«, übersetzte Chaz aus der Sprache der Temnodontosaurier. »Es ist schön, wenn man so verständnisvolle Passagiere an Bord hat. Meistens befördern wir Fracht und sind nicht daran gewöhnt, Fremde an Bord zu haben. Das ist eine erfrischende Abwechslung.«

»Und wir sind froh, auf eurem Schiff zu sein.« Will lächelte. »Unser Angelerlebnis einmal ausgenommen.«

Das große, delfinähnliche Reptil stieß daraufhin eine Reihe von hohen, gurgelnden Lauten aus, die einem menschlichen Lachen so nahe wie möglich kamen. Er warf den Kopf zurück und eine Wasserfontäne spritzte in die Höhe, die von reiner, gutmütiger Ausgelassenheit zeugte. Dann schwamm es ohne sichtliche Anstrengung zum Bug und gesellte sich wieder zu seinen Kameraden ins Geschirr.

Danach hatten die übertriebenen, nachhaltigen Entschuldigungen sowohl von den Temnodontosauriern als auch von den menschlichen Besatzungsmitgliedern ein Ende. Will hatte das Gefühl, die Geschwindigkeit würde um einen halben oder einen Knoten zunehmen und die Mannschaft widmete sich, befreit von der Last der Schuld an der gefährlichen Auseinandersetzung, nun endlich wieder ihren Aufgaben.

Das Wetter hielt und der restliche Nachmittag verging auf angenehme Weise. Es dauerte nicht lang, dann lagen die hohen, steilen Abhänge und Berggipfel der Äußeren Insel direkt vor ihnen. Wie der Kapitän angekündigt hatte, wurde das Meer, als sie in die geschützten Gewässer der Tarabibucht kamen, ruhig wie ein Bergsee.

In der abgeschiedenen Bucht lagen verstreut Inseln, die zu klein waren, um auf den großen Karten von Dinotopia verzeichnet zu sein. Die Passagiere erfreuten sich an dem Anblick der zahllosen blühenden Korallen, die unter Wasser farbenprächtig im Sonnenlicht leuchteten. Manuhiris Mannschaft ließ sich davon aber nicht bei ihrer Arbeit unterbrechen. Die an Blumen erinnernden Formen waren zwar schön anzusehen, konnten aber sehr leicht ein Loch in ein unachtsames Boot reißen.

Die Einfahrt in die Tracha-Enge war gut mit Bojen markiert, und obwohl es manchmal knapp wurde, hatten sie die bemerkenswerte geologische Formation bald hinter sich gelassen. Culebra lag am Rand eines uralten Vulkankraters. Über Äonen hinweg hatten Regen und die Gezeiten einen Durchbruch auf einer Seite der Vulkanflanken geschaffen. Nachdem der Ozean einmal Zugang erhalten hatte, hatte er den Krater aufgefüllt und gleichzeitig die Öffnung verbreitert.

Aufgrund der Gezeitenbewegung war die Ein- und Ausfahrt immer noch eine knifflige Angelegenheit, die kein Amateur oder unerfahrener Seemann versuchen sollte. Zu bestimmten Tageszeiten gab es kräftige Strömungen aus dem Krater heraus, die ein Erreichen des Hafens von Culebra unmöglich machten. Zu anderen Zeiten strömte das Meer hinein. Das Einlaufen und Auslaufen der Schiffe musste sorgfältig geplant werden, um diesen starken Gezeiten Rechnung zu tragen.

Im Augenblick war die See ruhig und lag versöhnlich auf ihrem Bett aus Sand und Korallen. Sie strömte weder hinein noch hinaus. Gleichmäßig von den drei Temnodontosauriern gezogen, glitt die Prahm in die Meerenge. Glatte Vulkanfelsen erhoben sich über hundert Meter hoch zu beiden Seiten des Kanals. Gasblasen, die beim Abkühlen der Lava in den Felsen Vertiefungen hinterlassen hatten, hatten sich über die Jahrhunderte mit fruchtbarer, schwarzer Erde gefüllt. Jetzt überzogen Epiphyten und Bromelien diese steil abfallenden Felswände mit einem intensiven Grün und leuchtenden Hängepflanzen.

Will und Silvia gesellten sich zu Chaz und Khorip am Bug. Neben ihnen waren die Seeleute damit beschäftigt, die Geschirrleinen neu zu justieren, damit es die ziehenden Temnodontosaurier so bequem wie möglich hatten. Die breiten, braunen Rücken der Meeresreptilien hoben und senkten sich im Gleichklang, als sie die Prahm durch das letzte Stück der Meerenge zogen.

Vor ihnen öffneten sich die Felsen zu dem sechzehn Kilometer breiten Krater, ein beachtlicher Salzwassersee, der sich weit in die Äußere Insel hineinschob. Grüne Berghänge erhoben sich rundum und die üppige tropische Vegetation reichte bis zum Wasser hinab.

Silvia war überwältigt. »Was für ein schöner Ort! Ich frage mich, warum nicht mehr Menschen hier leben?«

»Weil es hier *außer* Schönheit nichts gibt.« Chaz stieß gegen Silvias rechtes Bein, als er einen Blick nach vorne über die gebogenen Rücken der ziehenden Temnodontosaurier hinweg werfen wollte. »Ich vereinfache etwas, aber das ist im Prinzip der Grund. Menschen und Dinosaurier sind kontaktfreudige Geschöpfe, die sich an der Gesellschaft von anderen und aus der daraus hervorgehenden Kultur erfreuen.« Er machte eine Bewegung mit seiner Schnauze. »Auf der Äußeren Insel gibt es keine Kultur. Nur Käfer, Regen und unbezwingbare, zerklüftete Vulkanberge.«

»Genau«, bestätigte Khorip hinter ihm, »und deshalb liebe ich die Insel schon jetzt.«

Will lächelte den Prenocephalen neugierig an. »Schon wieder bereit umzusiedeln?«

»Nein. Wenn mich auch die Abgeschiedenheit reizt, gibt es doch schon zu viele Leute hier. Es ist immer noch ein Teil von Dinotopia und wie du weißt, habe ich ja den Wunsch, Dinotopia zu verlassen.«

Will schüttelte ungläubig den Kopf. »Ich kann nicht glauben, dass du deinen Plan immer noch nicht aufgegeben hast, Khorip.«

»Glaub mir, Skybax-Reiter. Du bist in der Außenwelt geboren und du weißt, wie es dort ist. Kein Dinosaurier hat diese Erfahrung gemacht. Ich bin fest entschlossen, der Erste zu sein.«

»Absoluter Blödsinn«, brummte Chaz leise. »Ich kann es kaum erwarten, wieder in der Zivilisation zu sein, und dieser Dummkopf kann es nicht erwarten wegzukommen. Wann haben sich je zwei so gegensätzliche Charaktere in einer Expedition zusammengefunden?«

Silvia unterbrach sein Gejammer und deutete aufgeregt nach Steuerbord. »Seht nur! Dort liegt Culebra.«

»Ja«, bestätigte eine Stimme hinter ihnen, »und keinen Augenblick zu früh, möchte ich sagen.« Kapitän Manuhiri gesellte sich zu ihnen. »Das Leck unter Deck ist schlimmer geworden. Doch keine Angst, wir werden den Hafen sicher erreichen.« Er schlug Will kameradschaftlich auf die Schulter. »Sie brauchen nicht zu schwimmen.«

»Gut!«, knurrte Chaz. »Das habe ich ausgiebig in der Wüste getan.«

Der Kapitän zog die Augenbrauen zusammen und schaute unsicher von dem Protoceratops zu Will. »In der Wüste? Was meint dieser Hornlose damit?«

»Wir haben eine interessante Zeit hinter uns«, erklärte Will, ohne wirklich etwas zu erklären. Um das Thema zu wechseln, fragte er: »Was sollen wir tun, wenn wir an Land sind?«

Manuhiri spitzte die Lippen. »Das hängt von Ihren Plänen ab.«

»Wir müssen einen Weg in die hohen Berge im Landesinneren finden«, warf Silvia ein. Manuhiri schaute sie einen Moment entgeistert an, warf dann seinen Kopf zurück und lachte brüllend los. Als er sich wieder beruhigt hatte, legte er ihr den Arm freundschaftlich um die Schulter. Wills Miene verdüsterte sich, aber er sagte nichts.

»Meine liebe, graziöse Skybax-Reiterin, niemand begibt sich ins Innere der Äußeren Insel.«

»Warum nicht?«, fragte sie ganz ruhig. Das Gewicht des Arms auf ihren Schultern spürte sie nicht.

»Weil es da nichts gibt, meine Liebe. Nichts außer undurchdringlichem Regenwald und so steilen Abhängen, dass noch nicht einmal ein anfliegender Pterodactylus sich daran klammern könnte. Es gibt nur eine Straße auf der Äußeren Insel, wenn man sie überhaupt so nennen kann, und die führt an der Küste um die Insel herum, bis auf einen Bereich im Norden, wo sie durchs Landesinnere führt und so die sumpfige Halbinsel Bamamba durchschneidet.«

»Und andere Straßen gibt es nicht?«, fragte Will nach.

Manuhiri wurde nachdenklich. »Sie wollen also wirklich diese Sache weiterverfolgen? Nun, es gibt da tatsächlich eine Abzweigung, die am nördlichsten Punkt von der Küstenstraße abgeht. Die führt aber nur etwa bis zu zwei Dritteln in Richtung von Kap Bamamba und im Südosten, wo die Hauptstraße an der Großen Ostbucht entlang verläuft, geht ein Erkundungspfad ins Landesinnere und in die Berge ab. Ich glaube, er führt eine Zeit lang an einem der größeren Flüsse der Insel entlang.

Wenn ich mich recht erinnere, dann wurde er vor langer Zeit von einigen Leuten angelegt, die hofften, einen Weg durch das zentrale Bergland zu finden und so eine Verbindung zwischen Culebra und der Großen Ostbucht zu schaffen.»

»Und was ist damit geschehen?«, wollte Silvia wissen.

»Keiner der Bautrupps hat es jemals durch die Berge geschafft«, meinte er mit ernstem Gesicht. »Zu steil, zu nass und zu gefährlich. Doch Reste der alten Straße müssten immer noch vorhanden sein, meine ich jedenfalls, doch es ist eine Straße, die ins Nichts führt.«

»Und keiner benutzt sie mehr?«, wollte Khorip wissen.

»Doch, sie wird benutzt, mein knollenköpfiger Freund. Auf der Äußeren Insel ist jeder Zugang in den Regenwald wertvoll. Eine Haupteinnahmequelle der Bewohner ist das Sammeln von tropischen Früchten, um sie auf das Festland zu exportieren, wo es durchaus einen Markt für solche Delikatessen gibt. Ich weiß es, denn ich habe schon viele Ladungen dieser schmackhaften Früchte befördert.«

Will nickte zustimmend. »Ich habe die Früchte von der Äußeren Insel schon auf Märkten in ganz Dinotopia gesehen. Sie sind nicht immer einfach zu bekommen.«

»Wenn Sie wirklich ins Innere gehen, dann werden Sie feststellen, warum«, versicherte ihm Manuhiri. »Der Weg dorthin ist schwierig und das Sammeln der Früchte ist harte Arbeit.« Jetzt endlich nahm er den Arm von Silvias Schulter. »Jetzt müssen Sie mich entschuldigen, denn ich muss die Vorbereitung zum Anlegen treffen.«

Culebra war weder mit Sauropolis noch mit Baru zu vergleichen, und im Hafen lagen nur ein paar Boote im Dock oder waren am Kai vertäut. Es waren Fischer- und kleine Auslegerboote. Die letzteren wurden von Menschen benutzt, um damit in den seichten Korallengewässern Muscheln, Hummer und Seegurken zu sammeln. Manuhiris Prahm war das einzige Frachtschiff weit und breit, ein Umstand, der den Kapitän erfreute, denn es garantierte ihm eine komplette Fracht für den Rückweg nach Kuskonak.

Die hohen Pfosten und der weit über der Wasseroberfläche gelegene Landungssteg war ein deutlicher Hinweis auf die ausgeprägten Gezeiten in Culebra. Da jetzt fast der Tiefstand der Ebbe erreicht war, mussten sie über hölzerne Stufen mehr als vier Meter nach oben steigen, um den Steg zu erreichen. Während die Seeleute ihre Ausrüstung nach oben brachten, verabschiedeten sie sich von Manuhiri und seiner Mannschaft. Amüsiert bemerkte Will, wie zwei der Seeleute einem Hafenangestellten schon ausführlich über ihre Begegnung mit dem tobenden Megalodon berichteten, während Zwinker und Nicker das Gleiche bei zwei neugierigen Ichthyosauriern machten.

»Bei Sonnenuntergang«, meinte Will zu Silvia, als sie auf den klappernden Planken zum Strand liefen, »wird der Hai fünfundzwanzig Meter lang sein und Zähne von dreißig Zentimetern haben.«

»Dreißig Meter«, korrigierte ihn Chaz, der neben ihnen lief, »mit Giftzähnen und Dinosaurierknochen im Maul.«

Will lachte in sich hinein und fragte dann Silvia: »Was nun?«

Sie überdachte ihre Lage. »Wir sichern uns erst einmal ein Nachtquartier. Am Morgen kümmern wir uns dann um eine Transportmöglichkeit. Wenn wir ins Landesinnere wollen, dann folgen wir am besten der verlassenen Straße so weit wie möglich in die Berge hinein. Wenn es keinen geregelten Verkehr zur Ostküste gibt, dann müssen wir uns halt um ein Transportmittel kümmern.«

Nachdenklich ging Khorip neben ihnen her, sein Schwanz wedelte entspannt fast einen Meter über dem Boden hin und her. »Ich habe kein Problem damit zu laufen, doch ich weiß, dass lange Märsche für Menschen beschwerlich sein können. Außerdem wäre es nett, einen Einheimischen, der die Gegend kennt, dabei zu haben. Ansonsten könnte es passieren, dass wir die Straße ins Innere vielleicht verfehlen.«

»Und das wäre dann wirklich ein Unglück«, meinte Chaz sarkastisch.

Sie bereuten die Zeit nicht, die sie mit der Suche nach einem passenden Gasthaus verbrachten, selbst wenn darüber der restliche Nachmittag und die ersten Abendstunden vergingen. Culebra war eine faszinierende Stadt, so ganz anders als alle Orte, die Will bis jetzt in Dinotopia besucht hatte. Von der merkwürdigen tropischen Architektur bis hin zu der unbeschwerten Art der Einwohner erweckte alles den Anschein, als sei man in einem ganz anderen Land, wenn man einmal von der unvermeidlichen Anwesenheit der Dinosaurier absah.

Die Hauptstraßen von Culebra waren gesäumt von mehrstöckigen Holzhäusern, von denen viele Balkone hatten, die in die Straßen hinausragten. Nach den weiß und rosa getünchten Gebäuden von Kuskonak war man fast geblendet von den hellen, tropischen Farben, in denen die Häuser hier gestrichen waren. Sie kamen an Mietshäusern und Eigenheimen, Gasthöfen und Geschäften vorbei, die in allen Farben des Regenbogens gestrichen waren. Es gab offensichtlich keine Beschränkungen in der Wahl der Farbe. Jeder strich nach eigenem Gutdünken sein Haus. Purpur, Zinnober, Karmesinrot, Sonnengelb und Meerblau zusammen mit vielen Schattierungen von Grün dominierten das Spektrum, doch sie sahen auch Holzwände, die mit Streifen- und Blumenmustern verziert waren.

Ein baufälliges, zweistöckiges Gebäude mit einer Balustrade aus gedrechselten Holzpfosten im oberen Stockwerk war gänzlich in Hellblau gehalten. Ein Künstler mit mehr Begeisterung als Talent hatte die Zwischenräume der Balustrade mit wilden Darstellungen der Meerestiere rund um die Insel geschmückt, angefangen bei einem Seestern bis hin zu tanzenden Kronosauriern.

Exotische Blumen wuchsen in Pflanzkübeln und Töpfen, die auf den unzähligen Balkonen standen und süß duftende Ranken hingen fast bis auf die Straße hinab. Die ganze Bandbreite der Bewohner von Dinotopia belebte die Straßen und Geschäfte, aber im Unterschied zu Sauropolis oder Wasserfallstadt schienen sie sich wie in Zeitlupe zu bewegen. Ob es an der Abgeschiedenheit oder der schweren, feuchten Luft lag, konnte Will nicht sagen, doch in Culebra lief alles nur halb so schnell ab, wenn nicht noch langsamer. Hoffentlich beeinflusste dies nicht ihr Vorhaben, so schnell wie möglich auf die andere Seite der Insel zu gelangen.

Sie umgingen einen dahintrottenden Tentontosaurier, der schwer mit einer Ladung Tropenhölzer für das Sägewerk bepackt war, und fanden sich plötzlich auf dem zentralen Marktplatz wieder. Hier fand man alles, was die Äußere Insel zu bieten hatte. Nirgendwo sonst in ganz Dinotopia hatten Will oder Silvia eine solche Anhäufung von tropischen Früchten und Gemüse gesehen. Sauropolis und Wasserfallstadt hatten größere Mengen zu bieten, Baumstadt viel mehr unterschiedliche Waren, doch hier lagen in den Verkaufsständen Früchte, von denen er noch nicht einmal den Namen kannte.

»Was ist das hier?« Will deutete auf einen Berg großer grüner Kugeln mit kurzen Stacheln, die nicht besonders appetitlich aussahen.

»Ich glaube, das sind Durians«, erklärte ihm Chaz. »Sie haben ein, sagen wir mal, prickelndes Aroma und schmecken ungefähr wie Eiercreme. Und die roten, kaktusähnlichen Früchte nennt man Rambutan.«

»Schaut euch die Ananas an«, rief Silvia, als sie zwischen den gut besuchten Verkaufsständen hindurchliefen. »Und die Bananen! Das müssen ein Dutzend unterschiedliche Sorten von Bananen sein.«

»Kokosnüsse«, stellte Khorip fest. »Mangos, Papayas, Jicama, Sternfrucht, Zuckerrohr, Brotfrüchte. Die Leute hier haben vielleicht nicht viel Kultur, doch sie haben keinen Mangel an interessanten Nahrungsmitteln.«

»Das ganz bestimmt«, gab Will ihm Recht. »Ich habe hier noch keinen dünnen Saurier gesehen.«

Chaz warf seinem Freund einen verdrossenen Blick zu. »Hast du schon *jemals* einen dünnen Saurier gesehen?«

»Nun, nein, nicht wirklich.« Doch er wollte nicht so schnell einlenken. »Doch wenn es nicht genug zu essen gäbe, dann *könnte* es einen geben.«

Chaz stieß ein beleidigtes Grunzen aus.

Neben den Erträgen von Land und Meer wurden einfache Kunstgegenstände zum Verkauf angeboten. Am beeindruckendsten war die Auswahl an Rattanmöbeln, einschließlich einer Baumschaukel, die groß genug war, um einen mittelgroßen Ceratopsier oder einen Entenschnabelsaurier zu tragen. Dazu gehörte auch ein Tritt aus Rattan, damit der Saurier auf die Schaukel klettern konnte.

Wann immer sie innehielten und sich nach einer Transportmöglichkeit zur anderen Seite der Insel erkundigten, wurden ihre Fragen mit einem höflichen Zögern beantwortet. Ja, es gab Bewohner, die regelmäßige Reisen an die Ostbucht und die Küste im Norden unternahmen. Nein, soweit der Gefragte wusste, machte sich heute niemand auf den Weg. Auch nicht morgen oder übermorgen oder in ein paar Tagen.

»Wir werden hier länger festsitzen als geplant«, sagte Will, während er in eine Mandarine biss, die er gerade geschält hatte, und die Schalen dann sorgfältig in einen Abfallbehälter am Straßenrand warf.

»Wir können immer noch zu Fuß gehen.« Silvia blickte sehnsüchtig nach Osten auf die wolkenverhangenen Berge im Inneren. »Ich kann mir nicht vorstellen, wie wir eine so wichtige Stelle wie die Abzweigung ins Landesinnere verpassen sollten.«

»Nun, ich schon«, widersprach Chaz eifrig. »Leute haben Ahmet-Padon Jahrhunderte lang ›verpasst‹. Wenn man eine verlassene Stadt übersehen kann, dann ist das auch bei einer Straße möglich. Ich bin absolut dagegen, uns ohne einheimischen Führer auf den Weg zu machen.«

»Diesmal hat Chaz Recht, Silvia.« Will drückte zärtlich die Hand seiner Verlobten. »Außerdem, wenn wir unsere gesamte Ausrüstung selbst tragen müssen, dann sind wir erschöpft, bevor wir die Abzweigung erreicht haben. Und wir werden mehr als die Hälfte unseres Proviants verbraucht haben, nur um dorthin zu kommen. Sicherlich können wir uns auf dem Weg mit Früchten und Fischen versorgen, aber das kostet auch Zeit.«

»Ich weiß«, seufzte Silvia resignierend. »Nur sind wir jetzt schon so weit gekommen und da fällt es schwer, herumzusitzen und abzuwarten.«

»Oftmals bringt dich abwarten viel schneller an ein Ziel, als wie wild loszustürmen«, bemühte sich Chaz Verständnis zu zeigen. »Das klingt vielleicht wie ein Widerspruch, doch ich versichere dir, das ist es nicht.«

»Das kommt dir leicht über die Lippen«, knurrte sie ihn an, »denn du bist ja nicht in Eile.«

»Kommt schon.« Will deutete auf einen Verkaufsstand, wo ihr prencocephalischer Gefährte stand und sie zu sich winkte. »Sehen wir mal, was Khorip will.«

Khorip hatte einen Gemüsehändler gefunden, der mit einem Ankylosaurier befreundet war, der häufig an Expeditionen zum Früchtesammeln teilnahm. Soweit sich der Händler erinnerte, sollte eine solche Expedition, die um die gesamte Insel führte, Culebra in wenigen Tagen verlassen. Wenn sie die richtigen Leute fragten, dann wäre es vielleicht möglich, dass sie sich der Expedition anschließen könnten.

Trotz der schon späten Stunde bestand Silvia darauf, den genannten Ankylosaurier zu suchen und dem Tipp des Händlers nachzugehen. Der mit Knochenplatten bewehrte Dinosaurier war gerade dabei, sich in einer an beiden Enden spitz zulaufenden Scheune auf einem Lager aus Palm- und Farnwedeln, die das sonst übliche Heu ersetzten, für die Nacht einzurichten. Andere Saurier machten es sich auf ähnlichen Lagern um ihn herum gemütlich. Das Bauwerk war groß genug, einigen Dutzend Sauriern unterschiedlicher Rassen und Größen Raum zu bieten. Der kräftige, vertraute Geruch des Sauriermoschus war überwältigend.

Der Ankylosaurier hieß Frohgesicht und begrüßte sie mit dem leichten Akzent der Inselbewohner, der unbesonnene Bürger des Festlandes manchmal dazu verleitete, die Bewohne der Äußeren Insel als Provinzler zu bezeichnen. Der freundliche Anky, wie die Gattung im Volksmund genannt wurde, sah keinen Grund, warum sie sich nicht der Gruppe von umherziehenden Früchtesammlern anschließen sollten.

»Wir sind immer erpicht auf die neuesten Nachrichten aus den großen Städten«, teilte er ihnen durch Chaz, der übersetzte, mit, während er sich auf sein Bett aus duftenden Blättern niederließ. »Es ist angenehm, ein paar Reisegefährten von außerhalb zu haben, mit denen man sich unterhalten kann. Sagt mir nochmal, wo sollen wir euch absetzen?«

»Wo die alte Straße abzweigt, die von der Bucht ins zentrale Bergland führt«, wies Silvia Chaz an, ihrem neuen Freund mitzuteilen.

Der mit Knochenplatten versehene Rücken des Anky bebte etwas, als der Protoceratops dessen gutturale Worte übersetzte: »Da ist weit und breit aber nichts, das kann ich euch sagen. Wenn ich dort vorbeigekommen bin, habe ich mir schon oft gedacht, man sollte dort einen Wegweiser aufstellen, auf dem ›Straße nach Nirgendwo‹ steht.« Er wandte sich an Will.

»Mir fehlt meine übliche, abendliche Hautpflege.« Man sah Chaz an, dass es ihm Spaß machte, dies zu übersetzen. »Würdest du das übernehmen?«

»Kein Problem.« Will hatte das schon bei vielen Dinosauriern gemacht. Aus einem Wandregal nahm er einen Besen mit langem Stiel und dicken Borsten und begann, den Schwanz des Sauriers zu bürsten. Er arbeitete sich den breiten Rücken des Ankylosauriers hinauf und reinigte besonders sorgfältig die Zwischenräume zwischen den Knochenplatten.

»Ahhh, das ist ein Genuss.« Frohgesicht schloss begeistert die Augen. »Mach weiter so und ich trage euch persönlich um die ganze Insel herum.«

»Bist du sicher, dass es euch recht ist?« So begierig Silvia auch war, sich endlich auf den Weg zu machen, wollte sie sich doch nicht aufdrängen. Mitreisende bedeuteten, dass irgendjemand zusätzliche Lasten tragen musste.

Doch als Chaz das übersetzt hatte, versicherte ihr Frohgesicht: »Solange euch nicht die Geschichten und Neuigkeiten ausgehen, wird euer einziges Problem sein, euch von meinen Leuten zu verabschieden. Sie werden euch nicht gehen lassen, bis sie euch nicht den letzten Rest an Nachrichten und Klatsch aus der Nase gezogen haben.«

»Das ist uns recht.« Will grinste und deutete mit dem Besen auf Chaz und Khorip. »Wir haben hier zwei Freunde, die es lieben zu reden.«

»Wann geht es los?«, ließ die ungeduldige Silvia den Protoceratops fragen.

Frohgesicht blinzelte schläfrig. »Wenn nicht in letzter Minute noch etwas dazwischenkommt, dann übermorgen. In der Zwischenzeit könnt ihr euch an die Luftfeuchtigkeit hier gewöhnen. Der größte Teil des Landesinneren ist wie das Regental, nur höher gelegen. So hat man es mir gesagt, da ich selbst noch nicht in diesem Teil von Dinotopia gewesen bin. Ich bin hier geboren und aufgewachsen und mir gefällt es hier.« Er zog die Beine unter seinen Körper und nahm Schlafhaltung ein. »Natürlich ist die Luftfeuchtigkeit für meine Rasse kein so großes Problem. Wir schwitzen ja nicht.«

»Aber wir.« Will zog sein Hemd aus. Wie der Rest seiner

Kleider war es von den Anstrengungen des Tages Schweiß durchnässt. Doch wie er so mit dem Besen die Nackenplatten des Ankylosauriers schrubbte, kümmerten ihn diese Unannehmlichkeiten nicht länger, da sie jetzt einen Führer und ein Transportmittel für den nächsten Abschnitt ihrer Reise gefunden hatten.

Silvia erhob sich von ihrem Platz dicht neben dem Kopf des Ankylosauriers, wo sie mit untergeschlagenen Beinen gesessen hatte. »Wir können dir nicht genug danken, Frohgesicht«, ließ sie Chaz übersetzen.

»Nicht der Rede wert. Wir freuen uns über Gesellschaft. Ich nehme an, ihr wollt ein Stück die verlassene Straße ins Landesinnere hinein?«

Sie nickte lebhaft. »Bis ans Ende und dann weiter.«

Als Chaz Silvias Antwort gegrollt hatte, öffneten sich weise Saurieraugen. »Das, das ist nicht dein Ernst?«

»Völliger Ernst«, bestätigte Khorip hinter Silvia, sobald der Protoceratops es übersetzt hatte. Frohgesicht blickte von dem Prenocephalen zu der Primatin. »Es sieht so aus, als wäre es tatsächlich euer Ernst.« Er legte sich wieder hin und sein Kopf kam auf einem Ballen Blätter zu ruhen, der genau für diesen Zweck dort aufgeschichtet war. »Nun, da ich diese Expedition nicht leite, überlasse ich es jemandem, der besser dazu geeignet ist, euch von diesem Vorhaben abzubringen. Niemand geht über das Ende der Straße hinaus. Niemand. Es ist zu gefährlich.«

Doch Silvia war nicht entmutigt. »Wir wissen alles über den ›undurchdringlichen‹ Regenwald und die unbezwingbaren Gebirgszüge. Wir sind darauf vorbereitet.«

»Das seid ihr nicht«, hielt Frohgesicht ihr schläfrig entgegen und Chaz übersetzte es, »weil das nicht die Gefahren sind, die ich meine.«

Und damit fiel er in einen tiefen, ruhigen Schlaf. Chaz wollte ihn unbedingt wieder aufwecken und ihn zwingen, eine befriedigende Erklärung für die letzte Bemerkung abzugeben, doch Will und Silvia waren dagegen.

»Er ist sehr nett gewesen, und es wäre überaus unhöflich, ihn jetzt wieder aufzuwecken«, stellten sie fest.

»Ich weiß«, setzte der Protoceratops zur Erwiderung an, »aber er war gerade dabei …«

»Wahrscheinlich meint er Flutwellen in den Bergflüssen und die schwierige Wegstrecke.« Khorip war nicht beunruhigt. »Morgen erfahren wir, was er gemeint hat, oder übermorgen oder wenn wir unterwegs sind.« Der Prenocephale legte eine seiner Klauenhände auf den Rücken des Dolmetschers. »Kein Grund, sich Sorgen zu machen, mein weitschweifiger Protoceratops. Alles wird gut.«

»Nun gut, solange du das garantierst«, bemerkte Chaz säuerlich, »dann müssen wir uns ja gar keine Sorgen machen.«

18

Die Teilnehmer der Expedition versammelten sich früh morgens am südlichen Stadtrand. Will und seine Freunde fanden sich inmitten der gewohnten, aber nicht hektischen Vorbereitungen von Menschen und Dinosauriern wieder, die sich für eine mehrere Wochen dauernde Umrundung der Insel bereit machten. Während zwei Männer in hellroten und hellblauen Lendentüchern seinen Rücken mit Vorräten und Gerät beluden, erklärte Frohgesicht, dass es viele wertvolle Früchte und Heilpflanzen gebe, die ausschließlich in den unerschlossenen Gebieten der Äußeren Insel wuchsen und nur von Expeditionen wie der ihren gesammelt werden konnten.

»Ich verstehe das nicht«, meinte Will, der in der Nähe stand und versuchte, niemandem im Weg zu sein. »Warum lebt niemand näher an der Stelle, wo diese Gewächse vorkommen?«

»Weil man da völlig alleine wäre«, übersetzte Chaz die Antwort des Ankylosauriers. »Niemand will draußen in den Wäldern wohnen, wo man keinen hat, mit dem man sich unterhalten kann. Hier in Culebra zu leben ist viel angenehmer.« Als er mit den Schultern zuckte, machten seine Rückenplatten ein trocken raschelndes Geräusch wie Kinder, die in einem Laubhaufen spielen. »Es ist schöner, hier zu leben und woanders die Früchte einzusammeln, als woanders zu leben und hierher zu Besuch zu kommen.«

»Erscheint mir sinnvoll«, stimmte Chaz zu, nachdem er die gutturalen Laute des Ankylosauriers in Worte übersetzt hatte, die seine menschlichen Gefährten verstehen konnten.

»Mir aber nicht.« Khorip, der begierig darauf war aufzubrechen, schaute nach Süden. »Ich liebe die Abgeschiedenheit vom Rest der dinotopischen Gesellschaft!« Ein taktvoller Chaz verzichtete darauf, diesen Ausdruck einer nihilistischen Psychologie ihrem Gastgeber zu übersetzen. Es wäre in keiner Weise hilfreich, wenn der Ankylosaurier merken würde, dass einer seiner Gäste nicht ganz richtig im Kopf war.

Will und Silvia waren von der Gewissenhaftigkeit und dem Umfang der Vorbereitungen überrascht. Schließlich war der Zweck der Expedition lediglich das Sammeln von Früchten und Heilpflanzen. Auch störte Will irgendwas an den Vorbereitungen, doch konnte er nicht genau sagen, was es war, bis sie aufbrachen.

Letztendlich war es Silvia, die ihn mit der Nase darauf stieß. »Was grübelst du so intensiv, Will Denison? Es sieht aus, als würde dir gleich der Kopf platzen.«

»Hmmm? Oh, ich habe mich nur über die Zusammensetzung unserer Gruppe gewundert. Ist dir etwas Ungewöhnliches aufgefallen?«

Sie nahm sich einen Moment Zeit, die versammelte Gruppe zu mustern. Die Dinosaurier standen in Zweierreihen bereit und bei jedem befand sich eine ausreichende Anzahl menschlicher Betreuer. Jeder der großen Vierbeiner trug leere Körbe, Behälter, Fässer und Kisten, in die die Ernte wandern würde. Die Menschen befanden sich auf Sitzen aus Bambus- und Kokosfasern, die auf den breiten Rücken und mächtigen Beinen befestigt waren.

Zusätzlich zu den leeren Behältern, die darauf warteten, gefüllt zu werden, trugen einige Saurier genügend Vorräte für die gesamte Expedition. Es waren längst nicht so viel, wie man bei einer so großen Gruppe erwartet hätte, doch auf der vegetationsreichen Äußeren Insel bestand keine Notwendigkeit, Wasser mitzunehmen, und der Dschungel und die Küste entlang des Weges boten ein gewisses Maß an Nahrung.

»Ich kann nichts Ungewöhnliches entdecken, Will. Worauf willst du hinaus?«

Er deutete auf die Zweierreihe Saurier, die vor ihnen Aufstellung nahm. »Fällt dir nichts auf? Es gibt keine Entenschnabelsaurier, keine Iguanodons, keine Sauropoden, nur Ceratopsier und Ankylosaurier.«

»Und weiter?«

»Das sind alles gepanzerte Saurier, die in der Lage sind, einen Angriff abzuwehren.«

Silvia musste lachen, wurde dann aber ganz schnell wieder ernst. Was wussten sie schon über die kaum erforschte Äußere Insel? Und nicht zu vergessen Frohgesichts letzte Bemerkung, bevor er bei ihrem Treffen zwei Tage zuvor eingeschlafen war?

»Vielleicht sollten wir jemanden fragen«, beschloss Silvia argwöhnisch.

»Genau das habe ich mir auch gedacht.«

Nachdem sie Chaz und Khorip ihre Bedenken mitgeteilt hatten, hielten sie nach jemandem Ausschau, der nicht mit den letzten Vorbereitungen zur Abreise beschäftigt war. Sie wandten sich an Shree Banda, einen der Expeditionsleiter mit einem blitzenden Diamanten im rechten Nasenflügel.

»Ja, meine Freunde. Schöner Tag, um sammeln zu gehen. Doch eigentlich ist jeder Tag auf der Äußeren Insel ein schöner Tag, außer wenn es regnet, aber dann ist es eben ein feuchter, schöner Tag.« Als niemand auf ihren Scherz reagierte, wurde sie ernst. »So ernste Gesichter! Beunruhigt euch etwas?«

Chaz stieß Will mit seiner Schnauze nach vorne. »Wir haben uns nur gefragt«, murmelte Will, »warum alle Saurier entweder gehörnte Ceratopsier oder stachelschwänzige Ankylosaurier sind.«

»Nun«, fügte Khorip hinzu, »das ist doch sicher nur Zufall, ja?«

»Ganz und gar nicht«, antwortete Banda sofort. »Es gibt besondere Gründe für die spezielle Zusammensetzung unserer Gruppe.«

»Na, habt ihr es gehört?«, keuchte Chaz wissend. »Ich wusste, dass sich dieses kleine Unternehmen zu leicht anließ.«

Silvias Reaktion war deutlich beherrschter. »Warum ist das so, Frau Banda?«

»Wenn die seltenen wilden Früchte und Heilpflanzen so einfach zu bekommen wären, dann hätten die Leute sie schon alle abgeerntet. Genau das ist mit den importieren Pflanzen passiert, die am Rand der Ringstraße um die Äußere Insel wachsen. Die Reisenden pflücken und essen sie gleich oder verkaufen sie in Culebra. Damit sich eine solche voll ausgerüstete Ernteexpedition rentiert, muss man schon wertvollere Sachen mitbringen als Pflanzen vom Straßenrand. Um unberührte Bäume und Büsche zu finden, müssen wir tief in den Dschungel eindringen.

In den Ebenen und am Fuß der Berge ist der Regenwald nicht nur unglaublich dicht, sondern schützt sich auch mit vielen Arten von Dornengestrüpp und Kletterpflanzen von der Art, aus der auch unsere Rattankörbe und Plattformen gefertigt sind. Ein ungeschützter Mensch würde beim Versuch, die besten Bäume zu erreichen, zerfleischt werden, und im Dschungel will niemand schwere, lederne Schutzkleidung tragen. Dasselbe gilt für Entenschnabelsaurier, Iguanodons und Ornithomimiden, ja sogar für Stegosaurier. Die dickhäutigen Sauropoden wären besser geeignet, doch es gibt Dornen und Stacheln im Regenwald, die selbst in deren Haut und Füße eindringen.»

»Das ist es also.« Silvia blickte Chaz bedeutungsvoll an, doch der Protoceratops wollte nicht so schnell einlenken.

»Ich kann mir gut vorstellen, wie ein Ankylosaurier sich seinen Weg durch ein Dornengestrüpp bahnt, ohne Schaden zu nehmen, doch die Haut meiner Artgenossen, der Ceratopsier, ist nicht dicker als die eines jungen Apatosauriers.«

»Aber ihr verfügt über gepanzerte Köpfe«, stellte Banda fest. »Nachdem ein Ankylosaurier einen groben Pfad in den Dschungel gebrochen hat, vergrößern unsere Triceratops, Styracosaurier und Torosaurier mit ihren langen Hörnern den Pfad und räumen Hindernisse aus dem Weg. Ein Ankylosaurier kann durch alles hindurchbrechen, aber nichts wegräumen. Ein Ceratopsier kann das mit Leichtigkeit, indem er seine Hörner zum Hochheben benutzt. Wir Menschen kommen dann zum Schluss und räumen die kleinen, aber gefährlichen Teile weg, die für einen Triceratops zu schwierig zu handhaben sind.

So teilen wir sowohl die harte Arbeit als auch die Ernte unter uns auf. Und es ist harte Arbeit, meine Freunde. Hart, heiß und anstrengend. Doch die Belohnung ist es wert: So viele exotische Früchte, wie wir essen können, Heilpflanzen für unsere Familien und von beiden so viel, dass wir es auf dem Markt in Culebra verkaufen können.»

»Wenn das eine so lukrative Angelegenheit ist, warum sind dann nicht mehr Gruppen unterwegs?«, wollte Chaz wissen. Während sie ihr langes, schwarzes Haar, das schon von grauen Strähnen durchsetzt war, zurückstrich, lächelte sie zu dem hartnäckigen Protoceratops hinab. »Das habe ich doch gerade gesagt, Dolmetscher. Weil es eine harte, heiße, anstrengende Arbeit ist. Und natürlich ist es gefährlich.«

Die Köpfe der Reisenden ruckten sofort hoch. »Gefährlich?«, wiederholte Chaz. »Uns wurde zwar gesagt, dass die Reise gefährlich werden könnte, doch es wurde nichts Genaueres erwähnt.«

»Nun, da sind natürlich die Raubsaurier.« Banda schaute von einem zum anderen, von dem Prenocephalen zu den

Menschen und wieder zurück. »Niemand hat das euch gegenüber erwähnt, nicht wahr?«

»Nein«, bestätigte Will. »Niemand hat etwas von unzivilisierten Raubsauriern auf der Äußeren Insel gesagt.«

Banda war deutlich entsetzt. »Man hätte euch warnen müssen! Offensichtlich war jeder der Meinung, ein anderer hätte es euch schon gesagt. Wozu nehmen wir wohl diese Mengen von getrocknetem Fisch mit?«

Will hatte immer stärker das Gefühl, nicht richtig informiert worden zu sein. »Vorräte für die Reise. Ich habe mich schon über die Menge gewundert.«

»Fisch ist der Tribut, damit wir unbehelligt bleiben. Das funktioniert nach dem gleichen Prinzip wie die Karawanen, die auf dem Festland das Regental durchqueren.« Diesmal nickte Silvia bestätigend.

»Es tut mir sehr Leid«, meinte Banda. »Man hätte es euch wirklich sagen müssen. Wenn ihr unter diesen Voraussetzungen nicht mit uns reisen möchtet, dann verstehen wir das.«

»Nein, nein, keinesfalls«, entgegnete Silvia so schnell, dass Chaz noch nicht einmal Luft holen konnte. »Welche Raubsaurier gibt es?«

»Nicht die großen, schweren Tyrannosaurier und Allosaurier, die ihr auf dem Festland habt«, erklärte Banda, »aber obwohl unsere kleiner sind, so stellen sie doch eine Gefahr dar.«

Will murmelte vor sich hin: »Ein weiterer Grund, um mit Ceratopsiern und Ankylosauriern zu reisen.«

»Sie gewähren jenen von uns, die nicht mit einer natürlichen Panzerung und Waffen ausgerüstet sind, ein gewisses Maß an Sicherheit«, stimmte ihm Banda zu. »Im Regenwald gibt es nichts Größeres als vereinzelte Ceratosaurier oder Baryonx. Die meisten der primitiven Räuber sind hier Dromaeosaurier.«

Will war überrascht und unternahm keinen Versuch, sein

Erstaunen zu verbergen. »Aber auf dem Festland sind die Dromaeosaurier so zivilisiert wie die Pflanzenfresser!«

Banda schüttelte nachdenklich den Kopf. »Hier nicht. Hier in Culebra und Umgebung hat die Zivilisation geschichtlich gesehen erst vor kurzem Fuß gefasst, und die einheimischen Dromaeosaurier und andere kleine Raubsaurier singen noch nicht das Lied der dinotopischen Kultur. Sie sind primitive Fleischfresser geblieben.

Ich habe Bilder und Zeichnungen von den großen Karawanen gesehen, die das Regental durchqueren. Brachiosaurier und Apatosaurier in kompletten Rüstungen, flankiert von Ceratopsiern mit Schutzplatten, die sie absicherten. Wenn ich mich in ein Gebiet mit Tyrannosauriern begeben müsste, dann wollte ich auch einen solchen Schutz haben. Hier aber genügen ein oder zwei Triceratops oder Ankylosaurier, um die meisten Angreifer abzuschrecken.»

»Die meisten Angreifer«, griff Chaz auf, was ihre Gastgeberin so beiläufig vorgebracht hatte. »Was genau heißt ›die meisten Angreifer‹?«

»Angriffe sind eigentlich sehr selten. Gut ausgerüstete Expeditionen haben immer ausreichend Fisch dabei, um einen sicheren Verlauf zu garantieren, und weniger gut ausgerüstete Expeditionen wagen sich meist nicht so weit vor. Es besteht kein Grund zur Sorge.«

»Ich brauche keinen Grund«, entgegnete Chaz düster. »Ich bin gut in der Lage, mir selbst genügend Gründe auszumalen.«

»Die größeren Fleischfresser machen mir keine Sorgen«, erklärte Will, »und ich hoffe fast, dass wir einigen dieser primitiven Dromaeosauriern begegnen: Mein Vater und seine Freunde würden sich über einen solchen Kontakt freuen. Besonders ein Chefbibliothekar namens Enit.«

»Wir werden sehen«, meinte sie unverbindlich. »Ich kann nichts versprechen. Persönlich kann ich darauf verzichten.

Nicht weil es ein Grund zur Sorge ist, sondern weil solche Begegnungen Zeit und Fisch kosten, den wir besser selbst essen können.« Sie wandte sich der Doppelreihe Saurier zu, die nahezu bereit zum Abmarsch war.

»Da ihr in unserer Gruppe schon einen Freund gefunden habt, habe ich dafür gesorgt, dass ihr mit ihm reisen könnt. Er hat eingewilligt. Nehmt eure Plätze ein und macht euch nicht zu viele Gedanken. Ich selbst habe die Äußere Insel schon einige Dutzend Mal umrundet und es gab selten Schwierigkeiten.«

»Selten«, stieß Chaz hervor. »Was genau meinst du mit ›selten‹?« Aber Shree Banda drehte sich um und ging auf einen kräftigen Torosaurier zu, der Schwierigkeiten hatte, die Last auf seinem Rücken auszubalancieren.

Da Chaz den Ansprechpartner für seine Fragen verloren hatte, wurden nun seine Freunde, die sich zu Frohgesicht begaben, zum Ziel seiner Nörgeleien. »Was glaubt ihr, hat sie mit ›selten‹ gemeint?«

»Steck's dir an den Hut, Chaz«, riet Will seinem vierbeinigen Freund genervt. Als sie sich dem Saurier näherten, hob Will die Hand zum Gruß. »Hallo, Frohgesicht.«

Der Ankylosaurier verstand die menschliche Sprache zwar nicht, doch Wills Gruß und der Ausdruck auf seinem und Silvias Gesicht waren leicht zu verstehen. Der gepanzerte Dinosaurier hob seinen rechten Fuß und streckte ihn vor. Will legte seine Handfläche darauf und seine gespreizten Finger reichten noch nicht einmal bis an die Ränder der hörnernen Sohle.

»Nun gut, halte inne und suche Frieden«, erklärte ein bedrückter Chaz dem Ankylosaurier in dessen gutturaler Sprache.

Frohgesicht gab eine höfliche Antwort. Er kniete sich nieder, damit die beiden Menschen auf seinen Rücken klettern konnten. Die aus Rattan und Bambus gefertigte Plattform mit Sitzgelegenheiten und einem Geländer passte in die tropische Umgebung. Frohgesichts Rücken maß an der breitesten Stelle fast fünf Meter und bot den Passagieren viel Platz und genügend Bewegungsfreiheit. Nachdem seine neuen Freunde an Bord waren, forderte der Ankylosaurier sie auf, sich festzuhalten, und streckte seine kurzen, kräftigen Beine, bis er wieder aufrecht stand.

Will bemerkte, dass sie sich viel dichter über dem Boden befanden, als es auf dem Rücken eines Sauropoden oder eines großen Ceratopsiers der Fall wäre. Dieser Umstand und Shree Bandas Bemerkung über die ›kleineren‹ Raubsaurier, die in der Wildnis der Äußeren Insel lebten, bewirkten, dass er sich nicht völlig sicher fühlte.

Solche Gedanken schienen die menschlichen Mitglieder und die Saurier der Erntemannschaft nicht zu plagen. Es wurden noch ein paar in letzter Minute herbeigeschaffte Vorräte verladen, die Traggeschirre und Gurte noch einmal festgezurrt und dann gab der Leitsaurier, ein vom Wetter gegerbter alter Styracosaurier, dessen Stacheln am Nackenschild mit mehreren Schmuckbändern verziert waren, mit einer Reihe von rauen Grunzern das Zeichen zum Abmarsch.

Will griff nach Silvia, als sich die Plattform auf Frohgesichts Rücken bei seinen ersten Schritten heftig bewegte. Keiner von beiden war bisher auf einem Ankylosaurier geritten, doch aufgrund der kürzeren Beine war die Bewegung sanfter als bei einem Stegosaurier oder Sauropoden. Als Frohgesicht erst einmal sein gemächliches Reisetempo erreicht hatte, bewegte sich die Plattform kaum noch. Es dauerte nicht lange, bis Will, ohne sich festzuhalten, aufrecht auf der Bambusplattform stehen und herumlaufen konnte.

Chaz und Khorip liefen in nicht zu weitem Abstand nebenher. Da sie nicht gezwungen waren, mit Sauropoden Schritt zu halten, fiel es ihnen leicht, sich der Geschwindigkeit der Gruppe anzupassen. Es war deutlich zu spüren, dass keine Eile herrschte. Allein dieses Wort schien allem zu widersprechen, was in Culebra passierte.

Im Schatten von Bambusschirmen, die an den Eckpfosten der Platttform befestigt waren, gönnten sich Silvia und Will ein bisschen Ruhe. Zwei Triceratops gingen voran. Anstatt Fässer und Kisten, die gefüllt werden sollten, trugen sie nur jeweils einen Menschen. Dieses Tandem aus Mensch und Ceratopsier war die Vorhut der Gruppe und suchte den Regenwald nach den Früchten und Pflanzen ab. Außerdem hielten sie aufmerksam Ausschau nach den potentiell feindlich gesonnenen, unzivilisierten Bewohnern der grünen Weiten.

Schon bald ließen sie Culebra hinter sich und das letzte der bunten Gebäude wurde von einem Meer von Pflanzen verschlungen. Schnell wurde die Straße schmaler und war bald nicht mehr als ein Dschungelpfad. Das Straßenpflaster aus gebleichten Korallensplittern hielt die umgebende Vegetation davon ab, die Straße wieder zu überwuchern, und ermöglichte ein angenehmes Reisen.

Im Wald wimmelte es von vielen auf dem Festland unbekannten Vögeln. Von ihrem sanft schaukelnden Hochsitz auf Frohgesichts Rücken hatten Silvia und Will einen hervorragenden Blick auf die Bäume. Auch Khorip hatte gute Sicht, während Chaz sich wieder wie üblich beschwerte, dass man kaum etwas sehen konnte, wenn man die Augen kaum dreißig Zentimeter über dem Boden hatte. Seine mitfühlenden Gefährten taten ihr Bestes, ihre Entdeckungen mit ihm zu teilen.

Verschiedene Arten von Paradiesvögeln im vollen Balzgefieder bevölkerten die Baumwipfel, wobei sich die Männchen mit erstaunlichen Rufen und Aufplustern auf ihren bevorzugten Zweigen hervortaten. Will und Silvia mussten Frohgesicht durch Chaz nach den dinotopischen Namen eines jeden bemerkenswerten Vogels fragen. Besonders hatte es ihnen ein bläulicher Vogel angetan, an dessen Hinterkopf sich ein Federpaar befand, das dreimal so lang wie sein Körper war. Ein anderer hatte sogar noch längere Schwanzfedern, während ein dritter einen gelbgoldenen Federkranz zeigte und in der Hoffnung, ein Weibchen zu beeindrucken, auf einem deutlich sichtbaren Zweig herumtanzte und lärmte.

Doch die Bäume waren nicht die einzige Quelle des beeindruckenden Vogellebens. Als sie um eine Biegung kamen, störte die Karawane einen Schwarm kräftiger Aepyornis auf. Die drei Meter großen, flugunfähigen Vögel wogen jeder eine halbe Tonne und waren mit einem kurzen, rostbraunen Flaum bedeckt, der eher Haaren als Federn glich. Sie flohen in die Tiefen des Dschungels und verfolgten von dort die dahintrottenden Dinosaurier und ihre menschlichen Begleiter mit wachsamen gelben Augen.

Sie kamen an grasenden Dinornis vorbei, die zwar größer waren als ihre Verwandten, die Aepyornis, doch nicht so schwer, und an einem Schwarm Laufvögel. Sie alle zusammen, viel größer und dominanter als die kleinen Säugetiere, die zwischen ihren Beinen umherliefen, beherrschten den Waldboden. Ein Adlerpaar der mächtigen Gattung Harpagornis, deren auffällig schwarz und weiß gemusterte Schwingen und Körper Will und Silvia sofort erkannten, jagten kleine Nage- und Beuteltiere. Will und Silvia waren dankbar, dass nicht alle Tiere auf der Äußeren Insel ihnen gänzlich unbekannt waren.

An der Südspitze der Insel wurde das bewaldete Hügelland, durch das sie bis jetzt gezogen waren, zu einem kambrischen Sumpf, der die Karawane zwang, sich vorsichtig ihren Weg zu suchen, da die Straße an vielen Stellen unter Wasser und Morast verborgen lag. Große Amphibien, wie Eryops und Greererpeton, lagen direkt unter der Oberfläche und warteten, dass kleinere Salamander oder Frösche ihnen direkt vor die Nase kämen. Will spähte an Frohgesichts Rücken hinunter und war dankbar für seinen sicheren Platz auf dem gepanzerten Rücken des Ankylosauriers. Noch nicht einmal ein hungriger, fünf Meter langer amphibischer Räuber wie der Eogyrinus würde es mit einem so beeindruckenden Besucher aufnehmen.

Doch auch an ihrem Aufenthaltsort waren sie nicht gänzlich vor den Bedrohungen des Sumpfes sicher. Will beobachtete gerade eine Schule meterlanger Diplocalus, die auf der Flucht vor Chaz' Beinen verzweifelt versuchte, mit zuckenden, bumerangförmigen Köpfen, das Wasser zu erreichen, als er Silvia aufschreien hörte.

Er fuhr herum und sah sie auf einem der Rattanstühle der Bambusplattform stehen.

»Jag es weg, verscheuch es!«

Er blickte sich um, sah aber nichts. Er blieb aber wachsam. Noch nie hatte sich Silvia vor etwas gefürchtet. »Was soll ich verjagen? Ich sehe nichts.«

»Das da!« Sie deutete mit einem zitternden Finger auf etaws Unsichtbares an den Stuhlbeinen. Will senkte seinen Blick und sah schließlich etwas um die Stuhlbeine herumkrabbeln. Zuerst konnte er es kaum erkennen, denn es hatte die gleiche Farbe wie das honigfarbene Rattan und Bambus. Als er es erkannt hatte, entspannte er sich.

Frohgesicht knurrte eine Frage, die Chaz übersetzte und an Will richtete. »Unser Freund will wissen, was da oben vorgeht.«

»Nichts«, versicherte Will dem neugierigen Protoceratops. »Sag ihm, alles ist in Ordnung.«

»Zum Teufel, ist es nicht!« Auf dem Stuhl stehend, bemühte sich Silvia, die unsichere Balance zu halten, während sie auf den Angreifer deutete, der um die Stuhlbeine herumkrabbelte. Silvia stieß Freudenschreie aus, wenn sie kopfunter im Tragegestell eines Skybax hing und in sechshundert Metern Höhe Loopings ausführte, doch das hier versetzte sie in Panik. »Will Denison, du entfernst jetzt sofort das Ding!«

»Es ist doch nur ein Insekt.« Langsam näherte er sich dem Tier. Er beugte sich nach unten und versuchte, den Besucher über die Kante der Plattform zu scheuchen. Es musste auf den Rücken des Ankylosauriers gefallen sein, als sie unter ein paar niedrigen Zweigen hindurchgekommen waren.

»Es ist eine Schabe!« Sie zitterte sichtbar. »Ich kann Schaben nicht ertragen, Will. Du weißt das.«

»Ich glaube, jeder hat etwas, was er nicht ertragen kann.« Während er die immer wieder ausweichende Schabe quer über die Plattform scheuchte, kam er zu der Ansicht, dass sie ein ziemliches Aufheben wegen eines einzelnen Insekts machte. Schließlich aß sie die Tiere ziemlich regelmäßig gebraten oder gegrillt. Der ganze Aufstand, nur weil es zufällig eine Schabe war.

Nun ja, es war eine kambrische Schabe, fast sechzig Zentimeter lang, aber die Größe alleine veränderte doch noch nichts an der Natur der Sache. Die Schabe war absolut harmlos.

Es dauerte eine ganze Weile und viel Hin und Her, bis Will es schließlich schaffte, die Schabe Frohgesichts linke Flanke hinunterzuscheuchen. Er beobachtete, wie sie auf den feuchten Boden fiel und im Unterholz verschwand. Dann wandte er sich wieder seiner Verlobten zu.

»In Ordnung, Silvia. Keine Gefahr mehr. Du kannst herunterkommen.«

Vorsichtig stieg sie vom Stuhl herab auf die Plattform. Sie verließ sich nicht auf sein Wort, sondern schaute unter dem Stuhl nach und überprüfte das ihn umgebende Rattan- und Bambusgeflecht. Erst nachdem sie sich völlig sicher war, setzte sie sich wieder auf den Stuhl. Als er ihr einen Wassersack hinhielt, nippte sie dankbar daran.

»Tut mir Leid.« Sie reichte ihm den Wassersack zurück. »Doch ich ertrage diese Viecher einfach nicht. Da bekomme ich eine Gänsehaut.«

»Bei anderen Insekten ist das doch nicht so. Warum gerade bei Schaben?«

»Weiß ich nicht. Ich bin ein Skybax-Reiter, kein Psychotherapeut. Es ist irgendwas in mir drin.« Sie zitterte leicht. »Ich glaube, es ist die Art, wie sie sich bewegen.«

Da Will sich schämte, so wenig Mitgefühl gezeigt zu haben, setzte er sich neben sie und nahm sie in den Arm. »Gräme dich nicht, Silvia. Wir alle verbergen etwas in uns, das wir nicht nach außen dringen lassen wollen.« Während er sprach, huschte etwas Großes, Schimmerndes vor seinen Augen vorbei. Instinktiv zuckte er zurück, als es auf dem vorderen Geländer landete und dort sitzen blieb, um sich bewundern zu lassen.

Es löste viele Achs und Ohs aus. Die riesige Libelle hatte eine Flügelspannweite von über einem Meter. Ihr spitz zulaufender, schlanker Körper glänzte wie ein blank polierter, schwarzer Korallenzweig mit hellroten Streifen. Die Flügel wirkten wie feinster Stoff, in dem Gold und Purpur schimmerte. Sie verharrte einige Minuten auf dem Geländer und schwirrte mit den unglaublichen Flügeln, bevor sie wegflog und über dem seichten, ruhigen Gewässer verschwand.

»Was wäre, wenn eine Schabe solche Flügel hätte?«, fragte Will Silvia.

»Das spielte keine Rolle. Eine Schabe bleibt immer eine Schabe, egal wie sie daherkommt.« Sie zog eine Grimasse. »Besonders, wenn sie so groß wie dein Arm ist.«

Als sie ihre Reise die südliche Küste entlang Richtung Osten führte, verschwand der Sumpf langsam und sie kamen wieder in eine mit Regenwald bedeckte Tiefebene. Die Vögel erschienen wieder in all ihrer Federpracht und zwischen den Baumfarnen und Cecropias standen die ersten wild wachsenden Obstbäume. Will und Silvia halfen mit ihren geschickten menschlichen Fingern ihren Gastgebern bei der Ernte. Es wurden nur die besten Früchte gepflückt, dann zog man weiter.

Auf dem Weg nach Norden füllten sich die leeren Behälter und Fässer mit Früchten, Nüssen und Heilpflanzen. Die Ostküste der Äußeren Insel bot ein ganz anderes Bild als die geschützte Westküste. Da diese Seite dem offenen Meer zugewandt war, konnten die Reisenden riesige Brecher auf das umgebende Korallenriff auflaufen sehen. Verschiedene Delfinarten waren in den Wellen zu erkennen und Walhaie waren auf der Suche nach dem Plankton, das sich um diese Jahreszeit von der Korallenblüte ernährte. Die ausgewachsenen Exemplare dieses größten Fisches der Welt waren selbst für einen Mosasaurier ein zu großer Brocken.

Erst als sie sich der Mitte der Ostbucht näherten, machte sich bei den Besuchern vom Festland wieder Anspannung breit und sie musterten aufmerksam die tiefen Wälder. Nach dem, was man ihnen in Culebra gesagt hatte, musste hier irgendwo die verlassene Straße ins Landesinnere abzweigen. Dieser Straße würden sie ins zentrale Bergmassiv folgen, wo, vertraute man der wunderbaren Wasserkarte in Ahmet-Padon, ein alter Tempel von unbekannter Herkunft und unbekannter Bestimmung auf sie wartete.

Oder, so ging es Will durch den Kopf, sie wanderten umher, bis sie müde, hungrig und der Sache überdrüssig wären. Dann müssten sie zurück zur Küstenstraße und auf die nächste Karawane warten, die sie wieder ins zivilisierte Culebra brächte. Wenn man dem zynischen Chaz glaubte, dann war dies die wahrscheinlichste Möglichkeit. Eine Karte zu finden war eine Sache, so hatte der Protoceratops auf ihrem Weg aus der Großen Wüste heraus immer wieder betont. Eine wichtige archäologische Entdeckung dort zu machen, wo niemand damit rechnete, eine ganz andere.

Aber bei allen Zweifeln fiel es Will doch schwer, sich nicht von Silvias und Khorips Begeisterung anstecken zu lassen. Er wünschte, er hätte wie sie auch ein paar der alten Texte in der Bibliothek studiert.

Keiner von den Vieren wusste eigentlich, wonach sie Ausschau halten mussten: einem schmalen Pfad, der von der Straße in den Wald führte, einem Steinhaufen, der den Weg markierte, vielleicht auch tiefen Scharten in den Bäumen am Straßenrand. Ganz bestimmt konnte man keine breite, ordentliche Abzweigung von der Küstenstraße erwarten.

Doch dann war sie da, teilweise überwachsen, doch eindeutig von Menschenhand geschaffen. Wie die Küstenstraße, die um die Insel herumführte, war die verlassene Straße ins Innere mit weißen Korallensplittern gepflastert und führte kühn nach Westen auf das wolkenverhangene Zentralmassiv zu.

Da neben der alten Abzweigung ein respektabler Hain wilder Orangenbäume und eine besondere Rebsorte wuchs, aus deren destilliertem Saft man einen Brei zur Linderung von Verbrennungen kochen konnte, mussten Will und seine Freunde nicht um einen außerplanmäßigen Halt bitten. Während die Ankylosaurier sich ihren Weg in die dichte Vegetation bahnten und die Ceratopsier hinter ihnen den Pfad für die verwundbareren Menschen räumten, versuchten die besorgte Shree Banda und der mitfühlende Frohgesicht ihr Bestes, ihre neuen Freunde von ihrem Vorhaben abzubringen.

»Dort gibt es überhaupt nichts«, beharrte Banda. »Warum wollt ihr euch diesen Gefahren und diesem Risiko aussetzen?«

»Wir sind nicht der Ansicht, dass es dort nichts gibt«, erklärte Khorip ihr.

»Und die anderen sind auch dieser Meinung?«

Will begegnete unbewegt ihrem Blick, während Silvia begeistert nickte. Hinter ihnen beschränkte sich Chaz darauf, auf dem Boden zu scharren und vor sich hinzumurmeln.

»Wenn ihr in Schwierigkeiten geratet, wird sich niemand um euch kümmern. Niemand wird euch suchen.« Die Karawanenführerin schaute einen nach dem anderen an. »Das ist hier nicht Pooktook, das ist euch klar?«

»Wir sind vorbereitet«, meinte Silvia zuversichtlich. »Wir sind schon auf wesentlich gefährlicheren Pfaden gewandelt und haben es ohne Probleme geschafft.«

Als der übel gelaunte Chaz dies für Frohgesicht übersetzte, seufzte der Ankylosaurier wie eine Dampfmaschine. »In ganz Dinotopia gibt es keinen Ort, der mit dem Zentralmassiv der Äußeren Insel vergleichbar wäre. Sicher, das Regental ist gefährlich, aber zumindest ist es eine Ebene. Doch ihr werdet es noch merken.« Er schüttelte seinen schwer gepanzerten Kopf. »Wenigstens lauft ihr nicht blind in den Regenwald hinein. Ihr habt immer noch die alte Straße, die euch wieder hinausführt.«

»Frohgesicht hat Recht«, erklärte Banda. »Seht zu, dass ihr euch nicht zu weit von ihr entfernt, sonst verirrt ihr euch mit Sicherheit.« Sie deutete auf die wolkenverhangenen Berggipfel und fügte hinzu: »Ich hoffe, es macht euch nichts aus, die ganze Zeit nass zu werden.«

»Bestimmt nicht die ganze Zeit«, murmelte Will.

»Wahrscheinlich nicht, doch nach ein, zwei Tagen, an denen es morgens, mittags und abends geregnet hat, wird es euch wie die ganze Zeit vorkommen.« Das Brüllen eines Torosauriers, der mit einigen Menschen im Schlepptau aus dem Dschungel kam, lenkte sie ab. Als sie sich wieder ihnen zuwandte, war Bandas Miene gefasst.

»Ihr seid anständige Leute. Mir täte es Leid, wenn euch etwas zustieße.«

»Mir auch«, murmelte Chaz leise.

»Aber ihr habt eure Entscheidung getroffen. Also können wir euch nur noch eine gute Reise und viel Glück wünschen.« Als sie das gesagt hatte, trat sie vor und küsste jeden in der Art ihrer Familie warmherzig auf beide Wangen. Oder im Falle von Chaz auf dessen Nackenschild.

Frohgesicht steuerte ein wehmütiges Röhren bei und unterstrich Bandas Abschiedsworte, indem er, gleich melancholischen Paukenschlägen, mit seiner Schwanzspitze ein paar Mal kräftig auf den Boden schlug. Als die Kunde vom bevorstehenden Abschied der Besucher durch die Karawane ging, kamen einige andere Menschen und Dinosaurier an, um ihnen alles Gute zu wünschen und ihnen Mut zuzusprechen.

Als das Aufeinanderlegen der Handflächen beendet und die letzten guten Wünsche ausgesprochen waren, nahm die Sammelexpedition wieder ihre Formation ein und begab sich an der sandigen, von Bäumen gesäumten Küste der Ostbucht entlang auf den Weg nach Norden. Will und seine Freunde schauten ihnen nach, bis die Karawane außer Sicht war und die Buckel der Ceratopsier, die Schwänze der Ankylosaurier und die menschlichen Kopfbedeckungen vom Regenwald verschluckt worden waren. Dann standen sie alleine auf der korallengepflasterten Straße.

Links von ihnen begann die nicht zu Ende geführte Straße durch das Innere der Insel. Kleine Wasserläufe rahmten an beiden Seiten das Pflaster aus Korallensplittern ein. Das Gepäck auf Chaz' Rücken war vollgestopft mit Vorräten und sie waren alle gesund und munter. Es gab keinen Grund zu zögern. Was Silvia auch nicht tat, sondern sich ohne ein weiteres Wort auf den Weg machte. Will beeilte sich, sie einzuholen, während Khorip und Chaz die Nachhut übernahmen.

Vor ihnen lagen unbekannte Berge, Dunst und Nebel, unbekannte Gefahren, die Quelle einer alten, fast vergessenen Legende und weitere Abenteuer.

Als die Straße steiler und schlüpfrig wurde, war Will bereit, all dies für ein Stück guten Apfelkuchens einzutauschen.

19

Die verlassene Straße führte auf beeindruckende Weise breit und kerzengerade ins Vorgebirge und dann weiter in die Berge hinein, ohne jemals schmaler zu werden oder ihre Richtung zu ändern. Doch als sie stetig in höhere Regionen vorstieß, merkte man, dass die Jahre der Vernachlässigung ihren Tribut gefordert hatten. Der immerwährende, heftige Regen hatte in die glatte Oberfläche Rinnen und Auswaschungen gegraben und das weiße Korallenpflaster weggespült, so dass jetzt der dunkle Vulkanfelsen und die Erde darunter offen lag. Bäume, die schon lange nicht mehr ausgedünnt worden waren, ragten über die Straßenschneise und tauchten den Weg ins Zwielicht. An den Rändern waren Büsche und Waldgräser über die Straße gewuchert und gaben ihr ein zerfranstes Aussehen.

Wie ein angeschlagener Boxer versuchte die Straße ihre Stellung zu halten, auch wenn der Wald und die Elemente sie Stück für Stück auseinander rissen. Trotz der gewaltigen Anstrengungen der damaligen dinotopischen Ingenieure und Straßenbauer würde die Vegetation irgendwann dieses unheilvolle Projekt wieder vollständig vereinnahmen. Die Vertreter der Zivilisation hatten zwar Intelligenz und handwerkliches Können auf ihrer Seite, doch der Wald hatte Zeit.

Sie brauchten lange, um zum Ende der Straße zu gelangen. Als sie schließlich vor einer dichten, grünen Mauer standen, war nicht zu übersehen, dass an diesem Punkt die Straßenbauer aufgegeben hatten. Sie untersuchten den Boden am Ende der Straße, fanden aber zwischen den Wurzeln keine Reste eines Pflasters mehr. Hier hatte der Regenwald sich nicht ein Stück der Straße zurückerobert. Hier hatten die Straßenbauer sich der Natur und dem Gelände ergeben und auf den Weiterbau verzichtet.

Sie standen auf einem steilen Abhang und blickten auf das weiße Band der Straße zurück, das sich wie ein Flusslauf durch den dichten Wald zog. Schon seit Stunden waren sie vom warmem, feuchten Nebel umhüllt gewesen. Sie schauten den Abhang hinauf, doch es war unmöglich, sich einen Eindruck von dem vor ihnen liegenden Gelände zu verschaffen. Nur ein paar Meter weiter konnten sie auf eine Felswand, eine tiefe Schlucht oder einen Vulkankrater stoßen. Es blieb ihnen nichts anderes übrig, als auf gut Glück loszulaufen.

»Was nun?« Chaz untersuchte die Fußsohle seines rechten Hinterbeins, die dick mit Lehm verklebt war. Während er auf eine Antwort wartete, versuchte er die festgetretene Masse an den Korallenstücken des Straßenpflasters abzustreifen.

Silvia und Khorip hielten Kriegsrat. »Wenn ich mich richtig an die Karte erinnere«, erklärte sie, »dann müssen wir ins Landesinnere, bis wir auf ein Plateau knapp unterhalb des Gebirgskamms stoßen. Der Tempel liegt dann entweder nördlich oder südlich davon. Die Karte war nicht sehr exakt und natürlich war diese Straße nicht darauf verzeichnet. Die ist viel jüngeren Datums.«

Chaz schüttelte sich das Wasser aus dem Gesicht. Der Regen lief seinen Nackenschild hinunter und in seine Augen. »Das ist ein ziemlich großes Gebiet. Es wäre schon schwer genug, das bei *schönem* Wetter abzusuchen.« Er deutete mit einem seiner Vorderbeine. »Wir können im Abstand von der Länge eines Diplodocus an einem gesamten Tempelkomplex vorbeilaufen, ohne es auch nur zu bemerken.«

»Wenn wir erst einmal den Kamm erreicht haben, dann

verteilen wir uns«, erklärte sie ihm. »Wir laufen nebeneinander her, immer in Sichtweite des anderen. Auf diese Weise können wir ein größeres Gebiet absuchen. Sie blickte in den Nebel hinein. «Wir werden den Tempel finden.»

»Wenn es einen Tempel gibt, den wir finden können«, erinnerte sie der müde Protoceratops.

»Wir haben es bis hierher geschafft.« Will war sich über ihren Erfolg bei Weitem nicht so sicher wie Silvia, wollte sie aber in diesem Moment unterstützen. »Wir können jetzt nicht einfach umkehren, ohne den letzten Schritt zu machen.«

»Das ist es, was mir Sorgen bereitet«, entgegnete der Dolmetscher, »dass ich meinen letzten Schritt machen werde.«

»Was beschwerst du dich?«, gab Silvia zurück. »Du hast doch vier Beine.« Mit diesen Worten ging sie auf eine Lücke zwischen den Bäumen zu ihrer Linken zu und machte sich an den Aufstieg. Will und Khorip folgten ihr. Um seine Meinung zu verdeutlichen, verharrte Chaz noch einen Augenblick, dann trottete er hinter ihnen her.

Sich durch den Wald zu kämpfen war schwer, aber nicht unmöglich. Sobald sie die Straße ein Stück hinter sich gelassen hatten, reduzierte das Blätterdach des Regenwaldes das bis auf den Boden dringende Sonnenlicht und damit gab es auch weniger Vegetation unter den Bäumen. In dem lichten Unterholz gelang es den Reisenden, sich einen Weg nach oben zu bahnen.

Im Wald zu laufen erwies sich als eine trockenere Angelegenheit als auf der Straße, denn das dichte Blätterdach hielt einen Großteil des Regens ab. Es ging beständig bergauf, aber der Hang wurde nie so steil, dass man ihn nicht bewältigen konnte. Der Anstieg wurde nicht zu einer Frage des Machbaren, sondern der Ausdauer.

Erschöpft richteten sie ihr Nachtlager unter einer Ansammlung von Elefantenohrphilodendren ein, die Schutz vor einem nächtlichen Regenguss boten. Da kein trockenes Stück Holz zu finden war, konnten sie kein Feuer machen und mussten sich mit einem kalten Abendessen begnügen. Das war eher eine Unbequemlichkeit als ein wirkliches Unglück, denn ihre Vorräte bestanden im Wesentlichen aus getrockneter Nahrung und frischen Früchten und die Temperaturen hier in den Bergen fielen in der Nacht kaum ab. Dennoch wünschte sich Will, er wäre so trocken wie der Fisch, auf dem Silvia und er gezwungenermaßen als Hauptgang ihrer Mahlzeit herumkauten.

Mit dem Sonnenuntergang brach eine pechschwarze Nacht herein, die durch das Fehlen eines Feuers noch schlimmer wurde, während ein bedrückender Nebel jedes Geräusch verschluckte. Will und Silvia schmiegten sich unter dem Dach der dunkelgrünen Blätter eng aneinander, während sich Khorip ganz in der Nähe auf seine Hinterläufe niederließ. Statt vom Ticken einer Uhr oder dem Geräusch eines Ventilators mussten sie sich von Chaz' unausgesetztem Gemurmel in den Schlaf wiegen lassen.

»Nur ein paar Tage, Will. Mehr wollen Khorip und ich nicht. Wenn wir bis dahin den Tempel nicht gefunden haben oder zumindest einen eindeutigen Hinweis auf seine Existenz, dann kehren wir um. Ich will beweisen, dass es die Hand von Dinotopia wirklich gibt, aber ich bin nicht so verbohrt, es zu weit zu treiben.«

»Bist du nicht?« Er lag auf dem feuchten Boden und sah ihr ins Gesicht. »Ich dachte, diesen Punkt hätten wir schon längst überschritten.« Er grinste sie an, um zu zeigen, dass er es nicht so ernst gemeint hatte.

Sie stieß ihm sanft die Faust in die Schulter. »Du hältst das Ganze also wirklich nur für ein Märchen.«

»Ich weiß nicht, Silvia. Ich weiß es wirklich nicht. Doch ob da etwas ist oder nicht, spielt für mich keine Rolle. Für mich ist nur wichtig, dass ich bei dir bin.«

Sie schmiegte sich so dicht an ihn, wie die Umstände es erlaubten. »Du bist wirklich ein Glücksfall, Will Denison. Selbst wenn du ein Neuankömmling bist, der in Augenblicken großer Gefühle in theatralischen Klischees spricht.«

»He, zumindest bemühe ich mich«, wehrte er ab. »Glaub mir, ich würde dir viel lieber am Strand von Kap Schildhorn sagen, dass ich mit dir zusammen sein will.«

Sie stieß wieder zu, doch diesmal war es ganz eindeutig eine zärtliche Berührung und kein Faustschlag.

Der unmelodische Lockruf eines männlichen Arabis auf der Suche nach einem Weibchen riss ihn aus tiefem Schlaf. Es hatte aufgehört zu regnen. Die Sonne war nur schwach durch das Blätterdach zu erkennen. Von den Blättern, Zweigen, Baumstämmen und Schlingpflanzen erhob sich der Dunst, als die Feuchtigkeit des nächtlichen Schauers wieder in die Luft aufstieg.

Er blickte nach links auf die schlafende Silvia, deren Kopf auf den Händen ruhte und die sich wie ein kleines Kind an seine Schulter schmiegte. Er schaute nach rechts auf die schweren, schwarzgrünen Blätter, die sie vor dem nächtlichen Regenguss geschützt hatten, auf einige stachlige Palmbüsche, ein paar Ansammlungen von rosa und purpur blühenden Orchideen, eine Reihe von Blattschneiderameisen, die ihre Beute wie winzige grüne Regenschirme über dem Kopf trugen, und in das mit scharfen Zähnen versehene Gesicht eines neugierigen Deinonychos, der ihn mit einer Eindringlichkeit anstarrte, die Will nur selten zuvor im Regental erlebt hatte.

Will richtete sich blitzartig auf.

So plötzlich aus dem Schlaf gerissen, fuhr Silvia neben ihm hoch. »Will? Was ist los?«

Er sprach, ohne seine Augen von ihrem schweigenden Beobachter abzuwenden. Weder ein Knüppel noch ein Stein war greifbar, nur die Reste ihres Abendessens. Will bezweifelte, dass man den möglichen Angriff des gewandten, kräftigen

Deinonychus mit einer Handvoll fettiger Kabeljaugräten abwehren konnte.

»Komm zu dir, Silvia«, und deutlich lauter rief er: »Aufwachen! Chaz, Khorip, wir haben Besuch!«

Als Antwort darauf erhob sich der Protoceratops auf seine vier Beine und der Prenocephale richtete sich auf seinen Hinterbeinen auf. Als sie den Besucher sahen, reagierten sie genauso wie Will. Schweigen, gepaart mit wachsamer Besorgnis.

Immer noch gab der Deinonychus kein Wort von sich. Er saß dicht bei Will und Silvia auf seinen Hinterläufen. Seine beiden Vordergliedmaßen hingen vor seinem Körper herunter, die Krallen an seinen Händen waren nicht geschnitten und offen sichtbar, genauso wie die Krallen an seinen Füßen und der große sichelartige Dorn an seiner Ferse, der zum Töten der Beute eingesetzt wurde. Zu Wills großer Beunruhigung zuckte diese einzigartige Waffe wie ein scharfes Klappmesser immer wieder auf und ab.

In der Ellenbogenbeuge eines Arms ruhte ein langer, mit Federn versehener Speer, und auf dem gebeugten Rücken des mannsgroßen Raubdinosauriers befand sich ein aus Pflanzenfasern gefertigter Rucksack. Ein kleinerer Beutel hing von einem um die Hüfte geschlungenen Strick herab. Am auffallendsten aber war die Körperbemalung aus Pflanzenfarben im Gesicht und am Oberkörper. Die Symbole waren Will, Silvia und Chat gleichermaßen fremd.

Das Aussehen des Sauriers, das so gar nicht in die dinotopische Zivilisation passte, erinnerte Will an die Bücher und Zeitschriften, die er in Boston als kleiner Junge verschlungen hatte. Es war etwas, das ihm häufig in den billigen Romanen und Heftchen untergekommen war und das, soweit er wusste, in der Kultur Dinotopias unbekannt und ihr gänzlich fremd war.

Eine Kriegsbemalung.

Widerstrebend trat Chaz vor und versuchte, ein Gespräch zu beginnen. »Wir kommen als Freunde und sind Forscher.« Mit seinem Schnabel deutete der Protoceratops hinter sich auf den Weg, den sie gekommen waren. »Wir sind alleine und haben keine Waffen.« Dies einzugestehen kostete sie nichts, dachte sich der beunruhigte Protoceratops, denn das konnte der Deinonychus selbst deutlich sehen.

Zumindest erfolgte jetzt eine Reaktion. Der Besucher richtete sich zu voller Größe auf und machte ein paar laute, zischende Geräusche in den Wald hinein. Sofort erschien ein Dutzend auf gleiche Weise ausgestatteter und ebenfalls bemalter Mitglieder des gleichen Stammes. Aus dem Grün des Dschungels lösten sich mit bunten Strichen und Kreisen bemalte Körper. Nicht alle waren mit Speeren bewaffnet. Einige hatten auch Steinäxte, deren gefährliches Aussehen nicht zur Beruhigung der vier Reisenden beitrug.

Die meisten trugen Bänder um den Kopf, die mit geometrischen Symbolen und Federn der buntesten Vögel des Regenwaldes verziert waren. Die Reisenden konnten sich denken, welches Schicksal die Vögel ereilt hatte. Die Deinonychus mit ihren Sichelklauen waren hervorragende Jäger. Auf dem Festland hatten sie schon lange ihre primitiven Triebe und Instinkte, die sich nicht mit der Kultur von Dinotopia vertrugen, kontrollieren gelernt.

So, wie sie allerdings hier vor ihnen standen, konnte man davon ausgehen, dass dieser erzieherische Effekt auf der Äußeren Insel nicht zum Tragen gekommen war. Anders als die größeren Dinosaurier wie der Tyrannosaurus Rex und der Allosaurier jagten die Deinonychus in Rudeln. In den grünen Weiten der Äußeren Insel hatte sich dieses uralte Verhalten anscheinend zu einer stark ausgeprägten Stammeskultur weiterentwickelt.

Die wichtigste Frage war nun, in welcher Weise diese Entwicklung ihr Fressverhalten beeinflusst hatte? Diese Frage war für Will und seine Gefährten von entscheidender Bedeutung.

Das Wesen ohne Kopfschmuck, das schweigend Wills Aufwachen beobachtet hatte, unterhielt sich in abgehackten Sätzen mit einigen seiner Kameraden. Die einfache Sprache war für Chaz schwierig zu verstehen und so blieben die Pläne der Besucher fürs Erste im Dunkeln. Sehr zum Verdruss der Reisenden senkte keiner von den Sauriern den Speer oder die Streitaxt.

Schließlich trat der Sprecher vor Chaz. Wills Muskeln spannten sich und Silvia krallte sich an seinem Arm fest, doch die Speerspitze wies weiter gen Himmel und die schrecklichen Krallen blieben eingezogen. Der kleine Ceratopsier wich keinen Schritt zurück. Das hätte auch wenig Sinn, denn sie waren umzingelt und ohne Fluchtmöglichkeit.

Wieder begann der Deinonychus zu sprechen, diesmal langsam und bedächtig. Chaz hörte zu, riskierte eine Antwort und erinnerte sich dann daran, für seine Freunde zu übersetzen.

»Er sagt, er sei Korut, der Sohn des Enots'. Der Führer oder Häuptling dieses Stammes.«

Will nickte wissend. Enots war ein gebräuchlicher Familienname bei den Deinonychus. Enit, der Chefbibliothekar in Wasserfallstadt, war auch ein Deinonychus. Will fragte sich, was jener überaus zivilisierte und gebildete Dromaeosaurier von seinen Artverwandten, die hier bemalt und mit Federschmuck durch den Regenwald liefen, wohl halten würde.

»Was sagt er noch?«, flüsterte Silvia.

»Dass wir uns in ihrem Jagdgebiet befinden und somit ihre Gesetze brechen.« In Chaz' Stimme war ein deutliches Zittern zu bemerken.

Will hatte bei seiner Ausbildung zum Skybax-Reiter gelernt, in schwierigen Situationen nicht zu zögern. »Sage Korut, dass wir nicht wussten, dass dies hier ihr Jagdgebiet ist, und auch ihre Gesetze nicht kennen. Sag ihm noch, dass wir Sammler und keine Jäger sind, und wir nichts mitnehmen, was ihnen von Nutzen ist.«

»Ich habe keine Ahnung, wie er darauf reagieren wird«, gab Chaz wehleidig zurück. »Das hier ist keine öffentliche Diskussionsrunde in Sauropolis.«

»Versuch es«, drängte Will seinen Freund. »Was können wir sonst tun?«

Chaz nickte und wandte sich wieder dem Häuptling zu. Es war schwer, seinen Blick auf das Gesicht des Deinonychus zu konzentrieren, statt auf die vielen Krallen, doch dem Dolmetscher gelang dies in bewundernswerter Weise.

Korut hörte genau zu, verharrte dann eine Weile und antwortete.

»Er sagt«, ließ sich ein erleichterter Chaz vernehmen, »dass die Unkenntnis der Gesetze keine Entschuldigung ist, sie sähen aber, dass wir für eine Reise durch diese Berge sehr schlecht ausgerüstet seien und eher ihr Mitleid als eine Bestrafung verdienten.«

»Dafür sollten wir dankbar sein.« Wie seine Gefährten war auch Khorip willens, diese Beleidigung nicht weiter zu beachten. »Ich bin froh, in ihren Augen hilflos zu erscheinen.«

»Mach dir keine Gedanken«, gab Will zurück, »wir *sind* hilflos.«

Korut sprach erneut und wieder nahm sich Chaz viel Zeit, um genau zu übersetzen.

»Sie wollen wissen, warum wir hier sind und im Moment stelle auch ich mir diese Frage.«

Silvia trat neben den ängstlichen Protoceratops. Während sie sprach, strich sie ihm beruhigend mit der rechten Hand über den Rücken. Es half, aber nur ein bisschen.

»Sag ihnen die Wahrheit. Dass wir nach den Ruinen eines alten Monuments oder Tempels, genannt ›die Hand von Dinotopia‹, suchen.«

»Ich versuche es.« Chaz gab sein Bestes, diesen Sachverhalt Korut und seinen Stammesbrüdern zu vermitteln.

Der Führer der Deinonychus hörte aufmerksam zu. Als der Protoceratops fertig war, sprach der Häuptling mit tiefer Stimme zu dem neben ihm Stehenden. Es war weniger ein Wispern als ein sorgfältig moduliertes Grollen, bei dem sich Will die Nackenhaare sträubten. Vor Äonen hätte dieses gutturale Grollen keine intelligenten Worte gebildet, sondern wäre lediglich Ausdruck der Gefühle dieser von der Natur hervorragend ausgerüsteten Raubsaurier gewesen. Korut und seine Leute mochten vielleicht keine Kultur haben, doch dumm waren sie auch nicht.

Überhaupt nicht. Heutzutage diskutierten sie vielleicht die möglichen Folgen, bevor sie sich über ihre Beute hermachten.

Als Korut sich schließlich wieder Chaz zuwandte und erneut auf ihn einredete, ließ er keine solche Absicht erkennen. Diesmal hörte der Protoceratops aufmerksam zu. Gelegentlich unterbrach der Dolmetscher, um sich den einen oder anderen barbarischen Ausdruck erklären zu lassen. Doch anstatt ungeduldig zu werden oder seine Beherrschung zu verlieren, schien der Deinonychus die Unfähigkeit des Dolmetschers, ihn zu verstehen, als ein weiteres Indiz für die offensichtlich beschränkten geistigen Fähigkeiten der Reisenden zu nehmen.

Als das Gespräch beendet war, wandte sich Chaz recht optimistisch an seine Gefährten. »Häuptling Korut sagt, dass sie uns nicht fressen werden.«

»Nun, das ist eine gute Nachricht«, erklärte Will trocken. »Nur aus Neugierde: Warum nicht?«

»Er sagt, sie fressen keine Dummköpfe.«

Khorip richtete sich ein Stück auf seinen Hinterläufen auf. »Wir sind keine Dummköpfe.«

Der Protoceratops blickte den größeren Prenocephalen

feindselig an. »Ach so? Wir sind doch hier, oder?« Wieder zu Will und Silvia gewandt fuhr er fort: »Ich erklärte ihm euer Verlangen, die unbekannten Ruinen zu finden, und ratet mal, was er gesagt hat? Er will uns helfen!«

Silvia blickte den edlen Deinonychus erwartungsvoll an. Korut seinerseits schaute gelangweilt zurück. »Sie wissen, wo die Hand von Dinotopia ist?«

»Nicht so schnell«, bremste der Dolmetscher sie. »Er sagt, sie wüssten, wo hier weitläufige Ruinenfelder und verlassene Bauwerke sind. Sie bestehen schon, solange sich die Ältesten seines Stammes zurückerinnern können. Aber sie wissen nicht, wer sie erbaut hat oder wann und warum. Sie besuchen sie nicht oft. Nicht weil sie Angst davor hätten oder wegen eines alten Stammestabus, sondern einfach, weil man dort nicht gut jagen kann.«

»Und sie wollen uns dorthin führen?« Will meinte, es müsse ein Haken an der Sache sein, und konnte die Begeisterung seiner Verlobten nicht teilen.

»Das hat Korut gesagt und gleichzeitig hinzugefügt, dass die Gegend schwer zugänglich sei und es nur einen Weg gebe, auf dem unerfahrene Menschen oder ein Vierbeiner wie ich es schaffen könnten. Er meinte, ohne die Hilfe seiner Leute fänden wir den Ort nie.«

»Das will ich glauben«, räumte Silvia ein. »Wäre der Ort leicht zugänglich, dann hätten ihn andere schon entdeckt.«

»Umherziehende Früchtesammler, wie unsere Freunde Frohgesicht und Shree Banda«, stimmte ihr Khorip zu, »hätten ihn bestimmt schon gefunden. Das zeigt, wie gut er verborgen ist.«

»Ist und war.« Nach einer nachdenklichen Pause forderte sie Chaz auf: »Nun, steh hier nicht herum. Sag ihnen, dass wir bereit sind, aufzubrechen.«

»Das ist gerade das Problem.« Der Protoceratops blickte sie aus seinen kleinen, runden Augen an. »Korut sagt, er und seine Leute führen uns zu dem Ruinenfeld, aber gegen Bezahlung.«

Will stutzte. Was wollte der Deinonychus? Geld, wie Will es aus seiner Kindheit in Amerika kannte, war in Dinotopia unbekannt und schon vor langer Zeit durch ein gut funktionierendes System von Tauschhandel ersetzt worden. Was besaßen sie, was die bedrohlich aussehenden Raubsaurier haben wollten? Ganz sicherlich waren ihre wenigen Vorräte für das Dutzend Fleischfresser nicht interessant, und außerdem hätten sie sich diese jederzeit mit Gewalt nehmen können. Ratlos und neugierig fragte er Chaz.

»Fisch«, antwortete der Protoceratops.

Die Antwort war kurz, doch sie machte Sinn. Raubsaurier jedes Aussehens, jeder Größe und Rasse hatten einen unwiderstehlichen Heißhunger auf die Schätze des Meeres. Doch wenn man von dem mit einem spitz zulaufenden Maul ausgestatteten Baryonyx absah, dann waren sie schlecht gerüstet, um in den Gewässern von Dinotopia Beute zu machen. Besonders die Therapoden waren Raubsaurier, die darauf spezialisiert waren, ihre Beute auf festem Boden zu verfolgen und zu töten. Doch auch diese Fähigkeit war mit der Zeit und der fortschreitenden Zivilisierung unter den auf dem Festland lebenden Fleischfressern in den Hintergrund getreten. Sie zogen die Fische und Schalentiere vor, die von den durchziehenden Karawanen im Regental als Tribut entrichtet wurden. In der Zeit zwischen solchen Geschenken ernährten sie sich von den Kadavern der verstorbenen Saurier.

Auf der Äußeren Insel gab es allerdings nicht so viele ehrenwert verstorbene Dinosaurier, an denen man ein Festmahl halten konnte, und im bergigen Hinterland schon gar nicht. In den Zeiten zwischen den Gaben der unregelmäßig durchziehenden Früchtesammler mussten die einheimischen Dromaeosaurier Vögel und kleine Säugetiere jagen, um ihre Stammesgemeinschaft zu ernähren.

Wieder dachte Will an ihre sehr beschränkten Vorräte. »Ich glaube, es sind nur noch ein paar von den getrockneten Fischfilets übrig, die uns Shree Banda zum Abschied geschenkt hat, aber die können sie gerne haben, wenn sie uns zu den Ruinen führen.«

Chaz schüttelte den Kopf. »Darum geht es nicht. Die wollen sie nicht. Sie wollen *frischen* Fisch.«

»Frischen Fisch!«, stöhnte Will auf. »Was erwarten die von uns? Alles stehen und liegen lassen und angeln gehen?«

Der Protoceratops nickte bedächtig. »Genau.«

»Das ist absurd«, protestierte Khorip heftig. »Es würde Tage, ja Wochen dauern, genügend Fisch für den ganzen Stamm zu fangen. Selbst wenn wir genügend Haken und Angelruten hätten, was nicht der Fall ist.«

»Vielleicht brauchen wir weder Haken noch Angelruten.«

Alle Blicke richteten sich auf Silvia. »Was meinst du?« Khorips Miene war genauso erstaunt, wie seine Stimme klang.

»Als ich in der Schule war«, erklärte sie selbstbewusst ihren Gefährten, »unternahmen wir einen Ausflug zum oberen Polongodelta, um dort mit Netzen zu fischen.«

Wills Miene hellte sich auf. »Ich dachte, mit Netzen fischt man von Booten aus?«

»Nicht ausschließlich«, meinte sie. »Es gibt eine althergebrachte Methode, bei der man keine Boote braucht. Das geht aber nur im seichten Wasser.« Sie deutete in die Richtung, aus der sie gekommen waren. »Ich hatte den Eindruck, dass es viele seichten Stellen in der Ostbucht gibt. Diese Art zu fischen lernt man von Dinotopiern, deren schiffbrüchige Vorfahren aus einem Land namens Polynesien kamen.«

»Das stimmt«, bestätigte Will, »aber zufällig haben wir keine Netze bei uns.«

»Wir machen uns welche«, sagte sie ohne Zögern. »Hier gibt es genügend brauchbare Ranken und Kriechpflanzen.

Schau dir doch nur die Rucksäcke, Gürteltaschen und Bänder der Deinonychus an. Man sieht deutlich, dass Korut und seine Leute geschickt im Flechten sind.« Sie beugte sich zu Chaz. »Komm, frage sie, ob sie unter meiner Anleitung Fischernetze herstellen wollen?«

Chaz übermittelte diesen Vorschlag dem Deinonychus, der nun zum ersten Mal, seit Will aufgewacht war, einen Anflug von Begeisterung zeigte. Zwischen den Stammesmitgliedern entstand ein kurzes Gemurmel, als sie den Vorschlag besprachen.

Wie üblich war es an ihrem Häuptling zu antworten. Will und Silvia warteten gespannt, was er sagen würde.

»Korut sagt, dass seine Leute dazu bereit sind. Wenn du ihnen zeigst, wie man mehr als einen Fisch auf einmal fangen kann, dann werden sie uns nicht nur den Weg zu den Ruinen zeigen, sondern ewig in unserer Schuld stehen.«

»Ein paar Tage ist alles, was wir von ihrer Dankbarkeit brauchen«, gab Silvia zurück. »Wir benötigen ein paar größere Ranken für die schwereren Teile des Netzes. Ich frage mich, ob diese Speere scharf genug sind, auch dickere Lianen zu durchschneiden?«

Chaz gab die Frage an Korut weiter, der als Antwort ein abfälliges Schnaufen ausstieß und zwei Meter hoch in die Luft sprang. Er hatte einen neben ihm stehenden, kleinen Baum ins Visier genommen, in dessen Richtung er mit seinem rechten Bein eine Bewegung machte. Als Korut wieder auf dem Boden aufkam, fiel der durchtrennte Stamm schon um.

»Ich denke, das war die Antwort auf die Frage.« Wie seine Gefährten, so war auch Will mehr als beeindruckt von dieser unmittelbaren Demonstration der natürlichen Fähigkeiten der Deinonychus, Dinge zu durchtrennen.

Silvia rieb sich die Hände. Sie strotzte vor Tatkraft und Selbstgewissheit, die weder Will noch Chaz teilen konnten.

Aber sie schien immer genau zu wissen, was sie tat, und Will sah keine Veranlassung, jetzt an ihr zu zweifeln. Wenn sie behauptete, einer Bande von nicht sehr hellen Dromaeosauriern das Fischen beibringen zu können, dann sollte sie mal loslegen.

Er war mehr als nur ein wenig neugierig, wie sie das bewerkstelligen wollte.

20

Nachdem die Jungtiere und schwangeren Weibchen, die sich im Wald verborgen gehalten hatten, hervorgekommen waren, zählte der Stamm der Deinonychus mehr als fünfundzwanzig Mitglieder. Sie standen der Sache mit dem Fischfang skeptisch gegenüber, waren aber bereit, sich darauf einzulassen. Auf dem Weg zur Küste musste sich Will mit der Anhänglichkeit zweier springlebendiger Jungtiere auseinander setzen, die aus irgendeinem Grunde Gefallen an ihm gefunden hatten. Sie rannten um ihn herum, zwischen seinen Beinen hindurch und verfingen sich manchmal in seinen Hosenbeinen. Das alles wäre nicht so schlimm gewesen, hätten sie nicht schon Zähne und Krallen an Händen und Füßen gehabt, die kleine Ausgaben jener bedrohlichen Werkzeuge waren, über die ihre Eltern verfügten. Es war, als wolle man einen Wettlauf gegen eine den Hügel hinabrollende Kugel, gespickt mit Rasierklingen, gewinnen.

Während des Abstiegs aus den Bergen schnitten und bearbeiteten einzelne Mitglieder des Stammes unter Silvias Anleitung passende Ranken. Eine Zeit lang überlegte Will, ob das nicht nur ein geschicktes Manöver war, sie sicher aus dem Gebiet der Deinonychus herauszubringen, doch schon bald merkte er, dass Silvia es ernst meinte und vom Erfolg des Unternehmens überzeugt war.

»Du willst also wirklich versuchen, diesen zurückgebliebenen Raubsauriern das Fischen beizubringen?«, flüsterte er ihr zu, als sie sich der Küste näherten. Will wusste, dass es keine Veranlassung zu flüstern gab, da weder Korut noch einer seiner Leute mehr als ein oder zwei Worte der Menschensprache beherrschten. Dennoch flüsterte er.

»Natürlich will ich das«, antwortete sie voller Begeisterung.

Er hatte immer noch seine Zweifel. »Es hätte mich auch gewundert, wenn es nicht so wäre. Hast du mal darüber nachgedacht, was passieren könnte, wenn es nicht funktioniert?« Er nickte in die Richtung des Häuptlings der Deinonychus, der mit einer schweren Last von behauenen Ranken kraftvoll einherschritt. »Irgendwie habe ich das Gefühl, dass Korut nicht der Typ ist, der so etwas einfach hinnimmt.«

»Jetzt beruhige dich, Will«, riet sie ihm. »Ich weiß, was ich tue. Es wird klappen. Ich bin mir sicher!« Damit ließ sie ihn stehen und ging an den Rand des Dschungels, um das Schlagen weiterer Lianen zu überwachen.

Will lief schneller, um zu dem kleinen Dolmetscher aufzuschließen. »Was hältst du von dieser Idee, Chaz?«

Der nachdenkliche Protoceratops schaute ihn verdrossen an. »Ich halte euch beide wie geschaffen füreinander. Wilden Dromaeosauriern das Fischen beibringen! Als Nächstes gibt sie Strickkurse für Tyrannosaurier.« Damit beschleunigte er in seinen Trab und lief wieder nach vorne, da er im Moment genug von einer Unterhaltung mit Menschen hatte.

Es war ein erstaunlicher Anblick, wie die Horde der Deinonychus unter Silvias Anleitung ein großes Netz herstellte. Krallen, die in der Lage waren, mit einem einzigen Hieb Fleisch in Stücke zu hauen, waren nun mit dem Schneiden und Flechten von Ranken beschäftigt. Die kraftvollen Finger gewöhnten sich schnell daran, Knoten zu machen und die fertigen Stücke durch die dafür vorgesehenen Löcher zu führen. Längliche Steine wurden in Verankerungen befestigt. Nach anfänglichen Schwierigkeiten widmeten sich die Stammesmitglieder mit ganzem Herzen der Herstellung des Netzes.

Als das Netz fast fertig war, ging Korut zu Chaz, der, in Ermangelung von Händen, nichts mit der Herstellung des Netzes zu tun gehabt hatte. Ein Umstand, der dem Protoceratops sehr zupass kam.

Als der Deinonychus sich ihm näherte, sprang Chaz erschrocken auf. Selbst nach Tausenden von Jahren Zivilisation hatten die Urinstinkte immer noch die Psyche des Pflanzenfressers in ihrem Griff. Trotz der beiläufigen Unterhaltung fiel es dem kleinen Protoceratops immer noch schwer, sich in Gegenwart all dieser Ansammlung von Klauen und Zähnen zu entspannen. Dabei wollte Korut nur eine Auskunft.

»Die Vorbereitungen neigen sich dem Ende zu, und so ist es auch mit dem Tag. Wir werden bis zum Morgen warten müssen.« Er beobachtete seine geschäftigen Stammesbrüder und grollte leise: »Ich weiß nicht, wie das funktionieren soll.«

»Ich bin leider auch nicht mit dem Ablauf vertraut«, meinte Chaz nervös. »Das ist alles im Kopf der Menschenfrau.«

»Seltsame Wesen.« Korut verfolgte Silvias Gesten, die zwischen seinen Stammesgenossen umherlief und ihnen mit Zeichen und einigen Worten erklärte, was sie wollte. »Langsam und schwach, schlechte Zähne und keine Klauen. Es wundert mich, dass sie überlebt haben.«

»Ganz offensichtlich beherrschen sie die Welt außerhalb von Dinotopia, wenn man ihren Geschichten glauben kann.« Obwohl Chaz nicht unbedingt den gleichen Erfahrungshorizont wie der Fleisch fressende Dromaeosaurier hatte, fühlte er sich doch zu ihm hingezogen. »Von dem, was ich gehört und gelesen habe, haben sie aber nicht viel daraus gemacht.«

»Grrr-ump!«, schnaufte Korut. »Das kann ich nicht glauben. Doch ich vergebe jedem alles, wenn er uns beim Fischfang hilft.« Mit seiner mächtigen Klauenhand deutete er auf die bewaldeten Bergrücken, die sich bis in den Himmel und

in die Wolken erstreckten. »Es ist nicht mehr so leicht, Nahrung zu fangen.«

»Ihr solltet nach Culebra gehen«, schlug Chaz vor, »und lernen, mit der Zivilisation zurecht zu kommen.«

»Pah!«, stieß der Deinonychus mit solcher Heftigkeit hervor, dass Chaz unwillkürlich zusammenzuckte. »Und dort in Hütten leben, die aus totem Holz gebaut sind, und Nahrung essen, die im Boden gewachsen ist?«

»Die Fleischfresser, die Teil der Gesellschaft von Dinotopia sind, haben reichlich Fisch zu essen«, erklärte ihm der Übersetzer.

»Wir werden lernen, selbst Fische zu fangen.« Durchdringende Raubtieraugen waren starr auf die ahnungslose Silvia gerichtet. »Wenn nicht, dann können wir immer noch etwas anderes zum Essen finden.«

»Hmm, ja«, murmelte Chaz, als er sich verabschiedete.

An diesem Abend bewiesen die Stammesmitglieder ihre Fähigkeit, die wertvollste Sache im Regenwald aufzuspüren, trockenes Holz. Feuer flackerten am Strand und selbst der Regen hatte ein Einsehen, denn er fiel nur in den höheren Regionen der vom Dschungel überzogenen Berge.

Die Reisenden saßen um die kleinen, aber hellen Feuer herum und wechselten sich mit Geschichten über das Festland und der Erkundung der Inselwälder ab. Nach und nach schliefen erst die Kinder, dann die Jugendlichen ein. Um Mitternacht waren nach diesem langen Tag nur noch ein paar Erwachsene wach. Unter ihnen Koruts Gefährtin, die Matriarchin des Stammes, und Chaz, dem es in der Gegenwart von so vielen offen gezeigten Klauen und Reißzähnen, trotz intensiver Bemühungen, nicht gelang, sich zu entspannen.

So war denn auch der Dolmetscher am nächsten Morgen aus Schlafmangel wie gerädert, während seine menschlichen Gefährten und Khorip ausgeruht aufwachten und sich für das große Ozeanexperiment bereit machten.

Mit Khorip und Will zur Unterstützung und Chaz, der sein Bestes tat, den Schlaf aus seinen Augen zu bekommen, trat Silvia vor die wartenden Deinonychus.

»Alle wach und bereit? Gehen wir an die Arbeit. Ich weiß, dass ihr alle hungrig seid. Ich sehe es an euren Augen.«

»Bitte«, murmelte Chaz hinter ihr, »sprich nicht von solchen Sachen. Nicht, solange wir in Gesellschaft dieser Bande sind.«

Ohne auf ihn zu achten, fuhr Silvia fort: »Ich freue mich auch schon auf einen über offenem Feuer gebratenen, frischen Fisch. Stachelfische, Papageifische und wenn wir Glück haben, ein paar vorbeiziehende Makrelen. Nun denn. Ich brauche die Jungen und die kleineren Erwachsenen, um die obere Seite des Netzes zu halten.«

Unter ihrer Aufsicht wurde das Netz ins Wasser gebracht und zu seiner vollen, beeindruckenden Größe ausgebreitet. Die Steine, die an dem unteren Seil befestigt waren, glitten über den Meeresboden und hielten es vom Sand bis zur Wasseroberfläche straff.

»Ihr beiden, dort am Ende«, rief Silvia vom Strand her, »geht nach vorne! Genau so. Nein, nur die beiden an jedem Ende. Richtig, bleibt stehen, wo ihr seid. Und nun dreht euch zum Meer hin um. Gut!« Silvia drehte sich um und blickte die restlichen Stammesmitglieder an, die sich am Wasser versammelt hatten.

»Das Netz ist jetzt in der richtigen Position. Nun müssen wir den Rest erledigen.«

»Wir?«, brummte Chaz.

»Nun, auf jeden Fall Will und ich. Khorip kann sich uns anschließen, wenn er glaubt, dass er es schafft.« Sie wandte sich den erwartungsvollen Fleischfressern zu, während sie zu Chaz sprach.

»Sag Korut und seinen Leuten, dass wir jetzt so weit wie möglich hinaus schwimmen und dann eine Linie bilden müssen mit dem Gesicht zum Netz. Jeder soll so schnell wie möglich hinaus aufs Meer schwimmen.«

Ergeben übersetzte Chaz die Worte für den Deinonychus. Als er fertig war, blickte Korut erst den Mann zu seiner Linken, dann die Frau zu seiner Rechten an. Es wurden ein paar Worte gewechselt, bevor er zu dem Protoceratops sprach.

»Sie wollen wissen, warum sie an dem Netz vorbeischwimmen sollen«, teilte Chaz Silvia mit.

Sie lächelte geduldig. »Weil dort die Fische sind.«

Wieder übersetzte der kleine Ceratopsier. Korut nickte, bevor er antwortete.

»Er sagt, dass sie nicht schwimmen können.«

Silvia seufzte. »Sag ihnen, sie sollen zusehen, wie Will und ich es machen. Diejenigen, die unsere Bewegungen nicht nachmachen können, sollen so weit wie möglich hinauswaten. Sag ihnen, sie sollen mich im Auge behalten. Wenn die Linie in Position ist, dann schwenke ich meine Hände über dem Kopf und schreie. Dann soll jeder so viel Krach machen, wie er kann, und sich auf das Netz zu bewegen und mit den Händen oder dem Schwanz aufs Wasser schlagen. Das wird die Fische vor ihnen her treiben.«

»Das hoffst du«, meinte Chaz und fügte schnell hinzu, »das werde ich aber nicht übersetzen.« Sobald sie sicher war, dass sowohl diejenigen, die das Netz hielten, als auch die Treiber verstanden hatten, was ihre Aufgabe war, begab sich Silvia als Erste ins Wasser. Will hielt sich einige Meter neben ihr, um den Stammesmitgliedern ein Beispiel für den Abstand zu geben.

Die Morgensonne brannte vom Himmel herab und das Wasser war warm, als er in die still daliegende Lagune hinauswatete. Der weiße Sand wurde von seinen Füßen aufgewirbelt und die kleinen Tiere am Meeresboden unterbrachen ihre Nahrungssuche und flohen bei seinem Anblick. Neben ihm liefen Korut und die ausgewählten Treiber zögernd ins

Meer hinaus. Ihr angeborenes Zuhause waren die grünen Hänge der hohen Berge und es war ihnen deutlich anzumerken, dass sie sich unwohl fühlten. Doch außer ihrem Hunger trieb sie auch ihr Stolz ins Meer hinaus. Kein Deinonychus mit etwas Selbstachtung würde Furcht zeigen, wo ein schwacher Mensch locker einherschritt.

Als Will meinte, weit genug draußen zu sein, drehte er sich zum Strand um. Korut paddelte ungeschickt ganz in seiner Nähe im tiefen Wasser. Dann wurde die Stille von einem Schrei zerrissen, den Silvia aus vollem Halse ausstieß. Will tat es ihr nach und schrie und planschte, so laut er konnte. Sofort stimmten die Dromaeosaurier ihr erschreckendes Gebrüll an, das sich zu einem Tumult steigerte.

Als sie nach vorne stürmten, auf das Wasser schlugen und dabei die Abstände verkleinerten, sah Will immer mehr Fische im Wasser. Viele huschten an ihm vorbei zur offenen See hinaus, doch wesentlich mehr flohen vor dem Krach und dem Aufruhr auf den Strand zu. Als die voranschreitenden Deinonychus das bemerkten, verdoppelten sie noch ihre Anstrengungen, einige tauchten sogar unter, um mit wilden Bewegungen zu verhindern, dass die Fische aufs Meer hinaus entkamen.

Silvia gab den Stammesmitgliedern, die das im Halbkreis aufgespannte Netz hielten, die Anweisung, sich ins tiefere Wasser zu bewegen. In dem Halbkreis, den das Netz bildete, wühlten die in die Falle getriebenen Fische, bei ihren verzweifelten Versuchen zu entkommen, das Meer auf.

»Ihr beiden da, an den Enden!«, schrie Silvia und hielt ihre Hände trichterförmig an den Mund, »geht auf den Strand zu! Sofort!« Da Chaz als Dolmetscher nicht zur Verfügung stand, musste sie auf Gesten und Zeichen zurückgreifen, um klar zu machen, was sie wollte. Doch das funktionierte. Langsam wurde das Netz und mit ihm die zuckenden Fische in Richtung Strand gedreht. Die Treiber der Deinonychus versammelten sich an jedem Ende und taten ihr Bestes, damit die gefangenen Fische in dem immer kleiner werdenden Raum blieben.

Silvia rannte mit ausladenden Schritten zum Strand und schrie Chaz zu: »Sag den Treibern, sie sollen mit dem Netz helfen! Sofort, bevor wir noch mehr von dem Fang verlieren!«

Chaz übersetzte nicht nur und schrie, so laut er konnte, er packte auch selbst mit an. Er watete so weit es seine untersetzte Figur zuließ ins Wasser, schnappte sich mit seinem kräftigen Maul eine Masche des Netzes und zog es rückwärts gehend den Strand hinauf. Auch Khorip half mit.

Mit gemeinsamer Anstrengung wurde das ausgebeulte, selbstgemachte Fanggerät langsam auf den Strand gezogen. Die am Strand Versammelten stießen ein paar Jubelschreie aus, dann wurde das Netz von innen nach außen gekehrt.

Auf den Strand ergoss sich eine zuckende Masse streng riechender Fische, die Chaz überragte. Obwohl es nicht so viel war, wie sich Silvia erhofft hatte, waren es doch mehr Fische, als der Stamm der Deinonychus je in seinem Leben auf einem Fleck gesehen hatte. Verrückt vor Freude, begannen sie spontan einen barbarischen Tanz um den Fang herum. Da ein ausgewachsener Deinonychus bis zu vier Meter hoch in die Luft springen kann, war es eine beeindruckende Vorstellung.

Korut ging zu der erschöpften, aber glücklichen Silvia und mit all der Würde, zu der sein völlig nasser Körper fähig war, verbeugte er sich. Chaz übersetzte.

»Korut will dir sagen, dass, als du dies hier versprochen hast, er seine Zweifel hatte. Nun gesteht er dir, von Schnauze zu Schnauze, ein, dass er Unrecht hatte und bittet dich um Entschuldigung.«

Silvia trocknete sich die Haare mit einem Stück Tuch aus Pflanzenfasern, das ihr einer aus dem Stamm gegeben hatte. »Sag ihm, es besteht kein Grund, sich zu entschuldigen, da ich seine Zweifel nicht kannte.«

Als dem Häuptling der Walddeinonychus die Antwort übermittelt wurde, lächelte er nicht gerade, doch es gelang ihm, seine Befriedigung darüber auszudrücken. Das war auch gut so, denn ein lächelnder Deinonychos zeigte mehr tödliche, spitze Zähne, als man ertragen konnte.

Einige der Dromaeosaurier holten aus ihren sorgfältig gefertigten Rucksäcken Musikinstrumente. Flöten, die mit klauenbewehrten Händen gespielt wurden, Trommelstöcke, mit denen man auf jeden passenden hohlen Baumstamm oder Baum einschlug, eine kleine Maultrommel, die man ganz einfach mit bestimmten Zähnen zupfte, und ein geschickt konstruiertes, Gitarren ähnliches Instrument, das man entweder mit den Füßen oder mit den Händen spielte.

Nachdem sie sich in einem Halbkreis um den Berg von Fischen gruppiert hatten, begann das Quintett der Raubsaurier unaufgefordert einen dröhnenden, eintönigen Gesang anzustimmen, der sowohl für Chaz und Khorip als auch für ihre menschlichen Gefährten gänzlich fremd klang. Will hatte noch nie zuvor so etwas vernommen. Die Dinosaurier waren große Musikliebhaber, doch dieses wilde Jagdlied ging auf eine Zeit zurück, wo die Saurier in Dinotopia gerade begannen, jene Intelligenz zu entwickeln, die jetzt das Wahrzeichen ihrer einzigartigen Kultur war. Er sah, dass Silvia gleichfalls fasziniert war, und sogar der üblicherweise griesgrämige Chaz war davon angetan.

»Forscher aus Wasserfallstadt sollten sich das anhören.« Mit halb geschlossenen Augen wiegte sich Silvia zum Ton der Saiten und dem rhythmischen Schlagen der Trommelstöcke. »Ich kenne zumindest einen Musikethnologen, der bereit wäre, sein Amt an der Kunstbibliothek aufzugeben, nur um jetzt hier zu sein.« Sie öffnete die Augen und deutete auf die musizierenden Deinonychus. »Diese Leute repräsentieren ein Stück verlorener Kulturgeschichte von Dinotopia, ein Relikt aus uralten Zeiten. Man muss ihre Kultur erhalten.«

»Eines Tages«, pflichtete ihr Will bei, »wird jemand einen Weg finden, Töne aufzuzeichnen, genau wie wir jetzt Worte aufzeichnen. Mein Vater hat davon gesprochen, ein solches Gerät zu bauen. Und auch eines, das Bilder aufzeichnen kann.«

Silvia grinste ihn an. »Dein Vater ist ein Träumer, Will. So ein Gerät wird es nicht geben. Erinnere dich daran, was aus seiner Schwerer-als-die-Luft-Flugmaschine geworden ist. Federwolke musste dich retten.«

»Doch zumindest ist sie ein Stück geflogen«, entgegnete Will. »Und da sind noch die Marschierer und anderen Geräte, die mein Vater in der Unteren Welt gefunden hat. Damit solche Maschinen funktionieren, braucht man lediglich eine passende Energiequelle.«

»Genau das hat Leonardo behauptet. Hast du jemals seinen *Codex Mechanica* gelesen?« Will schüttelte den Kopf. »Dieses Buch kam auf einem venetianischen Handelsschiff hierher, das vor einigen hundert Jahren an der Westküste Schiffbruch erlitt. Nicht weit von der Stelle, an der dein Vater und du an den Strand gelangten.«

»Schau dir das an«, forderte Will sie auf und wechselte das Thema. »Jetzt fangen sie doch tatsächlich an zu tanzen.«

Bei den körperlichen Voraussetzungen der Dromaeosaurier überraschten Will und Silvia einige der Sprünge und Pirouetten der Stammesmitglieder nicht. Dennoch war es faszinierend, sie in der Luft tanzen zu sehen, emporgeschnellt von einer Beinmuskulatur, auf die jeder menschliche Athlet neidisch wäre. Ihre schlanken, muskulösen Körper schienen um die Musiker herumzuschweben, dazu der bunt schimmernde Fischhaufen und das Sonnenlicht, das auf ihrer grünen Haut und den bemalten Gesichtern glänzte. Der wilde, erfolgreiche Fischfang hatte sich in ein Freudenfest verwandelt.

Plötzlich befand sich der überraschte Will in den Armen eines weiblichen Deinonychus. Höflich hielt sie ihre gebogenen, sichelartigen Krallen von seiner verletzlichen Menschenhaut fern, während sie sich wie verrückt mit ihm im Kreise drehte. Auf einmal wurde er hoch in die Luft geworfen, um gleich darauf wieder sanft von seiner freudig glucksenden, übermütigen Partnerin auf den Boden gesetzt zu werden. Augen, die eine sich schnell bewegende Beute in einem unübersichtlichen Gelände aufspüren konnten, blickten in die seinen, doch jetzt sah man in ihnen Freude und Vergnügen statt mörderischer Absichten.

Will bemerkte, dass ganz in seiner Nähe eine lachende und atemlose Silvia mit zwei männlichen Deinonychus tanzte. Während die mannsgroßen Raubsaurier sie zwischen sich hin und her drehten, fuhren rasiermesserscharfe Krallen entsetzlich knapp an ihrem Körper vorbei, ohne ihr auch nur die Haut zu ritzen. Nur eine Körperlänge von ihm entfernt, winkte sie ihm zu und rief etwas zu ihm herüber, und er tat sein Bestes, ihr zu antworten. Auch Khorip hatte sich dazu verleiten lassen, bei dem wilden Treiben mitzumachen. Die ausgelassenen Dromaeosaurier taten alles, um Chaz auch mit einzuschließen, doch trotz ihrer verzweifelten Anstrengungen war der unberührt bleibende Protoceratops nicht dazu zu bewegen.

»Schaut euch doch diese Beine an«, meinte Chaz und hob erst das eine, dann das andere seiner Vorderbeine. »Mit denen kann man viel anstellen, Tanzen gehört allerdings nicht dazu.« Mit einem gutturalen Kichern gaben sie schließlich ihre Bemühungen auf, ihn zum Mitmachen zu überreden.

Die Feier dauerte bis in den späten Nachmittag. Lagerfeuer wurden entfacht, und man stopfte Unmengen gebratenen und auch rohen Fisch in sich hinein. Die Stammesmitglieder, die so vollgefressen waren, dass sie sich fast übergeben mussten, legten sich am Strand nieder oder brachen dort einfach zusammen.

Mit vollem Bauch war Korut nicht in der Stimmung, sich zu unterhalten, doch Will und Silvia ließen nicht locker.

»Wir haben unseren Teil erledigt«, wies sie Chaz an, den Häuptling zu erinnern. »Jetzt wollen wir die Ruinen sehen, von denen er gesprochen hat.«

Als Antwort auf die Frage des Protoceratops stöhnte der lang hingestreckte Deinonychus. Chaz aber, ermutigt durch den selbst verschuldeten, unangenehmen Zustand des faul daliegenden Raubsauriers, ließ nicht locker, bis dieser schließlich antwortete.

»Wir müssen an die Stelle zurückkehren, wo wir ihn und seinen Stamm getroffen haben«, erklärte Chaz. »Morgen werden er und seine sechs besten Jäger uns zu dem Ort bringen, den wir suchen. So soll es sein, wenn sie bis dahin schon wieder laufen können.« Der Ceratopsier versuchte gar nicht, sein Missfallen über den Anblick zu verbergen. Um den Fischhaufen herum begannen die Klagen der gänzlich überfressenen Saurier zu ertönen und verdrängten die freudigen Lieder der Feier.

Die Geräusche, wie auch das Gefühl selbst, waren ansteckend. Es dauerte nicht lange, dann stellte auch Will, der mehr als genug Fisch gegessen hatte, fest, dass mit vollem Magen wie ein Derwisch herumzuwirbeln und herumzuhüpfen keine besonders gute Idee gewesen war. Die Arme um seinen Bauch geschlungen, suchte er einen abgelegenen Platz, um sich zu übergeben. Silvia schaute missbilligend zu, während alle anderen, einschließlich Will, gezwungen waren, Chaz' unausgesetzte Schimpfkanonaden über sich ergehen zu lassen.

Der Morgen kam und mit ihm einige Erleichterung von der Völlerei. Korut und seine Leute schienen sich weitgehend von der Fressorgie am Tag zuvor erholt zu haben. Auch Will fühlte sich besser, doch sein Magen begehrte noch oft genug auf und erinnerte ihn an seine gestrigen Exzesse. Trotzdem versuchte er, etwas zu sich zu nehmen. Die Mehrzahl des Stammes blieb am Strand zurück, um die Überreste des

Fischfangs auszunehmen und zu trocknen, während Korut und sechs seiner kräftigen Gefährten die neu gewonnenen Freunde wieder hinauf in die Berge führten.

Nachdem sie das Ende der Straße erreicht hatten, liefen sie auf einem Jagdpfad, den keiner der vier Besucher dort vermutet hätte, nach Norden. Obwohl Will sein Bestes gab, dem Pfad zu folgen, verlor er ihn doch alle paar Meter aus den Augen. Zu seiner Ehrenrettung muss gesagt werden, dass er daran gewöhnt war, sich an großen Landmarken zu orientieren und nicht an kleinen, fast unsichtbaren Punkten in dem feuchten, dichten Unterholz. Auch Silvia ging es nicht besser und Khorip und Chaz kamen sogar noch schlechter damit zurecht.

Am Nachmittag war den Vieren klar, dass sie ohne ihre hilfreichen Führer niemals mehr den Weg aus diesem Gewirr von Hohlwegen und Bergrücken finden würden. Der sie umgebende Nebel machte es unmöglich, irgendwelche hervorstechenden Merkmale in der Landschaft zu erkennen, und in welche Richtung sie auch gingen, es sah alles gleich aus.

Wenn das dichte Unterholz ihnen vollständig den Weg verwehrte, dann brachen die Führer freundlicherweise für ihre Gäste einen Weg hindurch. Ein Deinonychus brauchte dazu kein Messer oder eine Machete, denn er hatte natürliche Werkzeuge, um dies zu erledigen. Die Krallen zerteilten herabhängende Zweige und Lianen, wobei die Reste der sie behindernden Vegetation in alle Richtungen flogen.

Nach einer unangenehm feuchten Nacht, die sie in dem nassen Gestrüpp verbracht hatten, gelangten sie am nächsten Morgen an eine steile Wand aus Vulkangestein, die das Ende einer mit Laub bedeckten Sackgasse bildete.

»Nun, hier sind wir am Ende.« Den hochgewölbten, knochigen Kopf in den Nacken gelegt, studierte Khorip die im Nebel verschwimmende Oberkante des vor ihnen aufragenden Hindernisses.

»Keinesfalls«, erklärte Korut durch Chaz. Unsicher, ob er richtig verstanden hatte, nahm sich der Protoceratops kaum die Zeit zum Übersetzen, bevor er den Häuptling fragte.

»Sicher willst du damit nicht andeuten, dass wir den Versuch unternehmen, dort hinaufzuklettern?«

Der Deinonychus wandte sich von seinen Kameraden ab, mit denen er gesprochen hatte. »Natürlich werden wir das. Was denkst du denn?«

»Ich denke, dass ich weder ein Vogel noch ein Skybax bin«, gab der Dolmetscher zurück. »Ich gehöre zu den Ceratopsiern. Wir können laufen, aber nicht klettern.«

»Ich verstehe und ich garantiere dir, dass du dir keine Sorgen machen musst.« Korut deutete auf seine Stammesleute, die begonnen hatten, mit ihren Klauen Lianen und biegsame Ranken zu schneiden. »Wir werden uns darum kümmern.«

»Das werdet ihr, wirklich?« Chaz trat einen Schritt von dem Häuptling zurück. Hätte der Protoceratops Arme besessen, dann hätte er sie in diesem Moment trotzig verschränkt.

»Was ist los?«, wollte Will wissen und trat neben seinen Freund. »Um was geht es hier überhaupt?«

Der Dolmetscher deutete mit seiner Schnauze auf die steile Felswand. »Korut sagt, wir müssen dort hinauf. Ich habe ihm gesagt, dass ich das nicht kann. Er hat geantwortet, dass man sich darum kümmern würde. Ich weiß zwar nicht, was genau er damit meint, aber ich bin nicht sehr zuversichtlich.«

»Schaut euch das an.« Silvia, die vor ihnen stand, fuhr mit der Hand über die Felswand. »Man hat Vertiefungen für Hände und Füße in den Basalt geschlagen!«

Chaz nickte bezeichnend. »Nun, dann ist ja alles klar. Ich habe keine Hände!«

Als der feste Korb unter den geschickten Händen der Dromaeosaurier Gestalt gewann, wurde klar, was Korut gemeint hatte. Als man Chaz erklärte, was man mit ihm vorhatte, war er mehr als abgeneigt, dem zuzustimmen.

»Wie du vielleicht noch weißt«, erinnerte er Will, »habe ich das letzte Mal, als ich in so ein Ding stieg, geschworen, nie wieder freiwillig in so etwas hineinzusteigen.«

»Dieser Korb hängt aber nicht an einem Ballon«, stellte sein Freund fest. »Der ist sicher an einem Felsen oben auf der Klippe vertäut. Es hat nichts mit Fliegen zu tun.«

»Wenn die Seile nicht reißen.« Der Protoceratops blieb stur.

»Die Seile reißen nicht«, versicherte ihm Silvia genervt. »Du hast das Netz gesehen, das Koruts Leute geflochten haben. Es hätte für einen ausgewachsenen Pleisosaurier gereicht. Ich werde mir das Flechtwerk des Korbes und auch die Seile genau ansehen.«

»Es ist der einzige Weg nach oben«, redete Will auf seinen Freund ein. »Natürlich kannst du auch hier warten, bis wir zurück sind.«

Einen Moment lang sagte der Protoceratops nichts, dann stieß er ein resigniertes Seufzen aus. »Will Denison, warum bin ich in deiner Gesellschaft immer gezwungen, die schlechteste aller Möglichkeiten zu wählen?«

Will griff grinsend nach dem Nackenschild des Dolmetschers und schüttelte es sanft. »Weil du ein so guter Menschenkenner bist, Chaz. Mach dir keine Sorgen, ich passe auf, dass sie dich nicht herunterfallen lassen. Ich werde oben persönlich mithelfen, dich hinaufzuziehen.«

»Wie beruhigend.« Der zweifelnde Ceratopsier war immer noch nicht überzeugt.

So beeindruckend die Tanzvorstellung der Deinonychus auch gewesen war, sie die steile Felswand hinaufklettern zu sehen war atemberaubend. Sie benutzten mit ihren Krallen nicht nur die vorhandenen Hand- und Fußgriffe, die in den schwarzen Felsen geschlagen waren, sondern machten sich immer wieder neue. Kamen sie an eine schwierige Stelle, dann schlugen sie ihre scharfen Klauen so lange auf den Stein ein, bis eine neue Griffmulde hineingehauen war.

Nachdem Korut und zwei seiner Leute oben angekommen waren, war Will an der Reihe. Er schob sich vorsichtig, mit Hilfe der Griffe, den Fels herauf. Silvia folgte ihm. Da sie besser klettern konnte als er, hatte sie schon bald zu ihm aufgeschlossen.

Oben angekommen, gönnten sie sich eine kurze Verschnaufpause und halfen dann beim Heraufziehen des Korbes. Um dem unentschlossenen Chaz zu beweisen, dass es völlig sicher war, ließ sich Khorip zuerst hinaufziehen. Dann war der Dolmetscher an der Reihe. Er stieß ein deutliches Seufzen der Erleichterung aus, als der Korb endlich oben und er von seinen Ängsten befreit war.

»Na und?«, tadelte ihn Silvia, »da war doch nichts dabei.«

»Es war nicht so schlimm wie der Ballon«, räumte der Protoceratops ein, »aber du musst begreifen, dass meine Rasse eine angeborene Höhenangst hat, die allen Lebewesen, die so stämmig gebaut sind, zu eigen ist.« Er blickte an ihr vorbei. »Ich hoffe, es gibt keine weiteren Ausflüge in luftige Höhen mehr.«

Sehr zur Freude des Ceratopsiers stieg der Weg, den sie jetzt einschlugen, zwar ein paar Mal steil an, aber es war nicht nötig, ihn nochmals auf so unwürdige Art wie einen Kartoffelsack hochzuziehen. Es gab eine Reihe von schwierigen Stellen, wo man ihm helfen musste, doch keine erwies sich für ihn als unüberwindbar.

Am späten Nachmittag bat ein erschöpfter Khorip um eine Rast.

»Es tut mir Leid, aber ich glaube, ich habe zu lange Zeit in der Wüste zugebracht. Die Luftfeuchtigkeit und auch die Höhe macht mir zu schaffen.«

»Wir sind alle müde«, erklärte Silvia und setzte sich auf einen flachen Felsen in der Nähe. Während sie sich mit einem Blatt Luft zufächelte, wies sie Chaz an, Korut über ihren Zustand zu informieren.

Das tat der Protoceratops, dann schien er aber bei der Übersetzung der Antwort des Häuptlings zu zögern, so als ob er unsicher sei, alles richtig verstanden zu haben.

»Ist etwas nicht in Ordnung?«, wollte Will wissen. »Was hat er gesagt?«

Chaz blickte seinen Freund an. »Er sagt, dass er unsere Müdigkeit versteht, aber wir können uns keine Ruhe gönnen, weil wir da sind.«

»Da sind?« Silvia schaute sich um, sah aber nur grün überwachsenen Felsen. »Da? Wo? Wo sind die Ruinen, von denen er gesprochen hat?«

»Genau hier.« Der Übersetzer stampfte mit dem rechten Fuß auf den Boden. »Du sitzt darauf.«

Silvia sprang von dem Fels, auf dem sie sich ausgeruht hatte, und zerrte an dem Pflanzenteppich, der ihn bedeckte. Und tatsächlich kam unter der Schicht von Kletterpflanzen schließlich das Mauerwerk wieder ans nebelgetrübte Sonnenlicht.

»Nun, ich will ein misstrauischer Entenschnabelsaurier sein«, flüsterte Will, »wenn wir hier nicht geradewegs vorbeigelaufen wären, ohne etwas zu bemerken.«

Chaz hatte inzwischen weiter mit dem Häuptling gesprochen. »Korut sagt, dass hier überall Ruinen sind. Die vorzeitlichen Gebäude sind wieder Teil des Regenwaldes geworden, doch wenn wir wollen, dann führen er und seine Kameraden uns zu einigen besonders interessanten Stellen.«

Als Silvia von dem Stein aufblickte, auf dem sie sich so unwissend ausgeruht hatte, glänzten ihre Augen. Hinter ihr stand Khorip, hochaufgerichtet und stolz, und strahlte Genugtuung aus.

»Ja, natürlich wollen wir, klar.« Ihre Stimme zitterte vor Ungeduld. »Und, Chaz?«

»Ja, Silvia?«

Sie trat vor und legte dem Häuptling der Deinonychus kameradschaftlich die Hand auf die Schulter. Ihr Gesicht befand sich kaum dreißig Zentimeter von den Zähnen entfernt, die sie mit einem Biss töten konnten, aber sie hatte keine Angst. Sie lächelte ihn freundlich an.

»Wie sagt man in der Sprache der Dromaeosaurier danke?«

21

Mit der Zeit enthüllte sich ihnen nicht nur der Umfang des Ruinenfeldes, sondern auch die Struktur. Als sie die überwachsenen Erhebungen und Kuppen erforschten, wurde ihnen klar, dass es sich um eine große Stadt handeln musste, die einst die gesamte Bergspitze eingenommen hatte. Obwohl nun gänzlich vom Regenwald überwuchert, war es dennoch möglich, die Umrisse von Plätzen, Tempeln, Lagerhäusern und Wohnbereichen zu erkennen. Architektonisch war die Ruinenstadt ganz anders als Ahmet-Padon und wies deutliche Bezüge zum Baustil des frühen Mittleren Ostens auf.

»Frühe klassische Periode des Menschen-Saurier-Stils, würde ich sagen«, erklärte Chaz, als sie sich am Fuße einer ungefähr sechzig Meter hohen Stufenpyramide befanden. Ranken und Kriechpflanzen bedeckten das zerfallene Bauwerk und hatten so den Boden für andere Pflanzen bereitet. Blumen blühten, wo einst Menschen und Dinosaurier gelaufen waren. Von verborgenen Orten her ertönte der geheimnisvolle Gesang exotischer Vögel.

»Oder Nachgriechisch.« Silvia deutete auf eine Reihe umgestürzter Säulen mit stark verrotteten Kapitellen.

Korut und seine Gefährten bewunderten den Ort vielleicht, verehrten ihn aber nicht. Ihnen war dieses überwachsene Ruinenfeld und dieser steinerne Spielplatz genauso vertraut wie jeder andere Teil des Gebirgswaldes, der ihre Heimat war.

Will sah, dass der Häuptling ihnen ein Zeichen gab zu folgen. Da er gelernt hatte, dass es ratsam war, den Anweisungen des Deinonychus nachzukommen, suchte er sich einen Weg zwischen dem Gewirr der eingestürzten Mauern hindurch.

Hinter der Pyramide stießen sie auf das Beeindruckendste, was sie bis jetzt auf dem Felsplateau zu Gesicht bekommen hatten: Ein Quartett von vier mächtigen Statuen, die aus dunklem Stein gehauen waren. Sie waren über dreißig Meter hoch und im Stil vier kolossaler Steinstatuen in Abu Simbel, die den Pharao Ramses II. darstellten. Sie waren Rücken an Rücken angeordnet, so dass jede in eine der vier Himmelsrichtungen blickte. Auf den vier menschlichen Körpern befanden sich unterschiedliche Saurierköpfe. Sie erinnerten an altägyptische Kunstwerke, wo man Tierköpfe auf Menschenkörper gesetzt hatte.

In diesem Fall allerdings trug eine männliche Statue den Kopf eines Triceratops, eine andere den eines Corythosauriers. Dann war da eine erwachsene Frauengestalt mit einem Brachiosaurierkopf und eine etwas jüngere, die mit dem Kopf eines Maiasauriers versehen war. Im Mittelpunkt dieser vorzeitlichen Stadt thronend, starrten ihre steinernen Augen unbeweglich in die Ferne. Will wunderte sich, dass Kurot und seine Leute vor diesen imposanten Statuen keine Furcht empfanden. Er ließ Chaz den Häuptling fragen, warum sie so unbeeindruckt waren.

»Das sind doch nur Wesen aus Stein«, antwortete der Deinonychus zögernd. »Groß, ja, ohne Zweifel, doch ohne Leben. Steine verletzen einen nur, wenn sie auf dich fallen.«

Will nickte und deutete dann auf die Statue neben ihm, die den Kopf eines Maiasauriers trug.

»Und das«, fragte er mit leiser Stimme. »Was bedeutet das?«

Als Chaz übersetzt hatte, drehte sich Korut um und schaute auf die ausgestreckte Hand der Statue.

Jede der beeindruckenden Statuen saß auf einem Thron, die rechte Hand ausgestreckt, die Finger zusammengelegt und den Daumen abgespreizt. Die Hand von Dinotopia, dachte Will zufrieden. Endlich hatten sie sie gefunden. Als er Silvia seine Mutmaßung mitteilte, war er ziemlich überrascht über die Schärfe ihrer Antwort. Ganz zu schweigen von dem, was sie sagte.

»Das ist sie nicht«, erklärte sie ihm. »Das kann sie nicht sein.«

»Was soll das heißen, sie kann es nicht sein?« Er deutete auf die unmissverständlich ausgestreckten Steinhände. Ein Vogel hatte sein Nest zwischen dem Mittel- und Zeigefinger der Statue des Maiasauriers gebaut.

»Weil die alten Texte eindeutig von *einer* Hand von Dinotopia sprechen. Nicht zwei Hände und auch nicht mehrere Hände, sondern *eine* Hand.« Sie deutete auf das stumme, nachdenkliche Quartett. »Dort sehe ich vier Hände.«

Wütend versuchte Will, das Ergebnis ihrer Suche mit Silvias Augen zu betrachten. »Nun gut, dann ist *eine* von ihnen die Hand von Dinotopia. Eine von ihnen zeigt den imaginären Seeweg. Welche? Steht darüber etwas in den alten Schriftrollen?«

Sie ließ sich nicht überzeugen. »Die Legenden sprechen nur von einer Hand von Dinotopia. Also können es diese hier nicht sein. Sie muss sich woanders in der Stadt befinden.«

»Vielleicht zeigt sie aber auch nur auf eine weitere vergessene Stadt«, stellte Chaz neben ihr fest. »Und in dieser Stadt werden wir eine Hand, ein gebrochenes Bein oder eine Inschrift finden, die uns den Weg zu einer weiteren, vorzeitlichen Ruine weist. Ich für meinen Teil habe genug davon, vorsintflutliche Städte ausfindig zu machen. Es ist an der Zeit umzukehren, zurückzukehren zu den Annehmlichkeiten der Zivilisation und unsere Entdeckungen, die, wie ich eingestehen muss, sehr bedeutend sind, den zuständigen Behörden zu melden, so dass diese eine Expedition planen und auf den Weg bringen können.«

»Nein!«, beharrte Silvia. »Die Hand ist hier irgendwo. Sie muss hier sein.«

Khorip unterstützte die Ansicht von Silvia. »Silvia hat Recht. Wir sind am richtigen Ort. Wir können jetzt nicht einfach weggehen. Ich werde nicht weggehen.«

»Dann bleib hier und sieh zu, dass du Korut und seine Leute dazu bringst, ihre Speere wegzulegen und Schaufeln und Spaten in die Hand zu nehmen.« Chaz trottete zum Fuß der nächstgelegenen Statue. »Denn ich werde mich ganz bestimmt nicht an einer langwierigen Ausgrabung dieses Geländes beteiligen. Und warum? Weil ein Trupp von Ceratopsiern und Sauropoden zusammen mehr als zwei Monate brauchen würde, nur um die Pflanzendecke zu entfernen, um dann zu entscheiden, wo man am besten anfängt zu graben.«

»Wohl kaum so lange«, widersprach Silvia selbstbewusst und strich mit den Fingern über die perfekte Steinmetzarbeit, die den Sockel der großen menschlichen Maiasaurierstatue bildete. »Diese vier Statuen mit ihren ausgestreckten Händen sind der Schlüssel. Da bin ich mir sicher.«

»Du bist dir sicher, dass du dir sicher bist?«, gab Chaz vorwurfsvoll zurück. Auf seinen kurzen Beinen suchte er sich einen Weg über zerbrochene Steine und hervorstehende Wurzeln zu der Stelle, wo der Fuß der Maiasaurierstatue an die Statue mit dem Triceratopskopf stieß. »Wenn das hier der Schlüssel ist, dann sag mir bitte, wo ist das Schloss? Oder sollen wir einfach eine dieser schönen Statuen umwerfen und aufpassen, in welche Richtung ihre ausgestreckte Hand zu liegen kommt?«

Als er das gesagt hatte, drückte er höhnisch mit seiner Schnauze gegen die Nahtlinie der beiden Statuen. Es ertönte ein Klicken, so als ob ein verborgener Schalter umgelegt worden wäre, und ein Steinquader glitt zu seiner Rechten nach oben und aus seinem Blickfeld hinaus. Der Protoceratops sprang entsetzt in die Höhe, was, zog man die natürliche Unfähigkeit seiner Rasse für solche Bewegungen in Betracht, genauso erstaunlich war, wie das, was durch sein Zutun enthüllt worden war.

»Du hast wirklich ein Talent, Dinge aufzuspüren, Chaz.« Will verpasste seinem untersetzten Freund einen freundschaftlichen Klaps auf den Rücken, als die beiden den unerwartet vor ihnen aufklaffenden Eingang begutachteten.

Khorip fühlte sich veranlasst, einen Einwand vorzubringen. »Wäre es nicht zutreffender, wenn man das problematische Talent dieses Kurzbeinigen als glückliche Ungeschicklichkeit bezeichnen würde?«

Da die Zunge eines Protoceratops ziemlich lang ist, nahm logischerweise der Wortschwall, den sie als Antwort auf den Kommentar des Prenocephalen produzierte, eine ähnliche Dimension an.

Der Gang führte nach unten in die Statue hinein. Als sie sich vorsichtig näherten, sahen sie, dass die Wände mit Hieroglyphen bedeckt waren, die teilweise altägyptisch waren, teilweise aus späterer, dinotopischer Zeit stammten. Obwohl sie hervorragend erhalten waren, war die Kombination dieser beiden Elemente für Chaz nicht zu entschlüsseln. Korut und seine Gefährten, die bis zu diesem Zeitpunkt keine Ahnung von der Existenz dieses Ganges gehabt hatten, waren noch weniger eine Hilfe.

Überraschenderweise schimmerte am Ende des Ganges ein Licht. Es drang von der linken Seite herein und beleuchtete das Ende des Tunnels. Silvia lief los, blieb dann aber am Eingang stehen. »Will, Chaz, kommt ihr?«

Der Dolmetscher blickte zweifelnd in den Schacht. »Ich überlege es mir. Ich habe etwas dagegen, durch einen Eingang zu gehen, wenn ich nicht weiß, wohin der Ausgang führt.«

»Nun, ich gehe«, sagte sie selbstbewusst zu ihm. Sie beugte

sich leicht nach vorne und deutete auf das andere Ende des Tunnels. »Siehst du, wo das Licht herkommt? Nun betrachte einmal die Anordnung der vier Statuen. Sie schließen eine freie Stelle ein. Ihre gegenüberliegenden Rücken bilden die Mauern eines kleinen Hofes oder etwas Ähnlichem.« Sie betrat den Tunnel. »Komm, Khorip.«

Der Prenocephale folgte ihr auf dem Fuß und ließ die zögernden Will und Chaz zurück. Zumindest, so überlegte Will, musste sich ihr Wüstenführer keine Gedanken machen, wenn er mit dem Kopf gegen die Tunneldecke stieß. Er war ja mit einem natürlichen Schutz ausgerüstet.

»Komm schon, Chaz.« Will wetteiferte mit Korut, wer als nächster in den Tunnel ging.

»Wo habe ich das, sehr zu meinem Bedauern, schon einmal gehört?« Mit einem Seufzen folgte der Dolmetscher den beiden Zweibeinern, dem Menschen und dem Saurier, in die nur spärlich erhellte Enge.

Er ließ sie vorauseilen und bummelte durch den Tunnel, angetan von den sorgfältig ausgeführten Hieroglyphen, die die Wände auf beiden Seiten bedeckten. Einige davon zeigten noch die ursprünglichen Farben, doch bei den meisten war sie von den Schimmelpilzen des Dschungels getilgt worden. Die Schriftzeichen unter den Reliefen blieben ihm aber unverständlich. Trotz seiner angestrengten Versuche, sie zu entziffern, wiesen sie keine Ähnlichkeit mit irgendetwas auf, was ihm während seiner Studien der alten dinotopischen Sprachen untergekommen war. Das hieß aber nicht, dass es keine Bezüge zum Festland gab. Nur, dass sie ihm nicht vertraut waren.

Sobald er am anderen Ende den Tunnel verlassen hatte, sah er, dass Silvia Recht gehabt hatte. Die Rücken der vier riesigen Mensch-Saurier-Statuen bildeten einen Hof, in dem sich der Regenwald ausgebreitet hatte. Auf Silvias Anweisung lichteten Korut und seine Leute das dichte Unterholz.

Klauen und Krallen schwirrten durch die Luft und zerfetzten die Pflanzen. Will und Khorip halfen, indem sie die Pflanzenreste beiseite räumten und bald erhob sich in einer der Hofecken ein Haufen von Pflanzenresten.

Chaz war die Situation mehr als nur ein bisschen unheimlich. Die hohen, glatten Rückseiten der Statuen verstellten den Blick auf den jenseits liegenden Regenwald, und der immerwährende Nebel in dieser Höhe verhinderte die Sicht auf den Himmel. Nicht ein Lüftchen regte sich in dem abgeschlossenen und geschützten Ort.

Die Deinonychus entfernten gerade Kriechpflanzen und Epiphyten von einem Felsen in der Mitte des Hofes, als einer von ihnen einen überraschten Schrei ausstieß. Sofort unterbrachen alle anderen die Arbeit, um nachzusehen, was der Krieger gefunden hatte.

Der breite, runde Stein war aus dem massiven Fels gehauen. Sein Durchmesser betrug zwei bis zweieinhalb Meter, und er zeigte unverwechselbar eine detailgenaue Reliefkarte von Dinotopia. Will studierte sie mit Bewunderung.

»Diesmal müssen wir sie nicht erst unter Wasser setzen, um zu wissen, was es ist.«

»Nein«, stimmte ihm Silvia zu. Sie beugte sich über den Stein und deutete mit ihrer Hand. »Siehst du das? Da ist der Polongo und rechts davon die Verbotenen Berge.«

Um richtig sehen zu können, musste sich Chaz aufrichten und beide Vorderfüße auf die Kante der steinernen Karte setzen.

»Dieser glatte Bereich hier muss die Schwarzholzebene sein. Aber da fehlen die Städte.«

»Vielleicht sollte es nur eine geographische Darstellung sein«, gab Khorip zu bedenken. »Sieh nur, wie tief die Schlucht des Amu in den Stein gemeißelt ist.«

»Und da ist die Äußere Insel, wo wir uns gerade befinden.« Will beugte sich vor und betrachtete etwas, das immer noch mit Pflanzen bedeckt war und wie eine unbekannte Bergspitze aussah. »Das ist seltsam. Ich kann mich nicht daran erinnern, dass auf irgendeiner Karte der Äußeren Insel ein so hoher Berg eingezeichnet ist.« Er beugte sich über die Karte, legte den Oberkörper auf die Steinplatte und begann den Bewuchs zu entfernen, der sich noch auf dem zentralen Punkt der Darstellung befand.

»Ich auch nicht«, stimmte ihm Silvia zu und beobachtete, wie er an den widerspenstigen Pflanzen zog.

»Wenn irgendjemand Höhenzüge kennen sollte, dann sind es doch zwei Skybax-Reiter.« Chaz, Khorip und die neugierigen Deinonychus verfolgten die Sache interessiert.

Eine kleine Ranke hatte sich mehrmals um die Erhebung im Stein gewunden. Mit zusammengebissenen Zähnen schaffte es Will schließlich, sie weit genug vom Stein abzulösen, dass er seine Finger darunter schieben konnte. Sobald er die etwas schmierige Pflanze entfernt hatte, wurde klar, warum sie alle so verwirrt gewesen waren. Was sich da in der Mitte der Karte erhob, war kein unbekannter Berg, sondern eine weitere Statue.

Eine perfekte Miniaturausführung von den vier sie umgebenden Statuen.

Eine Verwechslung war unmöglich. Sie hatte den gleichen menschlichen Körper, die gleiche sitzende Haltung, der Arm ausgestreckt und die rechte Hand deutete nach vorne. Auf dem menschlichen Körper saß der Kopf eines Tyrannosaurus.

Sie deutete nach Westen, zum Festland von Dinotopia. Das, so stellte Will fest, ergab überhaupt keinen Sinn.

»Die Hand von Dinotopia?«, fragte sich Khorip laut. »Nun endlich?«

»Ich wüsste nicht, was es sonst sein sollte«, meinte Will und glitt von der steinernen Karte herunter. »Und in diesem Fall ist die Legende eines sicheren Seeweges nach Dinotopia nicht mehr als eben das. Eine Geschichte ohne wahren Hintergrund, die von Generation zu Generation von namenlosen Märchenerzählern weitergegeben wurde.«

»Das mag sein.« Verwirrt lief Silvia unschlüssig um die Karte herum und suchte nach einem Hinweis, den sie mit Sicherheit übersehen haben mussten.

»Was sonst kann das sein?« Chaz, mit den Vorderbeinen immer noch auf der Karte des runden Steins, folgte Silvia langsam auf ihrem Weg um die Karte herum. »Die Karte befindet sich an einem offensichtlich besonderen Ort hier im Mittelpunkt der alten Stadt. Es ist eine ausgestreckte Hand innerhalb eines Schutzwalls von ausgestreckten Händen. Die Tatsache, dass sie ins Zentrum von Dinotopia weist und nicht hinaus aufs Meer, beweist, dass es nichts mit irgendeiner Art von Seeweg zu tun hat.«

Khorip war genauso entmutigt wie Silvia. »Vielleicht weist sie auf eine Route hin, die irgendwo an der westlichen Küste des Festlandes ihren Ausgangspunkt hat.«

»Nein«, meinte Will widerwillig. »Das ergibt noch weniger Sinn. Warum sollte man einen Wegweiser für den Ausgangspunkt eines Seeweges auf der gegenüberliegenden Seite von Dinotopia platzieren? Es wäre viel sinnvoller, ihn am Strand oder in den Bergen direkt an der entsprechenden Stelle zu errichten. Ihn hier zu platzieren, macht alles nur unnötig kompliziert.«

Chaz ließ seine Füße von dem Stein heruntergleiten. Als er wieder auf allen Vieren stand, rieb er seine Flanke an dem runden Stein, um sich zu kratzen. »Was immer es auch ist, wir haben ohne Zweifel das Ding gefunden. Das Amt für Archäologie wird begeistert sein. Vielleicht können dessen Spezialisten die Bedeutung dieses Ortes und eure geheimnisvolle Hand entschlüsseln.« Er machte ein paar Schritte auf den Tunneleingang zu. »Jetzt ist es an der Zeit, nach Hause zu gehen. Ich würde zu gerne die Bedeutung meines eigenen Bettes entschlüsseln.«

»Halt, warte!« Will beobachtete überrascht, wie Silvia auf die Steinkarte kletterte und auf Händen und Knien darauf herumkroch. »Da muss es noch mehr geben. Das muss einfach so sein!«

»Silvia«, raunte er sanft, »da ist nichts mehr. Da ist nur die Karte und die kleine Statue und mehr nicht.«

Sie blickte ihn ärgerlich an. »Man fertigt keine Karte wie diese hier an, stellt sie an einem solchen Ort auf und setzt auch keinen Wegweiser in die Mitte, wenn der nicht auf einen wirklich existierenden Ort zeigt.«

»Es weist den Weg zu einem wirklichen Ort«, hielt er ihr vor, »irgendwo in der Mitte Dinotopias. Vielleicht«, schlug er einer plötzlichen Eingebung folgend vor, »zeigt er auf Ahmet-Padon.«

»Nun, das würde Sinn machen«, kam Chaz seinem Freund und Skybax-Reiter zu Hilfe. »Die Karte in Ahmet-Padon zeigt den Weg hierher und diese Karte zeigt den Weg nach Ahmet-Padon. Es ist Ausdruck der Beziehung zwischen diesen beiden alten Städten. Möglicherweise bestanden Handelsbeziehungen oder ein kultureller Austausch.«

»Nein«, widersprach Silvia, die jetzt die Darstellung der Äußeren Insel mit der kleinen Statue erreicht hatte und direkt daneben kniete. Es widerstrebte ihr immer noch, ihre mühselig gewonnenen Erkenntnisse aufzugeben. »Sie muss den Seeweg zeigen, sonst ergeben die alten Texte keinen Sinn.«

»Genau das versuche ich euch schon die ganze Zeit begreiflich zu machen«, stellte Chaz gereizt fest.

Will wurde langsam ungeduldig. »Es muss nicht unbedingt auf etwas hinweisen, Silvia. Was der Künstler im Sinn gehabt hat und was du hineininterpretierst, kann etwas ganz anderes sein.«

»Ich begreife es nicht.« Sie kniete auf der Steinplatte und betrachtete versunken die schön gearbeitete kleine Figur in der Mitte. »Ich begreife es einfach nicht.«

»Nehmen wir sie mit zurück«, schlug der ungeduldige Protoceratops vor. »Wir können die anderen Kolosse nicht einpacken und ein kleines Stück von ihnen hätte keinen Aussagewert, doch diese kleine Statue wird die Wissenschaftler im Amt für Archäologie in Sauropolis in Begeisterung versetzen. Vielleicht haben sie bei der Entschlüsselung ihrer Bedeutung mehr Erfolg.«

»Du hast natürlich Recht, Chaz. Es ist besser als nichts.« Sie griff nach der Figur und wollte sie wegnehmen, aber das war nicht möglich.

»Ist sie fest mit der Karte verbunden?«, fragte Will.

Silvia schaute sich die kleine Statue genau an. »Ja, aber ein bisschen hat sie sich bewegt. Ich versuche es noch einmal.« Das tat sie und zuckte dann wie vom Blitz getroffen zurück. Will war sofort hellwach. Sie hatten sich keine Gedanken darüber gemacht, dass die Karte, der Tunnel oder irgendetwas anderes hier vielleicht von den vorzeitlichen Erbauern mit Fallen gesichert war. Doch erst einmal auf die Idee gekommen, schien es nur logisch, dass der Garten mit der Karte ein so besonderer Ort war, dass man ihn vor dem Zugriff der Unwürdigen bewahrte. Solche Orte hielten zu ihrem Schutz oftmals unangenehme Überraschungen bereit.

»Was ist? Was ist los?«

»Los?«, sie klang verwirrt. »Nichts ist los, Will.«

»Du hast gesagt, sie habe sich ein bisschen bewegt.« Er lief um die Karte herum und kletterte zu ihr hinauf.

»Das stimmt.« Sie schaute ihn an. »Aber sie hat sich nicht einfach bewegt. Sie dreht sich.«

»Dreht sich?« Khorip runzelte die Stirn. »Was soll das heißen, Silvia?«

»Sieh selbst.« Sie beugte sich wieder vor, legte ihre Hand an die Figur und gab ihr einen Stoß. Daraufhin drehte sich die Statue, bis sie knirschend zum Stehen kam.

»Ich vermute, dass die Ranken und anderen Pflanzen das

bis jetzt verhindert haben.« Will kniete neben Silvia und betrachtete verwundert die Statue. »Es ist ein Wegweiser, aber kein fest installierter.« Er setzte die Figur nun seinerseits in Bewegung.

Abwechselnd stießen die beiden die Statue an. Bei jeder Drehung bewegte sie sich leichter, da der Sand und die Dreckschicht sich von dem Drehstein löste. Jedes Mal kam die Figur an derselben Stelle zum Stehen.

»Sie ist ausbalanciert«, erklärte Silvia, »sodass sie immer in die gleiche Richtung deutet.«

Will nickte zustimmend. »Jedes Mal. Und jetzt zeigt sie nicht mehr auf das Festland.«

»Lasst mich mal sehen!« Khorip scheute davor zurück, auf die Karte zu klettern, da er befürchtete, seine scharfen, harten Klauen könnten die feine Steinmetzarbeit beschädigen. Silvia und Will rückten etwas zur Seite, damit der Prenocephale und alle anderen freie Sicht hatten.

Die ausgestreckte Hand der kleinen Figur zeigte jetzt nicht mehr nach Westen, sondern in nordöstliche Richtung. Hinaus aufs Meer.

»Krachong«, erklärte Chaz. »Sie zeigt auf die Insel Krachong.« Krachong war von annehmbarer Größe, aber deutlich kleiner als die Äußere Insel oder auch die Insel Ko Veng, die ein beliebter Fischgrund an der Schnittstelle zwischen der Warmwasserbucht und der Saphirbucht war.

Silvia lag auf der Karte und verfolgte den Weg, der durch die kleine Steinhand angezeigt wurde. »Nein, sie zeigt nicht auf Krachong. Die Linie verläuft weiter östlich.«

»Nun gut«, meinte Chaz, »wenn ich mich richtig an meinen Geografieunterricht erinnere, dann liegen nördlich von Krachong zwei kleine Inseln.«

Silvia setzte sich wieder hin und strich sich die Haare aus dem Gesicht. Ihre Antwort war unmissverständlich. »Ich kenne die Inseln, die du meinst, Chaz, und auch die liegen nicht auf der Linie. Sie führt zu einem Punkt etwas weiter östlich und sehr viel weiter nördlich.« Sie tippte mit dem Finger auf die Karte. »Zu einer weiteren, kleinen Insel – hier.«

Doch der Protoceratops bestand auf seiner Meinung. »Östlich von Krachong oder den nördlichen Inseln gibt es kein Land. Nicht bevor man die Außenwelt erreicht.«

»Ich muss dem Dolmetscher zustimmen.« Man sah Khorip an, dass er Silvias Deutung der Karte glauben wollte, es aber nicht konnte.

»Du kannst Chaz zustimmen, so lange du willst«, gab Silvia zurück, »doch das stimmt nicht mit der Karte überein.« Sie tippte auf eine kleine Erhebung in dem flachen östlichen Teil der steinernen Karte. »Was soll dieser kleine Buckel hier im Ozean wohl sein, wenn nicht eine weitere, bis jetzt unbekannte Insel?«

»Ein Fehler der Steinmetze«, schlug Chaz vor. »Ein Makel im Stein.«

Silvia blickte Will flehentlich an. »Will?«

Mit zusammengebissenen Zähnen legte er sich flach auf die Karte und verfolgte die Linie, auf die der ausgestreckte Arm und die Hand der drehbaren Figur wies.

»Versuch es noch einmal«, forderte er Silvia auf.

Gehorsam versetzte sie die kleine Statue in Bewegung. Es spielte keine Rolle, wie oft sie gedreht wurde oder wie schnell und in welche Richtung, sie blieb immer so stehen, dass sie auf die kleine Erhebung im Stein deutete. Nach einiger Zeit setzte er sich wieder auf.

»Ich sage es nur ungern«, meinte er zu seiner Zuhörerschaft aus aufmerksamen Sauriern, »aber ich glaube, Silvia hat Recht. Die kleine Figur deutet auf ein Fleckchen Land, das auf keiner Karte von Dinotopia verzeichnet ist.«

»Außer auf dieser hier«, fügte sie mit wachsener Gewissheit hinzu. »Und wir können davon ausgehen, dass die Hand auf irgendeinen Ort zeigt, denn niemand würde sich die ganze Mühe machen, nur um einen Weg ins Nichts zu weisen.«

»Außer«, erklärte Chaz, »es ist kaputt. Oder beschädigt.«

Während Silvia noch antwortete, setzte sie die Figur wieder in Bewegung. »Wenn es kaputt wäre, würde die Figur wenigstens ab und zu mal in eine andere Richtung deuten, Chaz. Das Gleiche gilt, wenn sie leicht beschädigt wäre. Doch sie deutet immer auf diese weit entfernte Insel.«

»Wenn es eine Insel ist«, hielt der Protoceratops dagegen. »Denk bitte daran, dass diese Karte so alt wie die Stadt ist.«

»Das stimmt. Also ist der einzige Weg, die Richtigkeit dieser Karte zu beweisen, an den angegebenen Punkt zu fahren und nachzusehen, ob sich dort eine unbekannte Insel befindet.«

»Oh nein!« Chaz machte ein paar Schritte zurück auf den Tunneleingang zu. »Die Große Wüste zu durchqueren war eine Sache. Selbst hier auf der Äußeren Insel befinden wir uns in bekannten Gefilden.« Er drehte sich um und gestikulierte mit seiner Schnauze. »Doch jenseits der Insel Krachong gehört das Meer den Fischen und Mosasauriern. Ich habe mit Seeleuten gesprochen, und ich weiß, wie es dort draußen aussieht. Die Winde sind unberechenbar, und die Strömung zu stark, um dagegen anzusegeln. Deshalb geht niemand außerhalb der traditionellen Grenzen auf Fischfang. Nördlich von Kap Muschelsand hat kein Schiff eine Chance. Es wird ohne Ausnahme gegen die Küste gedrängt und zerschellt an den Klippen.« Er richtete sich zu seiner ganzen Größe auf.

»Ich«, erklärte er mit bemerkenswerter Inbrunst, »will nicht an den Klippen zerschellen, ertrinken oder von einem Mahlstrom hinabgezogen werden. Das nächste Schiff, das ich betrete, bringt mich zurück nach Kuskonak.«

»Auch ich will dieses Schiff betreten, Chaz.« Silvias Stimme war ruhig und beherrscht. »*Nachdem* wir diese unbekannte Insel besucht haben. Wer weiß, was wir dort finden werden?«

Silvia wandte sich zu ihrem Verlobten. »Will?«

Er warf einen letzten Blick auf die runde Steinkarte. »Es scheint, als gäbe es keine anderen Unregelmäßigkeiten in dem Stein, warum also sollte diese ein Makel im Stein und keine Insel sein? Und jedes Mal, wenn die Figur gedreht wurde, deutete sie direkt darauf. Das ist mehr als ein Zufall, Chaz. Ich glaube, Silvia hat Recht. Dort befindet sich eine Insel.«

»Schön!«, gab der kleine Dolmetscher zurück. »Soll sie da bleiben. Soll jemand, der besser ausgerüstet ist, sie finden und erforschen.«

Silvia grinste und schüttelte den Kopf. »Geht nicht, Chaz. Denn niemand wird uns glauben, dass dort draußen etwas ist, stimmt's?«

»Logische Zirkelschlüsse machen die Leute verrückt.« Chaz verschränkte seine Beine unter dem Bauch. »Ich werde nicht zu einem geheimnisvollen, absonderlichen Punkt irgendwo im Ozean fahren, und dabei bleibt es!«

»Er ist nicht absonderlich«, stellte Silvia fest. »Die Erbauer dieser Stadt haben die Gebäude und Straßen peinlich genau angelegt.« Sie deutete auf die Karte. »Sie hätten nie eine Statue angefertigt, die auf einen Punkt zeigt, von dem man nicht zurückkehrt, denn wenn man von dort nicht zurückkehren kann, dann hätte auch niemand die Statue auf diesen Punkt ausrichten können.«

Der Dolmetscher fuhr zu ihr herum. »Du bist ein hinterhältiges Weibsstück, Silvia. Deine Logik bereitet mir Kopfschmerzen. Aber egal, wir haben sowieso keine Möglichkeit, dorthin zu gelangen. Oder glaubst du etwa, wir könnten in Culebra ein Boot mieten? Ich habe schon gesagt, dass ich oft mit Seeleuten und Fischern gesprochen habe. Sie fürchten sich, weiter östlich oder nördlich als Krachong zu fahren, und das aus gutem Grunde. Sie würden nicht ihr Boot und noch weniger ihr Leben für ein solch ungewisses Unternehmen riskieren. Nicht für Fische, nicht für Hummer und ganz bestimmt nicht wegen den Versprechungen eines Skybaxreiterpärchens und eines asketischen Knochenschädels mit asozialen Neigungen.«

»Das ist wohl wahr.« Silvia kletterte niedergeschlagen von der Karte herunter. »Ich glaube, du hast Recht.«

Nachdem er ihre Hoffnungen zerstört hatte, versuchte der Protoceratops sie nun aufzuheitern. »Sei nicht so enttäuscht, Silvia. Ich bin sicher, du schaffst es, an der ersten offiziellen Expedition zu dieser unbekannten Insel teilzunehmen – wenn es da wirklich eine Insel gibt.«

Sie lehnte sich mit dem Rücken an die Karte und verschränkte die Arme vor der Brust. »Komm schon, Chaz. Du weißt genau, was passieren wird, wenn wir einen Bericht über unsere Entdeckung einreichen. Zuerst werden die Behörden Ahmet-Padon erforschen wollen. Dann gehen sie auf die Äußere Insel und richten hier in der alten Stadt ein voll ausgerüstetes Forschungslager ein. Möglicherweise gehen sie dann daran, die Karte zu überprüfen. Doch wenn das soweit ist, bin ich eine alte Frau!« Sie breitete flehend die Arme aus. »Ich will jetzt dorthin.«

Will erklärte so mitfühlend wie möglich: »Ich würde sofort mit dir kommen, Silvia. Noch heute. Aber zum Schwimmen ist die Strecke zu weit.«

Während der Auseinandersetzung hatten sich Korut und seine Leute ruhig verhalten und die Menschen und ihre Sauriergefährten streiten lassen. Doch jetzt trat der Häuptling der Deinonychus vor Chaz.

»Wenn ihr mich einen Moment entschuldigt«, meinte der Protoceratops zu seinen Gefährten, »Korut besteht darauf zu erfahren, worüber wir gestritten haben. Es wird nicht lange dauern, ihm das zu erklären.«

Khorip untersuchte die nähere Umgebung der Karte, während Will sein Bestes tat Silvia aufzuheitern. In der Zwischenzeit sprachen Chaz und Korut miteinander. Von Zeit zu

Zeit gab einer der anderen Deinonychus seinen Kommentar ab oder stellte eine Frage.

Nach gut zehn Minuten einer stetigen, gleichförmigen Unterhaltung nahm das Gespräch einen anderen Tonfall an. Will ließ Silvia mit Khorip alleine bestimmte Aspekte der Karte besprechen und ging hinüber, um zu sehen, was los war.

Als das Gespräch immer lauter und aufgeregter wurde, war Will auf einmal der Adressat vielen Gestikulierens und unverständlichen Grollens von Korut geworden.

»Was will er mir sagen?«, fragte Will den Dolmetscher.

»Nih chorg noh mecke ... ich meine«, verbesserte sich Chaz und wechselte von der Sprache der Dromaeosaurier in die der Menschen, »es spielt keine Rolle.« Er sprach wieder mit Korut, der scheinbar auf Will einredete. Beunruhigt tippte dieser dem Protoceratops auf seinen Nackenschild.

»Was soll das heißen, ›es spielt keine Rolle‹? Chaz, du sagst mir jetzt, was Korut will, und zwar sofort.« Als der Protoceratops unschlüssig zögerte, fügte Will hinzu: »Als offiziell bestellter Dolmetscher hast du geschworen, das zu tun. Was würde wohl Bix von dir halten?«

»Die ehrenwerte Bix würde mich wahrscheinlich für verrückt halten, wenn sie wüsste, dass ich hier bin«, entgegnete Chaz. »Genauso verrückt wie diese eingeborenen Fleischfresser.«

»Wieso verrückt?«, wollte Will wissen. Wieder war sich Chaz unschlüssig, doch er wartete nicht ab, bis ihn sein Freund erst wieder zurechtwies.

»Ich habe ihnen ausführlich erklärt, um was es ging, und Korut behauptet, aber das macht überhaupt keinen Sinn, dass sie wüssten, wo man ein Boot bekommen kann.«

22

Um die Prüfung zu einem vollwertigen Skybax-Reiter zu bestehen, hatten Will und Silvia auch Flugnavigation lernen müssen. Obwohl sich die Methoden von denen der Seeleute und Fischer unterschieden, gab es genügend Gemeinsamkeiten, die die beiden darin bestärkten, mit Hilfe der steinernen Karte einen Kurs zu der geheimnisvollen Insel zu bestimmen und, was noch wichtiger war, ihn auch halten zu können. Abgesehen von, wie ein fassungsloser Chaz sogleich anmerkte, wilden Stürmen, verborgenen Riffen, nicht zu bewältigenden Strömungen und Schwierigkeiten, die sie sich noch nicht einmal vorstellen konnten.

»Es wird schon nicht so schlimm werden, Chaz«, versuchte Silvia den widerwilligen Protoceratops zu beruhigen, während sie sorgfältig mit Pflanzentinte Notizen auf einem Stück Rinde machte. »Wir wollen schließlich nicht zurück zu Wills Geburtsstadt segeln. Wir begeben uns lediglich von dem letzten bekannten Punkt in Dinotopia ein Stückchen weiter nach Nordosten.«

»Natürlich«, knurrte der Dolmetscher. »Nichts Besonderes. Eine kleine Spazierfahrt.«

»Wir werden das schaffen«, warf Will ein. »Ich bin schon auf vielen Schiffen gefahren.«

»Sicher bist du das.« Chaz blickte zu seinem Freund hoch. »Auf dem Polongo oder in der Delfinbucht. Das ist nicht das Gleiche. Keiner von uns hat Erfahrungen mit dem offenen

Meer. Niemand in Dinotopia hat Erfahrungen mit dem offenen Meer, weil es zu gefährlich ist.«

»Solange wir nicht zu weit nach Osten abkommen, können wir uns nicht verirren«, stellte Silvia fest. »Wenn wir in schlechtes Wetter geraten oder in irgendwelche anderen unvorhersehbaren Schwierigkeiten, dann brauchen wir nur zu wenden und nach Westen zu segeln, bis wir auf das Festland treffen.«

»Außer wir befinden uns nördlich von Kap Muschelsand.« Der erregte Ceratopsier kam auf die Beine. »Die Amu-Schlucht war schrecklich, die Große Wüste war ein Alptraum, die Äußere Insel ist widersinnig, doch das jetzt, das ist jenseits aller Vernunft!«

»Alle Expeditionen ins Unbekannte überschreiten die Grenzen der Vernunft, Chaz.« Will legte beruhigend den Arm um den Hals des Freundes. »Deshalb gibt es immer noch unbekannte Gebiete.«

»Ich würde es auch einfach dabei belassen.«

Will richtete sich auf. »Du kannst auch am Strand neben der Küstenstraße bleiben und auf die nächste Gruppe von Früchtesammlern warten. Wir halten auf dem Rückweg nach dir Ausschau.«

»Oh nein, das werdet ihr nicht tun.« Der Protoceratops blickte zwischen den Menschen hin und her. »Ihr lasst mich hier nicht alleine bei diesen unzivilisierten Mördern zurück. Lieber sterbe ich auf See, als mich verspeisen zu lassen.«

»Nun aber mal ehrlich Chaz!« Will war bestürzt. »Haben Korut und sein Stamm nicht ausreichend bewiesen, dass sie unsere Freunde sind? Sie sind vielleicht primitiv, aber keine Kannibalen.«

»Das sagt sich so leicht daher, solange wir vier zusammen sind.« Man sah dem Protoceratops deutlich an, wie unwohl er sich fühlte. »Im Falle einer Gefahr kann Khorip weit ins Wasser hinauslaufen, ihr beiden könnt auf Bäume klettern. Wo soll ich hin? Ich bin ein langsames, schlecht geschütztes, laufendes Abendessen.«

»Ich würde nicht sagen, schlecht geschützt«, meldete sich Khorip zu Wort. »Deine Worte schlagen noch auf zwanzig Schritt Entfernung blutige Wunden.«

»Wenn Hunger mit im Spiel ist, dann verlasse ich mich nicht darauf, dass ein ungeschlachter Deinonychus mit Federschmuck und Gesichtsbemalung sich von rationalen Argumenten überzeugen lässt.« Er schluckte schwer. »Ich werde mein Glück auf dem Meer versuchen, so dumm das in meinen Augen auch ist.« Seine Miene hellte sich etwas auf. »Nun denn, wenn diese wundersamen Waldbewohner auch sagen, sie wüssten, wo wir ein Boot herbekämen, dann heißt das noch lange nicht, dass es für unser Vorhaben auch geeignet ist. Es mag ja geschehen, dass die Umstände und die Vernunft den Sieg erringen und wir uns schon bald auf dem Weg nach Hause befinden.«

Auf dem langen Marsch von der Ruinenstadt über Felsspalten und durch den Regenwald bis zum oberen Endpunkt der Inlandsstraße wurden sie ständig durchnässt. Nachdem sie die Straße erst einmal erreicht hatten, dauerte es nicht mehr allzu lange, bis sie schließlich wieder an der Küste waren. Rauchschwaden erhoben sich von mehreren Stellen in der Nähe des Lagers der Deinonychus. Der durchdringende Geruch von Fisch, der über Holzkohlefeuern geräuchert wurde, stieg den Reisenden schon lange, bevor sie das Lager erreichten, in die Nase.

Mit rituellen Schwanzschlägen und Kopfstößen wurden die zurückkehrenden Deinonychus von ihren Stammesangehörigen begrüßt. Will spürte einen stechenden Schmerz an seinen Fußgelenken und sah, dass die beiden quirligen, jungen Deinonychus, die ihm schon zuvor auf die Pelle gerückt waren, sich wieder an ihn gehängt hatten. Im wahrsten Sinne des Wortes.

Beim Anblick der grob gezimmerten Räuchergestelle meinte Khorip: »Zumindest braucht ihr euch über die Versorgung auf der Fahrt keine Gedanken zu machen. Und ich bin sicher, Chaz und ich können genügend Nüsse und Früchte auftreiben, um uns zu ernähren.«

»Hast du Angst, du könntest es nicht überleben?«, meinte der Protoceratops gereizt und blickte den weißen Sandstrand entlang. »Wo ist denn das Boot, auf das Korut so stolz ist? Ich sehe nichts Seetüchtigeres als einen Haufen Treibholz.«

Silvia schützte die Augen mit einer Hand und ging zum Wasser hinunter. »Ich sehe auch nichts, aber Korut hat deutlich gesagt, es sei hier.«

Chaz sah sich bestätigt. »Und warum sollten wir nicht auf das Wort eines primitiven Hinterwäldlers vertrauen? Ich frage mich, ob er überhaupt weiß, was ein Boot ist.«

Sie fanden den Häuptling der Deinonychus entspannt auf seinen Hinterläufen sitzend, seine Gefährtin und zwei seiner Kinder um ihn herum. Sie taten es sich an Stücken von appetitlich geräucherten Rifffischen gütlich. Die scharfen Zähne machten selbst mit der widerstandsfähigsten Haut und den stärksten Knochen kurzen Prozess, die mit sichtlichem Genuss verspeist wurden.

Als Koruts Gefährtin sie kommen sah, bot sie Will einen geräucherten, ordentlich ausgenommenen Papageifisch an. Er lehnte mit einem Lächeln ab, worauf sie nickte und mit einem gewaltigen Biss das hintere Ende auf einmal verschlang. Was übrig war, sah aus, als wäre der Fisch mit einem Messer gekonnt halbiert worden.

Durch Chaz erkundigten sie sich nach dem Boot, das Korut erwähnt hatte. Den Bauch vom vielen Fisch, den er in sich hineingestopft hatte, aufgebläht, stand der Deinonychus mühsam auf und bedeutete ihnen mitzukommen. Eines der Jungtiere klammerte sich an den ausgestreckten Schwanz des Häuptlings, bis er es schließlich abschüttelte.

Sie gingen ein kurzes Stück zwischen Kokospalmen, Obstbäumen und Strandgebüsch hindurch zu einer kleinen Bucht, wo das Boot auf sie wartete. Oder, besser gesagt, die Boote, denn Will und seine Freunde blickten auf eine ansehnliche Flotte kleiner Wasserfahrzeuge, die wegen der Flut weit den Strand hinaufgezogen worden waren. Es waren mehrere Fischerboote, einige Hafenlastkähne und eine kleine Prahm. Keines erweckte den Anschein, in der Lage zu sein, die Lagune zu überqueren, geschweige denn das Meer.

Auf ihre Fragen hin erklärte Korut, dass seine Leute, obwohl sie keine Verwendung für Boote hätten, doch von ihnen fasziniert seien und sie die Fahrzeuge nicht einfach den Elementen überlassen hätten. Wenn sie ein Boot am Strand fanden, dann brachten sie es hierher, um es für eine mögliche zukünftige Verwendung aufzuheben. Besonders glücklich waren er und seine Stammesgenossen, wenn sie in einem gestrandeten Boot Metallteile, normalerweise Messing und Eisen, fanden.

»Ich habe davon gehört«, sagte Silvia, »dass manchmal schlecht vertäute Boote bei einem Sturm aufs Meer hinausgetrieben werden. Hier also finden sich einige von ihnen wieder. Auf der dem Ozean zugewandten Seite der Äußeren Insel.«

»Mit einem von denen würde ich noch nicht einmal eine Badewanne überqueren.« Chaz musterte die ausgeschlachteten Wracks misstrauisch.

Will legte mitfühlend den Arm um Silvia. »Er hat nicht Unrecht. Keines sieht besonders seetüchtig aus.«

Schon so weit gekommen, wollte sich Silvia ihre Pläne nicht von dem schrecklichen Zustand der heruntergekommenen Flotte der Deinonychos durchkreuzen lassen.

»Wir brauchen nur ein Boot mit einem unversehrten Rumpf. Dann schlachten wir die anderen aus, um zumindest eines seetüchtig zu machen.«

»Nachdem wir uns als Forscher und Archäologen betätigt haben, sollen wir nun auch noch Schiffsbauer werden?« Chaz gab ein den Ceratopsiern eigentümliches, unanständiges Geräusch von sich.

»Das sollte nicht so schwer sein.« Khorip stand neben Silvia und deutete mit einer seiner klauenbewehrten Hände auf die Boote. »Ich sehe an einigen Booten genügend feste Planken, und überall liegen Reste von Takelage herum. Das Fischerboot dort drüben hat einen Anker, den wir benutzen können, und das daneben scheint einen intakten Rumpf zu besitzen.«

»Und mit welchen Werkzeugen führen wir diese Reparturen aus?«, wollte Chaz wissen. »Mit Kokosnüssen?«

Silvia war schon zu den Booten unterwegs. »Vielleicht finden wir in den Booten Werkzeuge. Sehen wir einfach nach.«

Ein Überangebot an Werkzeugen gab es nicht. Mit keinem der Boote war eine komplette Werkstattausrüstung hinaus aufs Meer getrieben worden. Doch sie fanden ein paar mitgenommene Hämmer, einen Handbohrer und was besonders wertvoll war, eine Schachtel mit Nägeln, die von den Deinonychos übersehen worden war. Die Hälfte davon überließ man Korut, der sie mit angemessen großer Geste unter seinen erfreuten Stammesgenossen verteilte.

In der Zwischenzeit gingen Will, Silvia und Khorip daran, das am wenigsten beschädigte Boot seetüchtig zu machen. Chaz murrte unentwegt, half aber, so gut er konnte. Nachdem er sich entschlossen hatte, nicht zurückzubleiben, wollte er sicherstellen, dass dieses zusammengeflickte Boot so seefest wie möglich wurde.

Der Mast wurde mit einer Rah und einem Segel von einem anderen Boot versehen. Will war erfreut über die langen Ruder, die in den Halterungen am Dollbord steckten. Wenn sie in eine widrige Strömung oder eine Flaute gerieten, dann wären Ruder eine große Hilfe. Er hatte keine Ahnung, wie lange oder wie hart er und die anderen würden rudern können, aber es war beruhigend, draußen auf See zumindest diese Alternative zu haben.

Das Steuerruder hing lose am Heck, konnte aber schnell wieder befestigt werden. Der neue Anker wurde an Bord gebracht und an der Ankerwinde angebracht. Ein zweiter, erfolgreicher Fischfang versorgte sie mit getrocknetem Fisch, der genauso wie Früchte und Gemüse für Chaz und Khorip an Bord verstaut wurde.

Als alle Vorbereitungen getroffen waren und die Flut ihren höchsten Stand hatte, machten sie sich auf die Suche nach Korut, der ihnen helfen sollte, das schwer beladene Boot ins Wasser zu bringen.

Er stand zwischen den Bäumen, die die kleine Bucht umgaben. Jeden Tag hatte er dort gestanden und ihr Vorankommen beobachtet. Ein leichter Wind wehte von Land her, was ihre Abreise begünstigen würde.

Als sie ihn aber um die Hilfe seines Stammes bei ihrer Abreise baten, hatte der Häuptling eine weitere Überraschung für sie auf Lager.

»Nein, ich werde euch nicht bei eurem Abschied helfen.«

Als dies übersetzt war, tauschten Silvia und Will, ebenso wie Chaz und Khorip, betroffene Blicke aus.

»Was soll das heißen, sie wollen uns nicht helfen?«, drängte Silvia den Protoceratops nachzufragen. Chaz gab die Frage sofort an Korut weiter.

»Er sagt«, erklärte der Dolmetscher, »dass er nicht gesagt hat, dass er uns nicht helfen will. Er hat nur gesagt, er würde uns nicht beim Abschied helfen.«

Will runzelte die Stirn. »Was bedeutet denn das schon wieder?«

Wieder fragte Chaz nach. Diesmal zögerte er mit der Übersetzung.

»Nun, was hat er gesagt?« Während der Deinonychus gesprochen hatte, hatte Will den intelligenten, aber unzivilisierten Fleischfresser im Auge behalten, um vielleicht einen Hinweis darauf zu bekommen, was in ihm vorging.

Als der Ceratopsier die Antwort übersetzte, klang in seiner Stimme Überraschung und Erstaunen mit. »Korut meint, da wir ihnen geholfen haben, Nahrung zu bekommen, wären wir ein Teil seines Stammes geworden. Deshalb sei es nicht statthaft von ihnen, uns zu erlauben, unser Leben zu riskieren, wenn sie die Möglichkeit hätten uns zu helfen.«

Nun war es an Silvia, ihrem Erstaunen Ausdruck zu verleihen. »Das verstehe ich nicht. Sie haben uns schon geholfen, die Stadt in den Bergen zu finden und uns diese Boote hier gezeigt. Jetzt sind wir so weit abzufahren. Was können sie noch für uns tun?«

»Ich kann es gar nicht glauben, aber Korut sagt, dass sie sich verpflichtet fühlen, uns zu helfen, unser Ziel zu erreichen. Was immer das auch heißen mag.«

Will musste lächeln. »Ihr Angebot ist sehr nett, aber selbst zivilisierte Deinonychus arbeiten nicht als Seeleute. Meiner Erfahrung nach arbeiten sie in mehr intellektuellen Berufen wie Bibliothekar oder Schreiber.«

»Auf keinen Fall sind sie erfahrene Matrosen«, konnte sich Khorip nicht enthalten hinzuzufügen.

»Natürlich nicht«, stellte Chaz fest. »Korut meint aber, sie könnten rudern.«

Dieses Angebot traf Will völlig unvorbereitet. Als sie die Ruder in Ordnung gebracht und in den Dollbords des Fischerbootes befestigt hatten, war er davon ausgegangen, dass sie nur für den Notfall da wären, als Ersatz, wenn mit dem Segel etwas passierte. Weder er noch Silvia hatten daran gedacht, sie zur Unterstützung oder gar als Ersatz des Segels und als Hauptantriebskraft des Bootes einzusetzen.

Will versuchte, diesen neuen Aspekt zu bedenken. Die Deinonychus hatten kräftige Arme und unglaublich kraftvolle Beine. Wenn sie sich abstützen konnten, dann hatte Will keinen Zweifel daran, dass die männlichen Raubsaurier die Ruder perfekt bedienen könnten. Mit kräftigen Ruderern wäre es ihnen vielleicht sogar möglich, sich gegen den Wind und ungünstige Strömungen zu behaupten.

Als er noch über eine Antwort auf dieses großzügige Angebot nachdachte, war Silvia wieder einmal schneller. »Natürlich nehmen wir ihre Hilfe an! Und danken vielmals.«

Eine schnabelförmig gebogene Schnauze stieß an ihren Oberschenkel. Sie schaute hinab und sah Chaz zu ihr aufblicken. »Hm, Silvia, glaubst du nicht, es ist besser, zuerst die möglichen Konsequenzen dieses Angebots zu überdenken?«

Sie musterte ihn. »Welche Konsequenzen?«

Der Protoceratops schluckte. »Ich weiß nicht, was die anderen meinen, doch der Gedanke, mich in Gesellschaft eines halben Dutzends oder mehr räuberischer, Fleisch fressender Primitiver auf See zu begeben, erscheint mir sehr bedenklich.«

»Blödsinn. Korut und seine Leute haben schon ausreichend bewiesen, dass sie unsere Freunde sind.«

Der mit dem Nackenschild versehene Kopf nickte. »Sicher haben sie das. In einer wunderbaren, angenehmen Umgebung. Doch was passiert, wenn wir zu lange auf See bleiben und unsere Vorräte zur Neige gehen? Könnte es nicht sein, dass wir uns in ihren Augen von Freunden in Nahrung verwandeln?«

»Wenn es wirklich so schlimm werden sollte«, stellte Will fest, »dann spielt das auch keine Rolle mehr.«

»Außerdem«, fügte Silvia hinzu, »wird so etwas nicht passieren. Wir wissen genau, wo wir hin wollen und wie weit es ist.«

»Ja, natürlich«, stimmte ihr der Protoceratops sarkastisch zu. »Alle kleinen, nicht auf Karten verzeichneten, unentdeckten und unbekannten Inseln sind ganz einfach zu finden.«

Silvia ging nicht auf den Tonfall ein. »Diese schon. Wir haben die Lage der Insel und den Kurs dahin anhand der Karte bestimmt, erinnerst du dich?«

»Ihr habt sie anhand eines Felsblocks bestimmt, meinst du wohl«, schnaufte der kleine Dolmetscher und stampfte nervös mit dem Fuß auf den Boden. »Ich habe gesagt, dass ich mitkomme, und dazu stehe ich auch. Alles ist besser, als hier in Gesellschaft von unverbesserlichen Mördern zurückgelassen zu werden.«

»Nun hör mal, Chaz«, wies Will seinen Freund zurecht, »ich würde sagen, sie sind keinesfalls unverbesserlich.«

»Nimm die Sache nicht auf die leichte Schulter, Will Denison.« Hätte der Protoceratops einen Finger besessen, dann hätte er seinem Gefährten damit gedroht. »Das ist die gefährlichste Situation, der wir bis jetzt auf dieser eigentümlichen Expedition ins Auge sehen mussten. Wenn wir scheitern, dann hast du mein Schicksal in der Hand.«

»Wenn wir scheitern«, gab Will zurück, »dann ist Meerwasser das Einzige, was ich in der Hand habe. Würdest du lieber ausschließlich auf unsere Muskelkraft und das Segel vertrauen, um zu der Insel zu gelangen?«

»Es gibt viele Dinge, auf die ich viel lieber vertrauen würde«, entgegnete der Dolmetscher scharf, »aber leider steht nichts davon momentan zur Verfügung. Deshalb muss ich auf dich, Silvia, den Dummkopf vertrauen, und auf diejenigen unserer neu gefundenen ›Freunde‹, die uns begleiten werden.« Man sah deutlich, wie ihm ein kalter Schauer den Rücken hinunterlief. »Denk mal daran, dass deine Vorfahren nie als Nahrung für die Vorfahren deiner neuen Freunde gedient haben. Meine aber.«

»Diese Zeiten sind längst vorbei.« Will hatte keine Bedenken, seinen Freund zu beruhigen. »Korut und seine Leute mögen nicht so weit sein, einen Platz im Amphitheater des Wissens in Sauropolis einzunehmen, aber sie sind auch keine frisch hier eingetroffenen Auswanderer aus dem Regental.«

Chaz stieß einen tiefen Seufzer aus. »Ich denke, das spielt nun keine Rolle mehr. Du hast deine Entscheidung getroffen, und ich muss damit leben. Weil ich befürchte, dass ich im anderen Fall auch nicht lange leben werde.«

Korut verfolgte schweigend und ohne sich einzumischen die Auseinandersetzung, und keiner hielt es für nötig, sie für ihn zu übersetzen. Nachdem sein Angebot einer Disruderermannschaft offiziell angenommen war, entfernte er sich, um die passenden Kandidaten auszusuchen. Wie sie später erfuhren, brach bei seiner Ankündigung im Stamm ein Streit aus. Es stellte sich heraus, dass jeder Mann mitwollte. Nachdem sie eine Zeit lang am und im Meer verbracht hatten, hegten sie alle den stillen Wunsch, mehr davon kennen zu lernen.

Schließlich wählte Korut die sieben kräftigsten Stammesmitglieder aus, ihn und ihre neuen Freunde zu begleiten. Auf jeder Bootsseite nahmen vier von ihnen Platz und bildeten die beeindruckendste Rudermannschaft, die Dinotopia je gesehen hatte. Nachdem der Rest des Stammes mit einiger Anstrengung das schwer beladene Gefährt ins Wasser geschoben hatte, ruderten sie so kräftig los, dass das Boot nahezu über das Meer flog. Khorip sagte ihnen schließlich, sie sollten langsamer machen, sonst würden sie die langen Ruder aus der Verankerung reißen.

Selbst wenn es nicht ihr Kurs gewesen wäre, hätte sie das Außenriff schon bald gezwungen, in nördliche oder südliche Richtung abzudrehen. Die begeisterten Deinonychus stimmten, um im Takt zu rudern, einen blutrünstigen Jagdgesang ihrer Vorväter an und das wiederhergestellte Fischerboot bewegte sich schnell aus der Ostbucht Richtung Norden. Die grüne Küste der Äußeren Insel zog an Backbord an ihnen vorbei. Die Muskelkraft der Raubsaurier machte den Einsatz des einzigen Segels fast überflüssig.

Solange die hohen Berggipfel der Insel auf der Backbordseite und das schützende Riff auf der Steuerbordseite zu erkennen waren, war Chaz (mehr oder weniger) beruhigt. Zwischen Riff und Insel war das Meer verhältnismäßig ruhig und die See glatt. Doch als sie Kap Banamba hinter sich gelassen hatten, stieg seine Unruhe. Sie vergrößerte sich, als Will, Silvia und Korut über eine Stunde brauchten, um sich für eine Passage durch das Riff zu entscheiden und die Deinonychus an den Rudern ihre Anstrengungen verdoppelten. Da sie sich in nördliche Richtung bewegten, schaffte das Fischerboot die Durchfahrt ohne Schwierigkeiten, denn die wirklich gefährlichen Wellen rollten aus östlicher Richtung heran. Nun aber waren sie den hohen Wellen ausgesetzt, die von der Seite kamen. Anstatt gegen die Strömung anzukämpfen, nahmen sie in Kauf, leicht nach Westen abgetrieben zu werden, hielten aber dabei immer noch grob nördlichen Kurs. Sobald sie im Lee der Insel Krachong waren, wurde die See wieder ruhiger.

Will wusste, dass sie hier zum letzten Mal vor dem offenen Meer geschützt waren. Nördlich von Krachong gab es nur verstreute kleine Inseln, keine größer als eineinhalb Kilometer, die meisten aber viel kleiner. Wenn sie es nicht schafften, mit den Winden und der Strömung zurechtzukommen, würden sie irgendwo an der Küste der Muschelsand-Halbinsel enden. Und wenn sie erst einmal nördlich davon wären, gäbe es keine Küste mehr, an der sie stranden konnten.

Doch wenn die kleine Insel, auf die sie zusteuerten, einfach zu erreichen wäre, so ging es Will durch den Kopf, dann hätte man sie bestimmt schon längst wieder entdeckt.

Die zunehmende Strömung schien die Deinonychus in keiner Weise zu beeinträchtigen. Sie ruderten, sangen und nahmen ihre Mahlzeiten ein, ohne zu klagen. Für sie war das alles ein großes Abenteuer, eine Entdeckungsfahrt zu neuen Jagdgebieten, selbst wenn es in der näheren Umgebung nichts zu jagen gab. Man warf Angelleinen aus, mit denen man Fische fing, die den Vorrat an getrocknetem und geräuchertem Fisch an Bord ergänzten, während Chaz und Khorip auf die eintönige, aber gesunde Ernährung von getrockneten Früchten und Nüssen angewiesen waren.

Niemand musste hungern, aber Trinkwasser wurde zu einem Problem. Die rudernden Deinonychus brauchten eine Menge Flüssigkeit, und Silvia und Will schwitzten in dem tropischen Klima stark.

Als die Wasservorräte bis zur Hälfte verbraucht waren, hatten sich die pathetischen Lieder der Deinonychus auf ein dumpfes Brummen reduziert. Der einzige schattige Platz auf dem Fischerboot war unter Deck, aber wenn man sich dort aufhielt, konnte man nicht rudern. Um den inzwischen müde gewordenen Raubsauriern eine Pause zu gönnen, musste jetzt jeder mitrudern. Will und Silvia gaben ihr Bestes, doch sie konnten mit der Kraft der Deinonychus nicht mithalten. Khorip machte es etwas besser, aber Chaz war überhaupt keine Hilfe. Keiner machte ihm einen Vorwurf, denn seine vierschrötige Gestalt war zum Rudern einfach nicht geeignet.

Wie seine Gefährten, hatte auch Korut schon lange seinen Federschmuck abgelegt. Im Moment hatte er sich am Mast niedergelassen, wo Will, Silvia und Chaz besprachen, wie es weitergehen sollte. Khorip war nicht dabei, da er gerade am Ruder saß.

»Korut sagt, dass seine Leute alles in ihrer Macht Stehende für uns getan haben und dass einige von ihnen sich inzwischen fragen, ob diese Insel wirklich existiert«, übersetzte Chaz, was der Häuptling gesagt hatte.

»Natürlich existiert sie«, wies Silvia den Protoceratops an zu antworten. »Einige von ihnen haben uns in die Berge begleitet und es selbst gesehen.«

»Sie haben eine Steinskulptur gesehen«, erklärte Chaz. »Sie haben keine Insel gesehen. Korut meint, dass er an dich glaubt, doch nicht alle seine Leute sähen das genauso. Sie sind müde, vermissen ihre Familien und den festen Boden unter den Füßen. Sie haben die Zeit auf See genossen, aber sie sind keine Delfine oder Ichthyosaurier und haben auch keinen Spaß daran, über Bord zu springen, um in den Wellen herumzuplanschen.« Chaz blickte von einem der beiden Menschen zum anderen. »Dann ist da noch das Problem mit dem Wasser. Korut sagt, er ist ihr Häuptling, aber er ist kein unumschränkter Herrscher. Wenn die Mehrheit seiner Leute nach Hause will, dann wird er sie nach Hause führen.«

»Aber das geht nicht!« Obwohl Silvia wusste, dass der Deinonychus sie nicht verstehen konnte, sprach sie ihn direkt an. »Wir sind schon so weit gekommen und wir sind so nahe dran!«

»So, sind wir das?« Chaz wurde nicht laut und bedrängte sie auch nicht. Seine Worte waren ruhig und vernünftig. Er spürte, dass unter diesen Umständen genau dies von Nöten war. »Was ist, wenn die Karte nicht stimmt? Was ist, wenn wir vom Kurs abgekommen sind? Die ›Insel‹ ist so klein, dass sie selbst von erfahrenen Seeleuten verfehlt werden kann. Und sie *ist* von erfahrenen Seeleuten verfehlt worden. Dennoch bist du davon überzeugt, wir könnten so einfach dorthin fahren.« Der Protoceratops machte mit seiner Schnauze eine Bewegung, die den gesamten Ozean einschloss.

»Wenn unsere Berechnungen stimmen, dann befinden wir uns schon ein ganzes Stück nördlich von Kap Muschelsand. Wenn wir nun unseren Kurs nach Westen ändern, dann würde uns das am Festland von Dinotopia entlang führen oder wir würden von den Strömungen vor der nördlichen Küste erfasst und erleiden auf Höhe der Nördlichen Tiefebene Schiffbruch, wie so viele Schiffe aus der Außenwelt.« Chaz sprach so beherrscht, wie es ihm unter diesen Umständen möglich war.

»Erkenne endlich die Realitäten an, Silvia. Wenn es hier draußen mitten im Nirgendwo eine Insel gibt, dann haben wir sie verfehlt. Wenn es keine gibt, dann wäre es nicht nur dumm, sondern selbstmörderisch, diesen Kurs weiterzuverfolgen.«

»Sie ist hier draußen.« Sie stand auf und blickte über den Bug hinweg.

Auf beiden Bootsseiten zogen die angespannten Deinonychus mechanisch und gleichmäßig die langen Ruder durchs Wasser. Doch Will bemerkte, dass einige die Menschen und den Protoceratops aufmerksam beobachteten. Die gute Stimmung, die bei der Abfahrt auf dem Boot geherrscht hatte, begann sich zu verflüchtigen. Ihm kam immer wieder Chaz' misstrauische Furcht in den Sinn, in Gesellschaft von so vielen unzivilisierten Raubsauriern zu reisen. Silvia würde solche Gedanken bestimmt nicht gutheißen, doch er konnte nicht anders.

Chaz hatte Recht. Sie hatten alles in ihrer Macht Stehende getan. Waren so weit gekommen, wie Kühnheit und gute Planung es vermochten. Jetzt war es an der Zeit …

Der Ruderer, der auf der Backbordseite ganz vorne saß, erhob sich plötzlich und zeigte mit seiner klauenbewehrten Hand auf etwas. Er rief etwas in der primitiven Sprache der Deinonychos. Sofort legten seine Gefährten ihre Ruder beiseite und eilten zu ihm hin, wobei sie gewandt über die Ruderstangen, die Ruderbänke und was sonst noch im Wege war, einschließlich Khorip, hinwegsprangen. In kürzester Zeit waren alle Deinonychus, auch Korut, am Bug versammelt und redeten und gestikulierten aufgeregt.

Selbst auf die Gefahr hin, das Boot in Schieflage zu bringen, gesellten sich Will und Silvia zu ihnen. Chaz folgte ihnen und bemühte sich, über die Ansammlung von größeren Menschen und zweibeinigen Sauriern hinwegzusehen, was ihm aber nicht gelang.

Der untersetzte Ceratopsier stieß Silvia an, die sich zu ihm herabbeugte. »Ich kann nichts sehen. Warum sind alle so aufgeregt?«, fragte Chaz sie.

»Der, der zuerst aufgestanden ist, behauptet, dort wäre Land.« Chaz hatte Schwierigkeiten, die gutturale Sprache der Deinonychus zu verstehen. »Ich hoffe, es ist keine Fata Morgana oder eine Halluzination, ausgelöst durch zu lange Zeit auf See. Ich wage mir nicht vorzustellen, wie unsere ›Freunde‹ auf solch eine Enttäuschung reagieren würden.«

Nachdem Will sich durch die schnatternden und jubelnden Deinonychus hindurchgezwängt hatte, hatte er endlich freie Sicht. Zuerst sah er nichts und befürchtete schon, der Protoceratops hätte Recht. Dann war auf einmal Korut neben ihm, legte ihm den Arm auf die Schulter und streckte den anderen Arm aus. Will blickte an der Linie, die ihm die Hand des Häuptlings wies, entlang und sah schließlich den Grund für die ganze Aufregung.

Es war Land, tatsächlich! Eine Insel, etwas westlich von dem Punkt, den sie berechnet hatten, aber unverwechselbar festes Land. Keine sehr große Insel, aber auf jeden Fall Land. Er zwang sich, ruhig zu bleiben, und sorgte dafür, dass auch Silvia es blieb. »Nur weil es eine Insel ist, bedeutet das noch nicht, dass es *die* Insel ist.«

»Natürlich ist sie es«, gab sie zurück und achtete nicht auf seinen Versuch, die Sache abzuwägen. »Sie liegt genau da, wo wir es erwartet haben!« Nachdem sie den Sonnenstand überprüft hatte, meinte sie mit gefassterer Stimme: »Nun fast genau. Aber sie ist da!« Ihre Augen strahlten. »Es gibt sie, Will. Khorip und ich haben uns das nicht nur eingeredet, wir haben Recht gehabt. Die Hand von Dinotopia existiert wirklich.«

Will blickte nachdenklich auf die felsige Erhebung im Meer. Vielleicht, aber nur vielleicht, dachte er, war diese Geschichte über die Hand wirklich wahr. So wahr, wie Silvia es sich wünschte.

Die Frage, die jetzt noch zu beantworten war: Was war das eigentlich?

23

Der Anblick der Insel hob die Stimmung unter den Deinonychus und verlieh ihnen neue Kräfte. Auf ihre Plätze zurückgekehrt, legten sie sich mit jener wilden Kraft in die Ruder, die ihre Vorfahren zu den gefürchtetsten Jägern der späten Kreidezeit gemacht hatte. Auch Will und Silvia trugen ihren Teil dazu bei. Sie begaben sich an die Seite der hart arbeitenden Deinonychus und teilten sowohl die Plätze als auch die langen Ruder mit ihnen. Der laute, das Blut gefrieren lassende Jagdgesang der Deinonychus erklang erneut über das Meer.

Währenddessen lehnte Chaz am Mast und murmelte vor sich hin.

Als sie näher kamen, erwies sich die Insel als ein steiler Felsen, der von drei deutlichen Spitzen gekrönt war. Als Chaz über das Heck zurückblickte, musste er feststellen, dass von ihrer Position aus noch nicht einmal mehr die hohen, Schnee bedeckten Gipfel der Verbotenen Berge sichtbar waren. Er fühlte sich sehr verloren und nicht nur ein bisschen ängstlich.

Was war das für ein Ort, der so weit entfernt von dem ihm bekannten Dinotopia lag und doch ein Teil davon war? Welche uralten, vergessenen Geheimnisse warteten hinter dieser unwirtlichen Küste auf sie? Wollte er das wirklich wissen?

Es spielte keine Rolle. Silvia wollte es wissen und auch der unbelehrbare Dummkopf Khorip und wahrscheinlich auch sein Freund Will. Also sah es so aus, als ob auch Chaz, der Dolmetscher, es erfahren würde, ob er nun wollte oder nicht.

Allerdings nur, wenn sie eine Stelle fänden, wo sie an Land gehen konnten. Als sie langsam und sehr vorsichtig die Insel umrundeten, wurde es immer wahrscheinlicher, dass es keine Möglichkeit gab, anzulegen.

Die Insel bestand im Wesentlichen aus Kalkstein, und zwar geologisch gesehen aus ziemlich jungem Kalkstein. Die andauernd und ungebrochen anrollenden Wellen der offenen See hatten die Felsen auf Meereshöhe ausgewaschen, Höhlen ausgespült und gaben der Insel das Aussehen eines riesigen, mit Spitzen versehenen, grün bewachsenen Pilzes. Von Osten her schlugen Schaum gekrönte Brecher wütend gegen die Flanken der Insel. Selbst die besten Seeleute der Welt würden nicht versuchen, an dieser Küste zu landen.

»Vielleicht haben wir auf der Wind abgewandten Seite mehr Glück«, meinte Silvia hoffnungsvoll.

»Wenn es eine Wind abgewandte Seite gibt«, gab Will vorsichtig zu bedenken. Die starke Strömung um die Insel herum war voller Wirbel, was davon zeugte, dass die Wellen aus jeder Richtung gegen die Felsen klatschten. Wenn die Insel überall unterspült war, dann mussten sie das Scheitern ihrer Mission ins Auge fassen. Nachdem sie so viel auf sich genommen hatten und so weit gekommen waren, trieb sie diese Vorstellung zur Verzweiflung. Aber der Versuch, jemanden an diesen stark zerklüfteten Hängen in der Gischt der tobenden Wellen an Land zu setzen, würde das Boot gefährden, und das konnten sie nicht riskieren. Unter keinen Umständen. Noch nicht einmal für Silvia.

Diese schwere Entscheidung blieb Will erspart, denn an der äußersten westlichen Ecke der Insel entdeckten sie einen kleinen Strand. Die sandige Bucht war nur ein paar Meter breit. Dahinter hatte das herabströmende Regenwasser einen Spalt in den ansonsten steilen Felsen gewaschen, wodurch nicht nur ein brauchbarer Landeplatz entstanden war, sondern auch ein Zugang ins Innere der Insel. Sie sicherten das Boot mit einem Seil, das sie an einem der Löcher, die das Meer in den festen Felsen gewaschen hatte, befestigten, sprangen ins seichte Wasser, wateten an Land und machten sich auf den Weg ins Innere der Insel. Nach den Tagen auf See waren Saurier und Menschen gleichermaßen dankbar, sich endlich einmal wieder auf einem Boden zu bewegen, der nicht unter ihren Füßen hin und her schwankte.

Das schmale Band Regenwald, das sich an die steilen Seitenwände des Spalts klammerte, bestand aus dichtem Bewuchs vertrauter Pflanzen. Zumindest, so dachte Chaz, war die Pflanzenwelt auf diesem Kalksteinfelsen nicht fremd. Genauso war es mit den Vögeln, die neugierig die Menschen und Dinosaurier beobachteten, die sich den steilen Anstieg hinaufquälten. Die kleinen, beunruhigten Säugetiere, die vor den sich nähernden Fußtritten flohen, waren ebenfalls keine Unbekannten. Biologisch gesehen, wenn auch nicht geografisch, war die Insel ein Teil Dinotopias. Ein übersehener Teil, vielleicht unerheblich, aber dennoch ein Teil von Dinotopia.

Als sie den winzigen Strand hinter sich gelassen hatten, weitete sich der Spalt, bis sie schließlich auf einem unebenen, kreisförmigen Plateau standen, das sich um die gesamte Insel herumzuziehen schien. Hier wuchsen zahlreiche größere Bäume. Viele trugen reichlich Früchte, die niemals von Leuten wie Shree Banda, Frohgesicht und ihren Gefährten gepflückt werden würden. Khorip und Chaz bedienten sich im Vorbeigehen von den Früchten, die von den überhängenden Zweigen heruntergefallen waren. Sie konnten sich erlauben, nur die besten und reifsten der unerwarteten Schätze auszuwählen.

»Was nun?«, fragte sich Will laut.

Silvia nahm die Klippe vor ihnen in Augenschein. »Ich denke, wir gehen weiter nach oben.«

»Wo nach oben?« Will begutachtete die nächstgelegene Felswand. Es waren mindestens dreißig Meter bis zu einem der Bergsattel, wo sich der Felsen in drei einzelne Spitzen aufteilte. Und wenn man da hinaufkäme, was dann? Die Besteigung einer der drei Felsspitzen? Wozu das alles und wo sollte das enden, fragte er sich.

»Silvia, es gibt keinen Grund, dort hinaufzusteigen, außerdem können wir es nicht. Wir haben keine Bergsteigerausrüstung bei uns, nur die Seile am Boot und die können wir schlecht nehmen, um auf die Felsen zu klettern.«

Mit fest zusammengepressten Lippen musterte sie die unbezwingbaren Felsnadeln, dann senkte sie den Blick und nickte widerwillig. »Du hast Recht, ich weiß. Doch hier *muss* es mehr als lediglich Früchte, Felsen und Vögel geben. Hilf mir suchen.«

Zum ersten Mal sparte sich Chaz seine Kritik an einer offensichtlich unsinnigen, nutzlosen Aktion. Er und Khorip waren ganz davon in Anspruch genommen, sich an den auf dem Boden liegenden, frischen Früchten gütlich zu tun. Zusammen mit den Deinonychus machten sich Silvia und Will daran, das Plateau genau in Augenschein zu nehmen. Ihre akribische Suche förderte aber nichts Ungewöhnliches zu Tage. Als Silvia schon befürchtete, dass sie nichts finden würden, machte sich einer der Saurier bemerkbar.

Wills Aufregung schlug in Enttäuschung um, als er sah, was der Deinonychus entdeckt hatte. Es war eine Höhle im Fels, eine ziemlich große, aber das war nichts Besonderes. Da sie das Einzige war, was sie gefunden hatten, konnte man sie genauso gut auch genauer untersuchen.

Aus dem in Mengen vorhandenen trockenen Holz machten sie sich Fackeln, die sie mit einem Feuerstein in Brand setzten und betraten ein Paradies für Höhlenforscher. Will musste sofort an das ausgedehnte Höhlensystem der Unteren Welt denken, das sein Vater vor einiger Zeit erforscht hatte.

Stalaktiten aus reinem Kalk hingen von der Decke wie gefrorene Kommata herab, von deren Spitzen wie aus Strohhalmen das Wasser auf sich herausbildende Stalagmiten tropfte. Nadelbüschel aus Aragonit befanden sich in Aushöhlungen und Ecken wie vergessene Nadelkissen von Feen. Die vom Wasser gemaserten Felswände wirkten wie große Stücke Dörrfleisch. Die Fackel in Wills Hand knackte und knisterte über seinem Kopf, als er sich hinabbeugte, um von dem klaren Wasser in einem natürlichen Kalktuffbecken zu trinken.

»Hier ist nichts.« Khorip versuchte nicht, seine Enttäuschung zu verbergen. »Zumindest nicht das, was wir zu finden gehofft haben.«

Ganz in der Nähe hielten Silvia und Korut ihre Fackeln dicht an die Felswände. Der feuchte Kalkstein reflektierte das Licht, doch es brachte ihnen keine Erleuchtung. Durch unsichtbare Röhren und Tunnel klagte der Wind und trug den Geruch der nahen See herein.

Chaz hob seinen Kopf aus dem Becken mit klarem Wasser und erklärte ruhig, aber für alle deutlich hörbar: »Mehr ist hier nicht. Ein sehr schöner Ort. Vom Standpunkt der Höhlenforschung sogar bezaubernd, doch auch nicht einzigartig. Wenn sich alle satt gesehen haben, schlage ich vor, wir kehren zu unserem Boot zurück, bevor ein ungünstiger Windstoß oder eine große Welle es losreißt und wegtreibt und wir hier für immer festsitzen.« Er drehte sich um und schaute in Richtung des Eingangs, dessen unregelmäßige Konturen sich deutlich im Sonnenlicht abzeichneten.

»Nur noch ein kleines Stück weiter«, bettelte Silvia. Die Fackel vor sich haltend, ging sie vorsichtig den nächsten Abgang hinunter.

»Pass auf.« Will hob seine eigene Fackel hoch. »Die Felsen sind nass und der Boden ist so schlüpfrig wie eine Sauriescheune vor der Reinigung.«

»Ich pass schon … mein Gott.«

»Silvia?« Sie war um eine Ecke gebogen und für einen Moment außer Sicht geraten. »Silvia, ist alles in Ordnung?«

»Ja, ja, Will. Alles in Ordnung. Ich habe etwas gefunden.«

Hinter ihm verdrehte der Protoceratops die Augen. »Ist es nicht immer so?« Wesentlich sicherer zu Fuß als seine zweibeinigen Gefährten folgte er Silvia.

Als Will und die Deinonychus schließlich auch bei ihr anlangten, waren sie ebenfalls sprachlos. Anders als in Ahmet-Padon und der vergessenen Stadt auf der Äußeren Insel beeindruckte sie nicht die Größe dessen, was vor ihnen lag, sondern die Qualität der Reliefe. Noch nie zuvor hatten sie so etwas gesehen, selbst nicht in der großen Bibliothek von Wasserfallstadt.

Sie befanden sich in einem Gewölbe, was für eine Höhle allerdings nichts Ungewöhnliches war. Doch in diesem Gewölbe waren all die natürlichen Kalksteinformationen entfernt und durch ein Relief ersetzt worden. Nicht ein Zentimeter an den sanft geschwungenen Wänden und der Decke war unbearbeitet geblieben. Manche der Darstellungen waren so klein, dass selbst Will, der auf seine guten Augen stolz war, nicht alle Details erkennen konnte. Und soweit sie feststellen konnten, erstreckte sich diese Feinarbeit bis zum Scheitelpunkt des Gewölbes.

In der Mitte des Raumes stand ein einzelner Stalagmit, der ausgespart worden war. Er maß ungefähr zwei Meter im Durchmesser und war ebenfalls völlig mit unvergleichlichen Reliefen bedeckt. Einige dieser in Stein gehauenen Darstellungen waren so zart, dass Will befürchtete, sie allein mit seinem Atem zu beschädigen.

Und alles bestand aus reinem, unverfälschtem, weißen Kalkstein, der das Licht ihrer Fackeln wie Millionen kleiner Spiegel zurückwarf.

Nicht alle Darstellungen waren so klein. Die größten erreichten die Ausmaße einer menschlichen Faust, aber verglichen mit der Mehrzahl der Reliefe waren sie ansehnliche Monumente. Will kam gar nicht mehr aus dem Staunen heraus und studierte die steinernen Darstellungen mit unverhohlener Bewunderung. Er hätte frohen Herzens noch Stunden damit zubringen können, doch Chaz machte sich bemerkbar.

»Was ist das?«, fragte er seinen stämmigen Freund. Der Protoceratops wirkte unnatürlich kleinlaut. »Etwas Wichtiges?«

»Schau dir dies hier an.« Chaz gestikulierte mit seiner Schnauze.

Sobald Will genauer hingesehen hatte, wusste er, warum der Dolmetscher seine letzte Frage nicht beantwortet hatte. Jede Erklärung war überflüssig. Die Reliefe erklärten sich sehr gut von selbst. Es war schwer zu glauben, was er sah, doch die Bilder im Stein und die bewundernswerte Arbeit der schon lange toten Künstler waren nicht misszuverstehen. Er rief Silvia zu sich und Khorip und schließlich auch die Deinonychus. Die Menschen und die Saurier standen still nebeneinander, betrachteten die Reliefe und verstanden und waren betroffen von dem Zusammentreffen uralter Weisheiten und Tragödien.

Die Darstellungen zeigten Menschen und Dinosaurier, doch nicht so, wie man es aus dem heutigen Dinotopia kannte. Relief auf Relief, Bild auf Bild zeigte schon lange tote Personen, die in wütende, verzweifelte Tätigkeiten verstrickt waren. Tätigkeiten, die niemals ihren Weg auf das Festland von Dinotopia gefunden hatten, aber, wenn man den Reliefen glauben konnte, mehrere Male in der Vergangenheit ernsthaft das Leben auf der Äußeren Insel bedroht hatten. Will schluckte und konnte kaum das lange nicht gebrauchte, schon fast vergessene Wort dafür in seinem Kopf finden.

Krieg.

Auf den Bildern war zu sehen, wie Menschen gegen andere Menschen und Dinosaurier kämpften. Will erkannte und zeigte seinen Gefährten die präzisen Darstellungen von römischen Dreiruderern und chinesischen Dschunken, die sich wahrscheinlich aus dem südchinesischen Meer und dem Arabischen Golf hierher verirrt hatten. Von den Bögen und aus den Händen verängstigter Männer auf den Decks schwer bewaffneter Schiffe flogen Pfeile und Speere. Als Ergebnis davon brachen große Saurier getroffen zusammen und starben. Entenschnabelsaurier und kleinere Saurier flohen, wurden gejagt und getötet. Keiner war gefeit gegen die Flut aus Eisen und Bronze.

Die folgenden Darstellungen zeigten verzweifelte und hungernde Seeleute und Soldaten, die an der Küste landeten. Aber anstatt die freundschaftlich ausgestreckten Hände von Menschen und Dinosauriern anzunehmen, die auf der Äußeren Insel in Frieden miteinander lebten, schlachteten die Eindringlinge die Bewohner ab und versklavten jene, die sie nicht töteten. Ergänzende Reliefe zeigten Gebirgsbewohner der Insel, die ihren Mitbürgern an der Küste zu Hilfe kamen.

»Die verlassene Stadt auf dem Plateau.« Will hielt seine Fackel dicht an die Wand und war von dem, was er sah, zugleich angezogen und abgestoßen.

»Ja«, flüsterte Silvia. Sie deutete auf einen anderen Teil der Wand. »Sieh dir das an.«

Auf gepanzerten Ceratopsiern reitend und angeführt von Ankylosauriern fielen die Überlebenden aus dem Gebirge über die Eindringlinge her. Da die Angebote und Appelle an die Vernunft ihrer an der Küste lebenden Brüder die Neuankömmlinge nicht überzeugen konnten, trieben die Bergbewohner die Eindringlinge schweren Herzens zurück ins Meer. Einige versuchten, auf Schiffen zu entkommen, doch sie wurden von Mosasauriern und Plesiosauriern verfolgt und versenkt. Nach der Katastrophe wurden alle Spuren der Anwesenheit der Eindringlinge sorgfältig getilgt.

Obwohl sie keine andere Möglichkeit hatten, war das

Bergvolk beschämt und entsetzt über das, was es getan hatte, und verließ danach seine schöne Stadt auf dem Plateau und ging in dem Küstenvolk auf. Mit der Erinnerung an den schrecklichen Tod, der für immer mit ihrem Land verbunden war, begaben sich die Überlebenden nach und nach auf das Festland, und die Äußere Insel war bei ihren Ureinwohnern für immer mit einem Fluch behaftet.

Außer, so rief sich Will in Erinnerung, für ein paar herumziehende Gruppen von Unbeugsamen. Als Will auf die gebannt dastehenden Deinonychus blickte, die der Geschichte folgten, die das Relief erzählte, traf ihn wie ein Hammerschlag, dass da neben ihm die einzigen überlebenden Nachkommen dieser riesigen, weit zurückliegenden Tragödie standen. Es war nicht so, dass sie nie zivilisiert gewesen waren. Koruts Vorväter hatten ein paar verstreut lebende Gruppen von Einzelgängern zurückgelassen, die wieder eine alte, halb vergessene Lebensweise aufgenommen hatte. Kein Wunder, dass er und sein Stamm sich daran erinnerten, wie man jagte und tötete. Es war dem sehr empfindsamen Chaz nicht zu verdenken, dass er sich beständig unwohl in ihrer Gesellschaft fühlte.

Vor nicht allzu langer Zeit waren ihre Vorväter, um zu überleben, gezwungen gewesen, menschliche Eindringlinge zu jagen.

»Weg hier«, murmelte Will. »Verlassen wir diesen Ort.« Auf einmal erschien ihm die beeindruckende Höhle gar nicht mehr so schön und die sorgfältig ausgeführten Reliefe nicht mehr so unglaublich anziehend. Jetzt glitzerten und glänzten sie mit der traurigen Schönheit eines toten Schmetterlings. Der makellose Kalkstein verströmte den Geruch des Todes.

Langsam machten sich Menschen und Deinonychus auf den Weg zurück zum Eingang der Höhle. Als Will sich umschaute, sah er, dass Silvia noch bei dem Stalagmiten in der Mitte der Höhle stand.

»Komm schon, Silvia. Du hast gefunden, was du gesucht hast. Ich kann nicht behaupten, dass es mir besonders gefällt. Lass uns von hier verschwinden.«

»Einen Moment noch, Will. Verstehst du nicht die Bedeutung dieser Bilder? Diese, wie hast du sie genannt, römischen und chinesischen Schiffe sind hier unbeschädigt gelandet! Sie wurden nicht an den Riffen zerschmettert und ihre Besatzungen waren nicht schiffbrüchig. Das bedeutet, die Legende ist wahr! Es gibt einen sicheren Seeweg nach Dinotopia. Und wenn es einen sicheren Seeweg nach Dinotopia gibt, dann existiert wahrscheinlich auch eine sichere Route von Dinotopia.«

»Und wenn es so wäre, willst du sie immer noch entdecken?« Er deutete mit seiner Fackel auf die grausamen, düsteren Bilder. Es schien, als bewegten sich die Wände auf sie zu.

»Nein.« Sie senkte ihren Kopf etwas. »Nein, ich glaube nicht. Ich denke, ich muss mich mit der Bestätigung nur eines Teils der Legende zufrieden geben.« Sie trat einen Schritt auf ihn zu, blieb dann aber erneut stehen.

Er machte mit der Fackel eine Bewegung, die Silvia antreiben sollte. Silvia war die Liebe seines Lebens, doch es gab Momente, da hatte er das Gefühl, dass sie seine Geduld bewusst auf die Probe stellte. Er hatte keinen Zweifel, dass es umgekehrt genauso war. Man nannte das, so war ihm gesagt worden, eine Beziehung.

»Was nun noch?« Hinter ihm hatten Korut und die anderen Deinonychus, gefolgt von Khorip und Chaz, die Höhle schon verlassen.

Ein flüchtiger Blick zur Spitze des Stalagmiten zeigte eine Reihe von schön gearbeiteten Händen. Dies war für Silvia nicht nur bedeutsam, sondern es traf sie förmlich wie eine Offenbarung. Jede der Hände war von dem Künstler in einer anderen Haltung ausgeführt und es entstand der Eindruck, als ob sie winken würden. Im Reigen der vielen Kulturen von

Südostasien bis zu den Inkas, von Mesopotamien bis Ägypten gab es die Ausdrucksform der winkenden Hände. Besonders auffallend war der ägyptische Einfluss in der Architektur der Bergstadt auf der Äußeren Insel gewesen.

Ungefähr die Hälfte der nach oben gerichteten Hände waren menschlich, der Rest gehörte zu Sauriern. Es war fast so, als wollten sie ihr einen Abschiedsgruß zuwinken. Silvia kam sich etwas dumm dabei vor, als sie ihrem Verlangen nachgab und um den Stalagmiten herumging und ihre Handfläche in der Art des traditionellen Grußes von Dinotopia gegen jede der steinernen Hände drückte.

Will beobachtete sie und versuchte, aus ihrem Verhalten klug zu werden. »Silvia, es ist schon spät. Was machst du denn da?«

»Ich verabschiede mich von einem Traum.« Ihre Stimme hallte in den kalten Wänden der ausgeschmückten Höhle. »Ich sage zu diesem Ort und denen, die ihn geschaffen haben, halte inne und suche Frieden.«

Chaz hätte darauf die passende Antwort gewusst, das war Will klar, er aber konnte nur warten, zusehen und über die sentimentale Anwandlung seiner geliebten Silvia lächeln. Es hatte sie viel gekostet, diesen Ort zu finden, und aller Wahrscheinlichkeit nach würden sie nie mehr hierher zurückkehren. Er konnte ihr kaum ein paar Minuten stiller Andacht verweigern.

Im Gegensatz zu der warmen, unbewegten Luft in der Höhle fühlte sich der behauene Kalkstein unter ihrer Handfläche kühl und feucht an. Bei den Saurierhänden schien jede Rasse von Dinotopia vertreten zu sein. Es gab Fußsohlen von Ceratopsiern und Handflächen von Entenschnabelsauriern, glatte Fußsohlen von Sauropoden und die zarten Finger von Gallimimus, breite Daumen von Pterosauriern und selbst Schwimmflossen von Plesiosauriern.

Nachdem sie ihre Runde um den beeindruckenden Stalagmiten fast beendet hatte und gerade eine der letzten Hände berühren wollte, zögerte sie. Es war die Hand eines Therapoden, nicht sehr verschieden von denen, die Korut und sein Stamm besaßen. Eine Verwechslung des schlanken, kräftigen Handgelenks und der scharfen, gebogenen Klauen, die aus den Fingerspitzen dreier Finger hervorstanden, war nicht möglich.

Drei Finger, drei Finger? Ihre eigene Hand schwebte über der Skulptur in der gleichen Haltung wie die dort eingemeißelte Hand, bis auf die Anzahl der Finger, woran erinnerten sie genau in diesem Moment drei Finger?

Langsam sank ihr Unterkiefer herab. Hinter ihr hörte sie von weiter oben Will rufen. Zuerst ungeduldig, dann beunruhigt. Sie achtete nicht darauf und bemühte sich, in ihrem Kopf eine Verbindung herzustellen. Drei Finger …

Sie befand sich direkt darunter. Die drei Felsspitzen der Insel! Eine Verbindung oder Zufall? Ohne zu zögern oder nachzudenken, drückte sie ihre Handfläche gegen die erhobene Saurierhand, genau wie sie es bei allen anderen oben an dem Stalagmiten auch getan hatte.

Als sie den Druck verstärkte, bemerkte sie, wie sich die Skulptur unter ihren Fingern bewegte.

Der Berg stöhnte auf. Das Geräusch hallte durch die Kuppel und die sie umgebenden Höhlen und brach sich an den mit Reliefen bedeckten Wänden. Unter ihren Füßen erklang ein tiefes Rumpeln, das beständig lauter wurde und sich wie ein auftauchender Wal zur Oberfläche bewegte. Lose Steine und einige der zerbrechlicheren Felsteile brachen aus der Decke und fielen auf den Boden. Der Staub überzog Silvias Haar mit weißen Tupfen.

»Silvia!« Eine Hand ausgestreckt, versuchte Will, sowohl körperlich als auch gedanklich zu ihr vorzudringen. »Lauf!«

Sie zögerte nicht. Der Boden unter ihren Füßen brach auf, sie stolperte und rannte auf Will zu. Um sie herum wurde das Beben stärker.

Als Steinblöcke aus ihren Halterungen rutschten, gerieten tief in dem Berg große Mengen Sand in Bewegung. Zuerst waren es nur kleine Steine in Schlüsselpositionen und winzige Mengen von Sand, dann wurden immer größere Blöcke aus ihrer Verankerung gerissen und gaben dadurch größere Sandmengen frei. Kalksteinblöcke glitten verborgene, künstlich angelegte Rampen hinab und lösten Dutzende von Steinen auf einmal aus. Jeder davon öffnete einen Vorratsbehälter mit noch mehr Sand.

Ein komplexes System von ausbalancierten Steinen und Sand verschob sich im Inneren des Berges. Was wie ein natürliches geologisches Gleichgewicht gewirkt hatte, wurde nun künstlich gestört. Langsam verschoben sich große Felsmassen.

Während der ganzen Zeit prasselten unausgesetzt Kalksteinstücke und Aragonitnadeln auf Silvia und Will und um sie herum herab und wurden völlig von weißem Staub eingehüllt. Irgendwo hoch oben in der Höhe schrie der Fels auf, als er systematisch nach einem alten, wohldurchdachten Plan verschoben wurde.

Trotz des immer unsicherer werdenden Bodens unter ihren Füßen erreichte Silvia schließlich den aufgeregten Will und ergriff seine Hand. Er packte fest zu und hatte nicht vor, sie wieder loszulassen, bevor sie nicht auf dem Fischerboot waren und diesen Ort heil verlassen hatten. Um sie herum spielte die Insel verrückt.

Sie stolperten nach draußen, wo die Blätter und Zweige von den noch stehenden Bäumen herabfielen. Jeder Vogel der Insel war jetzt in der Luft und schrie seine Verärgerung heraus. Von Chaz, Khorip und den Deinonychus war nichts zu sehen. Beim Verlassen der Höhle wurde Will von dem hellen Sonnenlicht geblendet und musste ein paar Mal blinzeln, bis er wieder etwas erkennen konnte.

»Dort drüben sind sie!« Er deutete mit seinem Arm in die

Richtung, wo er die anderen entdeckt hatte. Sie hetzten schon die Klippe hinunter. »Sie laufen zum Boot. Komm!«

»Aber was passiert hier?« Silvia ließ sich halb führen, halb ziehen und schaute dabei über die Schulter zurück zur Mitte der Insel. Hinter ihnen grollte der Berg wie ein Tyrannosaurier, der aus einem langen Schlaf erwacht.

Und die Insel begann sich zu bewegen.

Will wurde von schrecklichen Vorstellungen heimgesucht. Der Berg erhob sich auf verborgene Füße, um Rache an denen zu nehmen, die es gewagt hatten, seine Ruhe zu stören. Die Geister der verstorbenen Künstler kamen aus den Tiefen, um ihre Seelen zu stehlen. Mörderische Zombies aus der Zeit der Kämpfe auf der Äußeren Insel erhoben sich aus ihren Massengräbern unter der Kuppel, um ihre alte, zerstörerische Schreckensherrschaft wieder anzutreten.

Tatsächlich aber war das, was wirklich geschah, viel unglaublicher als seine zügellosen Fantasien. Es war das Werk alter Baukunst, das selbst die Abgebrühtesten in Erstaunen versetzen konnte.

Bevor die frühen Bewohner gezwungen waren, ihre Zivilisation auf der Äußeren Insel hinter sich zu lassen, hatten sie den sicheren Seeweg, der von den chinesischen und römischen Eindringlingen benutzt worden war, ausfindig gemacht. Ihn ausfindig gemacht und markiert, für den Fall, dass jemand nach ihnen diesen Seeweg bräuchte oder einfach seinen Verlauf wissen wollte. Aber sie hatten ihn nicht einfach auf Karten eingezeichnet oder in Büchern beschrieben. Um ihn der Nachwelt zu überliefern, hatten sie nicht Papier oder Schriftrollen benutzt, sondern einen ganzen Berg.

Ein Berg mit der Form einer dreifingrigen Hand eines Therapoden.

Wenn man einen Moment darüber nachdachte, dann machte das Sinn. Die Dinosaurier und nicht die Menschen hatten den Grundstein der Zivilisation gelegt, die man jetzt als Dinotopia bezeichnete. Die Dinosaurier und nicht die Menschen hatten diese Zivilisation über die Jahrtausende gehegt und gepflegt, bis die ersten menschlichen Schiffbrüchigen an die Küste gespült worden waren. Warum also sollte ein solch bedeutendes Geheimnis von einer menschlichen anstatt einer Saurierhand verborgen und bewahrt werden?

Koruts Vorfahren hatten dreifingrige Hände. Drei Felsspitzen befanden sich oben auf dem Berg. Nachdem der sorgfältig angehäufte Sand und die Felsblöcke im Inneren des Berges verschoben worden waren, begann dieser sich langsam hinter den Fliehenden zu drehen. Lockere Felsen brachen von den sich bewegenden Kanten und klatschten ins Wasser.

Als Silvia und Will schließlich an den Strand stolperten, saßen die ängstlichen Deinonychus schon auf den Ruderbänken. Khorip hatte neben Korut Platz genommen, während Chaz nichts anderes tun konnte, als ungeduldig herumzutänzeln, bis seine Freunde endlich das letzte Stück Sandstrand hinter sich gebracht hatten.

»Beeilung, Beeilung!« Der aufgeregte Ceratopsier verknotete fast seine Sehnerven bei dem Versuch, sowohl die rennenden Menschen als auch den sich bewegenden Berg gleichzeitig im Auge zu behalten.

Sobald sie an Bord waren, legten die Deinonychus ab. Das unbrauchbare Segel hing schlaff am Mast, doch die langen Ruder glitten durch das Wasser und brachten das Boot schnell vom Strand weg. Fast zum selben Zeitpunkt, als sie die Gefahrenzone verlassen hatten, war die Gefahr auch vorbei. Der höchste Punkt des Berges war jetzt, in einem Winkel von fast fünfundvierzig Grad, zur Ruhe gekommen. Er stand auf seinem unsichtbaren Drehpunkt genauso unbeweglich wie vorher. Die Hand von Dinotopia.

Wie die drei Finger der Hand eines Therapoden deuteten die drei Spitzen in nordöstliche Richtung. Um die alten Legenden endgültig zu beweisen, mussten sie lediglich in die angegebene Richtung fahren.

Als Silvia eben das ankündigte, erklärte Chaz mit Bestimmtheit: »Das können wir nicht tun.«

»Das ist der einzige Weg, die Legende zu beweisen«, beharrte sie.

»Ich habe nicht vor, sie mit meinem Leben zu beweisen«, entgegnete der Protoceratops. »Unsere Vorräte reichen noch, um das Festland zu erreichen. Nicht die Äußere Insel, sondern Kap Muschelsand. Das genügt mir, und wenn du auch nur ein bisschen Verstand hättest, dann sollte es dir auch genügen. Wenn dieser Weg existiert, dann ist eine sichere Fahrt von und nach Dinotopia möglich. Wenn das nicht der Fall ist oder wir in eine falsche Strömung geraten, werden wir aufs offene Meer hinausgetrieben und gehen dort weit entfernt von unserer Heimat und unseren Familien zugrunde.«

»Chaz hat Recht, Silvia. Das können wir nicht riskieren.« Will legte ihr sanft beide Hände auf die Schultern. »Wir können das auch nicht von Korut und seinen Leuten verlangen. Jedenfalls nicht, um eine Theorie zu beweisen.« Niedergeschlagen erkannte Silvia die Wahrheit in dem, was die beiden gesagt hatten.

»Doch«, fügte Will hinzu, »vielleicht gibt es eine Möglichkeit, bei der wir nicht unsere Leben riskieren müssen. Nun, zumindest nicht mehr als wir es sowieso schon getan haben.«

Chaz blickte ihn mit großen Augen an. »Will Denison, ich weiß, wie du denkst. Ich behaupte nicht, zu verstehen, wie deine Gedankengänge verlaufen, doch ich bin schon zu vertraut mit dem, was dabei herauskommt. Was brütest du nun wieder aus?«

Will begab sich vom Bug wieder in die Mitte des Schiffes. Die Deinonychus beobachteten ihn neugierig.

Als er bei ihrem begrenzten Vorrat an Nahrungsmitteln angelangt war, suchte er in den aufgehäuften Lebensmitteln herum. Bananen, Mangos, Papayas, Ananas, Orangen, Kartoffeln, geräucherter Fisch, das alles schob er beiseite. Seine Freunde beobachteten ihn mit unverhohlener Verwunderung. Silvia nicht weniger als Chaz oder Korut.

Schließlich fand er, was er gesucht hatte. Triumphierend hielt er ein Büschel unreifer Kokosnüsse hoch.

Chaz glotzte ihn an. »Lass mich raten. Du wirst Silvias Frage mit einem kleinen Imbiss beantworten?«

»Keinesfalls.« Will grinste ihn an. »Ich gebe diesen Kokosnüssen nur die Möglichkeit, uns zu zeigen, wie ihre Vorfahren nach Dinotopia gekommen sind oder wie ihre Nachkommen es verlassen haben.«

Während er das sagte, ging er zur Bordwand und warf das Büschel Kokosnüsse ins Meer. Mit einem Platschen tauchten sie ins Wasser, kamen aber sofort wieder an die Oberfläche. Will, Silvia und alle anderen verfolgten gespannt, was weiter geschah.

Nahezu eine Stunde lang trieben die Früchte der Kokospalme ziellos auf den sanften Wellen und bewegten sich kaum von der Stelle. Doch sie befanden sich schon im unsichtbaren Griff einer verborgenen Strömung.

»Folgt ihnen«, wies Will Chaz an, Korut und den Deinonychus an den Rudern zu sagen. »Behaltet sie im Auge. Doch haltet Abstand. Und bereite unsere Freunde darauf vor, sich hart in die Riemen zu legen, wenn ich es sage.«

Chaz tat, wie ihm geheißen. Langsam und vorsichtig folgte das Fischerboot den dahintreibenden Kokosnüssen. Nach noch nicht einmal einer Stunde hatte sich ihre Bewegung unter dem Einfluss einer Unterströmung deutlich beschleunigt. Plötzlich wurden sie unerwartet und klar erkennbar schneller.

»Zurück!«, schrie Will. »Sag ihnen, sie sollen zurückrudern!«

Als Chaz das übersetzte, standen die Deinonychus auf und wechselten ihre Position auf den Ruderbänken. Die hölzernen Ruder glitten durch das Wasser, doch selbt dann bewegte sich das Boot noch gegen den Einsatz der Ruder nach vorne.

»Kräftiger!«, schrie Will. »Wenn uns die Strömung ganz in den Griff bekommt, sind wir verloren!«

Silvia eilte neben einen Deinonychus auf die Ruderbank, umklammerte fest das Ruder und zog daran. Um sich abzustützen, stemmte sie ihre Füße fest gegen die Fußbank.

Quälend langsam reduzierte sich die Vorwärtsbewegung des Fischerbootes, bis es schließlich begann, sich in die entgegengesetzte Richtung zu bewegen. Die Deinonychus ließen in ihren Anstrengungen nicht nach. Es war eine knappe Angelegenheit, bis sie schließlich aus der von Dinotopia wegweisenden Meeresströmung heraus waren und sich wieder in einfach zu befahrenden Gewässern befanden.

Zu knapp, wie Will feststellen musste. Chaz machte ihm gnadenlos Vorwürfe.

Der Skybax-Reiter zeigte aber keine Reue. »Es war die einzige Möglichkeit, Chaz.« Er legte seine Hand auf Silvias Wange und streichelte sie liebevoll. »Ich kenne meine Verlobte. Sie musste Klarheit haben oder sie wäre wieder auf dem Weg hierher gewesen, bevor du dreimal: ›Fischers Fritze fischt frische Fische‹ sagen kannst.«

Mit einem zustimmenden Nicken wandte sich Silvia ab und betrachtete die Stelle, an der sie fast abgetrieben worden wären. Die Oberfläche war so unbewegt, wie das Meer drum herum, und es gab keinen Anhaltspunkt für die reißende Strömung, die darunter herrschte. Davon unbarmherzig nach Norden gezogen, waren die Kokosnüsse schon nicht mehr zu sehen.

»Gegenläufige Strömungen«, murmelte Chaz laut vor sich hin. »Die eine führt von Dinotopia weg, die andere nach Dinotopia. Letztere ist vorherrschend an unseren Küsten. Nur hier auf dieser Insel kann man sicher an Land gehen und ruhige Gewässer ausmachen, auf denen man nach Krachong und dann weiter zur Äußeren Insel kommt. Hier ist die einzige Stelle in der Dinotopia umgebenden See, von wo die Schiffe aus beiden Richtung fahren können.« Er beugte sein Knie, senkte seinen Kopf vor Silvia und dann deutlich widerstrebend auch vor Khorip.

»Ihr beide habt mit eurer Vermutung Recht gehabt. Es gibt sie wirklich, die Hand von Dinotopia, und sie zeigt einen sicheren Seeweg von und nach unserer Heimat an. Ich entschuldige mich für meine Zweifel.«

»Du hattest gute Gründe, daran zu zweifeln«, beschwichtigte ihn Silvia. »Es war von Anfang an eine ziemlich verrückte Vermutung.« Sie lächelte den kleinen Ceraptopsier an. »Nur weil sie sich am Ende als richtig erwiesen hat, ändert das nichts daran.«

»Die Mosasaurier, Plesiosaurier, Ichthyosaurier und die Delfine müssen diesen Ort hier kennen«, stellte Will fest. »Dennoch haben sie ihn vor uns geheim gehalten.«

»Die Bewohner des Ozeans sind im Allgemeinen nicht sehr gesprächig«, erinnerte ihn Chaz. »Wahrscheinlich haben sie ihn nicht im eigentlichen Sinne geheim gehalten, sondern einfach nicht darüber gesprochen. Möglicherweise haben sie auch diese Route in der Vergangenheit benutzt, um die Außenwelt zu besuchen, es aber nicht mehr getan, seit die Eindringlinge auf der Äußeren Insel ihnen vor Augen geführt haben, wie es in der Außenwelt wirklich zugeht.«

»Seeschlangen«, murmelte Will. Alle schauten ihn an und er erklärte: »In der Außenwelt gibt es viele Geschichten über Meeresungeheuer. Die Leute nannten sie Seeschlangen. Aber in neuerer Zeit sind sie nicht mehr aufgetaucht.« Er nickte dem Protoceratops anerkennend zu. »Das würde zu Chaz' Theorie passen, dass die Mosasaurier und ihre Artverwandten früher frei in den Ozeanen der Welt herumgeschwommen sind, dann aber darauf verzichtet haben.«

Er nahm Silvia bei der Hand und führte sie zum Bug. Hinter ihnen ruderten die Deinonychus gleichmäßig und das Boot bewegte sich südwärts zurück zur Äußeren Insel. Sie befanden sich auf dem Weg nach Hause und die Saurier begannen wieder zu singen. Doch diesmal war es ein frohes Lied, mit dem sie ihren Sieg über die Geheimnisse und die fremden Küsten feierten.

»Was hast du jetzt vor?« Er saß auf der Reling und hielt immer noch ihre Hand, so als ob er Angst hätte, Silvia doch noch an die Insel mit der Hand oder an ihre nicht zu bändigende Neugierde zu verlieren.

»Ich denke, ich werde den zuständigen Behörden einen Bericht liefern.« Sie blickte an ihm vorbei nach vorne. Nachdem ihre brennende Neugierde gestillt war, wartete sie genauso sehnsüchtig wie alle anderen an Bord darauf, in heimatliche Gefilde zurückzukehren.

Will nickte verständnisvoll. »Wir werden ihn gemeinsam abfassen. Die Leute müssen von diesem Ort erfahren, über seine Geschichte, seine Großartigkeit und seine Gefahren. Man muss ihn beobachten, sodass ein Unglück wie auf der Äußeren Insel sich nicht in Dinotopia wiederholen kann.« Er spürte, dass jemand hinter ihnen stand, drehte sich um und sah Khorip. Genau wie Silvia blickte er über den Bug nach vorne.

»Nun, Khorip, du hast gefunden, was du gesucht hast. Einen Weg, die dinotopische Zivilisation für immer hinter dir zu lassen. Einen Weg in die Außenwelt.« Will beobachtete den schweigenden Prenocephalen genau. »Was wirst du nun tun?«

Der hoch gewölbte Schädel beugte sich in Wills Richtung. Die grünen, runden Augen blickten ruhig in die seinen. Es waren die Augen eines Pflanzen fressenden, intelligenten und einfühlsamen Dinosauriers.

»Ich muss immer an diese Bilder denken. Wie nanntest du die schrecklichen Dinge, die darauf dargestellt sind?«

»Krieg«, rief Will ihm ins Gedächtnis.

Khorip zitterte leicht. »Kämpfen und töten. Das ist also die Außenwelt.«

»Nicht ganz«, erklärte ihm Will. »Doch selbst schon als Kind wusste ich, dass es ein großer Teil davon ist. «

Khorip nickte bedächtig und verstehend. »So ein kleines, kurzes Wort für solch große, unvorstellbare Schrecken.«

»Dann willst du also nicht den Versuch wagen und uns verlassen?«

»Nein. Jetzt nicht mehr. Ich glaube, ich habe so viel über die Außenwelt gelernt, wie nötig ist.«

»Was wirst du jetzt tun?«, fragte Silvia neugierig. »Dein Leben in der Großen Wüste wieder aufnehmen?«

Zerknirscht blickte der Prenocephale von einem Skybax-Reiter zum anderen. »Wenn ihr es mir erlaubt, dann würde ich gerne mit euch zurückkehren. Nach Sauropolis oder Wasserfallstadt oder wo immer ihr hingeht. Ich weiß eine Menge über die unbekannten Teile der Wüste. Ich denke, ich möchte mein Wissen mit anderen teilen.« Er richtete sich auf, wobei sein Schwanz hin und her zuckte. »Ich glaube, ich möchte wieder ein Teil der Gesellschaft von Dinotopia werden.«

Er schwankte, als ihn jemand von hinten mit dem Kopf rammte. Als er sein Gleichgewicht wieder gefunden hatte, drehte er sich um und sah Chaz hinter sich stehen.

»Du musst schon standfester sein, damit die Wüstenspezialisten in Sauropolis dir zuhören.« Weniger zänkisch fügte er hinzu: »Aber es wäre mir eine Freude, wenn ich dich unterstützen könnte, um deinen Wiedereintritt in das kulturelle Leben so sanft wie möglich zu gestalten. Ich würde mich sogar dazu überreden lassen, dir einige Tipps und Ratschläge zu geben.«

»Wann hast du das nicht?«, spottete Khorip. Chaz gab eine entsprechend ätzende Antwort und die beiden begannen lauthals zu streiten.

Will ließ Silvias Hand los und legte seinen Arm liebevoll um ihre Schulter. Als Reaktion darauf schmiegte sie sich an ihn. Schweigend verharrten sie eine Weile und jeder hing seinen Gedanken nach.

Sie dachte wohl über ihr gemeinsames Leben nach, sagte sich Will, als er in ihr strahlendes Gesicht sah. Die untergehende Sonne ließ ihre Wangen und Stirn glühen. Ohne Zweifel dachte sie darüber nach, was sie demnächst machen würden, und dass sie sich, sobald sie eine sicherere und zivilisiertere Umgebung erreicht hätten, endlich gegenseitig in die Arme sinken könnten. Das war nichts Ungewöhnliches, bewegten sich seine Gedanken doch in genau den gleichen Bahnen.

»Wir werden etwas Zeit für uns haben«, sagte er, zog sie näher an sich heran und drückte ihre Schulter. »Wenn nicht in Kuskonak, dann in Schluchtenstadt.«

Sie blinzelte und schaute zu ihm hoch. »Was?«

Er runzelte die Stirn. »Hast du nicht gerade daran gedacht?«

»Oh nein«, antwortete sie in diesem ungebrochen munteren Tonfall, den er nur zu gut kannte. »Tut mir Leid, ich habe mich nur gerade gefragt, ob ein Skybax mit einem Reiter es von Kap Muschelsand hierher schaffen kann. Weißt du, wenn man den normalen Transportsattel gegen einen Rennsattel austauscht, dann müsste es doch ...«

Er hob seine Hand und legte ihr einen Finger auf die Lippen. »Das reicht jetzt. Ich möchte kein Wort mehr über Expeditionen, Entdeckungen, Hände von Dinotopia, wechselnde Meeresströmungen, vergessene Städte und noch nicht einmal etwas über ein verloren gegangenes Hutband wissen!« Dann, als er ihre Miene bemerkte, meinte er resignierend: »Zumindest nicht in der nächsten Woche oder so.«

Ihr Schmollen wurde zu einem Lächeln, das sich mit dem seinen traf.

ISBN 3-8025-2608-2

ISBN 3-8025-2667-8

ISBN 3-8025-2771-2

ISBN 3-8025-2798-4

ISBN 3-8025-2942-1

Um die Jahrhundertwende beginnt Ellen Rimbauer, die junge Frau eines Großindustriellen aus Seattle, ein außergewöhnliches Tagebuch zu führen. Dieses Buch wird zum geheimen Ort, dem Ellen die Sorgen ihrer Ehe beichten, die Verwirrung über ihre ersten sexuellen Erfahrungen mitteilen und darüber nachsinnen kann, zu welchem Albtraum ihr Leben zu werden scheint. Das Tagebuch dokumentiert nicht nur die Entwicklung eines Mädchens zu einer jungen Frau, es verfolgt auch den Bau der Rimbauer-Villa Rose Red, eines riesigen Hauses, das in den folgenden Jahren zum Schauplatz so vieler schrecklicher und unerklärlicher Tragödien werden soll.

Das Tagebuch der Ellen Rimbauer: Mein Leben auf Rose Red **basiert auf dem vierteiligen Fernsehfilm** Rose Red **von Stephen King, der im Herbst 2002 von RTL ausgestrahlt wird.**

www.vgs.de